블랙 쇼맨과
이름 없는 마을의 살인

ブラック・ショーマンと
名もなき町の殺人

블랙 쇼맨과
이름 없는 마을의 살인

히가시노 게이고

최고은 옮김

알에이치코리아

차례

●

샤쿠하치(일본의 전통악기로, 대나무로 만든 수직형의 피리) 소리가 흐르는 가운데 새카만 무대에 스포트라이트가 떨어졌다.

그 조명 아래 선 남자의 모습을 보고 객석 전체에서 오, 하고 탄성이 터져 나왔다. 만일 일본이었다면 다른 반응이 나왔을지도 모른다. 하지만 이곳은 일본이 아니라 미국 라스베이거스였다.

소복을 입은 남자는 양쪽 겨드랑이에서 어깨에 걸쳐 빨간 끈을 매고 있었다. 하나로 묶은 긴 머리가 등 한가운데까지 흘러내렸다.

남자가 옆으로 손을 쓱 뻗자, 빛 밖으로 나온 손목이 순간 시야에서 사라졌다. 다시 남자가 팔을 접은 순간, 그 손 안에 있는 물건을 보고 관객들은 헉 하고 숨을 삼켰다. 길이가 족히 1미터는 더 됨직한 일본도였다. 남자가 검신을 좌우로 흔들자, 잘 벼려진 검에 요사스러운 광채가 어렸다.

검 끝이 스르륵 아래로 내려왔다. 그 순간 무대 전체에 눈부신 빛이 번쩍였다. 동시에 관객들, 특히 남성들의 표정도 환해졌다. 무대 위에 금발 미녀 셋이 서 있었다. 노출이 있는 화사한 드레스 차림이었다.

남자는 다시 검 끝을 위로 올렸다. 그러자 무대 가장자리에서 새카만 복장의 3인조가 나타났다. 외국인들에게도 잘 알려진 닌자 복장이었다. 복면을 뒤집어써서 머리부터 얼굴까지 모두 가렸다.

닌자 셋은 저마다 옆구리에 큼지막한 두루마리를 끼고 있었다. 풀을 엮어 만든 옅은 갈색의 양탄자였다. 멍석이라는 이름을 이 중에 몇 명이나 알고 있을까.

미녀들에게 다가간 닌자들은 멍석을 펼쳐 여자들의 몸을 천천히 감싸기 시작했다. 그녀들은 당황한 낯으로 저항했지만, 닌자들은 막무가내로 둘둘 말았다. 소복 차림의 남자는 일본도를 들고 그들 주변을 돌고 있었다. 피리 소리가 격정적으로 변했다.

이내 미녀들의 가녀린 몸은 멍석에 싸여 보이지 않게 되었지만, 그들은 여전히 그 자리에 서서 굼실거리고 있었다. 닌자들은 밧줄을 꺼내 멍석에 단단히 동여맸다. 움직임이 완전히 멎자, 무대 위에는 세 개의 기둥만이 남았다.

소복 차림의 남자가 걸음을 멈췄다. 오른손에 든 일본도를 높이 쳐들어 뚫어져라 바라보더니 날카로운 시선으로 제일 가까이 있는 기둥을 쏘아보았다.

서서히 다가간 남자가 두 손으로 검을 들고 상단 자세(검을 들고 공격하는 자세)를 취했다. 한 호흡을 두고 기세 좋게 팔을 내리쳤다. 둔탁한 소리와 함께 비스듬히 동강이 난 기둥이 털썩 쓰러졌다.

두 번째 기둥으로 다가간 남자는 이번에는 숨도 쉬지 않고 검을 휘둘렀다. 마찬가지로 말끔하게 절단된 기둥이 힘없이 바닥을 나뒹굴었다. 하지만 그 광경을 끝까지 지켜보지 않고 남자는 세 번째 기둥으로 달려갔다.

정적 속에서 남자는 검을 가로로 크게 휘둘렀다. 공기를 가르는 소리와 멍석이 갈라지는 소리가 뒤섞여 장내에 울려 퍼졌다. 절단된 기둥 윗부분이 스르륵 기울며 바닥으로 떨어졌다. 아랫부분은 여전히 서 있었다.

남자는 관객 쪽을 힐끗 보더니 무대 중앙으로 이동해 객석을 등졌다. 이어서 세 닌자들이 남자와 마주 보고 나란히 섰다.

그는 다시 일본도를 높이 쳐들더니 관관들이 주시하는 가운데 대각선으로 힘차게 내리쳤다.

닌자들의 복면이 스르륵 바닥으로 떨어졌다.

장내가 술렁거렸다. 놀랍게도 복면 아래서 등장한 건 미녀들의 얼굴이었다.

닌자 복장의 여자들이 풍성한 금발을 흐트러뜨리며 함박웃음과 함께 앞으로 나서자, 관객들이 차례차례 자리에서 일어났다. 손뼉을 치고, 환호성을 내지르며, 휘파람을 불었다.

발을 구르는 소리도 들렸다.

소복의 남자가 서서히 관객들 쪽을 돌아봤다. 팔을 더욱 활짝 벌리더니, 남자는 오만한 미소를 지으며 고개를 숙였다.

1

모니터에 뜬 이미지를 본 순간, 얼굴이 화끈거릴 정도로 부끄러워졌다. 고등학생 때 친구와 둘이 찍은 사진이었다. 학교에서 돌아오는 길에 편의점 앞에서 찍었던 기억이 난다.

"이 사진은…… 빼야겠어."

마요는 그렇게 중얼거렸다.

"왜?"

옆에 있던 겐타가 뜻밖이라는 듯 물었다. "괜찮은 사진 같은데?"

"이때 제일 뚱뚱했단 말이야. 게다가 다리도 다 보이잖아. 좀 그렇지 않아?"

사진 속 두 여고생들의 치마는 민망할 정도로 짧았다.

"하나도 안 뚱뚱한데? 치마가 짧긴 하지만."

"허리를 두세 번 접어서 올려 입었거든. 학교에서는 선생님이 지적하니까 원래 길이대로 입었지만. 안 그랬어요?"

마요가 질문을 던진 상대는 맞은편에 앉아 있던 여자다. 지금은 마스크를 쓰고 있지만 얼굴도 여러 번 보았다. 서른 언저리로 보였으니 아마 마요와 같은 세대겠지. 호텔 유니폼을 입고 있다.

"네, 저희도 자주 그랬어요." 여자의 눈에 웃음기가 번졌다. "옛날 생각나네요."

"그렇죠. 겐타 씨 때는 이런 거 없었어?"

겐타는 마요보다 일곱 살 많은 서른일곱이다.

"어땠더라. 잘 기억이 안 나네. 그리고 난 남학교였거든."

"통학하면서 다른 학교 여학생들 안 봤나 봐?"

마요의 질문에 겐타가 멋쩍게 웃었다.

"오다가다 보기야 했지만 구석구석 훑어보지는 않았지. 좌우지간 이것도 괜찮을 것 같은데, 좋은 사진이야."

"저도 그렇게 생각해요."

유니폼 차림의 여자도 맞장구를 쳤다.

"그래요? 그럼 이 사진도 넣어야겠네요."

"코멘트는 뭐라고 달까요?"

"코멘트라……." 마요는 잠시 생각에 잠겼다 말을 이었다. "치마 길이에 목숨 걸었던 고등학교 시절."

하하하, 옆에서 겐타가 웃으며 손뼉을 쳤다. "멋지네."

"좋네요."

유니폼 차림의 여자가 눈을 가늘게 뜨며 키보드로 글자를 입력했다.

마요와 겐타는 도쿄에 있는 한 호텔의 웨딩 숍에 있었다. 결혼식은 두 달밖에 남지 않았다. 오늘은 피로연에 내보낼 슬라이드쇼에 대해 상의하러 왔다. 예비부부가 가져온 사진 중에서 선별하고 있는 것이다. 슬라이드쇼 같은 건 요즘에는 혼자서도 쉽게 만들 수 있다고 들었지만, 그래도 퀄리티를 중시하고 싶었다. 막상 본식에서 작동을 하지 않거나, 소리가 나오지 않는 사태가 벌어질까 두려워서 전문가에게 맡기기로 한 것이다. 피로연 식장은 야외였다. 해가 진 뒤에 시작하니 모니터에 띄운 사진이 보이지 않는 일은 없겠지만, 화질이나 컬러처럼 일반인이 세세하게 신경 쓰지 못하는 부분도 많을 것이다.

두 사람이 다시 사진을 고르고 있는데, 숍 안쪽에 있는 문이 열리더니 한 쌍의 남녀가 나왔다. 별 생각 없이 여자를 보던 마요는 순간 숨을 삼켰다. 감추고는 있었지만, 아랫배가 불러 있었다.

남녀는 호텔 직원의 배웅을 받으며 웨딩 숍을 나섰다. 그 뒷모습에는 행복의 기운이 감돌고 있었다.

"왜 그래?"

겐타가 물었다.

"아니……방금 나간 사람, 배가 불러 있더라고."

"그랬어? 난 못 봤네."

마요는 직원을 보며 물었다.

"요즘은 저런 분들도 많나요?"

직원은 살며시 고개를 끄덕였다.

"네, 1년에 몇 분은 계신 것 같아요."

"이제 혼전임신 같은 건 부끄러워할 일이 아니죠."

"글쎄요, 그렇지도 않아요. 역시 남들 눈을 의식하세요. 그래서 드레스를 고를 때, 잘 티가 나지 않게 이런저런 조언을 드리기도 하고요."

"역시 그렇구나."

"그게 왜 궁금해?"

겐타가 의아한 듯 미간을 좁혔다.

"그것도 나쁘지 않은 것 같아서." 마요는 약혼자의 얼굴을 바라보았다. "혼전임신 말이야. 결혼하고 나서 아이가 언제 생길까 전전긍긍하지 않아도 되고. 안 그래?"

글쎄, 겐타는 고개를 갸웃했다. "그런 식으로 생각해 본 적이 없어서."

"흐음."

"아무렴 어때. 아이가 안 생겨도. 둘만의 결혼생활을 즐기면 되지."

겐타는 "그렇죠?" 하고 호텔 직원에게 동의를 구했다.

"네. 세상에는 정말 다양한 부부가 있으니까요. 가치관은 사람마다 다 다르죠."

웨딩 플래너답게 무난한 대답이었다.

"그럴지도…… 미안, 이상한 소리를 해서. 계속하자."

마요는 자세를 고쳐 앉으며 허리를 폈다.

사진을 다 고르고 나서 웨딩 숍을 나왔을 때, 겐타가 "아까 그 이야기 뭐야?" 하고 물었다.

"그 이야기?"

"혼전임신 말이야."

"아…… 별거 아냐. 그냥 좀 신경이 쓰여서."

"요새 아이 이야기 자주 하더라. 결혼하면 바로 낳고 싶다, 몇 명은 낳고 싶다."

"내가 그렇게 많이 했어?"

"했어. 본인은 깨닫지 못했겠지만."

"그런 이야기하면 안 돼? 결혼 전이니까 그런 이야기하는 게 오히려 자연스러운 것 같은데?"

"그렇게 생각할 수도 있겠지만, 왠지 집착하는 것 같아서."

"그러니까……." 마요는 걸음을 멈추고 몸을 돌려 겐타 쪽을 보았다.

"집착하면 안 돼? 아이가 생겼을 경우를 생각하는 건 당연하잖아. 나도 일을 하는데, 생각 안 하는 게 무책임한 거 아냐?"

겐타는 얼굴을 찌푸리더니 두 손을 마요에게 내밀었다.

"그건 알지. 너무 화내지 마."

15

"겐타 씨가 이상한 소리를 하니까……."

그때 마요의 가방에서 메시지 수신음이 울렸다. "잠깐만." 마요는 스마트폰을 꺼냈다.

화면에는 고향 친구의 이름이 표시되어 있었다. 무슨 일인지 대충 짐작이 갔다. 앞부분을 읽어 보니 예상했던 내용이 적혀 있었다.

마요는 한숨을 내쉬며 고개를 갸웃거렸다.

"어쩌지……."

"무슨 일인데?"

"중학교 동창회. 다음 주 일요일인데 나만 참석 여부를 아직 안 알려 줬대."

"별로 안 내키나 보네. 동창들 안 보고 싶어?"

"그건 아닌데, 왠지 피곤할 것 같아. 동창회니까 아버지도 불렀을 테고."

"아, 하긴 동창회에는 으레 당시의 은사를 모시고는 하지."

마요는 고개를 끄덕였다.

"전에 말했지? 중학생 때는 학교에서 있는 듯 없는 듯 살았다고."

"눈에 안 띄도록 조심했다고는 했어. 이미 옛날 일이잖아."

"마찬가지야. 예전에 고등학교 동창회에 참석했는데, 얼굴을 보는 순간 다들 고등학교 시절로 돌아가는 거야. 인간관계도 말투도 옛날 그대로였어. 중학교 동창은 더할걸. 좁은 동네에 다들 아는 사이니까. 분명 또 그러겠지, 가미오 선생님 도청기라고."

"그런 말을 들었어?"

겐타는 뜻밖이라는 듯 눈썹을 추어올렸다.

"대놓고 하지는 않고 뒤에서 수군거렸지. 나랑 같이 있을 때 나쁜 짓을 하면 가미오 선생님에게 일러바칠 테니까 조심하라고. 사람을 스파이 취급했어."

"그건 너무하네. 그래도 친하게 지냈던 친구도 있을 거 아냐."

"몇 명은 있지. 지금 연락 준 것도 그중 한 친구야. 하지만 지금은 거의 안 만나."

"마요가 참석하지 않으면 아버님이 서운해하시지 않을까?"

"아버지는 나한테 하나도 관심 없어. 1년에 몇 번은 얼굴 보니까 서운할 건 없지. 그보다 내가 안 가면 아버지한테 이것저것 물어볼 것 같아서 좀 그래. 모르겠다, 조금 더 생각해 보려고."

"잠깐만. 다음 주면, 상황에 따라서는 가고 싶어도 못 갈지도 몰라."

겐타의 말뜻을 마요도 알고 있었다.

"코로나 때문에?"

그래, 겐타가 고개를 끄덕였다.

"도지사가 감염 확산의 조짐이 보인다고 했잖아. 그러니까 가까운 시일 안에 모종의 조치를 취할지도 모른다고 들었어."

"스테이 인 도쿄. 한동안 도쿄에서 나가지 못하게 될까?"

"충분히 그럴 수 있지. 다들 한두 번 시달린 게 아니니까."

2019년에 최초 보고된 코로나 바이러스 감염증COVID-19의 이야기다. 많은 국가들과 마찬가지로 일본에서도 완전히 수습되었다고는 말하기 어려운 상황이 계속되고 있었다.

몇몇 치료약의 효과가 확인되었으며, 감염자 수 증가도 억제되고 있어서 현재는 일상생활에 그다지 큰 영향은 없었다. 하지만 감염자가 완전히 사라지지는 않았고, 때로는 급격히 증가하기도 했다. 감염 경로가 확인되면 그나마 다행이지만, 불분명한 경우는 문제가 된다. 감염 확산의 조짐이 보이면 여러 정책이 시행되었다. 그 수위는 몇 단계로 나뉘어서, '밀폐, 밀집, 밀접한 상황을 피하고, 당장 필요하거나 시급하지 않은 외출은 삼가자.'라는 기본적인 것에서부터 휴교 요청이나 고위험 시설 업종 휴업 요청까지 행동제한의 범위가 다양했다.

가령 '도쿄도에서 다른 현으로의 이동을 삼갈 것.'이라는 요청이 발령되면, 웬만한 사정이 아니고서야 따를 수밖에 없었다. 강제하는 건 아니지만, 따르지 않으면 주변의 따가운 시선을 받을 게 분명하기 때문이다. 자칫하면 실명이 유출되어 인터넷상에서 비판의 대상이 되기도 했다.

"난 그래도 괜찮을 것 같아." 마요는 한숨 섞인 목소리로 말했다. "도쿄를 나가지 못하게 되면, 고민할 필요도 없잖아. 동창회에 결석해도 다들 뭐라 안 할 테고."

"만일 도쿄에서 코로나 감염이 확산된다면, 고향 사람들 입장에서는 이런 시기에 왜 내려오냐고 뭐라 할 것 같네." 겐타는 히죽거리며 말했다. 요새는 단둘이 있으면 밖에서도 마스크를 쓰지 않는 일이 잦았다. 하지만 마요도 마스크를 늘 가방에 넣어 두고는 있었다.

"그러니까 걱정 마."

스마트폰을 가방에 넣기 전에 시간을 확인했다. 오후 4시가 조금 지난 걸 보고, 화면을 겐타에게 내밀었다. "벌써 시간이 이렇게 됐어."

"늦겠다, 서두르자."

빠른 걸음으로 엘리베이터 홀로 나갔다. 이다음에 보기로 한 영화 시간이 다 되어가고 있었다. 영화관은 정상적으로 영업하고 있었다. 예전에는 한 자리씩 띄어 앉아야 했지만, 지금은 옆자리에 앉을 수 있었다.

마요가 혼자 사는 맨션은 지하철 신주쿠선 모리시타역에서 도보 1분 거리에 위치하고 있었다. 약 4.2평의 방과 부엌, 욕실, 화장실만 있지만, 월세는 10만 엔이 넘는다. 평소부터 더 넓은 곳에서 살고 싶었는데, 그 꿈은 결혼이라는 수단을 통해 이루게 될 것 같았다.

집에 돌아와 침대에 앉았을 때, 베갯맡의 시계는 오후 10시 40분을 가리키고 있었다. 겐타와 영화를 보고 난 뒤에는 니혼바시의 술집에서 저녁을 먹고 헤어졌다. 토요일에 만나면 집에서 같이 시간을 보내기도 하지만, 오늘은 일요일이었다.

마요는 이치가야에 있는 부동산회사의 맨션 리모델링 부서에서 일했다. 원래는 인테리어에 관심이 있어서 대학은 디자인과로 진학했지만, 다니다 보니 집 전체를 꾸미는 쪽으로 관심이 기울어서 건축사를 목표로 삼았다.

나카조 겐타는 같은 회사의 선배였다. 단독주택 부서 담당이라 예전에는 접점이 없었다. 하지만 2년 전에 부서가 같은 층으로 이동한 걸 계기로 얼굴을 볼 기회가 많아졌다. 교제를 시작한 건 1년 반쯤 전이었다. 겐타가 먼저 퇴근 후에 식사나 하자고 제안했는데, 솔직히 마요는 놀라지 않았다. 몇 차례 대화를 나누는 동안 자신에게 호감을 가지고 있다는 걸 느꼈기 때문이었다. 마요도 영 싫지는 않았고, 그 사실을 겐타도 알고 있었을 것이다.

반년 전에 프러포즈를 받았다. 코로나 확산세가 주춤해진 무렵이었는데, 슬슬 이야기를 꺼내겠구나 예상했던 터라 의외라 생각하지는 않았다. 그럼에도 마음이 놓인 것은 분명했다. 이제 서른이라 가벼운 마음으로 연애할 시간은 없다고 생각했었다.

물론 프러포즈는 승낙했다. 겐타도 거절하지 않으리라 예상했겠지만, 마요처럼 안도한 눈치였다.

아버지 에이치에게는 전화로 전했다. 하지만 결혼한다고는 하지 않고, 소개할 사람이 있다고만 했는데 대충 알아들은 모양이었다. "축하한다. 잘됐구나, 너희는 바쁠 테니 내가 움직이마."라고 대답했다. 그 목소리에 쓸쓸함이 배어 있는 걸 느꼈다. 6년 전에 어머니가 지주막하출혈로 세상을 떠난 뒤, 에이치는 혼자 살고 있었다.

그로부터 얼마 지나지 않아 긴자의 일본요리 레스토랑에서 에이치에게 겐타를 소개했다. 겐타는 긴장한 기색이 역력했지만, 에이치의 미소도 왠지 굳어 있었다. 하지만 서로 첫인상은 나쁘지 않은 것 같아서 마요는 내심 마음이 놓였다. 나중에 에이치는 겐타에 대해 "일 이야기를 할 때 표정이 활기찬 걸 보고, 결혼해도 괜찮겠다 싶었다."라고 평했다. 무슨 소리냐고 물었더니 이렇게 대답했다.

"주택 리모델링 업무를 하려면, 그 가정에 대해 잘 알아야 하겠지. 고객의 가족이 어떻게 하면 더욱 쾌적하게 생활할 수 있는지를 생각해야 해. 겐타 군은 그 작업에 보람을 느끼는 것 같더구나. 남의 가정을 잘 살필 수 있는 친구니 자기 가정에 소홀하지는 않겠구나 싶었지."

아버지다운 생각이었다. 국어 교사였던 에이치는 말투나 화제 선정으로 상대의 됨됨이를 평가하는 버릇이 있었다.

그때의 말을 마요는 오랜만에 반추했다. 결혼식이 두 달 앞으로 다가오자 기대보다 불안이 머리를 스쳐 지나가는 일이 잦았다. 이걸 단순한 메리지 블루라고 넘겨도 되는 것인지 스스로도 가늠할 수 없었다.

스마트폰을 들고 SNS를 확인하는데 전화가 왔다. 발신자는 혼마 모모코였다.

"오랜만이야. 잘 지냈어?"

"오랜만이고 뭐고, 왜 메시지에 답이 없어?"

모모코는 중학생 시절부터 변함없는 새된 목소리로 물었다.

"미안. 좀 고민이 돼서."

"왜? 일이 바빠?"

"응, 그것도 있고."

"그 말은 다른 이유도 있다는 거야? 아, 혹시 부녀가 같이 참석하는 게 불편해서 그런 건 아니지?"

"불편하다고 할까, 다른 사람들한테 신경 쓰게 하기 싫어서."

"신경 안 써." 모모코는 말이 떨어지기 무섭게 딱 잘라 말했다. "우리도 이제 서른인데 그런 걸 신경 쓰겠어? 그냥 와. 너 없으면 나도 심심하잖아. 그리고 내려와 보면 알 거야, 역시 고향이 좋아."

"그러고 보니 지금 본가에 있댔지? 거긴 어때?"

모모코는 남편이 간사이로 단신부임하게 되어서, 지난달부터 두 살짜리 아들을 데리고 본가로 들어왔다고 지난번 연락했을 때 말했다. 원래 살던 요코하마의 맨션은 지인에게 임대했다고 했다.

"너무 편하지. 부모님이 아이 봐주시니까 내 시간도 생겼고. 너 내려오면 언제든 나갈게."

"그거 좋네."

"그렇지? 그러니까 내려와. 너 참석한다고 말해 둔다?"

"잠깐만. 회사 일도 있으니까 조금만 더 생각해 볼게. 늦어도 2, 3일 안에는 꼭 연락할게."

"알았어."

"그런데 이런 시기에 동창회를 해도 괜찮겠어? 코로나 때문에 다시 떠들썩하던데."

아, 그거. 모모코는 평소답지 않게 살짝 어두운 목소리로 말했다.

"대책을 생각해 두긴 했어. 탁 트인 오픈 스페이스가 있는 곳을 찾아뒀거든. 상황이 나빠지면 그쪽으로 옮기든지, 아니면 간격을 띄어서 앉든지."

"그러면 되겠네."

감염 재확산이 빈번하게 일어나니 다들 대응 방식에도 익숙해진 것이다. "그런데 난 도쿄에서 못 나갈지도 모르겠어."

"다른 지역으로의 이동은 자제하라고 했지."

"응, 괜히 이 시점에 고향 내려갔다가 돌이라도 맞으면 어떡해."

후후, 모모코가 코웃음 치는 소리가 들렸다.

"그럼 정부에서 이상한 소리 하기 전에 미리 내려오는 건 어때? 걔가 그랬거든, 엘리트 알지?"

"엘리트? 스기시타 말이야?"

"그래, 스기시타 가이토. 지난주에 부인이랑 젖먹이 데리고 내려왔더라고. 코로나 확산세가 심상치 않고, 동창회도 있으니까 일찌감치 도쿄를 탈출하기로 했다는 거야. 자기네 회사는 원격 근무를 적극적으로 도입해서 사장이 꼭 도쿄에 있을 필요 없다나. 그 엘리트 의식은 여전하더라고. 하나도 안 바뀌었어."

"말하는 걸 보니 몇 번 만났나 봐?"

"동창회 준비하느라 한 번 만났어. 누가 부른 것도 아닌데. 자기 자랑하고 싶어서 나온 거지."

모모코의 이야기가 사실이라면, 옛날 성격 그대로일 것이라고 마요는 생각했다. 성적도 좋았고, 운동신경도 뛰어났다. 거기다 집이 부자라 가지고 다니는 물건은 모두 비싼 것뿐이었다. 그것이 스기시타 가이토라는 옛 동창의 이미지였다. 중학교를 졸업하고는 도쿄에 있는 어느 대학 부속 고등학교에 진학했다. IT기업을 창업해 성공을 거뒀다는 소문을 들은 게 몇 년 전 일이었다.

"그리고 우리 지역이 낳은 영웅도 돌아왔다고 하더라고."

모모코의 말에 마요는 스마트폰을 귀에 댄 자세로 고개를 갸웃했다.

"영웅? 그게 누군데?"

"너 몰라? 환라비 작가 구기미야 말이야."

아, 마요의 입이 벌어졌다. "그랬지."

"마요, 동창을 넘어서 우리 모교가 배출한 최고의 스타를 어떻게 잊어 버릴 수 있어?"

"잊어 버린 건 아닌데, 구기미야는 너무 대단해져서 뭔가 현실감이 없어."

"그 마음 알지. 나도 그렇거든. 그래도 구기미야가 동창회 참석한다고 하니 분위기는 확실히 살겠어."

"구기미야가 오면 그렇겠네."

"사람 마음이 참 간사하지. 학교 다닐 때는 만화 오타쿠다, 멀치다, 놀리며 바보 취급했으면서. 나도 남 말할 처지는 아니지만." 혀를 쏙 내미는 모모코의 얼굴이 눈에 선했다.

"아, 맞다. 중요한 걸 잊고 있었네. 동창회에서 쓰쿠미 추모회를 열까 하는데."

"쓰쿠미…… 그래?"

살며시 가슴이 술렁거렸지만 말투에 티를 내지 않으려 애
썼다.

"그래서 말인데, 쓰쿠미와의 추억이 담긴 물건 같은 게 있
는 사람은 당일에 가져와 줬으면 좋겠거든, 너도 쓰쿠미하고
친했잖아. 뭐 없어? 사진이라든지."

"음, 갑자기 말하니까 생각이 안 나네."

"그럼 좀 찾아봐 줄래?"

"알았어, 그런데 기대는 마."

"그러지 말고 잘 좀 찾아봐. 다들 없다고 하더라고."

"그래. 찾아볼게."

"부탁해. 그럼 꼭 연락 줘."

"연락할게."

"밤늦게 미안해."

"아냐, 괜찮아."

전화를 끊자 다양한 추억들로 가슴이 부풀어 오르는 걸 느
꼈다. 모모코와 이야기하는 것도 오랜만이었고, 그리운 이름
들을 들었기 때문이리라.

쓰쿠미라…….

또래 중학생들보다 다부진 체격, 남자다웠지만 아직 어른

의 계단을 오르지 않은 앳된 소년의 얼굴을 떠올리자, 달콤한 그리움과 함께 옛 상처를 쑤시듯 가슴이 욱신거리는 느낌이 되살아났다.

"가미오 선생님 딸인 게 뭐? 넌 너잖아. 할 일 없는 애들 하는 말 같은 거 신경 쓰지 마, 진짜 웃기는 놈들이야."

단호한 말에 얼마나 용기를 얻었는지 모른다. 게다가 그는 침대에 누워 그 말을 했다. 많이 여위었고 낯빛도 좋지 않았지만, 반짝반짝 빛나는 그 강렬한 눈빛은 건강했던 시절과 똑같았다.

쓰쿠미가 세상을 떠난 지도 벌써 16년이 지났다.

만일 그가 살아 있고, 동창회에도 참석한다면 아마 들뜬 마음으로 흔쾌히 간다고 했겠지. 마요는 그런 생각을 했다.

씻고 기초화장품을 바른 뒤 침대에 누웠다. 불을 끄기 전에 스마트폰을 확인하자, 겐타가 보낸 '잘 자.'라는 메시지가 표시되어 있었다. 답장을 보낸 뒤 전등 스위치를 껐다.

•

2

허리를 굽히고 두 손을 셔터 아래로 집어넣었다. 손에 닿는
금속의 감촉이 서늘했고, 틈새로는 찬 공기가 흘러 들어왔다.
아직 3월 초니까 당연하지만.

하라구치 고헤이는 두 다리에 힘을 주고 단번에 셔터를 올
렸다. 촤라락, 요란한 소리를 내며 힘차게 올라가지만 도중에
꼭 한 번은 걸리는 부분이 있었다. 건물 중추가 변형됐기 때
문이겠지. 벌써 30년도 더 되었으니까 그럴 법도 했다.

아래에서 쳐올려 간신히 끝까지 올렸다. 빨리 전동 셔터로
교체하고 싶었던 적도 있지만, 그런 생각은 오래전에 접었다.

셔터는 세 개지만 일단 가운데 셔터를 올린 뒤 밖으로 나와
주변을 둘러보았다.

편도 1차선 도로를 드문드문 지나는 차들이 보였다. 조금
지나서야 소형 트럭이 나타났다. 지난주에 비해 교통량이 확
연히 줄었다.

인도에도 사람은 거의 없었다. 저 멀리 몇몇 아이들이 걸어
가는 모습이 보였을 뿐이다. 학교에 가는 모양이었다. 작년 이
맘때, 모든 학교가 휴교령을 내렸다. 올해는 봄 방학이 단축

되지는 않을까. 아이를 키우는 친구들이 정치가들은 맞벌이 가정의 고충을 하나도 모른다며 분개했던 게 생각났다.

하라구치는 손목시계를 보았다. 벌써 오전 8시였다. 역에서 가까운 곳에 위치한 상점가였지만 활기는 거의 느껴지지 않았다. 게다가 오늘은 월요일이다. 앞으로 한동안은 이런 날들이 계속되는 것일까.

바로 옆에서 소리가 났다. 돌아보니 이웃의 도자기 전문점의 유리문을 열고 주인이 나오는 참이었다. 손에는 쓰레기봉투가 들려 있었다.

안녕하세요, 하라구치는 인사를 건넸다.

"아, 고헤이. 나왔군."

도자기 가게 주인은 짧게 자른 머리를 꾸벅 숙였다. 하라구치보다 열 살은 더 많은 그는, 하라구치가 초등학생일 때부터 이미 가게 일을 돕고 있었다.

"오늘은 좀 어때요? 도자기 만들기 체험 예약은 좀 들어왔나요?" 하라구치가 물었다.

주인은 씁쓸한 표정으로 고개를 저었다.

"누가 예약하겠어. 어제, 그저께도 주말인데 다 합해서 세 팀밖에 없었어. 이번 주는 더하겠지."

"그럴까요? 도쿄에서 소규모의 집단 감염이 발생했다고 듣긴 했는데, 현내에서는 아직 확진자가 없대요."

도자기 가게 주인은 입가를 일그러뜨리며 말했다.

"상관없어. 조금 지나면 여기서도 감염자가 나올 거야. 도쿄하고 다소 시간 차가 있긴 하지만 지금까지도 계속 그랬으니까. 그러면 또 관광이나 야외 활동은 삼가라고 하겠지. 다시 집콕 생활이 시작되는 거야. 그런 상황에서 누가 도자기 같은 데 관심을 가지겠어."

"그렇게 되면 저희도 힘들어지겠네요."

"자네는 문제없지. 외출을 삼가는 사람은 있어도 술을 삼가는 사람은 없잖아. 오히려 개인 주문은 늘지 않아?"

"그게 그렇지도 않더라고요. 집에서 마시는 사람은 인터넷에서 저렴하게 박스로 구입하거든요. 저희는 특산주를 주로 취급하니까, 음식점이나 술집에 납품하지 못하면 힘들죠."

"아, 음식점은 당분간은 또 힘들어질지도 모르겠네. 그리고 여관도. 어제 마루미야에서 들었는데, 뉴스가 나오자마자 바로 예약 취소 건이 나왔다고 하더라고."

"역시 그렇군요."

"이번에는 얼마나 갈지 모르겠지만, 앞으로 2주, 재수 없으면 한 달은 또 손가락 빨고 있어야 할지도 몰라. 정말 큰일이야." 말을 마친 주인은 몸을 돌려 쓰레기봉투를 들고 걸어갔다.

하라구치는 한숨을 내쉬었다. 호텔 마루미야는 이 부근에서 가장 큰 여관이라, 그곳의 취소 건수를 보면 매출이 얼마나 하락할지 대충 짐작할 수 있었다. 자신의 가게 매출이 아니라 이 지역 전체의 매출이.

하라구치는 가게 옆에 있는 주차장으로 갔다. 주차된 낡은 트럭 차체에 적힌 '하라구치 상점'이라는 글자는 흐릿해져 잘 보이지 않았지만, 지금은 도색을 새로 할 여유가 없었다.

트럭을 가게 앞으로 이동시킨 뒤에 배달할 술을 싣기 시작했다. 오늘 거래처는 여관과 술집, 음식점 등이다. 평소에는 열 곳 이상을 돌지만, 오늘은 겨우 세 곳이었다. 게다가 모두 주문량이 얼마 되지 않아서 짐칸은 썰렁했다.

배달을 나간 하라구치는 더욱 충격을 받았다. 모든 가게가 내일부터 당분간 주문을 중단하겠다고 하는 것이었다.

"어쩔 수 없지. 한동안은 손님이 들 것 같지 않은데. 동네 장사만 할 거면 술을 들여도 처치 곤란일 테니까." 얼마 후에 환갑이 되는 술집 주인은 미안한 듯 말했다. "솔직히 언제까지 가게를 계속할 수 있을지 모르겠어. 버텨보려고 했는데 올해는 힘들겠다, 접는 게 낫겠다고 집사람하고 상의하는 중이야."

하라구치는 말없이 수긍할 수밖에 없었다. 요즘은 어디를 가도 다 이런 이야기뿐이다. 밝고 긍정적인 이야기 같은 건 들어본 지 오래였다.

2020년 겨울, 모든 것이 바뀌었다. 이 지역뿐 아니라, 일본이, 아니 전 세계가 바뀌어 버린 것이다. 물론 신종 코로나 바이러스의 영향 때문이다.

도심 번화가에서는 상당수의 음식점들이 폐업으로 내몰렸다. 노포라 불리던 유명 가게, 긴자에서 수십 년간 영업해 오던 고급 클럽들도 하나둘 문을 닫았다. 확진자 수가 비교적 많지 않았던 지방도 사정은 마찬가지였다. 특히 관광객 의존도가 높은 지역의 타격이 컸다.

원래 인구는 많지 않다. 대부분의 음식점이 수익의 절반을 타지역 방문객에 의존하고 있는 실정이다. 하지만 코로나로 인해 지역 간의 왕래가 단절되면서 지역 음식점의 매출은 큰 폭으로 곤두박질쳤다. 정부의 긴급사태선언이 해제되고 나서도 상황은 크게 달라지지 않았다.

신종 코로나에 의한 폐렴 치료법이 다양하게 등장했고, 유효한 백신도 개발 단계에 있다고 했지만 과거의 활기가 되돌아올 날이 과연 올 것인가. 그것이 국민들의 공통된 생각이 아닐까. 적어도 이 마을에서는 그랬다. 하라구치는 그렇게 생각했다.

잠깐씩은 예전 같은 일상이 돌아오기도 했다. 지난달에는 상당수의 관광객들이 찾아와 숙박시설도 주말에는 만실이었다고 들었다. 하라구치는 납품을 위해 매일같이 음식점을 돌았다. 가게에는 활기가 넘쳤고, 직원들과 점주들 그리고 무엇보다 손님들의 표정이 밝았다.

하지만 그런 날들이 오래가지 않는다는 것을 사람들은 점차 깨닫기 시작했다. 변화에 대응하는 데에도 익숙해졌다. 이를테면 도쿄 도지사가 '도쿄에서 감염이 확산되고 있다.'라고 발표한 이튿날에는 관공서의 홍보 차량이 도로에 등장했다. 스피커에서는 '당장 필요하거나 시급하지 않은 일로 지역 간 왕래를 하는 것은 삼가시기 바랍니다'라는 말이 흘러나왔다.

그렇게 되면, 또 시작이구나 하고 모두 마음을 다잡는다. 이 마을에서 수도권으로 이동하는 사람이 줄어들 뿐 아니라, 그 반대, 즉 수도권에서 이 마을을 찾는 사람들도 줄어든다. 당연히 자영업자의 매출은 떨어진다. 이러한 사태가 지난 몇 개월 동안 얼마나 되풀이되었는지 모른다.

그리고 또다시 1주일 전에 도쿄에서 같은 내용의 지시가 내려왔다. '감염 확산의 조짐이 보인다'라는 표현으로, 일기 예보에 비유하자면 '주의보' 수준이다. 하지만 그것이 금방 '경보' 수준으로 격상할 가능성을 암시하고 있다는 건 이제 누구나 아는 사실이었다.

상경한 대학생 중에는 봄 방학이 되기 전에 이미 본가로 돌아온 사람도 있었다. 지난 1년 동안 기업의 원격 근무가 확산되었다. 회사에 가지 않아도 된다면, 감염 위험이 적고 비교적 규제도 느슨한 고향에 있고 싶다고 생각하는 건 당연지사였다.

배달을 마친 하라구치는 가게로 돌아오기 전에 트럭을 몰고 주택가 쪽으로 들어갔다. 큰길에서 조금 벗어나면 어디나 길이 좁아졌다.

빨간불에 정차했을 때 길가에 버려진 간판이 눈에 들어왔다. 일러스트와 함께 '환라비 하우스 2021년 5월 오픈 예정!'이라고 적힌 글자 옆에 구멍이 뻥 뚫려 있었다. 누가 발로 찬 걸까. 하라구치는 그 광경을 상상했다. 기대가 크면 배신당했을 때 실망도 큰 법이니까.

단독 주택 앞에서 트럭을 세웠다. 하라구치에게는 익숙한 집이었다. 어릴 적부터 드나들었던 까닭에 별 생각 없었는데, 새삼스레 보니 세월의 흔적이 역력했다.

트럭에서 내리기 전에 스마트폰을 꺼내 전화를 걸었다. 통화 연결음이 두세 번 울렸지만 연결은 되지 않았다.

전화를 끊고 하라구치는 고개를 갸웃거렸다. 스마트폰을 주머니에 넣으며 문을 열고 차에서 내렸다.

문에는 '가미오'라고 적힌 명패가 걸려 있었다. 그 밑에 있는 인터폰 버튼을 눌렀다.

답은 돌아오지 않았다. 하라구치는 다시 한번 버튼을 눌렀다. 하지만 여전히 답은 없었다.

이상하다는 생각이 들었다. 벌써 나가신 걸까?

주저하며 대문을 열고 안으로 들어갔다. 현관으로 다가가

문이 잠겨 있겠거니 생각하며 문손잡이를 돌렸다.

그러자……. 문이 스르륵 열렸다. 잠겨 있지 않았던 것이다. 집주인이 외출한 건 아닌 것 같았다.

안녕하세요, 하라구치는 큰 소리로 인사했다. 하지만 어스름한 복도에 공허하게 울려 퍼질 뿐, 어디에서도 대답은 들려오지 않았다.

"가미오 선생님, 안녕하세요. 안에 계십니까?"

역시 대답이 없는 걸 확인하고 하라구치는 잠시 망설였다. 무슨 일이 있는 게 아닐까. 혹시 쓰러진 게 아닐까, 그런 생각이 들었지만 들어가도 되는지 판단을 내릴 수가 없었다. 눈앞의 문은 닫혀 있었다. 그 너머로 널찍한 방이 있는 건 알고 있었다.

아, 그렇지. 순간 이 집에 뒷마당이 있다는 사실이 떠올랐다.

하라구치는 일단 현관에서 밖으로 나가 주택 외벽을 따라 돌아갔다. 예전에 이 뒷마당에서 바비큐를 했던 기억이 났다. 그때 모인 건 근처에 사는 중학교 동창들이었다. 중학교를 졸업한 지 5년도 더 지났을 때였다. 선물로 술을 들고 갔더니, 공짜로 받을 수는 없다며 다들 돈을 모아 값을 치렀다. 극구 사양했더니 가미오는 "그러지 말고 받으렴."이라고 말했다. "너는 술을 파는 사람이잖아. 아무리 친한 사이라도 파는 물건을 공짜로 주면 안 된다."

그 말을 듣고 맞는 말이라고 생각해서 돈은 받았다. 가미오 에이치란 인물은 졸업하고 몇 년이 지나서도 하라구치에게 삶의 이정표를 제시해 주는 은사였다.

통로를 지나자 뒷마당이 나왔다. 구석에 자리한 작은 감나무도, 그 옆에 놓인 식물 화분도 예전 모습 그대로였다.

하지만 한눈에 봐도 기묘한 것이 있었다. 뒷집과의 사이에 담이 있는데, 그 앞에 찌부러진 종이 상자가 여러 개 쌓여 있었다. 마치 뭔가를 감추는 것처럼. 성실하고 꼼꼼한 성격의 가미오 에이치 선생답지 않았다. 하라구치는 조심스레 상자 쪽으로 다가갔다. 아무것도 못 본 척하고 되돌아가는 게 좋지 않을까 하는 생각과, 숨겨진 것을 봐야 한다는 마음이 교차했다. 후자는 호기심이라기보다는 사명감에 가까웠다.

가장 위에 있는 상자를 잡고 당기자, 쌓인 상자들이 와르르 옆으로 쓰러지면서 그 아래 감춰져 있던 것이 드러났다.

●

3

월요일 오후.

주방 관련 쇼룸을 둘러봐야겠다는 마음에 회사를 나온 참
이었다. 스마트폰이 울리는 소리에 마요는 화면을 들여다봤
다. 화면에는 모르는 번호가 떠 있었다. 하지만 국번은 익숙
했다. 태어나고 자란 고향의 번호였다.

전화를 받자 남자 목소리가 "가미오 마요 씨 되십니까?" 하
고 물었다.

"네……."

그러자 상대는 제 신분을 밝혔다. 마요의 출신 지역을 관할
하는 경찰서의 경관이었다.

"가미오 에이치 씨가 아버님 맞으십니까?"

"그런데요, 아버지한테 무슨……."

"말씀드리기 송구스럽습니다만, 오늘 오전에 자택에서 쓰
러진 상태로 발견되셨습니다. 사망하셨습니다."

머릿속이 새하얘지면서 상대의 목소리가 귓가에서 멀어졌다.

도쿄역에서 신칸센으로 약 한 시간, 거기서부터 특급 열차
로 갈아타고 한 시간을 더 달려서야 겨우 본가에서 가장 가까

운 역에 도착했다. 역에서 나와 주변을 둘러봤다. 주차장이 유난히 넓고, 버스나 택시 승강장도 널찍한 건 이 지역의 주요 산업 중 하나가 관광업이기 때문이다. 식당이나 특산품 판매 매장도 늘어서 있었다. 하지만 현재는 성황을 이룬다고 말하기 힘든 상황이라는 건 밖에서 슬쩍만 둘러봐도 짐작이 갔다.

관광지라고는 해도 관광명소가 많은 건 아니었다. 지명의 유래가 된 유서 깊은 사원이 최대 볼거리였고, 그곳을 제외하고는 지극히 평범한 온천 마을이었다. 그래도 매화나 벚꽃이 피는 시기가 되면, 노년층 관광객들을 중심으로 북적거렸는데 과연 올해는 어떻게 될까. 분명 지역 주민들도 속을 끓이고 있을 터였다.

전국의, 아니 전 세계의 관광지와 마찬가지로 이곳 역시 작년에는 타격이 컸다고 들었다. 신종 코로나 바이러스의 영향으로 봄부터 초여름까지 관광업계의 기능은 완전히 정지되었다. 작년 가을부터 간신히 조금씩 관광객들이 돌아오기 시작한 모양이지만, 그래도 전성기의 3분의 1에도 못 미치는 수치라고 했다.

승강장에 택시 한 대가 서 있었다. 백발의 택시기사는 꾸벅꾸벅 졸고 있었다. 마요가 창문을 두드리자, 택시기사는 몽롱한 얼굴로 뒷좌석 문을 열었다.

"죄송한데 트렁크도 좀 열어 주실래요?"

커다란 여행 가방을 실어야 했다. 언제 도쿄로 돌아갈 수 있을지 몰라서, 손에 잡히는 대로 짐을 전부 챙겨왔다.

택시를 타서 행선지를 말했다. 경찰서라는 말에 택시 기사는 뜻밖이라는 반응을 보였다.

"어디서 오셨습니까?"

호기심을 주체할 수 없었는지, 출발하고 조금 지나 택시 기사가 물었다.

"도쿄에서요."

마요는 일부러 무뚝뚝하게 대답했다.

"그럼 귀성하신 겁니까?"

"네, 뭐."

"그렇군요. 하긴 다시 코로나가 확산되기 시작했다니까요."

택시 기사는 납득한 표정이었지만, 그래도 무엇 때문에 경찰서를 찾는지 궁금할 터였다. 마요는 물어보면 어쩌지 생각했지만, 다행히도 그 이상은 묻지 않았다.

가방에서 태블릿을 꺼내 문서를 열었다. 첫줄에는 오늘 날짜와 경찰에서 전화를 받은 시간이 기록되어 있었다.

아버지의 시신이 발견됐다는 소식을 듣고, 혼란스러운 나머지 생각이 멈출 것 같았다. 그래도 무슨 일이 일어난 건지 알아야겠다는 마음에 마요는 간신히 이성의 끈을 붙잡았다. 서둘러 가방에서 수첩과 펜을 꺼내 상대의 이야기를 메모했다. 머리가 제대로 돌아가지 않아서 상대의 말뜻을 완전히 이해하지 못하고 도중에 몇 번이나 질문했지만, 담당 경찰은 차근차근 설명해 주었다.

문서에 기록한 건 수첩에 메모한 내용을 정리해서 옮긴 것이었다. 열차 안에서 메모를 다시 읽어 보니 너무 글자가 엉망이라, 쓴 사람도 못 알아볼 것 같아서 새로 옮겨 두었다.

문서에는 다음과 같이 여러 항목으로 나누어 내용을 정리했다.

3월 8일 오전 10시경 시신발견 신고

- 장소: 가미오 에이치의 자택
- 신고자: 가미오 에이치의 자택에 방문한 사람 (남성/제자/이름은 불명)
- 사망 확인: 오전 10시 25분
- 시신의 신원: 가미오 에이치
- 사망 시각: 미확인
- 사인: 미확정(타살 가능성이 큼)
- 가족: 전화기 통화 기록으로 추측

한마디로 이런 것이다. 오늘 오전 중, 에이치를 찾아온 남성이 시신을 발견해 경찰에 신고했다. 신고를 받고 출동한 경찰이 시신을 확인했지만, 사망 시기와 사인은 아직 밝혀지지 않았다. 하지만 타살 가능성이 있다는 건 시신의 외관이나 상황으로 미루어 보았을 때 분명했기 때문에 수사에 착수하였다. 에이치 외에 거주자가 없어 유가족을 파악했다. 집 전화기에 마요의 전화번호가 저장되어 있었다.

방문객은 에이치의 제자인 모양이었다. 지금은 은퇴했으니 정확히 말하면 옛 제자라고 해야겠지. 이름은 모르지만 경찰이 파악하지 못했을 뿐, 경찰서에 가서 물어보면 마요는 그가 누군지 바로 알 수 있을 것이다.

마요는 어쩌면 자신의 동창일지도 모른다고 생각했다. 에이치는 제자들의 존경을 받았지만, 학생이나 졸업생이 자주 집에 찾아오는 정도는 아니었다. 일요일에 열릴 동창회 때문에 누가 찾아온 게 아닐까 생각했다.

태블릿을 가방에 넣고 이미 어스름해진 창밖을 보았다. 주변은 높고 낮은 산들에 에워싸여 있었고, 중앙차선도 없는 좁은 1차선 도로 양 옆으로 주택이 늘어서 있었다. 주차장이 유독 많은 건, 차 없이 생활하기 불가능한 지역이어서다. 그래서 한 세대가 여러 대의 차를 소유한 경우도 드물지 않았다.

잘 아는 곳인데도 낯선 외국에 온 것처럼 위화감이 들었다. 고향이지만 향수에 젖을 수 없는 특수한 상황 때문인지도 모른다. 설마하니 이런 식으로 귀성하게 될 줄은 꿈에도 몰랐다.

전화를 건 경찰이, 시신의 신원은 밝혀졌지만 가급적이면 가족이 확인해 주었으면 한다고 해서 오늘 출발하겠다고 대답했다. 하지만 준비할 것도 있고, 회사에 연락해 사정을 말해 둬야 하니 밤에야 도착할 것 같다고 미리 양해를 구했다.

그 후에 바로 회사로 돌아가 상사에게 사정을 말했다. 언제나 비릿한 웃음을 머금은 그 얼굴도 그때만큼은 표정이 굳어졌다.

일단 오늘은 조퇴하고 내일부터 금요일까지 휴가를 냈지만, 상황에 따라서는 한동안 회사에 복귀하지 못할지도 모른다. 고객이나 거래처에 연락해 일정을 최대한 조정했고, 불가능한 건은 대신해 줄 직원을 찾았다. 출근하지 않아도 재택근무가 가능한 업무는 모두 가져왔다. 여행 가방 안에는 노트북 컴퓨터와 업무 파일도 들어 있었다.

외부에 있던 겐타에게는 신칸센을 타기 전에 전화로 사정을 알렸다. 아버지가 돌아가셨다, 타살일지도 모른다고 말하니 겐타는 말문을 잇지 못했다.

"자세한 건 나도 모르겠어. 지금부터 경찰서에 가서 이야기를 들어보려고. 상황이 좀 정리되면 다시 연락할게."

알았어, 결혼을 약속한 남자는 쥐어짜는 목소리로 대답했다.

"내가 할 수 있는 일이 있으면 말해. 나도 휴가 내도 되고."

"고마워. 그런 일 생기면 말할게."

그렇게 대답하고 전화를 끊었다.

겐타와 나눈 대화를 떠올리며, 그의 힘을 빌려야 하는 건 어떤 상황일지 생각해 보았다. 아직 결혼한 사이는 아니다. 혹시라도 살인 사건에 말려든 거라면 예정대로 식을 올릴 수 있을지도 불분명했다.

정신없이 준비를 하느라 사태에 대해 차분히 생각해 볼 여유가 없었다. 하지만 이렇게 고향 풍경을 바라보는 동안, 엄청난 일이 일어났다는 감각이 차츰 현실로 다가와 가슴에 밀려들었다.

교차로가 얼마 없어서 신호 대기 시간도 길지 않았다. 이내 경찰서 앞에 도착했다.

여행 가방을 끌고 정문으로 걸어갔다. 경찰서는 3층짜리 낡은 빌딩이었는데, 딱히 위압감이 느껴지지는 않았다. 쓸데없이 넓은 주차장에 세워 놓은 경찰차들이 아니었다면 공민관(일본의 평생교육시설) 같은 걸로 착각했을 것이다. 생각해 보니 이 경찰서를 찾은 건 처음이었다.

입구에 서 있는 젊은 제복 경관에게 찾아온 용건을 말했다. 아마 모를 것이라 생각했는데, 뜻밖에도 경관은 고개를 끄덕였다.

"이야기 들었습니다. 이쪽으로 오시죠."

놀랍게도 안내까지 해주려는 모양이었다. 도쿄의 경찰이

었다면 이렇게까지는 하지 않을 것이다. 역시 시골이었다. 젊은 경관은 접수처로 가서 뭔가 이야기하더니 다시 마요가 있는 곳으로 돌아왔다.

"여기서 잠깐 기다려 주십시오. 담당자가 바로 올 겁니다."

"알겠습니다."

대기실의 낡고 작은 소파에 앉아 있는데 중년 남성이 성큼성큼 다가왔다. 키는 크지 않았지만 풍채가 좋아서 관록이 느껴졌다.

"가미오 에이치 씨의……."

마요는 일어나 인사했다. "딸입니다."

남자는 호흡을 가다듬듯 숨을 들이마셨다 뱉더니, 허리를 곧게 펴며 말했다.

"아버님 일은 정말 유감입니다. 많이 놀라셨을 줄로 압니다."

"저기…… 아버지 시신은 지금 어디 있나요?"

"안내해 드리겠습니다. 이쪽으로 오시죠."

마요는 걸음을 옮기는 남자를 따라 걸었다.

남자는 이동하며 자기소개를 했다. 형사과 가키타니라고 했다. 통화한 경찰과는 다른 사람인 것 같았다.

안치실은 지하에 있었다. 마치 창고처럼 휑한 방 한가운데에 침대가 놓여 있었고, 그 위에 에이치의 시신이 눕혀져 있었다. 얼굴은 흰 천으로 덮어 놓았다. 그 옆에 둥근 안경이 놓

44

여 있었다. 현직에 있을 때 트레이드마크였던 안경이다.

"혹시…… 아버지 얼굴에 뭔가 문제가 있나요?"

혹여라도 무참한 상처 자국이 있다면 얼굴을 보기 전에 마음의 준비를 단단히 해야겠다고 생각했다.

"얼굴…… 아뇨, 딱히 그런 건 아닙니다. 천은 제가 덮었습니다만, 특별한 이유는 없습니다. 왠지 그러는 게 좋을 것 같아서요. 안경은 바닥에 떨어져 있었습니다."

"그랬군요……."

마요는 천천히 다가가 조심스레 얼굴을 덮은 천을 벗겼다.

가키타니의 말대로 천에 가려져 있던 얼굴에서는 딱히 이상한 점을 찾아볼 수 없었다. 하지만 잠든 것처럼 눈을 감고 있는 노인의 얼굴을 보고, 순간적으로 에이치가 아닌 다른 사람인가 싶었다. 이런 얼굴이었나, 하는 생각이 들었지만 이내 표정이 없기 때문이라는 걸 깨달았다. 에이치는 늘 표정이 풍부했다. 그에 비해 눈앞에 있는 얼굴은 가면처럼 밋밋해서 아무 감정도 드러내고 있지 않았다.

뒤에서 가키타니가 어떠십니까, 하고 물었다.

"저희 아버지가 맞아요. 틀림없습니다." 그렇게 대답한 순간, 가슴속에서 뜨거운 뭔가가 북받쳐 올랐다.

시신을 아버지라고 인정한 제 말을 듣고서야, 소중한 가족을 잃었다는 사실을 실감하게 된 것이다. 얼굴에 열이 오르는

45

걸 자각하자마자 눈물이 쏟아졌다. 가방에서 손수건을 꺼내려 했지만 한 박자 늦었다. 눈물이 바닥에 뚝뚝 떨어졌다.

마요는 에이치의 뺨을 만져봤다. 싸늘하고 딱딱한 감촉에 한층 절망이 깊어졌다.

눈을 감고, 마지막으로 아버지를 만난 게 언제였나 생각해보았다. 어떤 이야기를 했던가. 하지만 아무리 기억을 되짚어도 한참 전의 오래된 추억밖에 찾을 수 없었다.

심호흡을 연신 반복한 뒤에야 겨우 가방에서 손수건을 꺼내 눈물을 훔쳤다. 가키타니를 돌아보며 가장 궁금한 걸 물었다. "아버지에게 무슨 일이 생긴 건가요?"

"설명해 드리겠습니다. 저희도 여쭤볼 게 있고요. 지금 시간 괜찮으십니까?"

"괜찮습니다. 그것 때문에 온 거니까요."

"그럼 장소를 옮기시죠."

가키타니는 문을 열었다.

그가 안내한 곳은 작은 회의실이었다. 가키타니는 잠깐만 기다리라는 말을 남기고 나갔다. 몇 분쯤 지나 문을 열고 가키타니가 들어왔는데, 그 뒤로 남자 몇 명이 함께 들어왔다. 그중에는 고위직으로 보이는 제복 차림의 인물도 있었다. 모두 표정이 심상치 않았다.

맞은편에 앉은 가키타니가 A4 크기의 서류를 들었다.

"그럼 자세한 경위를 말씀드리겠습니다. 하지만 그 전에 그저께 아침부터 오늘 아침까지의 행동에 대해 알려 주시겠습니까?"

"네……?" 마요는 당혹감을 감추지 못했다. 질문의 의도를 이해하는 데 시간이 걸렸다 "행동이라뇨, 누구 행동 말인가요? 저요?"

"맞습니다."

"저기, 그런 걸 대체 왜 물으시는 거죠?"

가키타니는 두 손으로 책상을 짚고는 죄송합니다, 하고 고개를 숙였다.

"지금부터 설명해 드릴 테지만, 저희는 이번 일을 지극히 중대한 사건이라 인식하고 있습니다. 아마 수사가 대대적으로 진행되리라 예상합니다. 모든 관계자 여러분에게 사건에 관여했을 가능성이 있는지를 확인하게 될 겁니다. 예외는 없습니다. 따라서 아버님을 여의고 아직 마음 정리도 되지 않으신 줄 알면서도 이렇게 실례되는 질문을 하게 되었습니다. 부디 양해해 주시기 바랍니다."

마요는 눈을 돌려 다른 인물들을 보았다. 모두 침통한 기색으로 고개를 떨구고 있었다.

예삿일이 아니라는 걸 새삼스레 실감했다. 그들 역시 긴장한 것이다.

알겠습니다, 마요는 가키타니에게 대답했다.

"그저께는 종일 집에서 청소와 빨래를 했어요. 어제 오전에는 내내 결혼 준비를 하러 남자친구와 함께 여기저기 돌아다녔고요. 연락처나 담당자도 기억하니까 확인하시면 됩니다. 그러고는 영화를 보러 갔어요. 보고 나와서는 식사를 했고요. 남자 친구 이름은 나카조 겐타입니다. 밤 10시 반쯤에 집으로 돌아왔고, 오늘 아침에는 평소처럼 출근했어요. 이상입니다."

마요는 말을 끝맺었다.

"감사합니다. 그럼 이따가 연락처를 알려 주시겠습니까?"

"네."

"부탁드립니다. 그저께는 계속 집에 계셨다고 하셨는데, 혼자 계셨습니까?"

"혼자였어요."

"외출은 한 번도 안 하셨습니까? 점심이나 저녁 식사 시간에……."

"집 밖으로는 안 나갔어요. 대신 저녁에 근처 음식점에서 배달을 시켰죠."

"가게 이름과 정확한 시간을 알려 주시겠습니까?"

"'난푸테이'라는 경양식집이에요. 시간은 아마 7시쯤이었을 거예요."

"자주 가십니까?"

"예전에는 그랬죠. 코로나 이후에는 배달이 돼서 종종 시켜 먹어요."

"그러면 배달원과도 아시겠군요?"

"네, 얼굴은 알죠."

"알겠습니다. 그럼 다시 한번 가게 이름을……."

마요는 난푸테이라고 말한 뒤 한자도 가르쳐 줬다.

가키타니는 들고 있던 서류를 보며 물었다.

"자, 그럼 사건의 개요에 대해 설명하겠습니다. 가미오 에이치 씨의 제자 중에 하라구치라는 남성을 아십니까?"

마요의 머릿속에 그 이름이 떠오르기까지 오래 걸리지는 않았다. 분명 집이 주류 도매상을 하는 하라구치다. 중학교 시절의 까불거리던 모습이 생각났다.

"동창 중에 하라구치 고스케…… 고헤이였나? 그런 친구가 있어요."

가키타니는 흡족한 표정으로 고개를 끄덕였다.

"고헤이 씨입니다. 오늘 오전에 가미오 에이치 씨 댁을 방문한 사람이 그 하라구치 씨입니다. 하라구치 씨의 말로는 어제 낮과 밤에 가미오 씨에 전화를 걸었지만 받지 않았다고 합니다. 아침에도 전화했지만 받지 않았다네요. 그래서 왠지 마음에 걸려서 집으로 찾아갔다고 하더군요."

가키타니는 이어서 다음과 같이 설명했다.

하라구치는 인터폰을 눌렀지만 답이 없었다. 부재중인가 싶었지만 일단 현관문을 돌려 봤더니 문이 잠겨 있지 않았다. 가미오 선생님을 불렀지만 아무 반응이 없었다. 허락도 없이 집에 들어가기가 꺼림칙해서, 집 안이 보이는 뒷마당으로 갔다. 그러자 마당 구석에 뭔가를 숨기듯 종이 상자가 여러 개 쌓여 있었다. 상자를 치우고 소스라치게 놀랐다. 그 아래 사람이 있었기 때문이다. 게다가 죽은 것 같았다. 그가 가미오 에이치인지 확인할 겨를도 없이, 하라구치는 그 자리에서 경찰에 신고부터 했다.

"그 후의 과정은 들으셨을 테지만 일단 간략하게 설명하겠습니다. 경찰이 곧바로 출동해 쓰러져 있던 인물의 사망을 확인했고, 동시에 하라구치 씨의 증언과 시신이 소지하고 있던 운전면허증 등으로 가미오 에이치 씨라고 판단했습니다. 가족분의 연락처를 알아내기 위해 집 안을 수색했고, 전화기에 마요 씨 이름으로 번호가 저장되어 있었습니다. 하라구치 씨가 따님이라고 알려 줬습니다."

서류를 읽던 가키타니는 고개를 들고 "여기까지 말씀드린 것 중에 궁금한 점이 있으십니까?"라고 물었다.

아버지는, 하고 말문을 열었지만 목소리가 잠겼다. 마요는 헛기침을 한 다음 다시 말을 이었다.

"아버지가 살해됐다는 건가요?"

가키타니는 상사인 듯한 인물들에게 눈길을 주더니 다시 마요를 보며 말했다.

"저희는 그럴 가능성이 높다고 생각합니다."

"어떤 식으로…… 살해되신 건가요? 아까…… 시신을 봤을 때는 잘 모르겠어서."

그건…… 가키타니는 다시 상사들을 힐끗 보더니 고개를 저었다.

"아직 말씀드리기 어렵군요. 이제 부검을 시작할 겁니다. 그때까지 확실치 않은 말씀은 드릴 수가 없습니다."

"칼 같은 걸로 찔린 건 아니라는 건가요?"

"죄송합니다. 말씀드릴 수 없습니다."

"혹시 폭행?"

가키타니는 말이 없었다. 부정하는 건지, 대답할 수 없다고 거부하는 것인지 짐작이 가지 않았다.

"범인은? 아까 제 알리바이를 물으신 걸 보니 아직 잡히지 않은 거죠?"

가키타니는 네, 하고 대답했다. "막 수사에 착수한 참입니다."

"단서는요? 범인으로 짐작되는 사람이 있나요?"

가키타니가 무언가 말하려던 순간이었다. "가미오 씨." 옆에서 부르는 소리가 들렸다. 그중에서 가장 높은 사람처럼 보이는, 제복 차림의 남성이 마요를 보고 있었다.

"그런 건 저희에게 맡기시면 됩니다. 저희가 반드시 범인을 체포하겠습니다."

"그래도 대강이라도……."

알려 줘도 되지 않냐고 하려다 마요는 애써 말을 삼켰다. 유족에게 자세한 이야기를 해도 수사에 도움이 되지는 않는다. 경찰은 그렇게 생각하고 있을 테고, 그게 사실일지도 몰랐다.

"저희가 질문해도 되겠습니까?"

마요는 "그러세요." 하고 대답했다.

"흔해빠진 질문이지만, 혹시 짚이는 데가 없으십니까? 아버님이 누군가와 갈등 관계에 있었다거나, 어떤 문제에 연관되었거나……."

"전혀 짚이는 데가 없네요."

마요는 즉시 부정했다.

"조금 더 생각해 보시죠."

마요는 천천히 고개를 저었다.

"집에서 나와 여기 도착할 때까지 계속 생각했어요. 아버지가 살해되다니 꿈에도 생각 못 한 사태였지만, 혹시라도 이유도 없이 앙심을 품었거나, 열등감을 가지는 등 아버지가 잘못한 게 없어도 원한을 샀을 가능성도 있을 것 같아서 이런저런 생각을 해봤어요. 하지만 역시 떠오르는 게 없어요. 무차

별 살인이나 묻지 마 살인 같은 것밖에요."

감정을 다스리며 이야기를 마치고 가키타니의 얼굴을 마주 보았다. 형사는 연신 눈을 깜빡이며 살며시 고개를 끄덕였다.

"잘 알겠습니다. 그럼 다른 질문을 하겠습니다. 가미오 에이치 씨 댁에, 즉 본가에 값나가는 물건이나 귀중품이 있었습니까? 도둑맞을 만한 물건이라 표현해도 좋겠군요."

마요는 눈을 부릅떴다.

"강도 살인일 수도 있다는 건가요?"

"그럴 가능성도 고려하고 있다는 뜻입니다. 어떻습니까?"

아무래도 집에 누군가가 침입한 흔적이 남아 있는 모양이었다. 아까 가키타니는 실내를 수색하다 전화기에서 마요의 연락처를 알아냈다고 했다. 집에 문단속이 되어 있었다면, 무단으로 들어가지는 않았겠지. 누군가가 집을 어지럽히는 모습을 상상하니 한층 기분이 침울해졌다.

"저는 잘 모르겠네요. 적어도 집에서 그런 물건을 본 기억은 없습니다."

"그렇군요. 그래도 없어진 물건이 있는지 한번 확인해 주시길 부탁드립니다."

"저는 괜찮은데, 오늘 당장요?"

"오늘은 시간이 늦었으니 내일 오전은 어떨까요?"

"그렇게 할게요. 집으로 직접 가면 되나요?"

"아뇨, 저희가 모시러 가겠습니다. 오늘 밤에는 어디 묵으실지 정하셨습니까?"

"네, '호텔 마루미야'예요."

낮에 전화할 때 당분간은 현장 보존에 협조해 달라고 해서 서둘러 숙소를 예약했었다. 명색이 관광지라 숙소를 잡기는 어렵지 않았다.

"'마루미야'군요. 알겠습니다." 가키타니는 메모하고 나서 고개를 들었다. "그런데 아버님의 지난 주 스케줄에 대해 뭔가 아시는 게 있습니까? 어디 가신다거나, 누구를 만난다는 이야기 같은 건 못 들으셨나요?"

"특별히 들은 건 없어요. 요즘 연락을 잘 안 해서……."

"그렇군요……." 가키타니는 다시 상사 쪽을 힐끗 보았다. 지금 질문에 뭔가 중대한 의미가 있던 걸까.

그 후에 가키타니는 마지막으로 아버님을 만난 건 언제냐, 어떤 이야기를 나눴냐 같은 질문을 했다. 아까 시신 앞에서도 그랬지만, 여기서도 또렷하게 떠오르지 않았다. 아마 지난번 귀성했을 때였던 것 같지만, 대화 내용까지는 기억이 나지 않았다.

마지막으로 여러 가지 수속을 밟았다. 에이치의 휴대전화를 조사하거나, 주민등록이나 호적등본을 떼는 것에 동의하는 내용이었다. 아버지의 사생활이 공개되는 것에 거부감이

54

들었지만 수사를 위해서는 어쩔 수 없는 일이라 생각하며 마음을 다잡았다.

오후 7시가 되어서야 마요는 경찰서를 나올 수 있었다. 가키타니가 현관까지 배웅했다. 택시를 부르겠냐고 물어봐서 그래 달라고 부탁했다.

택시 회사에 전화를 한 뒤에 가키타니는 스마트폰을 안주머니에 집어넣으며 미안하다는 듯 고개를 숙였다.

"피곤하시죠? 죄송합니다. 여러 명이 둘러싸고 압박해서. 이 지역에서 살인 사건 같은 건 거의 일어나지 않으니, 서장님도 어깨에 힘이 단단히 들어갔어요."

아까 봤던 높은 사람은 경찰서장인 모양이다. 마요는 아니에요, 라고만 대답했다.

"마음이 많이 아프시죠? 그만큼 인망 두터운 분이 이런 비극적인 일을 당하다니, 정말 부조리하다는 생각밖에 안 듭니다. 저도 범인을 용서할 수 없습니다."

"그만큼?" 마요는 가키타니의 얼굴을 바라보았다. "아버지를 아세요?"

그는 "네." 하고 고개를 끄덕였다.

"저도 이 지역 사람입니다. 중학교 시절에 가미오 선생님이 국어 담당이셨습니다."

"아…… 그러셨군요."

"반드시 범인을 붙잡겠습니다."

"감사합니다. 부탁드립니다."

감사 인사를 하며 아주 조금이지만 위로받은 느낌이 들었다.

이내 택시가 도착했다. 경찰서를 떠나는 순간, 에이치와 마지막으로 나눈 말이 떠올랐다. 전화로 결혼식 당일의 스케줄을 설명했을 때였다. 전화를 끊기 직전에 아버지는 이렇게 말했다.

"드디어 마요도 새신부가 되는구나. 행복하게 살아야 한다."

●

4

알람 소리에 마요는 눈을 떴다. 팔을 뻗어 머리맡에 있는 스마트폰을 눌러 소리를 껐다. 벌써 오전 7시였다. 커튼 사이로 눈부신 햇살이 새어 들어왔다.

드디어 아침이다.

간밤에 몇 번이나 잠을 설쳤다. 창밖은 어두컴컴해서 다시 눈을 붙이려 애썼지만, 깊이 잠들지는 못했다. 지금도 알람 소리에 깬 건 아니었다. 이미 의식은 깨어나 있었지만, 일어날 기운이 없어서 이불 속에서 웅크리고 있었다.

마음을 다잡고 이불을 차며 벌떡 일어났다. 바닥에서 자는 건 오랜만이었지만 그 때문에 푹 잠들지 못한 건 아니었다.

에이치의 얼굴이, 안치실에 누운 죽은 아버지의 얼굴이 눈에 달라붙어 떨어지지 않았다.

동시에 생전의 에이치 그리고 가족끼리 즐겁게 지냈던 장면이 차례차례 떠올라서, 그때마다 지독한 슬픔에 휩싸였다. 아버지는 언제까지나 정정할 것이라고, 근거도 없이 그렇게 믿었다. 어떻게 그렇게 태평할 수 있었을까 하고 자기혐오에 빠지기도 했다.

화장실에 들어갔다 세수를 했다. 수면 부족 때문인지 머리가 무거웠다. 거울에 비친 얼굴을 보니 눈 밑이 거뭇하지는 않았지만, 누가 봐도 활력이 없었다. 두 손으로 뺨을 찰싹 치며 몸과 마음에 기합을 넣었다.

이번 숙박에는 조식도 포함되어 있었다. 식욕은 하나도 없었지만 일단 식당으로 갔다. 오늘은 아마 긴 하루가 되겠지. 뭔가 먹어두지 않으면 몸이 버티지 못할 것이다.

스마트폰을 집어 든 순간 메시지가 도착했다. 겐타였다.

'눈 좀 붙였어? 나도 그쪽으로 갈까?'

어젯밤 겐타에게 연락해 경찰서에서 있었던 일들을 이야기했다. 살인 사건일 가능성이 크다고 하자 그는 새삼 놀란 눈치였다. 결혼식을 어떻게 할 것인지 신경이 쓰였을 텐데, 말을 꺼내지는 않았다. 이 상황에서 이야기하기에는 적절치 않다고 생각했겠지.

마요는 조금 생각한 뒤에 '푹 자지는 못했지만 상태는 괜찮아. 일단 오늘은 집에 다녀올게. 나 혼자서도 괜찮으니까 걱정 마.'라고 답장을 보냈다. 곁에 있었으면 하는 바람도 있었지만, 한편으로는 너무 의지해서는 안 된다는 마음도 있었다. 겐타에게도 해야 할 일이 있다. 그리고 아직 결혼하지 않은 사이니까.

식당에 가자 다른 손님은 보이지 않았다. 그러고 보니 어젯밤부터 사람을 본 기억이 없다. 평일이기도 하고, 신종 코로나의 영향일지도 모른다.

앞치마를 두른 중년 여자가 안녕하세요, 하고 살갑게 인사를 건넸다. 그녀가 이곳 사장이라는 건 어젯밤 체크인할 때 알았다.

어디에 앉아도 상관없을 것 같아서 창가의 4인용 테이블에 자리를 잡았다.

사장이 식사를 가져왔다. 생선구이를 올린 전통적인 아침상이었다. 갈아 놓은 무를 보니 조금 식욕이 돋았다. 잘 먹겠습니다, 중얼거리며 손을 마주한 뒤에 젓가락을 들었다. 맛있는 냄새가 나는 된장국을 한 모금 마시자 온몸의 세포가 눈을 뜨는 것 같았다. 생선구이도 맛있어서, 이게 혼자 온 여행이라면 얼마나 행복할까 생각했다.

벽에 붙여 놓은 포스터가 눈에 들어온 건 아침을 반쯤 먹었을 때였다. 남자다운 생김새의 청년이 깎아지른 듯한 절벽을 오르는 일러스트였다. 그 캐릭터는 마요도 잘 아는, 어느 인기 만화의 주인공이었다.

포스터에는 '환라비 하우스 건설! 내년 5월 오픈 예정'이라고 적혀 있었다.

그러고 보니 그런 이야기도 나왔었다. 인터넷 뉴스에서 본 기억이 났다.

멍하니 생각에 잠겨 있는데 "출장 오신 건가요?" 하고 묻는 목소리가 들렸다. 찻주전자를 든 사장이 다가와 마요의 컵에 차를 따라 주었다.

"네, 비슷해요." 마요는 말을 흐렸다. 이 지역 출신이라고 하면 이것저것 물어볼 것 같아서였다.

"그러시군요. 고생이네요, 이런 시기에……."

하필 신종 코로나 감염 재확산의 조짐이 보이는 때에, 라고 말하고 싶은 투였다.

사장은 포스터를 가리켰다. "저거 아세요?"

"알죠. 환뇌 라비린스 맞죠?"

줄여서 '환라비'라 불렸다. 요즘은 조금만 길어도 뭐든 줄임말을 만들어 낸다.

"이런 포스터는 이제 떼는 게 좋으려나요. 계획이 엎어졌으니까요. 하지만 왠지 미련이 남아서요."

사장이 말했다.

"내년 5월 오픈 예정이라고 적혀 있네요."

사장은 힘없이 웃으며 대답했다.

"저 포스터를 붙인 게 작년 초였으니까, 계획대로라면 올해 5월이었죠. 그때는 설마 코로나로 이렇게 될 줄은 꿈에도 몰랐죠."

"작품에 나오는 집을 재현한다는 계획이었죠?"

맞아요, 하고 사장은 고개를 끄덕였다.

"사실 그 애니메이션 원작자가 이 지역 출신이에요."

"아, 그런가요?"

물론 알고 있었지만 마요는 처음 듣는 것처럼 대꾸했다.

"주인공이 사는 마을의 모델이 이 동네예요. 그래서 주인공의 집을 똑같이 짓자는 이야기가 나왔죠. '환라비 하우스'라고."

"레이몬지 아즈마가 잠들어 있는 집이죠?"

마요는 주인공의 이름을 말했다.

사장은 흡족한 표정으로 눈을 가늘게 뜨며 말했다.

"손님도 좋아하시나 봐요?"

"예전에 가끔 봤어요."

마요의 답에 사장은 조금 놀란 듯 눈을 동그랗게 떴다.

"신기하네요."

"아주 가끔요."

"그러셨군요. 저는 만화책이 있는 줄은 전혀 몰랐어요. 하지만 아들 녀석들이 애니메이션을 열심히 보길래, 뭐가 그렇게 재미있냐고 물었더니 내용도 좋고, 이 동네가 모델이라고 하는 거예요. 저도 어쩌다가 봤죠. 아는 곳이 그대로 나오면 신기하잖아요. 마을이 나오는 장면이 그렇게 많지는 않았지만."

"주요 무대는 라비린스니까요."

"굉장하죠. 어떻게 그런 생각을 했는지 몰라요. 만화가들 머릿속은 대체 어떻게 돌아가는지 모르겠다니까요." 사장은 감탄하면서 다시 포스터를 보더니, 불현듯 한숨을 흘렸다. "코로나만 아니었으면 지금쯤 분위기 좋았을 텐데."

"'환라비 하우스' 계획은 언제 중지된 건가요?"

"정식 결정이 난 건 작년 6월쯤이었을 거예요. 하지만 그전부터 중지될 거란 소문은 돌았죠. 1년 후에 코로나가 어떻게될지 모르는 상황이었고, 진정되더라도 사람들이 얼마나 찾을지 예측이 어려웠으니까요. 설령 애니메이션 팬들이 많이온다 해도, 그러면 또 감염 위험이 발생하니까요. 어느 쪽이든 가망이 없었죠."

사장의 이야기는 하나도 놀랍지 않았다. 도쿄 올림픽이 연기되고, 디즈니랜드는 영업을 장기간 중지했다. 1년 후의 애니메이션 기념관 오픈은 허황된 이야기일 수밖에 없었다.

"기대했던 사람들이 많았던 것 같은데 안타깝네요."

마요는 그렇게 말했다. 빈말이 아니라 진심이었다.

그러자 사장은 고개를 끄덕이더니 얼굴을 찌푸렸다.

"안타깝기만 하면 다행인데, 크게 손해를 본 사람도 많아요."

"그런가요?"

"그렇죠. 애초에 어느 기업에서 계획한 사업이 아니라, 지역활성화를 위해 주민들이 나서서 한 일이니까요. 여기 사람들이 꽤 많이 투자했을 거예요. 그중에는 조상님에게 물려받은 땅을 팔아서 돈을 마련한 사람도 있다더라고요. 공사는 70퍼센트쯤 진행됐다고 하는데, 그때까지 들인 돈을 되돌려 받을 수도 없으니까요."

"그런 일이 있었군요……."

태어나 자란 고향 일인데도 전혀 몰랐다. 에이치는 알고 있었을 텐데, 도쿄에서 일하는 딸에게 말한들 소용없다고 생각한 걸까.

사장은 벽시계를 올려다보며 당황한 낯으로 손사래를 쳤다.

"어머, 나도 주책이네, 손님한테 쓸데없는 말이나 걸고……."

"아니에요."

"천천히 드세요. 차 필요하면 불러 주세요."

사장은 가벼운 걸음으로 자리를 떴다.

다시 포스터를 보던 마요는 '원작 구기미야 가쓰키'라는 글자를 발견했다. 자그맣고 비쩍 마른 몸에 늘 구부정하게 걷던 모습이 기억 한구석에서 되살아났다. 구기미야와는 중학교 2학년 때 같은 반이었다. 그 조용한 소년이 전국적으로 화제를 불러일으킨 작품을 만들어 냈다니, 사람의 앞날이란 정말 예측할 수가 없다.

그러고 보니…… 죽은 쓰쿠미 나오야와 구기미야 가쓰키는 사이가 좋아서 늘 같이 다녔다. 병으로 쓰러지기 전까지 쓰쿠미 나오야는 반의 중심이었고, 구기미야는 '쓰쿠미의 부록'이라는 뒷말을 들었다.

모모코의 이야기로는, 이번 동창회는 쓰쿠미 나오야의 추모식도 겸한다고 했다. 그래서 구기미야도 바쁜 와중에 참석할 마음을 먹었는지도 모른다.

식사를 마치고 방으로 돌아와 화장을 하는데 전화가 왔다. 가키타니였다. 앞으로 한 시간쯤 뒤에 호텔로 찾아가려는데 괜찮겠냐고 했다. 마요는 괜찮다고 대답했다.

객실 전화로 프런트에 연락해 숙박 일정을 연장했다. 오늘 도쿄로 올라가기는 어려울 것 같았다.

채비를 마쳤을 즈음 가키타니에게 다시 전화가 왔다. 호텔 앞이라고 했다. 서둘러 나가자 승용차 한 대가 서 있었고, 그 옆으로 두 사람이 서 있었다. 가키타니와 처음 보는 젊은 남자였다. 둘 다 양복 차림이었다. 경찰차로 올 줄 알아서 조금 의외이긴 했지만, 생각해 보니 그러면 너무 눈에 띨 것 같았다.

마요는 뒷좌석에 가키타니와 나란히 앉았다. 젊은 남자는 운전석에 앉았다.

"좀 진정되셨습니까?"

달리기 시작한 자동차 안에서 가키타니가 그렇게 물었다.

"조금요."

"힘드실 줄은 압니다만, 한시라도 빨리 범인을 체포하기 위해 수사에 협조해 주시면 감사하겠습니다."

"그럼요. 저야말로 잘 부탁드립니다."

"송구스럽습니다. 그럼, 이번 사건에 대해 뭔가 생각나신 게 있으십니까? 사소한 것이라도 상관없습니다."

"그게, 어젯밤에도 잘 생각을 해봤는데요······."

"딱히 짚이는 게 없다고요?"

"죄송합니다······."

"죄송하실 일은 아니죠. 그런 경우가 더 많으니까요."

네, 하고 고개를 끄덕이며 가키타니의 말뜻을 생각했다. 그런 경우라니 무슨 말일까. 딱히 이렇다 할 이유도 없이 억울하게 살해되는 사람이 많다는 건가? 아니면 실은 살해당할 동기라는 게 존재했지만, 피해자의 가족은 그걸 전혀 모르는 일이 많다는 뜻일까.

마요는 왠지 가키타니가 후자의 뜻으로 한 말이 아닐까 생각했다. 본가를 나와 도쿄에서 생활하는 딸이 고향에 있는 아버지의 모든 것을 파악하고 있을 리 없다고 생각하는 게 틀림없었다.

애석하게도 부정할 수는 없었다. 대학 진학과 동시에 상경했고, 그대로 고향에 돌아오지 않고 취직해 도쿄에 정착했다. 귀성하는 건 고작 1년에 한두 번이었고, 대부분은 하룻밤만 자고 다시 올라갔다. 아버지의 최근 취미가 무엇이었는지,

그런 질문에도 완벽하게 대답하지 못했다.

애초에 마요가 독립하기 전부터 그랬을지도 모른다. 아버지가 하는 일에 관심을 가진 기억이 없다. 아니, 굳이 가지려하지 않았다고 하는 게 맞겠지.

그렇다고 해서 결코 아버지를 싫어했던 건 아니다. 좋아했고 존경했다. 그저 서로에게 너무 간섭하지 않으려 애썼던 것뿐이다.

가미오 집안은 대대로 이 지역에서 교직에 종사했다. 증조부는 사회 과목 교사였고, 조부는 영어 교사였다고 한다. 에이치의 말로는 교사가 아닌 다른 직업은 생각해 본 적이 없어서, 대학을 선택할 때에 고민했던 건, 영문학이냐 일문학이냐, 아니면 중문학이냐, 그뿐이었다고 한다. 어느 나라든 고전 문학이란 인간 진리의 보고이니, 아이들에게 인간으로서 나아갈 길을 가르칠 때 좋은 길잡이가 되리라 생각했다고 한다. 결국 일본 문학을 택했지만, 그것은 '가르치는 사람도 배우는 사람도 일본인이니까.'라는 단순한 이유에서였다고.

마요가 철들 무렵, 에이치는 이미 지역에서 널리 알려진 존재였다. 증조부나 조부 대부터 알고 지낸 집이 많기도 했지만, 그보다 에이치가 학생 지도에 열정을 쏟기로 유명해서였다. 문제아에게도, 아니 문제를 안고 있기 때문에 더욱 자기 일처럼 상담해 준다는 평판을 마요도 몇 번쯤 들어본 적이 있

었다. 뿐만 아니라 학생들 입장에 서서 학교 측에 항의한 적
도 있었다.

마요는 초등학교 때부터 '가미오 선생님 따님'이라고 불렸
다. 당시에는 싫지 않았다. 그렇게 불릴 때에는 반드시 에이
치를 칭찬하는 말이 따라붙었기 때문이었다. 아버지의 칭찬
을 듣기 싫어하는 사람이 있을까.

하지만 같은 중학교에 입학한 뒤로 사정이 달라졌다. 학생
수가 적어서 두 학급밖에 없었다. 수업할 때 교단에 선 아버
지를 보면 마음이 불편해져서 내내 고개를 숙이고 있었다.

가미오 에이치가 그저 자상하고 말이 잘 통하는 선생이 아
니라는 사실도 알았다. 당연하게도 불성실한 학생은 엄하게
지도했다. 사소한 규칙 위반도 그냥 넘어가지 않는 완고한 일
면도 있다는 걸, 마요는 그때까지 몰랐다.

어느 날, 학교에서 돌아오는 길에 같은 반 아이들이 오락실
에 있는 걸 보았다. 그중 한 아이가 마요를 보고 친구에게 뭐
라고 귓속말을 했다. 불길한 예감은 며칠 뒤에 현실이 되었
다. 아이들은 교무실로 불려가 혼이 났다. 동네 주민이 목격
하고 학교에 연락한 모양이었지만, 아이들은 믿지 않았다. 마
요가 에이치에게 고자질했다고 억측하고 소문을 퍼뜨렸다.
그날 이후로 몇몇 학생들의 태도가 데면데면해졌다.

물론 싫은 일만 있는 건 아니었다. 학생 중에는 에이치를

존경하고 따르는 아이들도 적지 않았다. 그들은 다른 학생들을 대하는 것처럼 평범하게 마요를 대했다.

하지만 중학교 생활이 갑갑하지 않았다면 거짓말이다. 에이치의 입장을 고려하면, 교칙을 어기는 건 물론 다른 교사들에게 혼나는 일도 절대 없어야 했다. 성적도 어느 정도는 좋아야 했고, 학교에 불만이 있어도 입 밖으로 내지 않아야 했다. 그리고 무엇보다 눈에 띄지 않도록 늘 신경을 써야 했다.

말없고 수수한 모범생. 그것이 중학 시절의 마요가 연기해야 했던 캐릭터다.

당연히 에이치와도 거리를 뒀다. 아마 에이치도 알아채고 딸의 심정을 헤아렸을 것이다. 집에 있을 때도 특별히 '부녀지간'으로 돌아가려 하지 않았던 것 같다. 설교나 훈계는 일절 하지 않고, 아직 중학생인데 자식을 '어른'으로 대하려 했다.

그 관계는 마요가 고등학교에 진학한 뒤로도 이어졌다. 에이치 입장에서는 갑자기 평범한 아버지로 돌아가는 데 거부감이 있었을지도 모른다. 마요 역시 이제 와서 어리광을 부리기도 망설여졌다.

고등학교에 다니던 3년 내내 부녀관계는 그런 식이었다. 그리고 거기서부터 관계는 한 발짝도 좁혀지지 못한 채 오늘에 이르렀다.

그러다 보니 마요는 에이치에 대해 아무것도 몰랐다. 아버지가 살해되었는데도 경찰에 할 수 있는 이야기가 아무것도 없었다.

●

5

승용차는 마요가 잘 아는 곳에 도착했다. 길에 경찰차와 승합차형 경찰 차량이 여러 대 세워져 있었고, 집 앞에는 제복 경찰 두 명이 서 있었다.

차에서 내린 마요는 생가를 바라보며 심호흡을 했다. 산울타리에 에워싸인 낡은 전통 가옥은 마요의 할아버지가 지은 집이다. 몇 년 주기로 외벽이나 지붕을 수리해 온 까닭에 곳곳에서 서양식과 일본식이 혼합된 부분을 찾아볼 수 있었다. 이런 식으로 새삼스레 보는 건 오랜만이었는데, 건축사로서 기묘한 분위기가 있는 집이라 느꼈다.

세워져 있던 경찰 차량의 문이 열렸다. 안에서 나온 건 양복 차림의 남자들이었다. 거의 모두가 마스크를 쓰고 있었다. 예전이었다면 으스스했겠지만, 전 세계에 코로나가 확산된 지금은 이미 익숙해진 풍경이다.

한 남자가 마요에게 다가왔다. 마스크는 쓰지 않았는데 여우처럼 가느다란 실눈이 인상적이었다. 그 눈으로 힐끗힐끗 그녀의 얼굴을 보며 "이 분이 피해자의?" 하고 가키타니에게 물었다.

"네. 가미오 마요 씨입니다." 가키타니는 그렇게 대답하며 마요를 보았다. "현경 본부에서 지원 나오신 분들입니다."

"아…… 네."

그런 식으로 소개해도 어떻게 인사해야 할지 짐작이 가지 않았다.

"이 집에는 언제까지 사셨습니까?" 실눈의 남자는 자기소개도 하지 않고 무뚝뚝한 투로 물었다. 마요는 속으로 그에게 '여우 영감'이라는 별명을 붙였다.

"12년 전까지요."

고등학교를 졸업한 해였지만, 일부러 나이를 밝힐 필요는 없다고 생각했다.

"그 뒤로 어느 정도의 빈도로 귀성하셨습니까? 오봉御盆과 새해 명절 때만?"

"거의 그렇죠."

여우 영감은 노골적으로 얼굴을 찌푸렸다.

"그럼 집안 일에 대해서는 거의 모르시겠군요. 이를테면 재산 문제라든지."

섬세하지 못한 질문이었지만, 마요는 불쾌한 티를 내지 않으려 애썼다.

"전혀 모릅니다. 어제도 그렇게 대답했는데요."

마요는 힐끗 가키타니 쪽을 보았다.

음, 하며 여우 영감은 미간을 긁더니 한숨을 내쉬었다.

"그래도 뭐, 일단 둘러보는 게 좋겠군요. 막상 보면 알 수도 있으니까." 그렇게 말하더니 마요의 손을 보고 부하로 보이는 남자들을 돌아보았다. "여기, 장갑 좀 가져다줘."

"아, 저한테 있습니다."

가키타니가 양복 주머니에서 하얀 장갑을 꺼냈다.

마요는 장갑을 받아 두 손에 꼈다. 그것뿐이었는데도 지금부터 범행 현장에 들어간다는 실감이 들었다.

"그럼 안내하겠습니다."

가키타니가 앞장서 문을 지났다.

자기 집에 들어가는데 '안내'를 받는 건가. 석연치 않은 감정을 품은 채 마요는 가키타니를 따랐다. 여우 영감과 부하들도 뒤따라왔다.

"들어가시죠." 가키타니는 현관문을 열고 마요에게 말했다.

현관에 들어선 순간, 희미하게 장뇌 향이 났다. 서책을 보호하기 위한 방충제 냄새다. 평소에는 그리운 느낌이 먼저 들었지만, 오늘만큼은 슬픔이 앞섰다.

가키타니가 거무스름하게 빛나는 복도를 지나 문을 열었다. 원래 거실이었지만, 지금은 에이치가 서재로 쓰는 공간이었다.

입구에서 실내를 힐끗 보고 마요는 말문이 막혔다. 발 디딜

틈도 없을 만큼 바닥에 다양한 물건들이 널브러져 있었다. 서류, 종이봉투, 안경, 시계, 필기도구, 약, CD, DVD, 카세트테이프, 비디오테이프…… 일관성이 전혀 느껴지지 않았다.

"너무해." 반사적으로 그런 말이 튀어나왔다.

"이런 질문은 굳이 할 필요도 없겠지만……." 가키타니가 옆에서 말을 걸었다. "평소에는 이 상태가 아니라는 거죠? 이 방이 늘 이렇게 어지럽혀져 있는 건 아니라는 겁니까?"

"당연하죠. 이건 말도 안 돼요. 오히려 아버지는 깔끔한 걸 좋아하셔서 정리정돈이 몸에 배어 계셨다고요. 어디에 무엇을 두는지 딱 정해져 있었어요. 이렇게 물건을 꺼내놓는 일 자체가 거의 없었다고요."

"그렇겠죠. 제 기억 속 가미오 선생님의 이미지도 그렇습니다."

마요는 신중히 실내에 발을 디뎠다. 열 평 남짓한 거실에는 테이블과 소파 그리고 책상이 적당한 간격을 두고 배치되어 있었다. 하지만 이 방의 특징은 뭐라 해도 벽 쪽에 설치한 붙박이 책장이었다. 할아버지가 집을 지으면서 같이 맞춘 것이라는데 높이가 천장까지 이르렀다. 맨 위에는 주로 영미 원서가 꽂혀 있었는데, 할아버지가 모은 것이었다. 그 아랫단부터는 거의 에이치의 책으로, 일본 문학 중심이었다. 구석에는 학교에 관련된 파일이 에이치답게 가지런히 연도별로 정리되어 있었다.

중간부터 아랫단에는 문이 달려 있었는데, 대부분이 열려 있었다. 텅 비어 있는 단이 여럿 보였다.

여우 영감이 두 손을 주머니에 넣고 책장으로 다가갔다.

"바닥에 널려 있는 물건들의 대부분은 이 안에 수납되어 있었다. 그렇게 생각해도 될까요?" 그는 그렇게 말하며 마요를 돌아봤다.

"그럴 거예요. 저도 잘은 모르지만요."

문이 달린 단에 에이치는 주로 서류 외의 것들을 넣어 두었다. 방대한 음반과 영상물 컬렉션도 그 일부를 차지했다. 에이치는 문학뿐 아니라 음악이나 영화 감상도 취미였다.

"뭔가 없어진 게 있습니까? 특히 귀중품이나, 피해자가 소중히 여겼던 물건이라든지⋯⋯."

여우 영감이 물었다.

마요는 책장과 바닥에 널려 있는 물건들을 번갈아 바라보더니 힘없이 고개를 저었다.

"솔직히 저는 잘 모르겠어요. 어디에 무엇이 들어 있었는지, 정확히 파악하고 있던 건 아니니까요. 그리고 어제도 말씀드렸지만, 저희 집에 특별히 값나가는 물건이 있다는 이야기는 들어본 적 없고요."

"아무리 그래도, 귀중품이 전혀 없지는 않을 거 아닙니까.

74

이 집에 살 적에 아버지가 그런 물건을 넣어 두는 걸 보지 못했습니까? 금고 대신에 쓰던 공간 같은 곳 말입니다."

"금고 대신이라고요. 그렇다면……."

마요는 책상으로 다가갔다. 책상 서랍 역시 끝까지 열려 있었고 내용물은 바닥에 널브러져 있었다. 그중에서 통장 두 개를 찾아냈다.

"아, 역시…… 중요한 물건은 이 서랍에 넣어 두셨어요."

마요가 통장을 주우려던 찰나, "만지지 마!" 하고 여우 영감의 날카로운 소리가 귀에 꽂혔다. 흠칫해서 내밀었던 손을 멈췄다.

"실례했습니다." 여우 영감은 싸늘한 목소리로 말했다. "현장의 물건을 함부로 만지지 마십시오. 그 통장은 저희도 확인했습니다. 그 밖에 귀중품은 없습니까? 예를 들면 귀금속이라든지."

"귀금속……."

"어머님이 돌아가셨다고 하더군요. 남기신 패물 같은 건 없었습니까?"

"있긴 있는데, 제가 가지고 있어요."

"따님이요?"

"엄마가 돌아가셨을 때, 아버지가 전부 제게 주셨어요. 당신이 갖고 있어봤자 소용도 없고, 엄마도 저한테 물려주실 생각이었을 거라고요. 그리고……" 한 박자 쉬었다 마요는 말을 이었다. "추억이 깃든 물건들이지만 대단한 가치는 없어요. 적어도 강도짓을 해서까지 빼앗으려는 사람은 없었을 거예요."

"알겠습니다."

여우 영감은 납득한 표정으로 고개를 끄덕였지만, 애초에 의미 있는 답을 기대하지 않았던 것처럼도 보였다.

"굳이 귀중품을 찾자면……" 마요는 책장을 올려다보았다. "책이겠네요."

"책?"

"할아버지도, 아버지도 문학자라 동서고금의 책들을 수집하셨거든요. 어쩌면 그중에 귀중한 책이 있었을지도 몰라요."

"아, 네." 심드렁한 표정으로 여우 영감은 책장을 둘러보았다.

"겉보기에는 건드린 흔적은 없는데요. 범인도 책에는 관심이 없었던 모양이군요."

"그런 것 같네요……."

마요가 책장에서 시선을 돌렸을 때였다. "뭡니까?" 방 밖에서 목소리가 들렸다. "지금 경찰 수사 중입니다. 멋대로 들어오시면 안 됩니다."

"멋대로 들어온 게 누군데? 대체 누구 허락을 받고 이러는 거지?"

반박하는 소리가 들렸다.

마요는 헉 하고 숨을 삼켰다. 귀에 익은 목소리였다. 하지만 설마…….

여우 영감은 미간을 찌푸리며 복도 쪽을 보았다.

"무슨 일이지?"

"아뇨. 저기, 이 집에 사신다는 분이…….'

부하가 대답했다.

"이 집에 산다고?"

"비켜. 몇 번 말해야 알아듣나. 왜 이렇게 모여 있는 거지? 다들 코로나 바이러스 항체 보유자라도 돼?" 내뱉듯 말하며 형사들을 헤치고 한 남자가 모습을 드러냈다.

훤칠한 키에 마른 체격, 어깨까지 오는 타고난 곱슬머리에, 지저분하게 자란 수염도 여전했다. 위에 걸친 밀리터리 재킷은 꽤 오래된 구제처럼 보였다.

"누구십니까?"

여우 영감이 물었다.

"남의 이름을 묻기 전에 먼저 자기소개를 하는 게 예의 아닌가? 뭐, 아무튼 아까부터 계속 이 얼간이들한테 말했는데, 난 이 집에 사는 사람이다. 거짓말 같으면 구청이든 어디든 물어봐." 말이 빨랐지만 그래도 여전히 발음은 좋았다. 태생적인 것인지, 훈련의 산물인지 마요로서는 알 도리가 없었지만.

옆에 있던 가키타니가 아, 하고 말문을 열었다. "혹시……."

여우 영감이 의아한 표정으로 가키타니를 보았다.

"오늘 아침 부하를 시켜서 이 집의 주민등록을 떼어봤습니다. 그랬더니 분명 피해자 말고도 기재된 세대원이 있더군요." 가키타니는 안주머니에서 수첩을 꺼내 펼쳤다. "음, 가미오 다케시 씨 되십니까? 가미오 에이치 씨의 동생이신……."

밀리터리 재킷 차림의 남자, 마요의 삼촌 가미오 다케시는 불만스레 입을 씰룩거리며 가키타니를 보았다.

"거기까지 조사했으면 왜 현관에 있는 바보들한테 일러두지 않았지? 덕분에 쓸데없는 실랑이를 했잖아."

"그게, 설마 오늘 돌아오실 줄은……."

"내 집에 언제 돌아오든 내 마음이지. 그리고 당신들에게는 우리 집에 함부로 들어올 권리가 없어. 당장 나가 주실까."

다케시는 문을 가리켰다.

여우 영감은 갑작스레 난입한 남자를 노려보며 왼손으로 양복 안주머니에서 스마트폰을 꺼냈다. 재빨리 오른손으로 스마트폰을 조작해 귀에 댔다.

"나야. 좀 알아봐 줬으면 하는 게 있는데. 거기 가미오 가의 주민등록 있나? ……그래. 세대원이 피해자 말고 또 있다는데 사실인가? ……이름은? ……흠, 어떤 한자지? ……그래, 알았어."

통화를 마친 여우 영감은 스마트폰을 다시 주머니에 넣었다.

"확인했나 보군."

다케시가 말했다.

"신분증은 있나? 운전면허증이나."

"아직도 의심하는 건가?"

"혹시 모르니까."

저기, 마요는 말문을 열었다. "틀림없어요. 이 분은 저희……."

삼촌이에요, 라고 말하려 했지만 다케시는 마요 쪽으로 손을 내밀어 제지했다. 그러고는 카고 바지의 주머니에서 지갑을 꺼내어 운전면허증을 뽑았다.

"마음껏 보라고."

다케시는 그렇게 말하며 여우 영감에게 면허증을 내밀었다.

여우 영감이 팔을 뻗어 면허증을 받았을 때였다. 다케시가 눈에 보이지 않는 속도로 상대의 웃옷 안쪽에 왼손을 넣어 주머니에서 뭔가를 꺼냈다. 검정색 경찰수첩이었다.

"아, 당신 뭐 하는 거야!"

여우 영감의 가느다란 눈이 조금 커졌다.

"남의 신분증을 봤으면, 그쪽도 보여 줘야 공평한 거 아닌가?" 다케시는 수첩을 펼쳤다. "흐음, 고구레 경감이라. 마요, 아쉽게 됐구나. 메그레 경감이었다면 좀 든든했을 텐데." 다케시가 마요에게 내민 신분증에는, 여우 영감의 증명사진 밑에 '고구레 다이스케'라는 이름이 적혀 있었다.

"이리 내놓지 못해!" 고구레가 버럭 소리쳤다.

"말 안 해도 돌려줄 거야. 그보다 내 신분은 확인했나?"

고구레는 가지고 있던 면허증을 힐끗 보더니, 질린다는 표정으로 다케시에게 내밀었다.

다케시는 의미심장한 미소를 지으며 고구레에게 다가가, 경찰수첩을 그의 왼쪽 안주머니에 넣고 면허증을 받았다.

"그럼 다시 묻겠는데, 남의 집에 멋대로 들어와서 뭘 하고 있는 거지?"

지갑을 주머니에 다시 넣으며 다케시가 물었다.

고구레는 뭐라 말하려다 입을 다물고 마요를 보았다.

"삼촌에게 설명 좀 해주시죠."

마요는 호흡을 가다듬고 나서 다케시에게 말했다.

"아버지가 돌아가셨어요."

하지만 다케시는 무표정했다. 충격을 받은 나머지 아직 상황을 파악하지 못한 것인지, 아니면 단순히 동요하지 않은 것인지, 겉모습만 봐서는 알 수 없었다.

"시신이 집 뒷마당에서 발견됐는데, 살해됐을 가능성이 크다고……."

다케시의 표정은 여전히 아무 변화도 없었지만, 성큼성큼 걸음을 옮기기 시작했다. 뒷마당과 연결된 유리문 앞으로 가서 가만히 밖을 내다보았다.

"어떻게 살해됐다는 거지? 날붙이로 찔린 건가?"

등을 돌린 채 다케시가 물었다.

"미안하지만 그 질문에는 대답할 수 없어." 고구레가 곧바로 대답했다. "수사상 비밀이니까. 시신 발견자조차 사인을 짐작하지 못했으니, 수사 관계자를 제외하고 살해 방법을 아는 사람이 있다면 그자가 바로 범인일 가능성이 크지."

그래서 어제도 가르쳐 주지 않은 건가, 옆에서 듣던 마요는 그제야 납득했다.

"복장은? 발견되었을 때 형님은 어떤 복장이었지?"

"그것도 수사상 비밀이다. 똑똑히 말해 두는데, 아마 당신 질문에는 하나도 대답할 수 없을 거야. 질문은 우리가 해. 당신에게 묻고 싶은 게 산더미처럼 많거든. 이를테면 지난주 토요일부터 어제까지 어디서 무엇을 했는지……."

"걱정하지 않아도 질문에 대답해 줄 테니 기다려. 당신 눈에는 어떻게 비치는지 모르지만, 이래 봬도 혈육을 잃은 슬픔을 삼키는 중이니까."

고구레도 이 말에는 말문이 막힌 듯했다. 겸연쩍은 듯 얼굴을 찌푸리며 머리를 긁적였다. 가키타니도 마음이 편치 않은 것 같았다.

잠시 후, 다케시가 휙 몸을 돌리더니 마요 쪽으로 다가왔다.

고구레 앞에서 걸음을 멈추더니 "그래, 물어볼 게 뭐지?"라고 말했다. "아, 토요일 밤부터 어제까지 어디서 뭘 했는지 알고 싶다고 했지. 토요일에는 아침부터 쭉 가게에 있었고, 밖에는 한 발짝도 나가지 않았어. 이튿날에는……."

잠깐, 고구레가 말을 끊었다. "가게가 뭐지?"

"내가 경영하는 바. 에비스의 '트랩핸드'라는 곳이지." 그렇게 말하며 다케시는 다시 고구레의 양복 안쪽에 손을 넣더니 이번에는 아까와 반대로 오른쪽 안주머니에서 스마트폰을 꺼냈다. "검색하면 어떤 곳인지 금방 알 수 있을 거야. 하지만 평가는 믿지 마. 술맛도 모르는 쩨쩨한 작자들이 헛소리만 늘어놓았으니까."

"멋대로 주머니에 손대지 마."

고구레는 다케시의 손에서 스마트폰을 낚아챘다.

"꺼낼 수고를 덜어줬을 뿐이야. 빨리 검색 안 하고 뭐 해? 가게 이름 다시 말해 줘? 트랩핸드다."

"나중에 차분하게 조사할 거야." 고구레는 스마트폰을 안주머니에 넣었다. "한 발짝도 나가지 않았다는 걸 증명할 수 있나?"

"글쎄. 영업은 밤부터 시작했고, 그때까지는 아무와도 안 만났으니까. 영업시간 내내 손님이 있던 것도 아니니까 증명할 수는 없지."

"종업원은?"

"사람 안 쓰는 주의야. 공짜로 일할 정신 나간 인간이 있다면 또 몰라도."

흐음, 고구레가 비웃듯 코웃음을 쳤다. 변두리의 작은 바라고 생각한 모양이었다.

"평소에는 가게에서 먹고 자나?"

"그래. 가게 안쪽에 딸린 방이 있지."

"일요일은?"

"오후에 일어나서 저녁까지 집에서 영화를 봤어. 그 후의 일정은 토요일과 같았고."

고구레는 뜻밖이라는 듯 눈썹을 꿈틀했다.

"일요일에도 영업을 하나?"

"기본적으로 휴일은 없어. 일단 열어 놓으면 할 일 없는 손님들이 와서 돈을 뿌리고 갈지도 모르니까."

"어제도?"

"아니, 어제는 쉬는 날이었어."

이봐, 고구레가 입을 삐죽였다. "방금 휴일은 없다고 하지 않았나."

"기본적으로, 라고 했잖아. 볼일이 있어서 임시 휴업했지. 무슨 볼일이었는지는 묵비권을 행사하겠어. 사생활에 관련된 일이라."

고구레는 팔짱을 끼고 다케시를 노려봤다.

"방금 한 이야기를 종합해 보면, 결론은 이렇군. 당신은 알리바이가 없어."

"하는 수 없지. 사실이니까."

다케시는 태연하게 말했다.

"하나 더 중요한 질문을 하겠다. 오늘 이 집에 돌아온 이유는 뭐지? 사건은 아직 보도되지 않았어. 뭘 위해서 돌아온 건가?"

"그거 참 이상한 질문이군. 지금 몇 번 말하는지 모르겠는데, 여긴 내 집이야. 자기 집에 오는 데 특별한 이유가 필요한가? 아니면 뭐야, 당신은 이유가 없으면 집에 안 가나?"

"그럼 묻겠는데, 전에 집에 온 건 언제지?"

"언제였더라. 기억이 안 나는군."

"집에 오는 빈도는? 한 달에 한 번? 거짓말할 생각은 마. 철저하게 조사할 테니까."

"안 그래도 거짓말할 생각 없어. 2년 만에 온 것 같군. 왠지 집에 오고 싶어서."

"왠지? 그걸로 납득할 것 같나?"

"당신이 납득을 하든 안 하든, 나랑은 상관없지. 왠지 그랬어. 이유가 꼭 필요하다면, 예감이 들었다고 할까."

"예감이 들었다고?"

"이 집에서 뭔가 불길한 일이 일어나고 있는 것 같은 느낌

84

이 들었어. 그래서 왔더니 집 앞에 경찰차가 서 있더군. 내 예감이 맞은 거지."

고구레의 가느다란 눈에 의혹의 빛이 떠올라 있었다. 다케시의 이야기를 믿지 않는 게 분명했다.

"뭐, 오늘은 그런 걸로 해두지. 하지만 마음이 바뀌어서 정정하고 싶으면 언제든 말하도록. 이야기를 들어줄 테니."

다케시는 코웃음을 쳤다. "그런 날은 영원히 오지 않을걸."

"과연 그럴까. 당신이 대경실색해서 황급히 변명을 둘러대는 날이 올 것 같은데."

"그럼 내기할까? 오지 않는 쪽에 10만 엔. 100만 엔이라고 하고 싶지만, 지방 공무원에게는 너무 부담스러운 금액일 테니까."

"그 내기, 받아들이고 싶지만 유감스럽게도 경찰관은 도박 금지라서. 운이 좋았군. 그럼 다음 질문으로 넘어가지. 보다시피 이 방은 완전히 난장판이 됐어. 뭔가 도둑맞은 것이 없는지, 피해자의 따님에게 확인해 달라고 하던 참이지. 이 집에 산다니 당신 의견도 들어 봐야겠어."

다케시는 방을 한 바퀴 둘러보더니 두 손을 펼쳤다.

"안타깝지만 난 모르겠군. 여긴 형님 방이라, 난 들어가지 않았거든. 그리고 아까도 말했다시피 마지막으로 집에 왔던 게 벌써 2년도 더 전 일이야. 뭔가 없어진 걸 알아챘더라도,

이번에 도둑맞은 건지, 형님이 처분한 건지 나는 모르지."

"그럼 이 방이 아니라도 상관없어. 이 집에 뭔가 귀중품이 있나? 가보 같은 거라도."

"가보? 조상 대대로 물려받은 도자기나 족자 같은 거?"

"그런 게 있나?"

"잘은 모르지만 아마 없을걸. 아버지도, 형님도 그런 취미는 없었으니까. 두 사람의 공통점은 책을 좋아한다는 거지."

다케시는 책장을 가리켰다.

고구레는 책장에 힐끗 눈길을 주더니 다시 다케시를 보았다.

"당신은?"

"나한테 골동품을 모으는 취미가 있을 것처럼 보이나?"

"이 집에 값나가는 물건을 두지는 않았냐고 묻는 거야. 주소는 여기지만, 이 집에 당신 방이 있나?"

"2층 남쪽 방인데. 설마 멋대로 뒤진 건 아니겠지?"

"아니, 저기, 그게……." 가키타니가 당황한 표정을 지으며 앞으로 나섰다. "혹시 몰라서 어제 모든 방을 확인했습니다. 하지만 문이 열려 있는지, 안에 이상한 점은 없는지 확인만 했지, 쓸데없이 손을 대지는 않았습니다. 2층에 있는 방들은 모두 겉보기에 이상은 없었습니다."

"한마디로 멋대로 내 방에 들어간 거군."

"집주인의 변사체가 뒷마당에서 발견됐고, 이 방은 침입자

86

에 의해 어지럽혀진 게 분명한 상황이었어. 범인이 집 안에 숨어 있을 가능성도 있었으니 정당한 초동 수사였지." 고구레는 냉철한 목소리로 말했다. "겉보기에는 이상이 없었다고 하지만, 본인이 직접 보기 전까지는 단정 지을 수 없지. 지금 확인해 주겠나?"

"상관은 없는데, 이상이 있는 게 아니면 당신들은 방에 들어오지 마. 복도에서 보고만 있어."

"그래, 그러지." 고구레가 마요를 보며 물었다. "2층에는 또 어떤 방이 있습니까?"

"제 방이 있어요. 고등학교를 졸업할 때까지 쓰던 방인데, 지금도 고향에 내려왔을 때 거기 묵어요. 그리고 아버지 방이 있어요. 원래는 부모님 침실이었어요."

"그 방은 따님이 확인해 주시겠습니까?"

"알겠습니다."

"그럼 곧바로 안내해 주시죠."

"아…… 네. 그럼 절 따라오세요."

마요를 대하는 고구레의 말투가 아까와는 달리 공손해졌다. 다케시와 나누던 거친 대화와는 딴판이었다. 다루기 어려워 보이는 인물의 갑작스러운 등장에, 피해자의 딸을 구슬려 놓는 게 앞으로를 위해 좋겠다고 생각했는지도 모른다.

2층으로 올라가는 마요의 뒤를 고구레가 따랐다. 그 뒤는 가키타니였고, 다케시는 맨 마지막이었다.

처음에 나온 건 에이치의 방이었다. 이 집을 처음 지었을 때는 조부모의 침실이었다고 한다. 마요가 철이 들었을 무렵 할아버지는 이미 세상을 떠났고, 할머니는 1층 방을 썼다. 이 방은 에이치와 어머니 가즈미의 침실이었다. 다다미방이라 부모는 이불을 깔고 잤지만, 지금은 창가에 침대가 놓여 있었다. 그 밖에는 서랍장 하나 정도만 놓인 썰렁한 방이었다. 1층에 넓은 서재가 있으니, 에이치에게는 잠만 자는 곳이었겠지.

가키타니가 말한 것처럼 별다른 이상은 없어 보여서 고구레에게 그렇게 말했다.

다음은 마요의 방이었다. 세 평짜리 방에는 양탄자를 깔아 놓았다. 싱글 침대와 책상, 1층의 서재에 있는 것과는 비교도 되지 않을 만큼 작은 책장이 이 방에 있는 가구의 전부였다. 남자 아이돌 사진을 몇 장이나 붙여 놓은 코르크보드가 벽에 걸려 있는 걸 보고 창피해서 도망치고 싶었다. 왜 여태 그대로 둔 걸까.

옷장에는 그리운 옷들이 걸려 있었다. 얼른 정리해야겠다고 재차 생각했다.

책상 서랍도 일단 확인한 뒤에 마요는 딱히 달라진 점은 없는 것 같다고 고구레에게 말했다.

"그럼 이제 당신 차례군." 고구레가 다케시에게 말했다.

다케시는 말없이 복도를 걸어갔다. 그의 방은 복도 끝에 있었다. 하지만 마요는 다케시와 같이 산 기억이 없다. 에이치가 결혼하기 전에 집을 나갔기 때문이었다.

마요는 지금까지 이 방을 그저 창고라고 생각했다. 실제로 몇 년 전까지는 필요 없는 물건을 넣어 두었다. 방을 정리한 건 어머니가 돌아가시고 나서였다.

방 앞에 선 다케시는 천천히 문을 열었다. 방은 어스름했다. 암막 커튼을 쳐놓았기 때문이었다. 더듬더듬 벽의 스위치를 누르고 다케시가 방 안으로 들어갔다. 고구레는 입구에 서서 머리를 내밀어 방 안을 들여다보았다. 그 어깨 너머로 마요도 방 안을 보았다.

실내는 에이치의 방보다 휑했다. 둥근 테이블과 의자 그리고 작은 수납장이 하나 있을 뿐이었다. 하지만 벽에 걸린 그림을 보고 가슴이 철렁했다. 왼쪽 눈을 감고 있는 여자의 얼굴이었다. 뜨고 있는 오른쪽 눈은 새까만 눈동자로 정면을 똑바로 바라보고 있었다. 마치 자신을 응시하는 것 같아서 마요는 눈을 돌렸다.

다케시는 창문으로 다가가 커튼을 젖히고 창문 걸쇠도 풀었다.

"뭐 하는 거야? 멋대로 손대지 말라고 했잖아." 고구레가 버럭 성을 냈다.

"여긴 내 방이야. 환기를 시키는 게 잘못인가?" 그렇게 말하더니 다케시는 창문을 활짝 열었다.

"경우에 따라서는 이 방을 면밀히 조사해야 할 수도 있다고. 그런 데 함부로 지문을 묻히면……." 고구레가 말을 잇지 못한 이유를 마요도 알아챘다. 다케시는 하얀 장갑을 끼고 있었다.

"어느 틈에 장갑을……." 뒤에서 가키타니가 중얼거렸다.

그때 다케시에게서 전자음이 울려 퍼졌다. 스마트폰 같았지만 그는 개의치 않고 그냥 두었다.

"이제 속이 시원하신가? 이 방에 별 이상은 없는 것 같군."

"저 수납장 속은?" 고구레가 물었다. "열어서 확인하지 않아도 되나?"

"그럴 필요 없어. 없어진 건 아무것도 없으니까."

"어떻게 열어보지도 않고 단언할 수 있지?"

"이유는 저 친구한테 물어보지." 다케시는 가키타니를 가리켰다.

고구레가 의아한 표정으로 뒤를 돌아봤다.

"아…… 네, 맞습니다. 저 수납장 안은 무사할 겁니다." 가키타니는 허둥대며 대답했다. "잠겨 있거든요."

"잠겨 있다고?"

"이거." 다케시가 열쇠고리를 들며 말했다. 작은 열쇠가 흔들거리고 있었다. "이게 없으면 못 여는 수납장이야. 열쇠 구멍을 부순 흔적이 없는 걸 보니 아무 일도 없었겠지." 그렇게 말하고 허리를 굽혀 수납장의 손잡이를 잡아당겼지만 꿈쩍도 하지 않았다.

말문이 막혔는지 고구레는 불쾌한 듯 입을 비죽이며 턱을 쓸었다.

"알아들은 것 같으니 그만 나가들 주실까. 환기도 다 끝났으니까."

다케시는 창문을 닫고 걸쇠를 잠근 뒤에 진회색 커튼을 다시 쳤다.

●

6

현장을 최대한 보존하고 싶으니 당분간 이 집에 드나드시면 안 됩니다. 그 말과 함께 마요가 수사관들에게서 풀려난 건 점심이 지나서였다. 왔을 때처럼 가키타니가 호텔까지 데려다준다고 했을 때, 다케시가 지금 어디 묵느냐고 물었다. '호텔 마루미야'라고 대답하자 잠시 생각에 잠겼다 고개를 끄덕였다.

"별로 좋은 숙소는 아니지만 뭐, 나도 거기로 가야겠군. 같이 가자."

"나는 상관없는데……." 마요는 가키타니를 보았다.

"그러시죠. 그럼 전 앞에 타겠습니다." 가키타니는 조수석 문을 열었다.

마요가 뒷좌석 문을 열고 차에 타자, 이어서 다케시가 올라탔다.

"가키타니 계장은 말이 통하는 사람이라 다행이군."

"별말씀을요."

"명함 한 장 주겠나? 무슨 일 생기면 연락하게."

"아, 여기 있습니다."

가키타니가 건넨 명함을 다케시는 빤히 바라보았다.

"혹시나 해서 묻는 건데, 우리 숙박비는 수사비에서 대주는 거겠지?"

그 물음에 화들짝 놀란 마요는 저도 모르게 삼촌의 얼굴을 보았다. 하지만 다케시는 딱히 이상한 소리를 했다고 생각하지 않는 눈치였다.

"네? 아니, 그건 좀……." 가키타니는 말을 흐렸다.

"왜지? 수사에 협조하려고 우린 집까지 제공했는데. 당연히 보상해 줘야 하는 거 아닌가?"

"일단 총무과에 물어는 보겠습니다……."

"잘 부탁하네, 가키타니 계장. 그 결과에 따라 오늘 저녁 메뉴가 달라질 테니까." 다케시는 천연덕스럽게 말했다. 경찰에서 비용을 부담한다면 고급 요리를 먹을 작정인 것 같았다.

그나저나…… 마요는 고개를 갸웃거렸다. 다케시는 명함을 받기도 전에 가키타니의 이름을 불렀다. 게다가 계장이라는 직함까지 알고 있었다. 언제 알아낸 걸까? 가키타니가 자기소개를 한 적이 있었던가?

이내 차는 '호텔 마루미야' 앞에 도착했다. 앞으로도 협조를 부탁한다는 말을 듣고 나서 마요와 다케시는 차에서 내렸다.

정문으로 들어가자 카운터에 있는 호텔 사장의 모습이 보였다. 다녀오셨어요, 싹싹한 목소리로 말을 붙여왔다. 설마 살인 사건의 현장 검증에 입회하고 오는 길인 줄은 상상도 못했겠지.

방 열쇠를 받고 "오늘 밤부터 저희 삼촌도 여기 묵으실 건데요."라고 말했다. "방 있나요?"

사장의 미소에 다소 당혹스러운 기색이 어렸다. 컴퓨터 화면을 들여다보더니 고개를 들며 말했다.

"네, 방이 있네요."

"제일 좋은 방으로 주시오." 다케시가 말했다. "로열 스페셜 스위트나, 프레지덴셜 스위트 같은 건 없나?"

사장의 얼굴에서 웃음기가 사라졌다.

"스위트룸은 있습니다만, 두 분 이상만 숙박 가능하십니다. 혼자 오신 손님의 경우에는 저희가 제공해 드릴 수 있는 방이 정해져 있어서요……."

다케시는 쳇, 하고 혀를 찼다.

"코로나 때문에 어차피 우리 말고 다른 손님도 없잖아? 돈 좀 쓰겠다는데 장사할 마음이 있는 건지. 하는 수 없지, 그 방으로 줘."

"죄송합니다. 그럼 여기에 기입 부탁드립니다." 사장이 숙박표를 내밀었다.

숙박 수속은 끝났지만, 체크인까지 아직 여유가 있는 것 같았다. 다케시가 배가 고프다고 해서 호텔에 있는 레스토랑에서 점심을 먹기로 했다. 아침과 마찬가지로 식욕이 없었지만, 메뉴를 보니 먹을 수 있을 만한 게 있어서 도로로 소바(마를 갈아 넣은 메밀국수)를 골랐다. 다케시는 닭꼬치 정식과 생맥주를 주문했다.

"지금 이 상황에서 고기가 먹고 싶어요?" 마요는 혀를 내두르며 말했다. "거기다 맥주까지? 혈육이 죽었는데."

"불만이냐?"

"불만이라기보다는 이상하잖아요. 보통 그런 일을 당하면 충격을 받아서 밥이 넘어가지도 않을 텐데." 그렇게 말하며 마요는 다케시의 냉랭한 표정을 보고 퍼뜩 정신이 들었다.

"혹시 진작 알고 있던 거예요? 아버지가 돌아가신 거."

하지만 다케시는 말없이 팔짱을 끼더니 눈을 감았다. 대답할 생각은 없어 보였다.

"삼촌!" 마요는 테이블을 내리쳤다. "듣고 있어요?"

"시끄럽다. 잠도 제대로 못 자서 피곤해 죽겠는데."

"대답해요. 왜 갑자기 돌아온 거죠? 지금까지 이런 적 없었잖아."

"아까 한 이야기 못 들었어? 예감이 안 좋았다고 했잖아."

"못 믿어요. 사실대로 말해 줘요."

"무엇 때문에? 너하고 상관없는 일이야."

"신경이 쓰이니까요. 부탁이에요, 알려 줘요."

마요는 두 손을 모으며 애원했지만 다케시는 묵묵부답이었다.

이내 음식이 나왔다. 그제야 다케시도 눈을 뜨고 생맥주 잔을 집어 들었다. 그러고는 닭꼬치까지 먹으며 고개를 끄덕였다.

"맛은 뭐 나쁘지 않군. 가격에 걸맞은가 하면 이야기가 달라지겠지만."

마요는 테이블 끝에 세워진 메뉴에 적힌 닭꼬치 정식의 가격을 보았다. 그렇게까지 비싼 가격은 아니었다.

그 순간, 삼촌의 어떤 유별난 성미가 생각났다.

"점심, 내가 살까요?"

다케시가 젓가락질을 멈추고 의아한 눈빛으로 마요를 바라보았다.

"그 대신 내가 여기 온 이유를 알려 달라는 거냐? 이런 푼돈으로 내 마음을 움직일 수 있을 것 같아?"

"그럼 오늘 치 호텔비랑 저녁을 내가 낼게요. 어때요?"

"1주일 치."

"네?"

"사건이 해결될 기미가 보일 때까지 여기 있을 작정이다. 적어도 1주는 걸리지 않겠어?"

"그게 뭐예요. 조카를 그렇게까지 뜯어먹는 사람이 어디 있어요?"

"싫으면 없던 일로 하고. 나야 뭐 상관없으니까."

"……내일 점심도 살게요."

"후려치는군. 나흘 치까지 깎아 주마."

"이틀 치. 더는 못 내요."

"거기에 모레 점심값을 없는 걸로."

마요는 한숨을 내쉬었다. 예상 밖의 지출이었지만 이제 와서 물러설 수는 없었다. "알았어요."

다케시는 겉옷에서 스마트폰을 꺼냈다.

"내가 방에 들어가자마자 이게 울렸던 거 기억나?"

"기억나요. 하지만 삼촌은 안 받았잖아요."

"뭐가 왔을지 알고 있었으니까." 다케시는 스마트폰을 조작해 화면을 마요에게 내밀었다.

동영상이었다. 화면을 들여다보던 마요가 아, 하고 소리쳤다.

동영상에는 다케시가 찍혀 있었다. 그리고 장소는 아까 둘러보았던 그의 방이었다. 다케시가 방을 가로질러 커튼과 창문을 여는 장면에서 동영상은 끝났다.

"이런 동영상이 왜……?"

"벽에 여자 얼굴 그림이 있는 거 봤지?"

"네. 한쪽 눈을 감고 있는 여자요."

"그 그림에 동체 감지 기능이 있는 카메라를 설치해 놨어. 움직이는 게 있으면 촬영해서 자동으로 나한테 전송하는 시스템이지." 다케시는 스마트폰을 흔들며 말했다.

"그런 걸 언제부터 설치한 거예요?"

"형수님 돌아가시고 그 방을 정리했을 때부터지. 형님은 언제든 마음대로 오라고 했지만, 거기 살 생각은 없었어. 하지만 내가 없는 동안에 누가 마음대로 들어오는 건 싫어서, 감시용으로 달아놓은 거야. 지난 2년 동안 가끔 카메라가 작동했지만, 전부 형님이 환기를 시키려고 들어왔을 때뿐이었어. 그런데 어제 오후에 이런 동영상이 날아온 거야." 다케시는 다시 스마트폰을 조작해 마요에게 화면을 보여 줬다.

동영상 속 장소는 역시 다케시의 방이었다. 하지만 화면 속에서 움직이는 건 모자를 쓴 검은 옷차림의 남자였다. 남자는 방을 둘러보며 그 서랍장으로 다가가더니, 문에 손을 댔다. "반장님, 여기 작은 서랍장이⋯⋯." 남자가 거기까지 말했을 때 동영상이 정지했다.

"이렇게 된 거다." 다케시는 스마트폰을 내려놓았다. "영상 속 남자는 경찰 감식반 복장이었어. 한마디로 집에 무슨 사건이 일어났다는 뜻이지. 그래서 급하게 내려온 거다. 집 근처까지 왔을 때는 이미 문 앞에 출입금지 테이프가 둘러져 있었고, 경찰관이 서서 지키고 있었지. 이웃집에 탐문 조사를 해서 형님 시신을 경찰이 가지고 갔다는 걸 확인했지."

"탐문 조사? 어떻게요?"

"어려울 거 없어. 저 집에서 무슨 일이 일어났는지 아는 게 있으면 알려 달라고 했을 뿐이다."

"이웃집 사람들이 삼촌을 못 알아봤어요?"

"내가 그 집에 살았던 건 벌써 30년도 더 된 일이야. 딱히 이웃들과 왕래가 있던 것도 아니니 기억하고 있을 리가. 그리고 혹시나 해서 마스크를 썼다. 다들 나를 형사라고 착각하고 자기들 상상을 섞은 이야기를 해주더군. 물론 내가 그러도록 유도했지만."

태연하게 말하는 다케시를 보고 마요는 납득할 수밖에 없었다. 삼촌이라면 그쯤은 일도 아니겠지.

"트릭 공개는 이것으로 끝이다. 밥값과 이틀 치 숙박비, 모레 점심값까지 잘 부탁한다." 다케시는 다시 젓가락을 들고 식사를 시작했다.

하는 수 없지. 약속은 약속이니까, 한숨을 내쉬며 마요도 다시 식사를 시작했다. 도로로 소바를 입에 넣으며 앞으로의 일을 생각했다.

"아, 맞다." 다시 젓가락질을 멈추고 고개를 들었다. "장례식은 어쩌죠?"

다케시는 들이키려던 맥주를 내려놓았다. "장례식이라…….'

"안 할 수는 없잖아요. 친척들한테도 연락해야 하고. 다들 놀라겠지. 어떻게 설명해야 할지 모르겠네. 할 거면 바로 준비

99

시작하는 게 나을까요? 하지만 시신도 아직 경찰서에 있고, 어떻게 하면 될까요? 부검을 한다던데, 시신은 언제 돌려줄 건지……."

"빠르면 오늘 밤. 늦어도 내일 돌려줄 거야." 다케시가 딱 잘라 대답했다.

"그걸 어떻게 알아요?"

"부검은 벌써 끝났을 테니까. 현립대학 법의학교실에서는 빨리 시신을 찾아가길 바라겠지."

"끝났다고요? 삼촌이 그걸 어떻게 알아요?"

"수사 책임자의 스마트폰으로 연락이 왔더군."

"수사 책임자? 스마트폰?"

여우를 닮은 고구레의 얼굴이 마요의 머릿속에 떠올랐다. 그 남자와 다케시가 주고받은 대화를 되짚어보자, 아, 하는 소리가 튀어나왔다.

"혹시 그때? 고구레 경감의 안주머니에서 경찰수첩을 빼냈 잖아요. 그때 다른 주머니에서 스마트폰을 훔쳤구나."

"정확하게는 경찰수첩을 녀석의 주머니에 되돌려 놓을 때지. 그리고 훔쳤다니, 듣기 거북하구나. 잠깐 빌린 것뿐이야. 그 인간이 유족들에게 수사 정보를 공개할 것 같지는 않아서 말이야. 예상대로 살해 방법도, 형님이 살해됐을 때의 복장도 철저히 비밀에 부치더군. 그런 몰인정한 놈의 개인 정보는 보

100

호해 줄 필요가 없어."

마요는 다케시가 뒷마당을 바라보며 그런 질문을 했던 걸 떠올렸다. 그때 다케시의 손에는 고구레의 스마트폰이 있었다.

그 후에 자신이 경영하는 '트랩핸드'라는 바에 대해 이야기했을 때, 검색해 보라며 고구레의 주머니에서 스마트폰을 꺼낸 것처럼 보였다. 사실은 그전부터 계속 가지고 있던 것이다.

"그 스마트폰, 안 잠겨 있던 거예요?"

"아니, 일단 암호를 입력하라던데."

"어떻게 풀었어요?"

"어떻게긴. 암호를 입력했지."

"아니……."

"내 신상을 확인하려고 스마트폰으로 전화했잖아. 그때 보고 번호를 외웠지."

그때 일은 마요도 기억이 났다.

"하지만 삼촌 있는 데서 화면이……."

안 보였을 텐데, 라고 말하기 전에 다케시는 집게손가락을 세웠다. 그러고는 허공에 손을 움직이며 말했다.

"화면은 안 보여도 조작하는 손과 눈동자 움직임을 보면 어린애라도 번호쯤은 알아낼 수 있지." 덤덤하게 말하더니 다케시는 다시 닭꼬치에 손을 뻗었다.

그런 거였군. 마요는 그제야 납득이 됐다. 다른 사람에게 같은 이야기를 들어도 설마 하며 믿지 않았을 것이다. 하지만 형사 행세를 하며 이웃 사람들에게 탐문 조사를 한 것과 마찬가지로, 이 사람에게 그쯤은 식은 죽 먹기다.

그러고 보니 가키타니의 이름과 직함을 알고 있던 것도 고구레의 스마트폰에서 엿본 것일까. 그 말을 하니 "뭐, 그렇지."라고 대답했다. "관할서 연락처에 형사계 가키타니, 라고 적혀 있더군. 고구레는 경감이니까 같은 계급이면 서로 신경 쓸 게 많아지겠지. 그렇다고 말단을 붙였다가는 빈정이 상할 테고. 그러니까 가키타니의 계급은 경위, 직함은 계장이겠거니 했지."

마요는 별거 아니라는 듯 말하는 삼촌의 얼굴을 바라보았다. 나름대로 논리적이었다.

"대단하네요." 마요는 그렇게 말했다. "역시 사무라이……"

쿵, 요란한 소리를 내며 다케시는 맥주잔을 거칠게 내려놓더니 마요를 노려보았다.

"그 이름 말하지 마."

"왜요?"

"아무튼. 입이 찢어져도 말하지 마."

마요는 어깨를 으쓱했다.

사무라이 젠. 삼촌이 마술사였을 적 예명이다.

●

7

아버지에게 열두 살 어린 동생이 있다는 이야기를 처음 들은 건 마요가 초등학교 6학년 때의 일이었다. 할머니 도미코가 세상을 떠난 뒤, 장례식장에서 경야經夜 준비를 하던 중이었다. "오늘 밤에는 못 와도 내일 장례식 전까지는 도착할 것 같다니 너한테도 미리 말해 둬야 할 것 같아서."

삼촌의 이름은 다케시라고 했다.

"처음 들어요. 왜 지금까지 말 안 해줬어요?"

아버지는 난감한 표정으로 고개를 갸웃했다.

"가장 큰 이유는 기회가 없어서였을까. 그리고 아버지도 못 본 지 벌써 10년이 넘었거든. 마지막으로 만난 게 마요가 태어나기 전이니까. 엄마도 결혼 전에 한 번 봤을 뿐이야. 어쩌면 이제 다시는 못 만날지도 모른다는 생각도 들었고. 그래서 마요가 혼란스러울까 봐 말 안 한 거란다."

"왜 안 만났어요? 사이가 나빠요?"

"그런 건 아니고." 아버지는 멋쩍게 웃었다. "단순한 이유야. 삼촌이 미국에서 일하거든. 게다가 한 곳에 머물지 않고 각지를 전전해서 일정을 맞추기가 어려웠단다."

"그랬구나."

"하지만 메일로 할머니가 돌아가셨다고 연락했더니 장례식에 오겠다고 하지 뭐니. 못 온다고 할 줄 알았는데 좀 놀랐지."

다케시는 플로리다에서 비행기를 타서 내일 아침에 나리타공항에 도착한다고 했다. 장례식은 정오에 시작한다.

아버지의 동생이 미국에서 어떤 일을 하는지 마요는 묻지 않았다. 삼촌이 있다는 사실만으로 놀라서 미처 거기까지 생각하지 못한 것이다.

이튿날 아침, 장례식장의 대기실에서 삼촌을 처음 만났다. 키가 크고 모델처럼 스타일이 좋았다. 얼굴도 멀끔해서 아버지와는 닮은 구석이 없었다.

아버지가 마요를 삼촌에게 소개했다. 마요는 안녕하세요, 고개를 숙이며 인사를 했다.

"너에 대해 잘 안단다." 다케시는 미소를 지었다. "그림을 잘 그리고 고양이를 좋아한다지? 만나서 반가워, 다케시 삼촌이야." 그렇게 말하더니 손을 내밀어 악수를 청했다.

마요는 당혹감을 느꼈지만 내민 손을 잡았다. 그림을 잘 그리고 고양이를 좋아한다. 그가 한 말은 모두 맞았다. 아마 아버지가 이야기했겠지.

다케시는 어머니와도 인사를 나눴다. 14년 만이라는 말이 들렸다. 다케시는 결혼식에 참석 못 해서 미안하다고 했다.

할머니는 가깝게 지내는 사이가 그리 많지 않아 장례식은 일가친척들만 모여 소규모로 치렀다. 엄숙한 분위기에서 식이 진행되었고, 출관 전에 고인에게 각자 꽃을 바쳤다. 마지막 인사를 하는 줄도 길지 않았다.

가장 마지막이 다케시의 차례였다. 그 모습을 보고 마요는 이상하다 생각했다. 그가 꽃을 들고 있지 않았기 때문이다.

다케시는 관으로 다가가 할머니의 뺨을 두 손으로 살며시 감쌌다. 이어서 손을 천천히 올려 할머니의 가슴께로 이동한 뒤에 합장을 했다. 그러고는 다시 모은 손을 위아래로 움직였다.

다음에 본 광경을 마요는 평생 잊지 못하리라.

모은 두 손에서 붉은색과 흰색, 보라색 꽃잎 들이 팔랑팔랑 떨어지기 시작했다. 꽃잎의 양은 차츰 늘어나서 눈 깜짝할 사이에 할머니의 가슴을 뒤덮었다. 주변 사람들이 놀라서 탄성을 터뜨렸다.

꽃잎이 떨어지지 않게 되자 다케시는 합장한 자세로 묵념했다. 그러고는 눈을 뜨고 손을 내리더니 시신을 향해 정중히 고개를 숙인 뒤, 어안이 벙벙해진 사람들의 시선을 받으며 관에서 멀어졌다.

마요는 가족들이 있는 곳으로 다가온 다케시의 얼굴을 올려다보았다. 그 얼굴은 딱히 특별한 일은 하지 않았다는 양

무표정했다.

화장장에서 유골을 받고 나서 가족들끼리 식사 자리를 가졌다. 마요는 처음 만난 삼촌이 궁금해서 견딜 수가 없었다. 그건 뭐였나, 어떻게 그런 재주를 부릴 수 있는지 묻고 싶었다. 하지만 다케시는 아버지, 어머니와 잠시 이야기를 나눴을 뿐, 어쩐지 다가가기 어려운 분위기를 풍기며 말없이 있어 마요는 그저 그를 멀리서 바라볼 수밖에 없었다.

그 대신 마요 옆에 있던 친척 아주머니가 다케시에 대해 이야기하기 시작했다. 그 이야기를 듣고 다케시가 미국에서 마술사를 한다는 걸 알았다.

마술 같은 걸로 먹고살 수 있어요? 글쎄요, 하지만 의외로 유명한가 봐요. 그래요? 돈은 얼마나 벌려나. 상상도 안 가네요. 하지만 아까 그 마술은 깜짝 놀랐네요.

그렇구나, 그건 마술이었어. 마요는 이야기에 귀를 기울이며 고개를 끄덕였다.

그 후에 에이치가 와줘서 고맙다고 인삿말을 하고 나서 자리는 파했다. 결국 다케시와는 이야기를 나누지 못했다.

그날 밤, 부모님과 셋이서 저녁을 먹으며 마요는 다케시에 대해 아버지에게 다시 물었다.

"친척분들에게 들었니? 그래, 삼촌은 미국에서 마술사를 한단다." 에이치는 딱히 숨기지 않고 대답했다.

"왜 마술사가 된 거예요?"

"그건 아버지도 모르겠구나. 그런 질문은 자주 듣지만." 에이치는 난감한 표정으로 미간을 좁히더니 가즈미와 마주 봤다.

아마 이런 대화를 부부끼리 나누기도 했을 것이다. 가즈미는 에이치에게 대충 사정을 들었는지 말없이 미소를 지었다.

에이치가 마요를 보았다.

"어릴 때부터 좀 특이하기는 했지, 초능력에 관심이 많았어."

"초능력?"

"유리 겔러라는 이름을 들어본 적 있니?"

처음 듣는 이름이라 고개를 저었다.

"자신을 초능력자라 소개한 인물인데 1970년대에 화제를 불러일으켰어. 일본에 온 적도 있어서 그 영향으로 전국에 초능력 붐이 일었지. 초능력으로 숟가락을 구부리는 퍼포먼스가 인기였는데, 아버지도 친구랑 자주 흉내를 냈어."

"숟가락을요? 정말 그게 가능해요?"

에이치는 미소를 지으며 고개를 저었다.

"유감이지만 곧 트릭이라는 게 밝혀져서 붐은 사그라들었지."

에이치가 들려준 이야기는 다음과 같다.

초등학생이 된 다케시는 어찌된 영문인지 오래전에 지나간 초능력 붐에 관심을 가졌다. 어디서 찾았는지, 유리 겔러의 오래된 영상을, 당시 보급되기 시작한 가정용 비디오로 반복해서 보았다. 부모가 이유를 묻자 "재미있어서."라고만 대답했다.

학교 성적은 나쁘지 않았고, 오히려 뛰어난 편이어서 부모는 그냥 내버려 두었다. 언젠가는 질릴 거라 생각했겠지.

그러던 어느 날 저녁, 이런 일이 일어났다. 그날 저녁 메뉴는 카레라이스였는데, 다케시는 도미코에게 숟가락을 내밀며 이렇게 말했다.

"엄마, 이걸로는 먹기 힘들어요."

에이치는 그 숟가락을 보았다. 특이할 것 없는 스푼이었고, 딱히 문제가 있는 것처럼 보이지도 않았다. 도미코도 고개를 갸웃거리며 왜 먹기 힘드냐고 물어봤다.

"이러면 못 먹잖아요." 다케시는 그렇게 말하며 손목을 살짝 비틀었다.

다음 순간, 믿을 수 없는 일이 벌어졌다. 다케시가 들고 있던 숟가락이 힘없이 휘어진 것이다.

에이치는 소스라치게 놀랐다. 숟가락을 구부리는 건 트릭이고, 실은 관객의 눈을 피해 바닥 같은 데 눌러서 구부린다는 게 통설이었기 때문이다. 하지만 다케시는 일절 그런 행동은 하지 않았다. 공중에서 구부린 것이다.

부모도 같이 그 장면을 보았다. 어찌나 놀랐는지 멍하니 바라만 볼뿐 아무도 말을 잇지 못했다. 하지만 이내 소동이 일어났다. 대체 어떻게 한 거냐, 무슨 짓을 했냐고 다케시에게 질문을 퍼부었다. 하지만 다케시는 아무 말도 하지 않았다. 옅은 웃음을 지으며 새 숟가락을 가져오더니 태연하게 카레라이스를 먹기 시작했다. 뭔가 트릭이 있는 게 틀림없다고 생각한 에이치는 부모와 번갈아 숟가락을 살펴봤다. 하지만 그건 집에서 늘 쓰는 숟가락이었고, 손가락에 힘을 좀 줬다고 구부러질 만한 물건이 아니었다.

결국 다케시는 마지막까지 트릭의 비밀을 공개하지 않았다. 그래서 지금도 어떤 트릭이었는지는 모른다고 에이치는 웃으며 말했다.

"다케시가 가족들 앞에서 그런 행동을 한 건 그때가 처음이자 마지막이었지. 그 후로 그 녀석이 무슨 생각을 하며 살았는지, 나는 잘 모르겠다. 터울이 많이 진 형제라 속을 터놓고 이야기해 본 적이 거의 없거든."

"하지만 그건 초능력이 아니라 마술이었죠?" 마요가 말했다. "삼촌은 그때부터 마술사가 되고 싶었던 건가요?"

"아마 그렇겠지. 그 사실을 안 건 그로부터 몇 년이나 지나서였지만."

에이치는 다시 옛일을 회상했다.

다케시가 막 고등학교 3학년에 올라갔을 때였다. 졸업하면 마술사가 되기 위해 미국으로 건너가겠다는 이야기를 꺼냈다.

어릴 적부터의 꿈이다, 다케시는 아버지 야스히데에게 애원했다. 나는 마술을 하기 위해 태어났다고 생각한다, 그 길을 막아 버리면 살아 있는 의미가 없다고까지 말했다.

놀랍게도 다케시는 이미 미국에서 마술을 배울 곳까지 정해놓고 있었다. 보스턴에 있는 마술사 양성 학교에 입학 수속을 해놓았다고 했다.

다케시는 아버지에게 100만 엔만 빌려 달라고 부탁했다. 5년 안에 전부 갚겠다, 갚지 못하면 꿈을 포기하고 귀국하겠다고 말하며 머리를 조아렸다.

다케시의 각오가 전해졌는지 야스히데는 허락했다. 더구나 100만 엔이 아니라 그 갑절인 200만 엔을 빌려 주었다.

하지만 야스히데는 단단히 못을 박았다. "성공하기 전까지는 절대로 일본에 돌아올 생각 말거라."

다케시는 그러겠다고 대답했다. "어쩌면 성공해도 안 돌아올지도 몰라요."

둘째 아들의 결의에 야스히데는 흡족한 표정으로 "그것도 좋겠지." 하고 고개를 끄덕였다.

이듬해 봄, 고등학교를 졸업한 다케시는 바로 미국으로 건너갔다. 이런저런 준비를 모두 혼자 마친 동생을 보고 에이치는 다케시라면 분명 잘 해낼 거라고 확신했다.

그로부터 얼마 지나지 않아 에이치는 가즈미와 결혼했다. 다케시는 결혼식에 오지 않았다. 보스턴에서 축하 전보를 보냈을 뿐이었다. 다케시가 미국에 가기 전에 가즈미와 만나는 자리를 만든 적이 있었다.

결혼하고 이듬해에 가즈미는 아이를 가졌고, 이내 딸을 낳았다. '마요'라는 이름의 여자아이는 건강하게 자랐다. 하지만 가미오 집안에 찾아온 건 행복한 시간만은 아니었다.

야스히데가 쓰러졌다. 검사 결과 폐암이었다. 게다가 상당히 진행된 상태여서 병원에서는 앞으로 길어야 반년이라고 했다.

쓰러진 야스히데는 아내와 아들 부부에게 절대로 다케시에게 알리지 말라고 신신당부했다.

"그 녀석은 아직 꿈을 향해 나아가는 중이야. 성공할 때까지 돌아오지 말라고 했다. 괜히 심란해지게 쓸데없는 소리 말거라."

평소에는 온화하지만 완고한 일면도 있는 야스히데의 성격을 잘 아는 가족들은 그 의사를 존중했다. 아마 가장 괴로운 건 아내인 도미코였겠지만, 아무 말도 하지 않았다.

그로부터 얼마 뒤, 야스히데는 불귀객不歸客이 되었다. 그 사실을 에이치가 다케시에게 국제 전화로 알린 건, 사십구재가 지나서였다. 야스히데의 당부로 지금까지 알리지 않았다

111

는 사실도 말했다.

"알았어." 다케시는 조용히 말했다. "당분간은 아버지 산소도 못 찾아뵐 것 같아. 형이 잘 좀 돌봐 줘."

에이치는 알았다고 대답했다.

지인을 통해 흥미로운 이야기를 들은 건 그로부터 3년쯤 지나서였다. 미국에서 화제를 불러일으킨 일본인 마술사가 있다고 했다. 혹시 동생분이 아니냐며 DVD를 내밀었다.

DVD를 재생한 에이치는 놀라움을 금치 못했다. 화려한 무대에 선 '사무라이 젠'이라는 예명의 마술사는 틀림없는 다케시였다.

다케시는 '야마부시(산에서 혹독한 수행을 함으로써 도를 깨우치는 일본 고유의 종교 슈겐도의 수행자를 일컫는 말)' 같은 수도자 복장을 하고 있었다. 미녀를 무대 한가운데 세우더니, 옆에 있던 상자에서 짚을 잔뜩 꺼내 여자의 몸에 둘둘 감기 시작했다. 어찌나 솜씨가 좋은지 눈 깜짝할 새에 온몸이 보이지 않게 되었다. 무대 한가운데에 사람 크기의 짚 인형이 서 있는 형국이었다.

다음으로 다케시는 일본도를 들었다. 검집에서 뽑은 검을, 칼날의 번뜩임을 강조하듯 휘두르며 서서히 짚 인형 쪽으로 다가갔다. 그러고는 걸음을 멈추고 일본도를 두 손으로 치켜들더니 짚 인형의 정수리로 내리쳤다.

짚 인형은 반으로 갈라졌다. 하지만 깔끔하게 베어냈는지 아직 서 있었다. 그러자 다케시는 이번에는 세로로 검을 휘둘렀다. 지푸라기가 사방으로 튀었지만 인형의 상반신은 쓰러지지 않았다. 다케시는 반대편에서 대각선 아래로, 다시 대각선 위로, 눈에 보이지 않는 속도로 검을 연거푸 휘둘렀다. 절단된 대량의 지푸라기가 허공에 휘날렸다.

이내 다케시는 동작을 멈췄다. 허공에 날리던 지푸라기는 떨어져 바닥에 산더미처럼 쌓였다. 다케시는 그 더미 앞으로 다가가 무릎을 꿇더니, 주문을 외우는 자세를 취했다.

다음 순간, 짚 더미가 화르르 불타오르며 불기둥이 나타났다. 다케시의 키보다 큰 불기둥이었다. 눈이 부셔 아무것도 보이지 않았다.

하지만 불꽃은 금방 사라졌다. 그리고 그곳에는 처음 무대에 있던 미녀가 서 있었다.

순간의 정적이 흐른 뒤, 좌중에서는 우렁찬 박수와 환성이 터져 나왔다. 다케시는 두 손을 모아 합장한 뒤 고개를 숙였다.

"깜짝 놀랐지. 그때까지 가끔 편지나 전화로 연락을 주고받기는 했어도, 다케시가 자기 일 이야기를 한 적은 거의 없었거든. 일이 안 풀려서 애를 먹고 있는 게 아닌가 싶었는데, 훌륭하게 성공한 걸 보고 기뻤지. 할머니한테도 바로 보여 드렸고."

113

"우아, 나도 보고 싶어요." 마요가 말했다.

"안타깝게도 빌린 거라 지금은 없단다. 그때 복사해 둘 걸 그랬어, 이제 와서 생각해 뭣하겠냐마는."

"삼촌은 미국에서 유명한가 봐요. 나도 보고 싶어요."

"네가 크면 직접 보러 가면 되지. 그때까지 다케시가 활동 중이라면."

"아빠랑 엄마는 안 보러 가요?"

"말했잖니, 일정을 맞추기가 힘들다고. 그리고 다케시는 내가 보는 걸 원치 않을 것 같구나."

"왜요?"

마요가 묻자 에이치는 음, 한숨을 흘렸다.

"표현은 잘 못하겠지만, 거긴 다케시의 세계라 아버지가 들어가서는 안 될 것 같은 기분이 든단다. 그래서 지금까지 일부러 관여하지 않았던 거고."

아버지의 말을 마요는 잘 이해하지 못했다. 나이 차이가 많이 난다고 해도 형제가 아니던가.

"최근에는 연락도 거의 없었어. 다케시도 여기 일은 아무것도 몰랐을 거야."

"하지만 내 이야기는 했잖아요."

"네 이야기를? 무슨 소리니?"

"삼촌이 알고 있던데요? 내가 그림을 잘 그린다는 것도, 고

114

양이를 좋아한다는 것도."

에이치는 고개를 갸웃거렸다.

"이상하네. 그런 이야기를 한 적이 없는데."

"정말요?"

그럼 어떻게 알고 있던 걸까. 신기했지만 확인할 방법이 없었다.

그로부터 한동안은 다케시 이야기가 나오지 않았다. 중학교에 진학한 마요는 교사의 딸이라는 갑갑한 환경에서 고군분투하는 게 더 중요했기 때문이다. 에이치도 동생이 미국에서 어떻게 사는지, 딱히 궁금해하지는 않는 것 같았다.

그런 다케시가 갑자기 귀국한 건 지금으로부터 8년 전이었다. 이유는 모른다. 본인이 아무 말도 하지 않았기 때문이다.

나름대로 벌어둔 돈이 있는지 에비스에서 바를 시작했다. 요란하게 개업식을 할 생각은 없는 것 같았지만, 에이치가 축하해 주자고 이야기를 꺼내서 세 식구가 함께 다케시의 바를 찾았다.

카운터 말고는 2인석 테이블이 하나 있는 자그마한 가게였다. 다케시는 찾아온 형의 가족을 보고 불편한 낯은 하지 않았지만, 그다지 반기는 것 같지도 않았다.

마요는 10년 만에 만나는 것이었다. 다케시가 마요를 보고 맨 처음 한 말은 "아직도 그림을 그리니?"라는 것이었다.

건축가가 되고 싶어서 집 그림은 많이 그리고 있다고 대답하자, "잘됐구나." 하며 입가에 미소를 지었다.

그 후 몇 년에 한 번 꼴로 다케시와 만났다. 특히 가즈미가 세상을 떠난 직후에, 집을 어떻게 할 것인지를 두고 에이치와 다케시는 몇 차례 만나 이야기를 나눴다고 했다. 에이치가 혼자 살기에는 너무 큰 집이었기 때문이다. 그렇다고 처분하는 것도 내키지 않았다.

쓰지도 않는 다케시의 방이 부활한 이유에는 그러한 속사정이 있었다.

●

8

"범행 시각은 3월 6일, 즉 토요일 오후 8시부터 12시 사이로 추정되는 모양이다."

마지막 닭꼬치를 먹고 나서 꼬치를 접시에 내려놓으며 다케시는 그렇게 말했다.

"그렇구나. 그래서……."

"무슨 일 있었어?"

"어제 경찰에서 토요일부터 오늘까지 뭘 했는지 물어보더라고요. 특히 토요일 일정에 대해 집요하게 캐물었어요. 종일 집에 있었는데, 밤에 근처 경양식집에서 배달을 시켰다고 이야기했더니, 그제야 알아들은 눈치였어요."

마요의 이야기를 듣고 다케시는 여러 번 고개를 위아래로 끄덕였다.

"하기야 피해자의 외동딸을 용의선상에서 제외할 수 있어서 마음이 놓였겠지. 그 대신 친동생은 알리바이가 없었지만." 다케시는 엄지손가락으로 자기를 가리켰다.

"경찰은 가족도 의심하나 봐요."

"모든 사람을 의심하는 게 형사라는 족속이야. 반대로 그렇

117

지 않으면 때려 쳐야 하는 일이고. 고구레는 나를 요주의 인물로 보는 것 같던데."

"그건 잘 모르겠지만……."

적어도 좋은 인상을 받지는 않았을 것이라고 마요는 생각했다.

"살해 방법은 교살이야." 다케시가 덤덤하게 말했다.

"정말요?" 마요는 얼굴을 찌푸렸다. "그것도 고구레 경감 스마트폰에서 봤어요?"

"그래."

"끈 같은 걸로 조른 거예요?"

"흉기는 아직 못 찾은 것 같아. 하지만 가느다란 끈은 아냐. 목에 자국이 남아 있지 않았으니까. 손가락 자국도 없었으니 액살도 아니고." 다케시는 맥주잔을 들고 바닥에 조금 남아 있던 맥주를 전부 들이켰다. "아마 수건처럼 부드럽고, 어느 정도 폭이 있는 천이 아닐까, 그게 감식반의 견해다."

"수건으로……." 마요는 오른손으로 제 목을 만졌다.

"원래 교살에는 안 맞는 물건이야. 목의 기관을 조를 거면 가늘고 튼튼한 끈이 제일이야. 수건 같은 걸로는 기관을 완전히 뭉개기 어렵지. 하지만 목 양옆에 있는 혈관을 조이는 건 가능해. 정맥과 동맥이 좁아지면 뇌에서 혈액을 내보내지 못하게 되고, 산소도 들어오지 못하니까 결과적으로는 죽음에

이르지. 갈 곳을 잃은 혈액은 안구의 실핏줄을 터뜨리고 솟아오르지. 형님 시신은 그런 상태였다고 해. 눈꺼풀을 들춰 보니 피눈물을 흘린 것 같았다고 하더군."

마요는 젓가락을 내려놓았다. 음식은 아직 남아 있었지만, 다케시의 이야기를 들으니 식욕은 순식간에 사라졌다.

"만일 안구의 이변이 없었다면 심부전으로 처리됐을지도……."

"그만해요." 마요는 그렇게 말했다. "그 이야기, 더 듣고 싶지 않아요."

다케시는 허를 찔린 표정을 짓더니 그래, 하고 찻잔을 들어서 차를 마셨다.

"다른 이야기를 하자. 형님의 토요일 일정을 아니?"

마요는 고개를 저었다.

"어떻게 알겠어요. 떨어져 사는데."

"역시 그렇군. 뭐, 그렇겠지."

"경찰도 물어보더라고요. 아버지 주말 스케줄이 그렇게 중요해요?"

"아직 모르지. 하지만 토요일에 형님은 어딘가 외출했을 거야. 공적인 자리였든지, 아니면 중요한 사람을 만날 약속이 있었겠지."

"그걸 어떻게 알아요?"

다케시는 밀리터리 재킷 칼라를 흔들며 말했다.

"복장을 보면 알지. 시신으로 발견되었을 때 형님은 양복 차림이었어. 넥타이는 풀었지만, 겉옷은 입고 있었지. 사진으로 확인했으니 틀림없어."

"사진으로……."

"고구레의 스마트폰에 다양한 각도에서 시신을 촬영한 사진이 있더군."

"부탁이니까 그 사진, 나한테는 보여 주지 마요." 마요는 찡그린 표정으로 고개를 돌리며 두 손을 내밀어 막았다.

"유감스럽게도 지금 없어. 몰래 내 스마트폰으로 보낼까 생각했지만, 아무리 그래도 흔적이 남는 건 위험할 것 같아서 참았지."

"그래요? 다행이다……."

"네 생각은 어때? 교직을 떠난 지 몇 년이나 된 형님이, 거기다 토요일에 양복까지 갖춰 입은 걸 보면 어디 특별히 갈 곳이 있었다고 생각하는 게 타당하겠지?"

"그럴지도. 그래서 경찰도 아버지의 주말 일정을 아는지 물었나 봐요."

"다시 묻겠는데, 토요일에 형님이 그런 차림으로 외출할 만한 곳이 있어?"

마요는 팔짱을 끼고 음, 하고 고개를 갸웃거렸다.

"현역 시절에는 학교뿐 아니라 어디를 갈 때도 양복 차림이었어요. 그러고 보니 퇴직한 뒤로는 양복 입은 모습을 거의 못 본 것 같아요. 만난 적이 얼마 없어서인지도 모르지만."

"옛 동료들을 만날 때는?"

"아마 양복은 안 입을걸요. 보통 역 앞 술집에서 만나서 술 마시니까. 아직 날이 추우니까, 요즘 만난다면 아마 스웨터에 다운재킷 같은 거 아닐까요?"

"취미나 학문 관련한 모임은? 문학자끼리 모이는 자리에는 너무 격식 없는 복장으로 갈 수는 없을 테니."

문학자. 마요는 소리 내어 말해 보았다. 왠지 실감이 들지 않았다. 아버지를 가리키는 말인 줄은 알지만, 그것이 어떠한 존재인지는 한 번도 생각해 본 적 없었다.

"모르겠어요. 솔직히 퇴직한 뒤로 아버지가 어떻게 사셨는지 잘 모르거든요. 도움이 못 돼서 미안해요."

다케시는 하는 수 없다는 양 한숨을 내쉬었다.

"그럼 여자관계는?"

"여자?" 마요의 눈이 동그래졌다. "무슨 뜻이에요?"

"말 그대로야. 형수님 돌아가시고 5, 6년은 지났잖아. 하나 있는 딸도 독립해서 집에 거의 안 왔으면, 새로운 만남을 찾았어도 이상할 건 없지."

"아버지가요? 그럴 리가. 말도 안 돼."

"그렇게 딱 잘라 말할 수 있나? 내 주변에는 예순두 살에 연애하는 사람이 수두룩한데."

"삼촌 주변에는 그런 사람들이 많을지 몰라도……."

"형님이 그런 사람이 아니라고 단정 짓는 것도 이상하지. 뭐, 됐다. 이건 경찰이 조사하겠지. 만일 그런 사람이 있었고, 죽기 전에 만났다면 분명 흔적이 남아 있을 테니까."

"흔적?"

"소지품으로 말하면, 모텔 영수증, 발기부전 치료약이 든 약 케이스 같은 거지. 의류로는 속옷을 들 수 있고. 본인의 정액, 경우에 따라서는 상대의 체액이 검출될 가능성도 있지. 관계 후에 샤워를 하지 않았다면, 성기에서도 뭔가……."

"그만." 마요는 오른손을 내밀어 말을 끊었다. "거기까지만 해요."

"너무 자극적이었나?"

"아버지의 그런 면을 상상하고 싶지 않아요. 설령 그런 사람이 있었다 해도, 같이 식사나 하는 사이였을 거라 생각하고 싶네요."

다케시는 고개를 저었다.

"같이 식사는 안 했어."

"그걸 어떻게 알아요?"

"예순여섯 살 먹은 남자가 일부러 양복 빼입고 여자하고 라멘 가게에 가겠어?"

"라멘 가게?"

다케시는 스마트폰을 꺼내 빠르게 조작했다.

"위장에서 소화가 진행된 면, 소화되지 않은 차슈, 파가 나왔어. 식후 두 시간쯤 지난 상태라고 하는군."

이야기를 듣기만 했는데도 마요는 입 안에 불쾌한 신맛이 퍼져나가는 걸 느꼈다.

"한마디로." 다케시는 말을 이었다.

"형님은 살해되기 두 시간 전에 라멘을 먹었어. 시간대로 봐서는 아마 저녁이었겠지. 이러한 사실로 추측할 수 있는 건 다음과 같다. 토요일, 형님은 양복 차림으로 집을 나섰어. 누군가와 만나기 위해서일지도 모르고, 격식 있는 복장이 아니면 들어가기 힘든 곳을 방문했던 걸지도 모르지. 어찌 되었든 볼일을 마친 형님은 라멘을 먹고 집으로 돌아왔어. 한편, 어떤 인물이 형님이 외출한 사이에 집에 숨어들 계획을 세웠어. 몰래 뒷마당으로 침입하려 했지만, 그전에 형님에게 발각됐어. 침입자가 그 자리에서 바로 달아났다면 이번 비극은 일어나지 않았겠지. 하지만 침입자는 도망치지 않고 형님의 목숨을 빼앗는 방법을 택했어. 옥신각신한 흔적이 있고, 감식반의 견해는 형님이 격렬한 몸싸움 끝에 쓰러지자, 뒤에서 수건 같은 걸로 목을 조른 것 같다는군. 시신은 분뇨를 지렸고, 그

123

흔적은 뒷마당에서도 발견됐어. 아까도 말했다시피, 시신은 목이 졸려서 질식사한 게 아니라, 목의 경동맥 압박으로 인해…… 음, 뭐야? 왜 고개를 돌리지?" 다케시는 말을 끊고 물었다. 이제야 조카의 상태가 심상치 않다는 걸 깨달은 모양이었다.

"삼촌……." 마요는 숨을 가다듬으며 다케시를 노려보았다.

"너무 무신경한 거 아니에요? 그렇게 구체적으로 설명할 필요가 있어요? 내 생각도 좀 해줘요. 아버지가 어떻게 살해됐는지, 그런 장면 상상하고 싶지 않다고요." 말하면서 눈에 핏발이 서는 걸 스스로도 알 수 있었다.

"그래." 하고 중얼거리며 다케시는 고개를 끄덕였다.

"거기까지 생각 못 해서 미안하다. 난 너도 나와 같은 생각인 줄 알았는데, 단정 짓는 게 아니었구나. 알았다. 이제 이런 이야기는 안 하마. 잊어 버려라."

"같은 생각이라니요?"

"난 경찰이 범인 잡기를 기다리는 게 아니라, 가급적이면 내 손으로 진상을 파헤치고 싶다. 설령 경찰이 범인을 체포한다 하더라도, 모든 정보를 우리에게 공개할 거란 보장은 없으니까. 아니, 거의 공개하지 않겠지. 어차피 경찰에게 피해자 유족은 단순한 증인, 또는 참고 자료의 하나일 뿐이니까."

마요는 삼촌의 멀끔한 얼굴을 바라보았다.

"내 손으로? 그런 게 가능해요? 삼촌은 수사 전문가가 아니잖아요."

"그건 그렇지만, 못한다고 단정 지을 이유도 없지. 경찰은 못하지만, 나는 할 수 있는 일도 있고." 그렇게 말하더니 다케시는 자리에서 일어났다. "그럼 간다."

"어디 가려고요?"

"체크인 시간이 지났으니, 프런트에서 열쇠 받아서 방으로 가야지."

"잠깐만요." 마요도 자리에서 일어났다. "그런 거면 나도 도울게요."

"돕는다고? 뭘?"

"진상을 파헤치는 걸요. 아버지가 누구한테 왜 살해됐는지, 나도 내 손으로 알아내고 싶어요."

다케시는 싸늘한 낯으로 고개를 돌렸다. "아서라."

"왜요? 나도 진상을 알고 싶어요."

다케시는 파리를 쫓듯 손사래를 쳤다.

"어린애 같은 소리 마. 그 진상이 네 마음에 들 거란 보장은 없다. 어두운 치정 관계가 드러날 수도 있고, 우리가 몰랐던 형님의 추악한 면을 알게 될 수도 있어. 아버지가 살해된 상황을 조금만 자세히 설명해도 얼굴이 파랗게 질리는 녀석이 앞으로 어떻게 견디려고. 괜히 발목 잡히고 싶지 않다. 내가 진상을 파헤칠 때까지 얌전히 기다려."

"이제 괜찮아요. 우는 소리 안 할게요."

"글쎄 너한테는 무리라니까."

"괜찮다니까요!"

그러자 다케시는 다시 스마트폰을 꺼내서 "이래도?" 하고 화면을 마요에게 들이댔다.

화면 속에 있는 건, 일견 회색 찰흙 덩어리처럼 보였다. 하지만 금방 사람의 얼굴이라는 걸 깨달았다. 부릅뜬 눈과 삐뚤어진 입. 입술 사이로 점액이 흘러나왔고, 눈은 피눈물을 흘리는 것처럼 시뻘겠다. 안치실에서 본 시신과는 너무나도 달랐지만, 에이치가 분명했다. 발견된 직후에는 이런 모습이었던 것이다.

시큼한 것이 목을 타고 올라왔다. 마요는 주저앉아 입을 막았다. 하지만 치밀어 오르는 구토를 막을 수는 없었다. 방금 먹은 음식이 바닥에 쏟아졌다.

어디선가 종업원이 달려왔다. "손님, 괜찮으세요?"

마요는 애써 고개를 끄덕였다. 괜찮다고 대답할 기운은 없었다.

●

9

"들키면 곤란해지니까 사진을 다른 데로 보내지는 않았다
면서요?" 마요는 방에 있는 수건으로 입을 막으며 물었다.

"자기 패를 감추는 건 엔터테이너의 상식이지." 스마트폰
을 조작하며 다케시가 대답했다. "속은 좀 어떠냐?"

"이제 괜찮아요. 미안해요."

마요는 체크인을 마친 다케시의 방에 있었다. 구조는 같았다.

"한 번 더 일러두는데, 진상 규명에 전력을 다한다, 어떠한
상황에서도 그걸 우선하며 결코 주저하거나 도망치지 않겠
다. 맹세할 수 있지?" 다케시는 날카롭고 강렬한 눈빛으로 마
요를 보며 물었다. 조금만 방심해도 기를 빨릴 것 같았다.

맹세할게요. 마요는 오른손을 올리며 말했다. "이제 도망치
지 않을 거야."

"좋아." 다케시는 위아래로 고개를 끄덕였다.

"담당 경찰들과는 어제 처음 만났다고 했지. 녀석들과 나
눈 대화 내용을 전부 말해 봐라. 어떤 질문을 했지? 뭘 중점적
으로 물어봤지? 뇌세포를 총동원해서, 숨기는 것 없이 기억
하는 걸 모조리 말해."

"숨기지 말고…… 어디서부터요?"

"경찰이 처음 접촉한 건 언제지?"

"어제 오후예요. 일하는데 전화가 와서……."

"그럼 거기서부터." 다케시는 팔짱을 끼고 좌식 의자 등받이에 몸을 기댔다.

삼촌의 정체 모를 박력에 압도된 마요는 어제부터 있던 일을 전부 설명했다. 이야기는 오늘 다케시가 나타난 장면까지 이어졌다.

이야기를 다 들은 다케시는 여전히 팔짱을 끼고 있었다. 정신을 집중하듯 살며시 감고 있던 눈을 서서히 떴다.

"상황은 잘 알았다. 그럼 우리 나름대로 생각해 보자. 그전에 너에게도 요긴한 정보를 줘야지. 분명 이제 괜찮다고 했으니 이 정도는 문제없겠지?" 다케시는 옆에 있던 스마트폰을 다뤄 새 사진을 보여 줬다.

놀란 마요는 허리를 곧추세웠다. 그 역시 시신을 찍은 사진이었다. 하지만 이번에는 전신사진이었다.

눈을 돌려서는 안 된다고 스스로를 채찍질했다. 그런 짓을 하면, 다케시는 앞으로 절대 상대해 주지 않을 것이다. 애써 마음을 진정하고 화면을 뚫어져라 바라보았다.

아까 다케시가 말했듯 에이치는 양복 차림이었다. 짙은 갈색 양복이 눈에 익었다. 시신 옆에는 접어놓은 종이 상자가 쌓여 있었다. 이걸로 시신을 숨겨놓았던 것이리라.

"뭔가 짚이는 게 있나?" 다케시가 물었다.

음, 마요는 화면을 다시 보며 말을 이었다.

"삼촌 말대로 몸싸움을 한 흔적이 있네요. 복장이 흐트러졌고, 더럽혀진 것 같아요."

"그리고?"

"그 밖에는……." 아버지의 시신을 머리에서 발끝까지 살살이 훑어봤다. 희한하게도 이제 공포심은 사라지고 없었다. 이내 어떤 사실을 깨달았다. "아……."

"뭐지?"

"신발을 안 신었어요. 양말만 신고 있네요."

"그거야." 다케시는 손가락을 튕기며 말했다. "게다가 잘 봐라, 발바닥이 더럽혀졌지? 어쩌다가 신발이 벗겨진 게 아니라 신발을 신지 않은 채 몸싸움을 벌인 거다."

"그게 무슨 뜻이에요?"

"평소에 형님이 뒷마당에 나갈 때 어땠지?"

"샌들을 신었어요. 유리문 앞에 있을 텐데."

"한마디로 샌들을 신을 여유도 없었다는 건가. 하지만 수상한 침입자를 상대로 몸싸움을 하는 데 샌들은 거치적거릴 수도 있으니까."

"수상한 침입자라면……."

"이렇게 된 거다." 다케시는 손가락을 세우며 말했다. "아까도 말했다시피, 토요일에 형님은 양복 차림으로 어딘가 외출했어. 그러고 나서 저녁에 라멘을 먹고 돌아왔지. 현관으로 들어와 신발을 벗고 서재에 들어갔다. 하지만 방의 불을 켜기 전에 뒷마당에 수상한 자가 있다는 걸 알아챘어. 유리문을 열고 여기서 뭐 하냐고 소리쳤겠지. 경찰에 신고할까 두려웠던 침입자는 형님에게 달려들었어. 몸싸움이 벌어졌고, 형님은 살해됐어."

이야기는 간결했지만 놀랍도록 설득력이 있었다. 마요도 그 광경이 눈에 선했다.

"아버지는 격투기 같은 건 하나도 몰랐으니까……."

"그런 문제가 아니다." 다케시는 고개를 저었다. "얼마나 목숨을 걸었는지의 문제지. 몸싸움을 하면서도, 형님은 상대가 죽어도 상관없다고까지는 생각하지 않았겠지. 하지만 상대는 그렇지 않았어. 들켰으니 죽일 수밖에 없다고 생각한 게 아닐까."

"범인의 목적은 무엇이었을까요?"

"문제는 바로 그거야. 빈집에 침입하려 했으니, 뭔가를 훔칠 목적이었다고 생각하는 게 온당하지만……."

"훔친 게 있었나요? 난 전혀 모르겠던데. 애초에 그렇게 엉망진창으로 어질러놨으니, 아버지가 봐도 몰랐을지도."

"하기야, 그 난장판은 비정상적이었지. 불필요하다는 느낌까지 들었어. 뭔가를 찾기만 해서는 결코 그렇게까지는 안 돼. 네 말대로 뭐를 훔쳐갔는지 모르게 하려고 그런 걸 수도 있다. 하지만 역시 가장 타당한 답은, 강도의 소행으로 위장하기 위해서겠지."

마요는 고개를 갸웃거렸다.

"무슨 뜻이에요?"

"범인의 목적은 처음부터 형님의 목숨을 빼앗는 것이었어. 하지만 그냥 죽이면 경찰이 원한이나 이해관계에 얽힌 범행이라 생각하겠지. 그래서 단순 강도의 범행으로 꾸미려고 했어. 실제로 값나가는 물건들을 뒤진 게 아니라 그렇게 부자연스러운 형태로 난장판이 된 거고."

"그럼 범인이 빈집에 침입하려 했던 것도 아버지를 죽이기 위해서였다는 거예요?"

"그렇겠지. 집에 몰래 들어와 기다리다가 형님이 돌아오면 해칠 공산이었을지도 모른다. 그래서 뒷마당에서 살해한 건 범인이 상정하지 못한 상황이었어. 어떻게든 강도 살인으로 위장하기 위해 실내를 뒤엎어놓은 거지."

"그렇구나……."

"하지만 만일 그렇다면 납득이 안 가는 점이 있어. 살해 방법이다."

"살해 방법? 교살이잖아. 왜 납득이 안가는데요?"

"처음부터 죽이는 게 목적이었다면, 칼을 쓰면 된다. 그 편이 확실하니까."

틀림없는 지적이었다. 그도 그렇다며 마요는 동의했다.

"혹시 흉기는 현장에서 조달해야겠다고 생각한 거 아닐까요? 부엌에 가면 식칼이나 과도 같은 건 있겠지 하고. 그러면 흉기를 입수한 경로를 통해 자기 신원이 밝혀질 걱정도 없을 테니까."

"현장 조달이라." 다케시의 입가에 웃음기가 번졌다. "한 사람을 죽이는 거사를 치르는데 너무 즉흥적인 거 아닌가? 적당한 식칼이나 과도가 없으면 어떡하려고. 남자 혼자 사는 집인데 그럴 가능성도 있지. 내가 범인이라면 만일의 경우에 대비해 흉기는 직접 챙겨뒀을 거야. 대형 슈퍼에서 구입하면 그리 쉽게 신원이 밝혀질 염려는 없을 테니까."

"뭔가 사정이 있어서 흉기를 준비할 시간이 없었다거나⋯⋯."

"그렇다고 대신 준비한 흉기가 수건이라는 것도 이상하지 않나?"

"아, 아까도 그 이야기 했죠."

"감식반의 견해⋯⋯ 뒤에서 수건 형태의 흉기에 목을 졸린 것으로 보인다. 실은 이게 가장 큰 수수께끼야. 날붙이를 준비하지 못해서 차선책으로 교살을 택했다는 것까진 좋아. 하지만 그렇다면 밧줄이나 전기 코드나, 더 가늘고 튼튼한 흉기를 준비하지 않았을까? 왜 수건이지? 손수건이나 핸드 타월과 달리 우연히 갖고 있을 물건은 아닌데."

다케시는 생각에 잠긴 표정으로 먼 곳을 보다가, 이내 한숨을 크게 내쉬며 마요를 보았다.

"현장이나 시신의 상태를 통해 알 수 있는 건 지금으로서는 이 정도군. 추리를 더 발전시키려면 다른 정보가 필요해. 아는 거 있나?"

"갑자기 물어봐도……."

마요는 당황했다. 딱히 생각나는 게 없었다.

"시신 발견자는 네 동창이라고 했지?"

"맞아요, 하라구치라고 있어요. 일요일에 동창회가 있는데, 그 일로 아버지와 상의하러 왔을 거예요."

"그 친구 직업이 뭐지?"

"주류 도매상이었을 거예요."

"역시 자영업자군. 그래서 월요일 아침에 형님을 찾아온 거였어." 좋아, 다케시는 다시 손가락을 튕겼다. "그 하라구치라는 친구한테 이야기를 들어 봐야겠다. 바로 연락해 봐. 아마 그쪽도 너한테 연락하고 싶을 거야."

"그럴까요?"

"상식적으로 생각하면, 안 그러는 게 이상하지. 얼른 해 봐."

알았다고 대답한 뒤 마요는 스마트폰을 집었다. 하라구치의 연락처는 몰랐지만 모모코에게 물어봐야겠다고 생각했다. 그러고 보니 모모코에게도 연락을 했어야 했다.

하지만 그전에 스마트폰이 메시지 수신을 알렸다. 겐타였다.

'경황없을 텐데 연락해서 미안해. 그 후에 어떻게 됐어? 힘든 일 없나 해서.'

짧은 문장 속에 겐타의 불안감과 아무것도 할 수 있는 게 없다는 무력감이 담겨 있는 것 같았다. 약혼자의 아버지가 살해됐으니 그도 그렇겠지. 하지만 일반인인 그가 할 수 있는 일이 있을 것 같지는 않았다. 그 사실은 본인이 제일 잘 알고 있을 터였다.

마요는 잠시 생각한 뒤에 답장을 보냈다.

'집이 난장판이 됐어. 왠지 현실감이 안 들어. 하지만 삼촌이 와줘서 좀 마음이 놓여. 걱정해 줘서 고마워."

답장을 보내고 나서 고개를 들자 다케시와 눈이 맞았다.

"형님한테 들었다. 결혼한다면서. 이런 상황에서 할 말은 아닌 것 같지만⋯⋯." 다케시는 주저하는 기색을 보이며 말을 이었다. "아무튼 축하한다."

"고마워요." 마요는 억지웃음을 지으며 대답했다. 하지만 굳어지는 표정을 주체할 수 없었다. "방금 메시지, 약혼자가 보낸 건 어떻게 알았어요?"

"모르는 게 이상하지. 이런 상황에서 다른 사람에게 온 메시지였다면 곧바로 답장을 보냈겠어? 애초에 읽지도 않았겠지."

"그것도 그러네."

마요는 이 사람에게 거짓말은 안 통하겠다고 생각했다.

다시 스마트폰으로 모모코에게 연락을 했다.

"네, 모모코입니다······." 침울한 목소리가 들렸다.

"나야, 마요. 늦게 연락해서 미안해."

"아니, 저기······ 힘들지?"

더듬더듬 말을 잇는 모모코의 목소리를 듣고 마요는 상황을 파악했다.

"아······ 소식 들었구나."

"응. 어제 하라구치한테 들었어. 너무 놀라서······ 네가 걱정됐는데 전화하는 것도 좀 그렇고, 메시지도 뭐라고 보내야 할지 몰라서······."

"그랬구나."

입장이 반대였다면 자신 역시 그랬을 거라고 생각했다. 위로 전화를 걸거나 상황을 확인하려는 건 무신경한 짓이라며 자제했겠지.

기묘한 목소리가 스마트폰 너머로 들렸다. 모모코가 딸꾹질을 하는 것 같았다.

마요는 모모코, 하고 말을 걸었다. "왜 그래?"

135

"응, 아니, 저기…… 미안해. 마요 네가 제일 충격이 클 텐데, 내가 운다고 어떻게 되는 것도 아닌데……."

모모코는 흐느끼며 말했다.

그 순간, 마요의 가슴에 뭔가가 급속도로 북받쳐 올랐다. 그 격렬한 기세를 억누르는 건 불가능했다. 치밀어 오른 그것은 눈 깜짝할 새에 마음의 벽을 부쉈다.

정신을 차려 보니 울음소리가 터져 나오고 있었다. 참아보려 했지만 주체할 수 없었다. 목이 아플 때까지 울부짖었다. 그러면서 머리 한구석으로는 오열이라는 게 바로 이런 건가, 하고 상황을 냉정하게 바라보는 또 다른 자신의 존재를 느꼈다.

●

  '호텔 마루미야'에서 걸어서 10분 거리에 있는 상점가는 이 마을에서 가장 번화한 곳이었지만, 유감스럽게도 화려하다는 말과는 거리가 멀었다. 늘어선 토산품 가게나 음식점에서 활력이 느껴지지 않는 건, 역시 코로나의 영향이리라. 셔터를 내린 가게가 많았는데, 오늘만 쉬는 날인 것 같지는 않았다.

  '하라구치 상점'은 상점가 중간쯤에 있었다.

  하라구치 고헤이의 연락처는 모모코가 알려 주었다. 마요의 전화에 하라구치는 놀란 눈치였지만, 자세한 이야기를 듣고 싶다는 부탁에 난색을 표하지는 않았다. 가게로 찾아오면 언제든 알려 주겠다고 했다. 쇠뿔도 단김에 빼랬다고 마요는 곧바로 다케시와 함께 호텔을 나섰다.

  마요가 다케시와 가게로 들어가자, 선반에다 전표를 붙이고 있던 남자가 돌아봤다. "왔구나." 하고 말을 건넸지만, 그 얼굴에 나타난 미소는 어색하기만 했다.

  하라구치 고헤이였다. 눈썹과 눈꼬리가 내려간, 보는 사람을 안심시키는 푸근한 생김새는 중학생 때 그대로였다. 하지만 마른 편이었던 체격은 다부진 성인의 몸으로 바뀌어 있었다.

"오랜만이야." 마요는 인사를 건넸다.

하라구치는 무슨 말을 해야 할지 망설여지는지 입술을 살짝 핥고 나서 말문을 열었다.

"가미오…… 많이 힘들지?"

응, 마요는 고개를 끄덕였다. "하라구치한테도 폐를 끼쳤네."

"나야 상관없는데……." 하라구치의 시선이 마요의 뒤를 향했다.

"아, 소개할게. 전화로 말했던 우리 삼촌. 아버지 동생이야."

"잘 부탁하네." 다케시가 뒤에서 인사했다.

"잘 부탁합니다." 하라구치도 대답했다.

하라구치는 마요와 다케시를 가게 구석에 있는 공간으로 안내했다. 둥근 테이블과 철제 의자가 놓여 있었다. 하라구치의 말로는, 할아버지 대부터 관광객들에게 지역 특산주를 시음하는 서비스를 제공하기 위해 설치한 것이라고 했다. 하지만 최근에는 동네 단골들이 찾아와 술을 마시고 가는 일이 잦다고 했다.

그거 좋군, 다케시가 의자에 앉으며 말했다.

"그러면 모처럼 왔으니 맛이라도 봐야겠군. 한 잔만 마실 수도 있나?"

"그러셔도 되긴 하는데……." 하라구치는 당혹스러운 기색

을 보이며 대답했다. 이런 상황에서 술을 달라고 하니 기가
막힌 거겠지.

"술은 뭘로 할까나. 이 집에서는 '만년주장'을 팔지?"

"맞습니다. 잘 아시네요."

"형님에게 들었지. 형님도 술을 좋아해서, 가가미호마레를
즐겨 마셨지." 그렇게 말하더니 다케시는 찬장에 진열된 병
하나를 가리켰다. 라벨에 '가가미호마레'라고 적혀 있었다.

"그러셨군요. 실은 '만년주장' 사장님이 저희 친척분이라서
모든 상품을 저희가 취급하고 있습니다. 그중에는 저희 집에
서만 판매하는 술도 있고요."

"그렇다고 하더군. 형님이 자주 자네 이야기를 했어. '만년
주장'과 특별한 인연이 있으니, 부탁하면 환상의 명주銘酒도
구할 수 있다면서."

"가미오 선생님이 그런 말씀을……." 하라구치는 뜻밖이라
는 듯 눈을 깜빡거리더니 감회에 젖은 표정을 지었다. 은사가
이제는 고인이 되었고, 거기다 그 시신은 자신이 발견했다는
사실을 떠올린 것일까.

그보다 마요는 내심 놀랐다. '만년주장'은 이 지역에 하나
밖에 없는 양조장이었지만, 다케시가 에이치에게 하라구치
의 이야기를 들었을 리가 없었다. 가업이 주류도매상이라는
것도 방금 전까지 몰랐으니까. 그러고 보니 다케시는 호텔을

나오기 직전까지 스마트폰을 뚫어져라 들여다보고 있었다. 혹시 '하라구치 상점'에 대해 인터넷에서 조사하고 있었던 걸까.

"그러면 '가가미호마레'를 드셔보시겠습니까?" 하라구치 가 다케시에게 물었다.

"그래도 좋고. 자네가 추천하는 술이 있으면 그것도 좋네."

"알겠습니다. 가미오는 어떻게 할래?" 하라구치는 계속 서 있는 마요에게 물었다.

"난 괜찮아."

"안 마신다고? 여긴 술 파는 데라고."

"그건 나도 알지만, 술 마시러 온 게 아니잖아요." 마요는 다케시의 옆자리에 앉았다.

"그럼 음료수라도 주문해라. 뭔가 착각하는 것 같은데, 여 긴 하라구치 군의 영업장이야. 간이 테이블과 철제 의자도 엄 연한 접객 공간이고. 나는 내 바를 아무것도 주문하지 않고 그저 수다 떠는 데 쓰려는 녀석들에게 제공하고 싶지 않아."

"아뇨, 괜찮습니다. 신경 쓰지 마세요. 아무것도 안 사고, 이야기만 하다 가시는 분들도 많거든요. 그럼 잠깐 기다리세 요." 하라구치는 당황한 낯으로 손사래를 치더니 자리를 떴다.

하라구치의 뒷모습이 보이지 않게 되자, 마요는 다케시에 게 얼굴을 대고 속삭였다.

"순간적으로 그런 거짓말이 잘도 나오네요."

"무슨 소리야?"

"모르는 척은. 아버지가 집에서 토속주를 마시는 건 본 적도 없어요. 덤으로 환상의 명주를 구할 수 있다고 했다고요? 그렇게 입에서 나오는 대로 말하다 들키면 어쩌려고 그래요?"

"깊은 대화를 나누기 위한 사소한 기술이지. 그리고 형님은 죽었어. 들킬 걱정은 없다고. 모순을 지적하면 착각했다고 둘러대면 돼." 다케시는 천연덕스럽게 대꾸했다.

"말을 아무렇게나……."

하라구치가 쟁반을 두 손으로 받쳐 가져왔다. 쟁반에는 720ml 유리병과 컵이 놓여 있었다.

컵을 다케시 앞에 놓고 하라구치는 술을 따랐다. "드시죠."

다케시는 진지한 표정으로 컵을 들었다. 코끝에 대고 향을 즐기는 시늉을 하고 나서 조금씩 술을 머금으며 목 넘김을 확인하듯 천천히 마셨다. "음, 맛있군."

"다행이다." 하라구치가 안도한 듯 중얼거렸다.

"드라이하면서 날카로운 맛이 있어. 뒷맛이 깔끔하고 상쾌하군. 차분히 맛보기보다는 물처럼 마시고 싶은 술이야."

"베이스는 '가가미호마레'지만, 양조용 알코올의 비율에 미묘하게 변화를 준 모양입니다. 다음에 저희 집에서 판매할 예정인 오리지널 한정 상품이죠."

"그렇군. 역시 여느 술과는 맛이 달라."

"굳이 따지자면 젊은 층을 노리고 만든 술입니다. 상품명도 아직 정식으로 정해지지 않았지만요. '만년주장'에서는 저희에게 판매 전략도 완전히 일임하신다고 하고요." 하라구치는 술병의 라벨을 보여 주었다. 하얀 종이에 '가가미호마레 오리지널 스페셜'이라고 평범한 글자가 프린트되어 있을 뿐이었다.

"그렇게 특별한 술을 나한테 대접해도 되나?"

"당연하죠. 술맛을 아는 분이 드셔야 술도 행복할 겁니다."

"이거 민망하군."

옆에서 두 사람의 이야기를 듣던 마요는 속에서 불이 났다. 태평하게 술 이야기나 하며 노닥거릴 상황이 아니잖아.

하라구치, 하고 대화에 끼어들었다. "아버지 시신을 발견했을 때 이야기를 자세히 듣고 싶은데."

"아…… 그래. 뭐든지 물어봐."

"전날에 아버지에게 연락하려고 했다며?"

"맞아. 동창회 일로 상의할 게 있어서."

"무슨 일이었는데?"

"별거 아냐. 사실 그전에 가미오 선생님이 연락을 주셨거든. 모처럼 반가운 얼굴들이 모이는 자리니까 축하주를 사고 싶은데, 어떤 술이 좋겠냐고 물어보셨어. 그래서 나름대로 이

것저것 궁리해서 일요일에 연락을 드렸는데, 몇 번을 전화해
도 안 받으시는 거야. 그래서 왠지 마음에 걸려서 월요일 아
침에 배달 겸 들여다보러 갔지."

"그렇게 된 거군."

하라구치의 이야기를 듣고 마요는 아버지답다고 생각했
다. 오랜만에 제자들과 만나는 자리, 단순히 초대 손님으로
가기는 마음이 편치 않아서 나름대로 '대접'을 하고 싶었던
것이리라. 에이치에게는 그런 허세가 조금 있었다.

"집 앞에 도착해서 전화를 걸었지만 역시 받지 않으셨어.
초인종을 눌러도 답이 없었고. 이상하다 싶어서 현관문을 잡
아당겼더니 문이 열려 있는 거야. 선생님을 불렀지만 답이 없
었어. 혹시 방에서 쓰러지신 건 아닌가 걱정돼서 뒷마당으로
가 안을 들여다보려고 했지. 그랬더니……."

"알았어, 그만하면 됐어." 시신을 발견한 장면을 이야기하
기 꺼리는 하라구치를 보고 마요는 손으로 됐다는 표시를 했
다. "고마워."

"경찰한테 상황을 설명한 뒤에 누구에게 연락해야 할지 몰
라서, 혼마에게 전화를 걸었어. 너하고 친했잖아."

"그래, 모모코한테 들었어."

하라구치는 미안해, 하고 사과했다.

"일요일에 내가 전화를 하는 게 아니라 더 일찍 직접 선생

님을 찾아뵀더라면, 이런 일은 일어나지 않았을지도 몰라."

"그렇게 생각하지 마. 그리고 아마 토요일 밤에 살해된 것 같다고 들었어."

"토요일에……." 하라구치의 얼굴이 굳어졌다. "역시 타살……이구나."

"경찰은 그러더라고."

"그래." 하라구치는 힘없이 대꾸했다.

두 사람의 대화를 듣고만 있던 다케시가 갑자기 컵을 눈높이로 들며 말했다. "역시 맛있군, 이 술."

마요는 넌더리가 나서 고개를 젓고 싶었다. 또 술 이야기인가.

하지만 그녀의 표정을 알아채지 못했는지 다케시는 뭔가 생각난 듯 하라구치를 보았다.

"그리고 보니, 이 술 이야기를 형님에게 들은 적이 있어."

하라구치는 네? 하고 당황한 목소리를 흘렸다. "아, 그러십니까?"

"옛 제자가 신제품으로 나올 술에 대해 고민하고 있다는 이야기를 들은 것 같은데. 자네 이야기 아닌가?"

"선생님이 그런 말씀을……."

"분명 성가신 일 때문에 골머리를 썩고 있다고 했어. 음, 뭐더라." 다케시는 컵을 내려놓고 뭔가를 떠올리려는 듯 미간을 짚었다.

144

마요는 당혹스러울 따름이었다. 이 역시 지어낸 이야기다. 다케시는 최근 에이치와 만난 적이 없고, 전화 통화도 하지 않았을 터였다. 왜 이런 이야기를 꺼내는지 그 진의를 파악할 수 없었다.

"선생님이 이 술에 대해 뭐라고 말씀하셨나요?" 하라구치는 병을 만지며 물었다.

"술에 대해서라기보다는 자네 이야기였지. 애를 많이 먹는 것 같다고 하더군. 아, 그래, 이제야 생각이 나는군. 새 술 때문에 제자가 애를 먹는 것 같은데, 뭔가 힘이 되어 주고 싶다고 했어. 사정을 들어 보니 내 생각에도 쉬운 문제가 아니더군. 무엇보다 형님은 그냥 선생님이었잖아. 모든 제자들이 감사하는 마음을 가진다는 보장도 없지."

"아…… 이야기를 자세히 들으셨군요."

"대충만 들었어. 하지만 그렇지, 신제품을 다룬다는 게 역시 쉬운 일은 아니야. 좌우지간 여기저기 돈 들어갈 곳이 많잖아."

"그렇죠. 돈 들어갈 곳도 많지만……."

"말 안 해도 알아. 돈도 들지만 돈보다 더 중요한 게 있지. 장사를 하다 보면 그런 게 참 골치 아프단 말이야." 다케시는 휙 고개를 돌려 마요를 보았다. "장사하는 사람이 신제품을 판매할 때, 돈보다 더 중요한 게 뭘 것 같냐?"

"나요?"

"생각해 봐. 뭘 것 같아?"

글쎄, 마요는 고개를 갸웃거렸다. "모르겠네요."

"더 생각해 보는 척이라도 하지?"

"그렇게 말씀하셔도……."

왜 이런 대화를 나누고 있는지조차 짐작이 가지 않아서, 마요는 당혹스러울 따름이었다.

"하라구치, 가르쳐 주게."

"홍보야." 하라구치가 마요에게 말했다.

"홍보?"

다케시가 손가락을 딱, 튕겼다.

"그래, 바로 홍보야. 상품을 판매할 때 무엇보다 중요한 일이지. 신제품이라면 더욱더. 하지만 참, 만만치 않은 상대야. 그리 쉽게 오케이하지 않을 거네."

"저도 그렇게 생각해서 가미오 선생님께 부탁드린 겁니다."

"그렇겠지. 하지만 형님도 고민이 많았어. 어떻게 해야 할지 모르겠다고. 상대가 워낙, 그렇잖나. 뭐랄까, 한마디로 다루기 어렵다고 할까, 접근하기 힘들다고 할까……."

"너무 콧대가 높죠." 하라구치는 살며시 목소리를 낮추며 말했다.

"그래, 그거야. 콧대가 높다. 정말 딱 맞는 표현이로군. 세상에 자존심이 센 여자가 많지만, 그 친구는 그중에서도 유별나지. 그래서 형님도 어떻게 이야기를 꺼내야 할지 모르겠다고 한 거고."

"역시 그렇군요. 그럼 선생님은 아직 그쪽에 말씀 안 하신 걸까요?"

"내가 그 이야기를 들은 시점에서는 그런 것 같더군. 하지만 그 뒤로 상황이 달라졌을 수도 있지. 자네는 그걸 확인하고 싶어서 일요일에 형님에게 연락한 거 아닌가?"

다케시의 물음에 하라구치는 겸연쩍은 표정으로 얼굴을 찡그렸다. "죄송합니다. 실은 그렇습니다."

"그럴 것 같았지."

"하지만 가미오 선생님이 동창회에 낼 술에 대해 저한테 물어보신 것도 사실입니다."

"음, 그래, 그 말도 믿네."

잠깐만요, 마요는 두 사람의 대화에 끼어들었다.

"대체 무슨 이야기를 하는 거예요? 난 하나도 못 알아듣겠는데."

"이 술의 홍보에 관한 이야기지." 다케시는 턱을 까닥해 테이블 위의 병을 가리켰다.

"그게 무슨 말인지 모르겠다니까요. 어떻게 된 거야?"

"하는 수 없지. 형님은 다른 사람에게 말하고 다니지 말라

147

고 했지만⋯⋯." 다케시는 요란한 한숨을 내쉬었다. "하라구치, 조카 녀석이 알아듣게 설명해 주겠나?"

하라구치는 체념한 표정으로 고개를 끄덕이더니 말문을 열었다.

"이 술 상품명을 생각하다, '환라비'를 넣을 수 없을까 생각이 들어서."

생각지도 못한 이름에 마요의 눈이 휘둥그레졌다.

"환뇌 라비린스를 쓴다고? 어떤 식으로?"

"내가 생각한 건, 상품명을 '레이몬지 아즈마'라고 붙이는 거야. 양조장 사장님은 '레이몬지'만 써도 되지 않겠냐고 말씀하셨는데, 그럼 별로 주목받지 못할 것 같아서. 주인공의 풀네임을 붙여야 특별한 느낌이 들잖아. '오리지널 스페셜 양조주 레이몬지 아즈마', 물론 라벨에는 전투복 차림의 아즈마의 컬러 일러스트도 넣고. 어때? 눈에 확 들어오겠지?"

마요는 술병을 보며 머릿속으로 상상했다. 사케와 인기 SF애니메이션의 주인공, 나쁘지 않은 아이디어였다.

"좋은 아이디어 같은데, 작가의 허가가 필요한 거 아냐?"

"그게 문제야. 물론 허가를 받아야지. 그리고 가급적이면 일러스트도 구기미야가 새로 그려줬으면 하고."

"거절할 것 같아?"

"그게 말이지⋯⋯." 하라구치는 한숨을 흘리며 다케시 쪽을 보았다.

"지금까지 대체 뭘 듣고 있던 거냐?" 다케시는 미간을 찌푸리며 말했다. "아까 만만치 않은 상대라고 했잖아. 일이 그렇게 쉽게 진행되겠냐고. 무엇보다 상대는 자존심 센 여자 예술가니까."

"여자? 누가요?"

"그러니까 작가……."

"작가는 구기미야예요. 누가 여자예요?"

다케시는 한 박자 쉬었다 쯧쯧 혀를 차며 손가락을 좌우로 흔들었다.

"지금 구기미야 이야기를 하는 게 아니잖아. 모르겠어? 참 눈치 없는 녀석이군. 너희 동창 중에 자존심 센 여자라는 말을 들으면 딱 생각이 나야지."

"누구야?"

"고고노에 말이야." 하라구치가 옆에서 대답했다. "중학교 때는 고고리카라고 불렀나?"

"고고리카? 아, 고고노에 리리카?"

그래, 하고 하라구치는 고개를 끄덕였다.

하나로 올려 묶은 머리와 고양이 같은 눈동자가 떠올랐다. 이름에 걸맞게 말과 행동이 요란했고, 거기다 성격도 드세서 늘 여학생들의 리더 격이었다.

"이제야 알아들었어? 정말이지 말귀를 못 알아듣는 녀석이라니까." 다케시는 고개를 절레절레 저었다.

"걔가 지금 '호우쓰'에서 일하거든." 하라구치는 도쿄에 본사를 둔 유명 광고 대행사의 이름을 말했다. "게다가 환라비 관련 업무 담당인가 봐. 아마 사내에서 구기미야와 중학 동창이라는 사실을 어필했겠지. 그래서인지 완전히 구기미야의 매니저처럼 굴면서, 환라비에 관련된 이야기는 전부 자기를 통해서 하라는 거야. 구기미야가 지금 여기 내려와 있는 건 알지?"

"모모코한테 들었어. 동창회에도 참석한다면서."

"그런데, 고고노에도 같이 내려왔어. 덕분에 구기미야와 단둘이서 이야기할 자리를 만들 수가 없어. 구기미야는 완전히 고고노에한테 잡혀서, 어디를 가도 꼭 같이 다니거든. 아마 고고노에한테 반한 것 같은데, 어떻게 해야 할지 모르겠네."

"그랬구나."

"알았냐, 마요. 사정이 이러하니 하라구치는 형님에게 중개 역할을 부탁한 거야. ……그렇지?"

"맞습니다. 구기미야와 단둘이서 만나면 어떻게든 부탁을 해볼 텐데, 매니저 쪽이 문제라……."

"자네는 지금 고고노에를 매니저라고 불렀는데, 그 분석은 적절치 않군. 형님 이야기에 따르면, 그녀 역시 예술가야. 작

150

품을 작가와 함께 만들어 냈다는 자부심이 있지. 그러니까 정확히 말하자면, 자칭 예술가지."

"아, 그럴지도 모르겠네요. 그래서 아까 고고노에를 예술가라고 말씀하셨군요. 어쩐지 이상하다 싶었어요."

"설명을 제대로 안 해서 미안하군."

아닙니다, 그렇게 대답하더니 하라구치는 마요와 다케시를 번갈아 보았다.

"두 분께 부탁이 있습니다. 지금 한 이야기, 당분간은 비밀로 해주십사 합니다."

"왜?" 마요가 물었다. "판매 전략을 극비에 부친 거야?"

하라구치는 쓴웃음을 지었다.

"안타깝게도 그런 멋진 이유는 아냐. 새치기했다는 소리 듣기 싫어서."

"새치기라니?"

"'환라비 하우스' 이야기는 알지?"

"계획이 중지됐다는 이야기는 들었어."

하라구치는 허리를 펴며 맞아, 하고 대답했다.

"그 이야기가 나온 직후에 마을 분위기가 확 살았어. 성사되면 지역활성화에 큰 도움이 될 거라고. 환라비 노래를 부르면서 다들 편승해서 돈벌이할 생각에 부풀었을 거야. 하지만 코로나로 계획이 중단되고, 모든 일이 엎어졌지. 하지만 아직 포기 못 한 사람도 많아. 그래서 뜻 있는 사람들이 모여서 뭔가 할 수 있는 일이 없을지 논의하기 시작한 단계고. 중심이 된 건 우리 동창들인데, 가시와기가 특히 열을 올리고 있어. 지금 '가시와기 건설' 부사장이거든."

"아, 그렇구나."

달리 예상 못 한 이야기도 아니라 마요는 놀라지 않았다. 동창인 가시와기 고다이의 부친은 지역의 유력 기업인 '가시와기 건설'의 사장이었다.

"'환라비 하우스'의 건축공사를 맡았던 게 '가시와기 건설'이었으니, 그 녀석도 아쉬움이 클 거야. 그리고 옛날부터 가시와기가 좀 나서는 걸 좋아했잖아. 지역을 위해 자기가 발 벗고 나서겠다는 느낌이더라고."

"하지만 아까 이야기하기로는, 환라비에 관련된 건은 고고 리카에게 먼저 물어야 하는 거 아니었어?"

"그게 맞아. 그래서 가시와기도 귀찮지만 그 부분은 절차대로 하겠다고 했어. 하지만 내 입장에서는 마냥 한가하게 기다릴 수만도 없는 게 사실이야. 일찌감치 신제품의 판매 전략을 정하지 않으면, '만년주장'을 볼 낯이 없어. 하지만 내가 가미오 선생님을 통해 구기미야와 고고노에에게 몰래 접촉을 시도한 걸 알면, 왜 혼자 멋대로 움직이냐고 가시와기가 화를 낼 게 뻔하거든."

"그렇겠다. 하지만 술을 팔면 어차피 들킬 거 아냐."

"상품명 권리를 얻어낸 뒤라면 가시와기가 무슨 말을 해도 상관없어. 어떻게든 둘러대면 되니까. 그보다 괜히 옆에서 훼방을 놓아서 구기미야와 이야기가 틀어지는 게 무섭지."

"그렇구나."

마요가 모르는 데서 이런저런 이해관계가 얽혀 있는 모양이었다.

"비밀로 해도 상관없잖아." 다케시는 하라구치를 보며 물었다. "경찰에도 이 이야기는 안 했지?"

"굳이 이야기할 필요가 없을 것 같아서……."

"알겠네. 그럼 우리도 비밀 지키지."

"감사합니다." 하라구치는 고개를 숙였다.

다케시는 남아 있던 술을 마시고 컵을 내려놓았다. "잘 마셨네. 좋은 술이었어."

"한잔 더 하시겠습니까?"

"아니, 괜찮네." 다케시는 재킷 안쪽에 손을 넣었다. "얼마지?"

"괜찮습니다. 제가 대접하는 겁니다."

"그럴 순 없지."

"아뇨, 정말 괜찮습니다."

"그래…… 그렇게까지 말하니 자네 마음 고맙게 받겠네." 다케시는 짐짓 못 이기는 척 넣었던 손을 다시 뺐다.

마요는 의혹에 찬 눈초리로 삼촌을 바라볼 수밖에 없었다. 과연 술값을 낼 생각이 있었을까?

"가미오, 그래서 말인데. 아마 혼마한테 들었을 테지만, 동창회를 어떻게 할지 이야기가 나왔거든." 하라구치가 말했다. "선생님이 그렇게 되셨으니 중단하는 게 낫지 않을까 하는 의견도 있어서……."

마요는 고개를 갸웃했다.

"너희들 결정에 맡길게. 내가 해라 마라 할 일이 아니니까. 그래도 모처럼 자리를 마련했으니 다 함께 모이는 게 좋지 않을까. 아버지도 기뻐하실 거야. 나는 빠질게. 다들 불편해할 테고, 장례식에 오는 애들도 있을 테니까."

"아, 난 꼭 갈게. 언제야?"

"아직 안 정했어."

"정해지면 연락 줘. 내가 다른 애들한테 연락하든지 할게."

"고마워. 모모코도 그렇게 말해 주더라. 삼촌, 이제 그만 일어나요."

다케시는 고개를 끄덕이더니 테이블의 병을 가리켰다. "다음에는 꼭 술값 받게."

"또 오십시오." 하라구치가 웃는 얼굴로 답했다.

가게를 나와 조금 떨어진 곳까지 왔을 때, 마요는 "아까 그거 뭐예요?" 하고 다케시에게 따져 물었다.

"아까 그거?"

"술 상품명 건으로 하라구치가 아버지한테 상의한 이야기, 삼촌은 몰랐잖아요."

흐음. 다케시는 코웃음을 쳤다.

"내가 그걸 어떻게 알겠어. 뭔가 숨기는 것 같아서 좀 떠본 거지."

"하라구치가 뭘 숨기고 있다는 건 어떻게 알았어요?"

"별거 아냐. 이야기를 듣고 좀 걸리는 게 있어서."

"어디가요?"

"하라구치가 그랬잖아. 가미오 선생님이 동창회에서 제자들에게 대접할 술을 뭘로 할지 고민하셔서, 일요일에 여러 차례 전화했는데 연결이 안 됐다."

"그랬죠. 어디가 이상하다는 거예요?"

"이 이야기만 들으면 볼일이 있는 건 형님이지 하라구치가 아니야. 무슨 술을 사면 좋을지 물어봐서, 그 대답을 하려고 했던 거면 연락 달라고 부재중 메시지를 남겨 두면 그만이지. 몇 번이나 다시 걸 필요가 없어."

"듣고 보니 그렇네……."

"그뿐 아니라 월요일에 일부러 찾아가기까지 했어. 그 말을 듣고 생각했지. 형님이 아니라 하라구치한테, 꼭 빨리 만

155

나야 할 사정이 있던 게 아닐까. 게다가 그 사실을 감추고 있어. 남자가 뭔가를 숨기는 건 주로 여자나 돈이 관련되어 있을 때야. 하지만 중학 시절 은사에게 여자 문제를 상담하지는 않았을 테지. 돈 이야기도 도박이나 횡령 같은 건 말 못 했을 테고. 그러면 필연적으로 일에 관한 이야기겠지. 현재 하라구치가 가장 중점을 두는 일은 무엇일까?"

마요는 헉, 숨을 삼켰다. "그 술……."

"하지만 새로 낼 상품에 대해 자산가도 아닌, 은퇴한 교사한테 돈 문제를 상담하겠어? 뭔가 부탁할 일이 있다면 중간 다리를 놓아 달라는 거겠지. 한마디로 하라구치가 볼일이 있던 건 형님이 아니라 형님이 잘 아는 사람, 제자가 아닐까 추측했지. 곧 동창회가 열린다고 하니, 그 사람은 동창일 공산이 크지. 하지만 하라구치 자신은 그 인물과 그다지 친하지 않아서, 형님을 통해 말을 전할 필요가 있었어."

마요는 걸으며 다케시의 얼굴을 유심히 보았다.

"그 단시간에 거기까지 추리한 거예요?"

"추리라 할 것도 없어. 인간의 행동 패턴 같은 건 대부분 정해져 있거든."

"하지만 그 시점에는 교섭 상대가 구기미야라는 건 몰랐죠?"

"당연하지. 알 리가 없지. 동창 중에 부자가 있어서, 형님을 통해 투자 권유를 하려는 게 아닐까 했지. 그래서 신제품을

156

판매하려면 여러모로 돈이 든다고 넌지시 떠본 거야. 그랬더니 하라구치는 동조하면서 물론 돈도 들지만……이라고 표현했지. 그 말을 듣고 돈 문제가 아닌가 싶어서 서둘러 노선을 변경한 거야."

"갑자기 나한테 질문을 던졌을 때죠? 그런 의도였구나."

마요는 그때 나눈 대화를 되짚어 봤다. 그러고 보니 다케시는 말을 많이 하기는 했어도, 실상 구체적인 내용은 하나도 언급하지 않았다. 다케시의 꾐에 전부 하라구치 스스로 고백한 것이다.

"하기야 삼촌은 구기미야를 여자라고 생각했으니까."

"중요 인물에 대해 하라구치는 콧대가 높다고 표현했어. 남자한테는 잘 안 쓰는 표현이지. 그 말을 통해 여자인가 보다 생각하고 방심했던 거야. 형님한테 중개를 부탁한 인물에게 매니저가 있을 줄이야, 오산이었지."

"하지만 잘 넘겼잖아요. 하라구치는 전혀 미심쩍게 여기지 않는 것 같던데."

"그쯤이야 아무것도 아니지. 그보다 하라구치의 이야기를 듣고 만나봐야 할 인물이 두 사람 추가됐어."

"고고리카, 고고노에 리리카와 구기미야죠?"

"그래. 그 둘은 지금 여기 내려와 있다고 했지? 이미 형님과 만났을지도 몰라."

"알았어요. 그 둘을 만날 자리를 만들어 볼게요. 어쩌면 장
례식에 올지도 모르고요."

"부탁한다. 그나저나 궁금한 게 있는데."

"뭔데요?"

"환라비가 뭐지? 어쩌구 라비린스라고 하던데."

마요는 화들짝 놀라 걸음을 멈췄다. "삼촌, 그것도 모르면
서 어떻게 말을 맞춘 거예요?"

"이제 와서 놀랄 일이냐."

"당연히 놀라지."

"그건 됐고, 대체 뭐냐고, 그 환라비라는 게. 설명해 봐."

마요는 긴 한숨을 내뱉은 뒤, "호텔 가서 알려 줄게요." 하고
다시 걸음을 옮겼다.

●

11

《환뇌 라비린스》는 구기미야 가쓰키의 첫 연재작이자, 현 시점에서는 대표작이었다. 여러 차례 휴재를 하긴 했지만 10여 년 동안 연재가 이어졌다는 사실만으로도 그 인기를 가히 짐작할 수 있었다.

이야기는 SF이자 모험담이었고, 미스터리이기도 했다. 휴먼 드라마 요소도 많았다. 인터넷 백과사전은 초반의 스토리를 다음과 같이 소개했다.

레이몬지 아즈마는 에베레스트를 비롯해 전 세계에서 이름난 고산들을 홀로 등정한 모험가이다. 그는 남극을 횡단하던 중에 크레바스(빙하 표면에 생긴 균열)에 빠져 기적적으로 구조되었지만, 두 팔과 두 다리를 잃고 모험가 인생에 종지부를 찍게 된다. 은퇴후 고향에 돌아가 동생 레이나의 간병을 받으며 하루하루를 보내지만, 삶의 의욕을 잃고 마음속은 절망으로 가득 차 있는 상황이었다. 심지어 레이나가 사랑하는 남자에게 청혼을 받았는데도 오빠가 걱정되어 결정을 내리지 못한다는 사실을 알고 더 살아 있을 의미가 없다고 비관한 채 오직 죽음만 생각하고 있었다.

한편 전 세계적으로 이변이 일어났다. 각지에서 원인 불명의 정전이 빈번하게 발생했고, 전력 시스템의 기능이 중지된 것이다.

어느 날, 만나미라는 정부 관계자가 아즈마를 찾아온다. 그는 아즈마에게 '인류가 멸망의 위기에 처해 있다. 인류를 구할 수 있는 건 당신뿐이다.'라는 말을 한다.

이야기는 두 달 전으로 거슬러 올라간다. 세계적인 이론 물리학자가 행방불명되었다. 행방을 추적해 보니, 놀랍게도 극비리에 만들어진 연구시설에서 잠들어 있었다. 게다가 그의 뇌는 컴퓨터를 통해 거대한 네트워크에 연결되어 있었다. 세계 유수의 천재 과학자들 역시 이 네트워크에 연결된 채 잠들어 있었다. 그들은 자신들을 '스트레이십'이라 칭했다. 네트워크 속에는 '라비린스'라 불리는 가상 공간이 만들어졌고, 과학자들의 아바타들은 그곳에서 생활하고 있었다.

이내 모두가 경악할 스트레이십의 계획이 밝혀진다. 그들은 지구 환경 파괴를 막기 위해 주요 선진국 정상들에게 다양한 협조 요청을 보냈다. 그 내용은 원자력 발전소의 전면 폐쇄, 이산화탄소 배출 삭감, 철저한 수질 정화 같은 것이었다. 모든 요청에는 실행 기한이 정해져 있어서, 기한 내에 실행이 이루어지지 않을 경우에는 전 세계의 전력 공급을 순차적으로 끊겠다고 했다. 즉 라비린스는 전 세계의 전력 시스템을 장악하고 있었던 것이다.

그들의 요구는 당장 실행에 옮기기 힘든 과격한 내용이었다. 각국 정상들도 그 요구에 따르는 데 반대했다. 계획을 막기 위해서는 누군가가 라비린스에 들어가 스트레이십들을 설득하는 것밖에 방법이 없었다.

지금까지 여러 명의 협상가들이 네트워크에 접속했지만, 그들의 활동은 번번이 실패로 끝났다. 라비린스는 상상 이상으로 광활하고 복잡한 세계였기 때문이다. 현실 세계와 흡사했지만 180도 다른 부분도 있었다. 가장 큰 장애물은 협상 상대를 만날 수 없다는 점이었다. 라비린스에는 많은 사람들이 살고 있지만, 대부분은 컴퓨터가 만들어낸 존재에 지나지 않았다. 스트레이십을 찾아내는 게 우선이었다.

고생 끝에 스트레이십의 위치를 알아냈지만, 큰 난관이 그들 앞을 가로막았다. 그곳에 도착하기 위해서는 '그레이트 코스모스'라 불리는 거대한 산맥을 넘어야 했다. 수천 미터의 봉우리들로 이루어진 그 산맥은 비행기를 타지 않으면 넘을 수 없었다. 하지만 무단으로 비행기를 띄우면 감시 카메라에 적발되어 그 즉시 격추된다.

이제 에베레스트 급의 산을 단독으로 넘을 수 있는 기량의 소유자를 협상가로 삼을 수밖에 없다. 그것이 라비린스 대책 위원회가 내린 결론이었다. 즉시 전 세계의 등산가들이 후보자 물망에 올랐고, 결국 선택된 이가 레이몬지 아즈마였다. 사지를 잃었어도 뇌에 팔다리를 움직이는 기능이 남아 있다면 가상 공간 속에서는 멀쩡한 몸으로 자유롭게 움직일 수 있다고 했다.

아즈마에게 주어진 임무는 라비린스로 들어가 스트레이십과 협상을 해서 계획을 중지하도록 설득하거나, 전력 시스템을 지배하는 중추 프로그램을 발견해 파괴하는 것이었다.

물론 위험이 따르는 임무였다. 가상 공간이라도 큰 부상을 입으면 생명이 위태로워진다. 충격을 받으면 아픔을 느끼고, 출혈이 심하면 뇌출혈을 일으킬 수 있다. 실제로는 뇌가 착각하는 것이지만, 그 착각에 의해 현실의 신체 기능이 영향을 받고, 최악의 경우에는 사망에 이른다.

혹독한 임무지만 완수할 수 있는 사람은 당신밖에 없다고 만나미는 말했다.

아즈마는 고민했다. 그런 어려운 임무를 과연 자신이 해낼 수 있을까. 하지만 혼자서는 거동도 하지 못하고 괴로워하는 하루하루에 비하면, 훨씬 보람찬 일이라고 생각했다. 무엇보다 비록 가상 공간이라도 다시 목숨을 건 등반에 도전할 수 있다는 것만으로 피가 끓었다. 결국 아즈마는 임무를 맡기로 결심했다.

아즈마의 몸은 움직임을 최소화하고 뇌만 네트워크에 접속해야 했다. 곧 거대한 접속 장치가 아즈마의 집에 설치된다.

대책 위원회와 레이나가 지켜보는 가운데, 아즈마의 뇌에는 무수한 전극이 부착되었고, 드디어 라비린스에 접속한다.

가상 공간 라비린스에 잠입한 아즈마는 낯선 마을에서 정체불명의 다양한 캐릭터들과 만난다. 그 대부분은 컴퓨터가 만들어 낸

가공의 존재였지만, 그런 생각이 들지 않을 만큼 고유한 자아를 가지고 있었으며, 저마다 독립되어 있었다. 적은 많았지만, 아군이 되어 도와주는 이들도 적잖이 있었다. 위기일발의 국면에서 뜻밖의 캐릭터가 구원의 손길을 내밀기도 했다.

정기적으로 아즈마는 현실 세계로 돌아와 라비린스 대책 위원회에 상황을 보고했다. 가상 공간에서의 시간의 흐름은 현실의 100분의 1이라, 라비린스의 하루는 현실공간의 약 14분 30초에 해당했다. 그때마다 아즈마는 눈을 뜨고 보고를 마친 뒤 다시 가상 공간으로 돌아갔다.

이내 아즈마는 그레이트 코스모스에 다다르고, 드디어 산맥을 넘는 데 도전한다. 하지만 본격적인 난관은 여기서부터 시작이었다.
(…)

스마트폰을 들여다보던 다케시는 고개를 들고 눈두덩을 마사지했다.

"다 봤어요?" 마요가 물었다.

"초반만." 다케시는 스마트폰을 마요 앞에 내려놓았다. "아주 긴 이야기 같군. 보나마나 '그레이트 코스모스'라는 산도 쉽게 넘지는 못할 거 아냐."

"당연히 그렇죠. 오히려 거기서부터 이야기가 본격적으로 시작돼요." 마요는 스마트폰 화면을 껐다. "35권이나 되잖아요."

"그걸 다 읽었어?"

"그럴 리가. 처음에 5, 6권까지 읽었나? 게다가 대충 봐서 잘 기억도 안 나요."

"이 마을이 무대의 모델이라고?"

"네. 이야기의 대부분은 아즈마가 라비린스에서 모험을 하는 내용이지만, 정기적으로 현실로 돌아오니까 실제 세상이 어떻게 혼란스러운지도 같이 묘사되거든요. 그때 이 마을과 비슷한 풍경이 꽤 자주 등장해요. 아즈마와 레이나가 사는 일본 주택도. 그 집을 재현하자는 게 이 계획이었죠." 마요는 벽에 붙은 포스터를 가리켰다.

두 사람은 '호텔 마루미야'의 식당에 있었다. 저녁을 먹기에는 이른 시간이었지만, 갑자기 상조 회사 직원을 만날 약속이 잡혔다. 가키타니에게 연락이 와서, 부검이 끝났으니 시신을 인수하러 와도 된다고 했기 때문이다.

가즈미가 세상을 떠났을 때, 마요도 경야나 장례식 준비를 도운 경험이 있어서 아는 상조 회사가 있었다. 곧바로 연락해 사정을 설명했다. 살인 사건일 가능성이 있다는 이야기도 숨기지 않고 했다.

담당자는 놀란 눈치였지만, 침착한 말투로 "그럼 저희 쪽에서 경찰에 확인한 다음에 찾아뵙겠습니다."라고 말했다. 직업이 직업이니만큼 이런저런 사연이 있는 장례도 많이 치러봤겠지.

상조 회사의 담당자를 기다리는 동안 《환뇌 라비린스》에
관해 다케시에게 설명하기로 했지만, 말로 설명하는 게 쉽지
않아서 인터넷으로 검색해 백과사전의 설명을 읽어 보라고
준 것이다.

"'환라비 하우스' 재현이라. 쇠퇴한 관광지를 만화로 단번
에 되살리겠다, 물에 빠진 사람은 지푸라기라도 잡는다고 하
더니." 다케시는 어깨를 으쓱했다.

"그렇게 비아냥거리기만 할 일도 아니에요. 환라비의 인기
는 정말 엄청나니까. 하지만 대중적인 인기를 얻은 건 애니메
이션 방영이 계기였죠."

만화 연재는 이미 끝났지만, 애니메이션이 방영되면서 원
작의 인기에도 다시 불이 붙은 것이다.

마요는 스마트폰 시계를 보았다. 슬슬 상조 회사 담당자가
올 시간이다.

"그런데 삼촌, 친척들은 어떡해요?"

"친척? 뭘 어떡해?"

"아버지가 돌아가신 거, 언제 알리죠?"

"친척들한테는 이미 연락 돌렸어."

"언제요?"

"아까 네가 상조 회사하고 통화하고 있을 때. 사이타마에

사는 숙부한테 연락했어."

그러고 보니 옆에서 어디에 전화를 걸고 있기는 했지만, 그리 길게 통화하지는 않았다.

"뭐라고 하셔요?"

"뭐라고 하다니?"

"살해됐다고 말씀드렸어요?"

"그런 말을 뭐 하러 해. 심부전이라고 했다."

"심부전?" 저도 모르게 언성이 높아졌다.

"심장이 멈췄으니 심부전이지. 거짓말은 아니잖아."

"그래도 돼요?"

"무슨 문제 있어? 심부전이라고 하면 뭘 물어볼 여지가 없잖아. 좋은 거 하나 알려 주마." 다케시는 주변을 둘러보더니 얼굴을 들이대며 말했다. "유명인 부고가 떴을 때, 사인이 심부전이라 보도되면 자살이거나 사건에 말려들었거나, 둘 중하나야. 만일 어느 쪽도 아니라면 복상사腹上死지. 틀림없어. 심부전이라는 건 마법의 단어거든." 얼마나 근거가 있는 말인지는 모르겠지만 자신감에 가득 찬 말투였다.

"경야나 장례식 이야기는 어떻게 했어요?"

"가족끼리만 할 거니까 굳이 안 오셔도 된다고. 정중히 말했어. 그걸로 끝."

"네? 그럼 친가 쪽 친척들은 아무도 안 오는 거예요?"

166

"오길 바랐어?"

"바랐다기보다, 당연히 오는 거라고 생각했죠."

"평소에 별로 왕래도 없는 친척들이 오면 부담스럽기만 하지. 상대도 귀찮다고 생각할 테니 이걸로 됐어."

"그럼 시바가키, 외가 쪽은 어떻게 하죠?"

시바가키란 죽은 가즈미의 처녀 적 성이었다. 마요는 외가 친척들과는 지금도 왕래를 이어가고 있었다.

"네 마음대로 해. 귀찮으면 나처럼 설명하든지."

"심부전? 경야나 장례식에는 안 와도 된다고?"

"그래."

"안 들킬까? 살인 사건이니까 언젠가 뉴스에도 나는 거 아니에요?"

"그런 걱정은 안 해도 돼. 오늘 고구레의 대응을 보니, 사인을 공표하고 싶지 않을 거야. 뉴스에 나간다 해도, 용의자가 특정되고 나서겠지." 이 역시 다케시는 단언하듯 말했지만, 마요는 어디까지 믿어야 할지 가늠할 수가 없었다.

"그래도 미키코 이모는 꼭 오신다고 할 텐데……."

미키코는 가즈미의 언니로 옛날부터 오지랖이 넓은 성격이었다.

"그럼 신종 코로나가 재확산되고 있어서, 다른 지역에서 온 사람들을 반기지 않는다고 해."

"아, 코로나. 그렇구나, 그 방법이 있었어."

"지금 같은 시기에 공연히 이동했다간, 외부 사람이라고 괴롭힘을 당할 거라고 겁을 주든지." 다케시는 손끝으로 관자놀이를 짚었다. "머리 좀 써라."

마요는 발끈했지만 반박할 말이 없었다.

"알았어요. 나중에 연락할게요."

"그래. 외부인들이 어슬렁거리면 귀찮아지니까."

"외부인들?"

"사건과 관여되지 않은 게 명백한 사람들은 모두 외부인이지."

다케시가 내뱉은 말에 마요는 가슴이 철렁했다. 근처에 여관 종업원이 없는지 확인하고 나서, "삼촌은 아버지를 죽인 범인이 경야나 장례식에 올지도 모른다고 생각해요?"라고 물었다.

"그렇게 생각 안 하는 게 이상하지." 다케시는 즉시 대답했다. "단순 강도 소행이 아니라면, 범인은 형님이 아는 사람 중에 있을 거야. 어느 정도로 가까웠는지는 모르겠지만, 비밀스러운 관계가 아니라면 경야나 장례식에 얼굴을 비출 가능성이 크지."

마요는 침을 꿀꺽 삼켰다.

"올까요? 자기가 죽인 사람의 장례식에……."

"범인의 심리를 상상해 봐. 지금 이러고 있는 동안에도 언젠가 들키는 게 아닐까 조마조마할 거야. 참석하지 않으면 미심쩍게 여길지도 모른다고 생각하는 게 일반적이지. 수사가 얼마나 진행됐는지 정보도 궁금할 테고."

"그럴지도 모르겠네. 하지만 어떻게 범인을 알아내죠?"

"문제는 그거야. 갑자기 알아내는 건 어렵겠지. 하지만 경야와 장례식을 통해 형님의 인간관계를 파악할 수는 있어. 방명록이 귀중한 용의자 리스트가 되는 거지."

다케시의 날카로운 눈빛에 마요는 주눅이 들었다. 삼촌은 대체 몇 개의 얼굴을 가진 걸까.

상조 회사의 담당자가 나타난 건 그로부터 얼마 지나지 않아서였다. 노기라는 이름의 자그마한 남자였다. 누에콩을 닮은 얼굴이 낯이 익었다. 가즈미의 장례식을 담당했던 사람이었다. 그 이야기를 하자 노기는 힘주어 고개를 끄덕였다.

"맞습니다. 그래서 이번에도 제가 담당하게 되었습니다. 아버님 일로 상심이 크실 줄 압니다. 삼가 고인의 명복을 빕니다."

노기는 이미 경찰서에서 시신 확인을 마치고 오는 길이라고 했다. 가급적이면 내일 오전 8시까지는 시신을 인수해 달라고 했다고 한다.

"저희 쪽에서 직접 장례식장으로 모실까 합니다만, 참관하시겠습니까? 병원이나 시설에서 돌아가신 분들의 경우에는 그러기도 하거든요. 하지만 장소가 장소이니만큼 여러모로 제약이 있을 것 같은데……."

"그럴 필요 없네." 다케시가 끼어들어 대답했다. "부검을 마친 시신을 봐서 뭐 하겠어. 어차피 봉합도 얼기설기 해놨을 텐데. 마지막 인사는 염습을 하고 나서 하는 게 좋겠지."

여전히 배려라고는 찾아볼 수 없는 무신경한 말투에 내심 진저리를 치며, 마요는 노기를 보았다. 그러자 그는 알았다며 고개를 숙였다.

"저도 그러시는 게 좋을 것 같습니다. 책임지고 아버님 마지막 모습을 잘 단장하겠습니다."

아무래도 부검을 받은 시신은 그다지 보기 좋은 모습은 아닌 모양이다. 그나저나 다케시는 어떻게 그런 것까지 아는 걸까?

"그럼 잘 부탁드리겠습니다." 마요는 노기를 향해 고개를 숙였다.

"맡겨 주십시오. 그럼 곧바로 절차에 대해 말씀드리겠습니다만, 혹시 따로 원하시는 사항이 있으십니까? 이를테면 친척들이 얼마 없는 경우, 최근에는 경야를 생략하고 하루장을 치르는 분들도 많습니다. 그만큼 비용은 절감되고요."

"아, 하루장도 가능한가요?"

"아니, 그건 안 돼." 다시 다케시가 끼어들었다. "경야와 장

170

례식을 따로 해야 해. 그래야 여러 사람들이 올 수 있으니까. 단, 양쪽 다 참석은 삼가달라고 해. 경야와 장례식, 어느 한쪽만 참석해 달라고 해. 그러면 하루에 모이는 사람도 줄어들고, 코로나 감염 방지도 될 테니까."

마요는 삼촌의 의중을 알아챘다. 용의자 명단에 오르는 이름은 많을수록 좋다는 거겠지.

"알겠습니다." 노기가 대답했다. "코로나 방역에는 저희도 충분히 주의를 기울이고 있습니다. 특히 고인께서는 학교 선생님이셨다니, 조문객도 1, 20명 수준은 거뜬히 넘어서겠지요. 그래서 제안을 드리고 싶은 게, 바로 온라인 장례식입니다."

저희 회사에서 추천하고 싶은 건……이란 말로 운을 뗀 노기는 다음과 같이 설명했다.

제단을 꾸미고 승려가 경을 읽는 건 일반 장례식과 같다. 하지만 식장에 실제로 참석하는 건 가족들로만 한정하고, 조문객들은 별실에서 대기한다. 장소는 환기가 잘 되는 널찍한 공간이고, 의자 간격도 멀찍이 띄워 놓는다. 그리고 경야나 장례식 상황을 카메라로 촬영해 동영상으로 중계한다고 했다.

"멀리 사시거나 나이가 많아서 직접 조문이 힘든 분들도, 인터넷을 통해 장례식에 참석할 수 있습니다. 조문객들은 별실에 준비한 화면으로 지켜보시면 되고요. 스마트폰이 있으신 분은 실외에서 보셔도 됩니다. 이러면 실내에 사람이 밀집하는 걸 피할 수 있죠. 또 조문객들에게 번호표를 배부할 겁니다. 회장 옆에 디지털 표시판을 두고, 거기에 분향하는 분들의 번호를 차례로 표시할 텐데, 본인 차례가 되면 회장으로 들어오시면 됩니다. 분향을 마치신 분은 다른 문으로 나가시게 할 거고요. 이 역시 사람이 밀집하는 걸 피하기 위한 대책입니다."

노기의 설명을 듣고 마요는 그런 방법이 있었나 하고 내심 놀랐다. 코로나가 일상생활의 다양한 것들을 바꾸어 놓은 줄은 알았지만, 관혼상제에까지 영향을 미쳤을 줄이야.

"코로나 확산세가 심할 때에는 '드라이브스루 분향'이라는 방식을 도입하기도 했습니다. 조문객들이 차에 탄 채로 분향하는 건데, 현 시점에서는 그렇게까지 할 필요는 없을 것 같군요."

"괜찮은 것 같은데?" 다케시가 말했다. "추천하는 방식으로 하는 게 어때?"

"나도 그게 좋을 것 같아요." 마요는 동의했다.

"그럼 그렇게 진행하겠습니다." 노기는 서류에 뭔가를 기입했다.

"요청하고 싶은 게 있는데······." 다케시가 말을 꺼냈다.

"말씀하십시오."

"분향대를 관 옆에 설치하고, 조문객이 시신과 대면하고 나서 분향을 하고 회장을 나가는 식으로 할 수는 없나? 관 뚜껑을 열어둔 채로."

"시신과……." 노기의 얼굴에 당혹스러운 기색이 어렸다.

"예전에는 장례식을 마치고 나서, 가까운 지인들만 관 주변에 모여 마지막 인사를 했는데, 지금은 밀집하면 안 되잖아. 분향도 방역 수칙을 지켜가며 하는데, 마지막 인사도 그 흐름을 따르는 게 안전하고 합리적이지."

노기는 고개를 주억거렸다.

"옳으신 말씀입니다. 알겠습니다. 그러면 경야와 장례식 양쪽 다 그렇게 진행할까요?"

"그렇게 해주게. 그리고 조문객이 고인과 마지막 인사를 나누는 장면과 분향하는 모습은 모두 카메라에 담아 주고. 그 동영상은 인터넷에 올리지 않아도 돼. 우리가 기록으로 보관하고 싶은 거니까."

"알겠습니다." 노기는 열심히 메모를 했다.

마요는 다케시의 옆모습을 보았다. 뭔가 꿍꿍이가 있어서 하는 말이겠지만, 그 속내는 도무지 짐작이 가지 않았다.

그 뒤로는 경야와 장례식의 세세한 사항들을 결정했다. 단순히 노기의 제안을 마요가 받아들인 것이었지만 어느 순간부터 다케시는 아무 말도 하지 않았다. 이제 관심이 없는 것처럼도 보였다.

영정사진은 마요의 스마트폰에 저장된 사진 중에서 골랐다. 3년 전, 친척 결혼식에 참석했을 때의 사진이었다. 딱히 잘 나온 사진은 아니었지만, 달리 괜찮은 사진이 없었다.

결국 면담이 끝날 때까지 한 시간이나 걸렸다. 노기가 가미오 집안의 종파나 위패를 안치하는 절, 묘지에 대해서 잘 알지 못했더라면 더 오래 걸렸을지도 모른다.

오후 7시가 지난 시각이라 저녁을 먹기로 했다. 사장이 직접 음식을 날랐다. 힘드시겠어요, 하고 안쓰러워하는 표정으로 말을 걸어서 괜찮다고 대답했다. 식당 한쪽에서 장례식 절차를 의논할 거라는 이야기는 미리 해두었다.

"뭔가 필요한 게 있으면 말씀하세요. 도울 일이 있으면 도울게요."

"감사합니다."

"정말 코로나니 뭐니, 조심할 게 너무 많은 세상이 됐네요." 그렇게 중얼거리며 사장은 자리를 떴다. 아버지의 사인에 대해서는 말하지 않았지만, 아무래도 병으로 죽었다고 생각하는 것 같았다.

"아까 그건 뭘 노린 거예요?" 마요는 나지막한 목소리로 물었다.

"그거?"

"분향 전에 관 속의 아버지와 인사를 나누게 하자는 거요.

뭔가 생각이 있는 거 아니에요?"

그렇지, 하고 다케시는 맥주를 잔에 따랐다.

"사람을 해친 인간이, 훗날 그 상대의 시신과 마주 했을 때 완전히 아무렇지도 않은 척하기는 어렵지. 반드시 어떠한 변화가 나타날 거야."

"그걸 간파하려는 거예요?"

"그래. 미세한 변화도 놓치지 않도록 정신 똑바로 차려. 카메라로 촬영할 테지만, 역시 날것의 감각이 중요하니까."

"알았어요."

다케시는 적당히 넘어가는 점도 많았지만, 역시 중요한 부분에서는 철저해서 든든한 존재였다.

식사가 끝났을 즈음, 스마트폰이 울렸다. 가키타니였는데, 상조 회사와 이야기는 잘 했냐고 물었다. 30분쯤에 끝났고 내일은 경야, 모레는 장례식을 치르기로 했다고 대답했다.

"그렇군요. 실은 저희 쪽에서 부탁드리고 싶은 게 있습니다. 지금 그쪽으로 가도 되겠습니까?"

"아…… 그건 상관없는데……."

"감사합니다. 그럼 바로 출발하겠습니다. 잘 부탁드립니다." 말을 마친 가키타니는 마요의 마음이 바뀔까 걱정됐는지 바로 전화를 끊었다.

다케시에게 말하니 입꼬리를 올리며 씩 웃었다.

"아마 경찰도 우리와 같은 생각을 하는 거겠지."

"같은 생각?"

"와서 이야기를 들어보면 알겠지. 요구할 것도 있는데 마침 잘됐군."

"뭔데요?"

"이것저것." 다케시는 남아 있던 맥주를 비우더니 불온한 미소를 지었다.

그로부터 몇 분 뒤 가키타니가 나타났다. 마요가 생각했던 것보다 일찍 도착한 걸 보면 어지간히 서두른 모양이었다.

마요는 다케시의 옆으로 자리를 옮겨 가키타니와 마주 앉았다.

"낮에는 감사했습니다. 수사에 협조해 주셔서 진심으로 감사드립니다." 가키타니는 고개를 숙이며 자리에 앉았다.

"우리에게 부탁이 있다고……." 인사 같은 건 됐다는 듯 다케시가 말문을 열었다.

"네, 저기, 장례식 준비를 마치셨다고 들었습니다. 그래서 부탁드리고 싶은 게……."

"뭔데?"

"말씀드리기 전에 먼저 여쭙겠습니다만, 장례식 규모는 어느 정도로 생각하십니까? 가족들만으로 진행하시는지, 아니면 친지들도 오시는지 궁금하군요."

"친척들은 안 올 거고, 주로 형님 지인들이 올 거야. 예전에 근무했던 중학교 관계자들이 대부분일 테고. 내일 마을 모임에도 일단 이야기는 해둘 테지만, 이웃들이 얼마나 찾아올지는 모르겠군."

"그러면 조문객은 몇 명쯤으로 예상하십니까?"

"글쎄, 학교 관계자들에게는 조카 친구들이 연락을 돌린다고 하던데, 누가 오고 안 올지 지금으로서는 모르겠군."

"대여섯 명은 아니겠지요?"

"글쎄. 형님의 인망에 달린 문제 아닐까?"

가키타니는 마요를 보며 물었다. "따님은 어떻게 생각하십니까?"

"제 동창들은 제법 올 것 같아요. 그래도 스무 명은 안 될 것 같고요. 다른 제자들이나 동료 교사분들은 얼마나 오실지 모르겠네요."

"그렇군요." 가키타니는 알았다는 표정을 지었다.

"부탁은 뭐지? 아까부터 계속 기다리고 있는데."

"아, 실례했습니다. 실은 경야와 장례식장에 수사관을 배치해도 되는지 부탁드리고 싶어서요." 가키타니는 두 사람을 번갈아 보며 장사치처럼 손을 비볐다. "물론 경관 복장은 아닐 겁니다. 조문객이나 장례 관계자들로 위장하려고 합니다."

"아하." 다케시가 나지막이 말했다. "잠입 수사를 하려는 건가."

"그런 거창한 건 아닙니다." 가키타니는 손을 휘저으며 말했다. "범인 또는 사건 관계자들이 참석할 가능성이 크니까, 저희로서는 어떤 분들이 참석했는지 그리고 식장에서 어떻게 행동하는지를 최대한 파악하고 싶은 겁니다. 어떠십니까?"

아까 다케시가 했던, '경찰도 우리와 같은 생각을 하는 거겠지'라는 말은 이걸 말하는 거였나. 마요는 납득했다.

"어떻게 생각해?" 다케시가 마요에게 물었다.

"삼촌한테 맡길게요."

음, 다케시는 허리를 펴며 가키타니를 보았다.

"알았네. 그런 거라면 형사가 장례 관계자로 위장하는 건 허락하지. 하지만 조문객은 안 돼."

"뭔가 이유가 있으십니까?"

"경야와 장례식을 특수한 방법으로 치르기로 했거든."

다케시는 온라인 장례식과 번호표 배부식 분향에 대해 가키타니에게 설명했다.

"이야기를 들었으니 알겠지. 조문객은 별실에서 대기하고 있다가 차례대로 분향을 할 거야. 형사가 조문객으로 위장하면 그 사람들만 남을 텐데, 그런 장면을 다른 사람들이 보면 귀찮아질 거 아닌가."

"그 말씀도 맞지만, 조문객으로 위장한 수사관들이 분향을

178

해도 되지 않습니까?"

"그건 사양하겠네. 아무 인연도 없는 사람들이 분향하는 걸 보고 형님이 기뻐하실까?"

"저도 동감이에요." 마요는 오른손을 들며 말했다. "그런 건 좀 거북하네요."

"무슨 말씀인지 알겠습니다. 그럼 상조 회사와 협의해서 수사관들이 직원들로 위장하도록 하죠. 또 뭔가 원하는 게 있으십니까?"

"잠입 수사에 관해서는 더 없네. 단, 우리 부탁도 들어줘야 겠어. 경야 전에 집에 한번 들르고 싶어. 마요 말로는 형님이 소중히 여기던 물건이 있는데, 당신이 죽으면 관에 같이 넣어달라고 당부했던 모양이더군. 그 물건을 가지러 가야겠어. ……그렇지?"

갑자기 동의를 구하는 다케시를 보고 마요는 내심 당황했지만 "네." 하고 대답했다. 사전에 듣지 못한 이야기였다.

"아, 그러시군요…… 알겠습니다. 내일 몇 시쯤에 가실 겁니까?"

"아침 10시로 하지. 데리러 오지 않아도 돼."

"알겠습니다. 그럼 현장에 있는 경관에게 말해 두겠습니다. 하지만 서재에 있는 물건은 그대로 두셨으면 합니다. 범인의 흔적이 남아 있는 곳이니 가급적 그 상태로 보존해 둬야 합니다."

"이봐, 그게 무슨 억지야. 형님의 물건을 가져와야 한다니까. 서재에 있는 물건을 어떻게 그냥 두나?"

"그러니까 '가급적'이라고 말씀드리지 않았습니까. 그 방 전체가 중요한 증거입니다. 양해 부탁드립니다."

다케시는 크게 한숨을 내쉬며 어깨를 으쓱했다. "하는 수 없지. 최대한 애써보겠네."

"감사합니다. 그 대신이라 하기에는 뭣하지만, 다른 방에는 자유롭게 드나드셔도 상관없습니다."

"당연하지. 우리 집인데."

"그 밖에 하실 말씀이 또 있습니까?"

"지금은 없네."

"그러십니까." 가키타니의 얼굴에 안도감이 번졌다. 들어줄 수 없는 요구를 하며 억지를 부리면 어쩌나 걱정했던 거겠지. "그럼 그렇게 알고 일어나 보겠습니다."

"잠입 수사 건이 잘 해결돼서 다행이로군. 이걸로 자네도 고구레 경감에게 면이 서겠어."

"네, 뭐……." 가키타니는 겸연쩍게 웃으며 대답했다.

"수사는 어떤가? 뭔가 알아낸 게 있나?"

"이제 막 시작한 참이라 아직은…… 최선을 다하겠습니다."

"부탁하네."

"네, 그럼 실례하겠습니다." 가키타니는 발길을 돌렸다.

가키타니가 완전히 사라진 걸 확인한 뒤에 마요는 다케시에게 물었다. "집에는 뭐 하러 가는 거예요?"

"설명한 대로야. 관에 넣을 물건을 가지러. 너도 한두 개는 생각나는 게 있을 거 아냐."

"그야 그렇죠. 하지만 표면적인 이유잖아요. 진짜 목적은 뭐예요?"

"물론 현장을 찬찬히 살펴보기 위해서지. 오늘 낮에는 경찰이 있어서 자세히 못 봤잖아."

"하긴요."

두 사람은 식당을 나왔다. 다케시가 소매를 걷고 시계를 보았다.

"벌써 이런 시간이군. 긴 하루였어. 내일은 더 길어질 거다. 경야가 있는 날이니까. 각오 단단히 해." 말을 마친 다케시는 호텔 현관을 향해 걸어갔다.

"어디 가려고요?"

"편의점. 갈아입을 속옷하고 양말 좀 사야지." 다케시는 휙 몸을 돌리더니 빠른 걸음으로 사라졌다.

갈아입을 옷을 안 가져온 건가…….

그러고 보니 낮에 나타났을 때도 빈손이었다. 하지만 다케시는 어제 집 근처에서 탐문 조사를 했다고 하지 않았나. 그러면 어젯밤에는 어디에 묵었던 거지. 아니면 일단 도쿄로 돌아갔다 다시 내려온 건가. 아니, 그런 번거로운 짓을 했을 리가 없다.

마요는 고개를 비스듬히 기울였다. 삼촌은 비밀이 많은 사람이다. 방심해선 안 된다고 생각했다.

방으로 돌아온 마요는 혼마 모모코에게 경야와 장례식의 상세한 일정을 문자 메시지로 보냈다. 그러자 바로 답장이 왔다. 아는 사람도 온라인 장례식으로 치렀다고 했다. 최근에는 보편화된 방식인 듯했다.

그 후에 무거운 마음으로 이모인 미키코에게 연락을 했다. 가즈미가 세상을 떠났을 때도 미키코에게 여러모로 도움을 받았다. 휴대전화 번호도 등록되어 있었다.

"마요, 오랜만이다!" 통화가 연결되자마자 밝은 목소리가 귓가에 울려 퍼졌다.

"이모…… 오랜만이에요." 좋지 않은 일이 생긴 걸 알아줬으면 해서 마요는 일부러 어두운 목소리로 말했다.

하지만 마요의 의도는 상대에게 전혀 전달되지 않았다.

"들었어, 사내 결혼이라면서? 축하해. 식은 5월이지? 상황이 이러니 피로연은 야외에서 할 수밖에 없지만, 계절감도 느낄 수 있고 나름대로 괜찮을 거야. 꼭 참석할게. 날이 맑아야 할 텐데." 미키코는 마요가 말을 꺼낼 수도 없을 만큼 속사포처럼 말했다. 친척 중에서도 유난히 말이 많은 사람이었다.

"아뇨, 이모. 오늘은 그 이야기가 아니라……."

"그럼 뭔데? 아, 혹시 생겼어? 벌써 생긴 거야?"

아니에요. 마요는 스마트폰을 귀에 대며, 다른 쪽 손을 저었다.

"그런 게 아니라, 이모. 마음의 준비 하고 들어요. 사실 별로 좋은 이야기가 아니에요."

"뭔데? 파혼했어?"

마요는 황당해서 주저 앉을 뻔했지만, 그러고 있을 때가 아니었다.

"그것도 아니고요, 저기……." 마른침을 꿀꺽 삼키고 나서 말을 이었다. "아버지가 돌아가셨어요."

순간, 전화가 끊긴 줄 알았을 만큼 순식간에 아무 소리도 들리지 않았다. 마요는 "여보세요?" 하고 말을 걸었다.

"아…… 미안. 지금 뭐라고 했니?"

"아버지가 돌아가셨다고요. 갑작스러워서 놀라셨겠지만……."

숨을 크게 들이마시는 기척이 느껴졌다. "……왜? 사고야?"

"아뇨, 그게……." 마요는 다시 침을 삼킨 뒤 "심부전이에요." 라고 대답했다.

"아…… 그렇구나. 아이고, 그렇게 건강해 보이셨는데……."

미키코는 단번에 목소리가 어두워지더니, 그 뒤로도 딱히

183

이것저것 캐묻지 않았다. 다케시의 말대로 심부전은 마법의 단어였다.

경야와 장례식은 코로나 감염에 대비해 온라인으로 진행하기로 했다고 말했다. 이 지역 사람들이 다른 지역 사람들이 찾아오는 걸 썩 반기지 않는다고 말하자, 미키코도 "유감이지만 그런 거면 어쩔 수 없지." 하고 수긍한 눈치였다.

통화를 마치고 나서 스마트폰을 확인하니 겐타가 보낸 메시지가 있었다.

'여러모로 힘들 것 같아서 먼저 연락해야 할지 고민했는데, 어떻게 됐어? 시간 괜찮을 때 답장 주면 고맙겠어.'

내용에서 겐타의 배려심이 느껴졌다. 어떤 상황인지 분명 궁금할 테지만, 이런저런 일들을 처리하느라 우왕좌왕하고 있을 마요를 생각해서 메시지를 보내는 것조차 조심스러워하는 것 같았다. 분명 오늘 하루 동안 있었던 일을 되돌아보면, 메시지에 일일이 신경 쓸 여유 같은 건 없었다.

통화 버튼을 누르자 바로 연결되었다. 스마트폰을 옆에 놓고 답을 기다리고 있었는지도 모른다.

"나야. 지금 통화 괜찮아?"

"괜찮아. 지금 집이거든. 어떻게 됐어?"

"응, 이것저것 좀 정신이 없네."

"그야 그렇겠지. 뭐 힘든 일은 없어?"

"음, 그러게……." 아버지를 죽인 범인을 알아내지 못해서 힘들다고는 말할 수 없었다. "일단 지금은 경야와 장례식을 무사히 치러야 한다는 생각밖에 없어."

"아, 정해졌구나. 언제야?"

"경야는 내일 저녁 6시부터."

"내일이라……." 곤혹스러워하는 눈치였다. "저녁에 고객과 미팅이 있거든. 바닥재 실물을 확인하고 싶다고 해서, 직접 만날 수밖에 없는데……."

"일 있으면 무리하지 마. 편한 방법이 있거든."

온라인 장례식에 대해 설명했지만 겐타는 놀라지 않았다. 이미 아는 것 같았다.

"그러면 온라인으로 참석할 수 있겠네. 하지만 밤늦게는 도착할 것 같아. 주소 좀 알려 줄래?"

"알았어, 이따가 보낼게. 하지만 정말 무리하지는 마. 코로나도 있으니까."

"그래도 무리해야지. 약혼자 아버지가 돌아가셨는데 경야도, 장례식도 참석 안 하다니, 도리가 아니잖아."

"그렇게 말해 줘서 고마워……."

"그럼 내일 밤에 보자."

"알았어."

"잘 자."

"잘 자."

전화를 끊은 마요의 입에서 한숨이 흘러나왔다. 겐타가 말한 '약혼자'라는 말이 묘하게 귓가에 남아 있었다.

나에게는 겐타가 있다. 불행하게도 아버지는 돌아가셨지만, 곧 새 가족이 생긴다. 그런 든든함이 마음속에 있는 건 분명했다. 하지만 동시에 아직 가족이 아니라는 불안정한 감정도 존재했다. 앞으로도 내 운명이 크게 달라질 가능성이 있는 게 아닐까, 하는 생각을 지울 수가 없었다.

마요는 살며시 고개를 저었다. 지금은 그런 생각을 할 때가 아니다. 해야 할 일을 할 뿐이다.

경야 장소와 연락처를 겐타에게 보냈다. 확인하는 김에 메일 수신함을 열어 보자, 그동안 온 메일이 제법 쌓여 있었다. 어차피 광고 메일이겠지 생각하며 대충 훑어봤다.

순간 숨을 삼키며 화면을 내리던 손을 멈췄다. '가미오 마요 님께'라는 제목이 눈에 들어왔기 때문이다. 보낸 사람의 이름도 눈에 익었다.

망설이며 메일을 클릭했다. 내용은 길지 않았다.

'여러 차례 메일을 보내서 죄송합니다. 혹시 확인해 보셨나요? 그 사람은 뭐라고 하던가요? 그 대답을 듣고도 마음이 바뀌지 않으셨나요?'

마요는 메일을 지우고 스마트폰을 던져 버렸다.

●

12

멀리서 누가 울고 있다. 여자아이의 목소리다.

마요는 긴 복도를 걷고 있다. 나무판자 바닥의 낡은 복도였다. 목소리는 그 안쪽에서 들려왔다.

복도 끝에 다다미방이 있다. 바닥에 깔린 이불 위에 가즈미가 앉아 있다. 잠옷 차림의 어머니는 갓난아이를 안고 있었다.

가즈미는 고개를 들고 난처한 듯 눈꼬리를 내렸다. "잠 좀 자려고 하면 울음을 터뜨리네." 하지만 그 입가에는 미소가 번져 있었다.

미안해요, 마요는 사과했다. 어머니를 곤란하게 만들려던 건 아니었다.

울던 갓난아이는 눈을 감고 있다. 하지만 울음소리는 어디선가 계속 들려왔다. 엥엥엥, 소리가 어느샌가 삐삐삐삐 하는 전자음으로 바뀌었다.

마요는 눈을 떴다. 옅은 어둠 너머로 도코노마가 보였다. 커튼 사이로 새어 들어온 빛이 족자를 비추고 있었다. 족자에는 매화나무가 그려져 있었다. 이 지역에는 매화나무가 유명한 곳이 많다. 코로나만 아니었다면 한창 관광객들로 붐볐을 시기였다.

그런 생각을 어렴풋이 하며 손을 뻗어 자명종 시계의 스위치를 껐다. 알람소리가 꿈속에서 갓난아이 울음소리로 들리다니, 인간의 뇌란 정말 신기하다.

몸을 일으켜 고개를 이리저리 돌렸다. 기분이 그다지 좋지 않았다. 그 꿈 때문이다. 아니, 왜 그런 꿈을 꿨는지 무의식적으로 알 것 같았기 때문이라고 해야 할까. 어찌 되었든 빨리 잊어 버려야겠다 생각했다. 어차피 꿈일 뿐이다.

세수를 하고 식당으로 갔지만 여전히 다른 손님은 없었다. 다케시의 모습도 보이지 않았다.

안녕하세요, 호텔 주인이 인사를 건넸다.

"삼촌은 아직 안 오셨나요?"

마요의 물음에 주인은 뜻밖이라는 듯 눈을 깜빡였다.

"방금 식사 마치시고 나가셨는데요. 못 들으셨어요?"

"아, 그런가요. 딱히 같이 먹기로 한 건 아니라서요."

음식이 나오기를 기다리는 동안 다케시에게 전화를 했다. 통화 연결음이 몇 번 들린 뒤에 다짜고짜 "왜?" 하는 목소리가 들렸다.

"지금 어디예요?"

"밖이지."

"그건 아는데, 어디 있냐고요."

"여기저기. 한마디로 설명 못 해."

"이를테면?"

"시끄러워. 나는 나대로 할 일이 있어. 아, 마침 잘됐군. 부탁이 있다. 가키타니에게 전화해서 형님 스마트폰은 언제 돌려줄 거냐고 물어봐. 아마 중요한 증거니 당분간은 못 돌려준다고 할 테지만."

"안 되는 걸 알면서도 물어보라고요?"

"본론은 거기서부터야. 안 된다고 하면, 메일이나 SNS메시지, 통화 내역만이라도 보여 달라고 부탁해 봐. 유족이니 알 권리가 있다고 해."

"알았어요. 어려울 것 같지만." 마요는 머리를 긁적였다. "그런 협상은 삼촌이 하는 게 낫지 않아요?"

"난 안 돼. 알리바이가 없잖아."

"알리바이?"

"수사에 관한 정보를 용의자일 가능성이 있는 사람에게 보여 줄 수 없다고 하겠지. 그 녀석들이 맨날 하는 소리야. 그걸 아니까 어제는 말을 안 꺼낸 거고."

"나는 알리바이가 있으니까 괜찮다고요?"

"적어도 지금 말한 구실로 회피하지는 못하겠지. 그 대신 다른 사람이 보면 안 된다고 할 거야. 그러니까 절대 다른 사

189

람에게 보여 주지 않겠다고 끈질기게 달라붙어."

"알았어요, 해볼게요."

"부탁한다. 그 정보가 있는 것과 없는 건 천지차이니까. 그럼 이따 10시에 집 대문 앞에서 보자. 늦지 말고." 다케시는 일방적으로 말하더니 전화를 끊었다.

"엄청 귀찮아질 것 같네." 스마트폰을 바라보며 혼잣말을 중얼거렸을 때 음식이 나왔다.

아침을 먹고 방으로 돌아와 화장을 하고 있는데 모모코에게 메시지가 왔다. 생각나는 학교 관계자들에게 모두 연락을 돌렸다고 했다. 옛 제자들이 얼마나 와줄지는 모르겠지만, 대부분의 동창들은 오늘 저녁 경야에 참석한다고 했다.

화장을 마치고 고맙다는 메시지를 보냈다. 그러고는 심호흡을 한 뒤 가키타니에게 전화를 했다. 바로 통화가 연결됐다. "무슨 일 있으십니까?" 가키타니의 긴장한 목소리가 들렸다.

스마트폰에 대해 묻자, "그게 말입니다." 하고 갑자기 목소리가 어두워졌다.

"죄송합니다만, 사건이 해결될 기미가 보이면 저희 쪽에서 연락을 드리겠습니다." 말투는 정중했지만 다케시의 예상대로 역시 답은 거절이었다.

"알겠습니다. 그럼 메일이나 메시지 그리고 통화 내역만이라도 볼 수 있으면 참 감사할 것 같은데……."

"아, 기록 말씀이십니까……."

"부탁드리겠습니다."

음, 가키타니는 신음을 흘렸다.

"그게 말이죠…… 잠시만 기다리십시오."

누군가와, 아마 고구레와 상의하는 거겠지. 어렴풋이 가키타니의 목소리가 들렸지만 대화 내용까지는 알아들을 수 없었다.

기다려 주셔서 감사합니다, 가키타니의 목소리가 들렸다.

"죄송합니다, 역시 지금으로서는 그 역시 불가능합니다."

"왜죠? 전 알리바이도 있잖아요. 범인이 아닌 건 확실하고, 유족이니까 볼 권리가 있죠. 다른 사람에게는 절대 안 보여 줄게요. 삼촌한테도요." 다케시가 일러준 대로 말했다.

"압니다. 따님 심정은 충분히 이해합니다. 하지만 설령 보여 주지 않아도 무의식적으로 내용을 유출할 가능성도 있어서……."

"말 안 할게요. 믿어 주세요."

"아뇨, 그게 믿느냐 안 믿느냐의 문제가 아니라, 저희로서는 수사 과정에서 그런 위험은 최대한 피해야 하기 때문에요. 양해 부탁드립니다. 죄송한데 제가 지금 회의에 들어가야 해서 이만 끊겠습니다. 죄송합니다. 들어가세요."

"아, 그래도……." 유족인데, 라고 말하기 전에 전화는 뚝

끊겼다.

한숨을 내쉬며 다케시에게 연락해 가키타니와 나눈 대화를 이야기했다.

"역시 안 되나. 가키타니는 그나마 사람이 좋아 보여서 혹시나 했는데."

"내가 보여 달라고 하니까 누구랑 이야기하더라고요."

"고구레겠지." 쯧, 혀를 차는 소리가 들렸다. "하는 수 없지, 그건 포기해야겠다."

"그쪽은 어때요?"

"나중에 설명해 주마. 그럼 끊는다."

전화를 끊고 시간을 확인하니 오전 9시가 조금 지나 있었다. 일어나 옷장에서 상복을 꺼냈다. 어젯밤 잠자리에 들기 전 슈트 케이스에서 꺼내어 옷걸이에 걸어 두었다. 어머니가 돌아가셨을 때 산 옷이니, 다시 입어보는 건 그때 이후 처음이었다.

메시지가 도착했다는 스마트폰 알림이 울렸다. 이번에는 겐타였다. '잘 잤어? 상주라 힘들겠지만 잘 해낼 거라 믿어. 이따 저녁에 보자.'라는 내용이었다. '고마워. 지금 나가려고.'라고 답장을 보냈다.

슈트 케이스에 넣어 온 큼지막한 가방에 다시 검은 핸드백을 넣어서 어깨에 메고 방을 나섰다. 가방을 가져온 건 경야

192

나 장례식 때에는 부의금 봉투나 조의 전보, 계약서 등 잡다한 짐들이 늘어난다는 사실을 가즈미의 장례식을 치르며 체득했기 때문이다.

주인에게 택시를 불러달라고 부탁한 뒤 기다리는 동안 인터넷 뉴스를 확인했다. 도쿄의 코로나 바이러스 감염 확산세는 다소 꺾인 것 같다는 기사가 눈에 들어와서 안도의 한숨을 내쉬었다. 이제 도쿄에 있는 겐타도 내려올 때 부담이 덜하겠지.

도착한 택시를 타고 집으로 향했다. 차 안에서 거리를 내다보니, 어제보다 행인들이 조금 늘어난 것 같았다. 도쿄의 코로나 상황이 벌써 영향을 미치고 있는 것일까. 제한과 완화가 반복되는 가운데, 사람들도 그에 맞춰 발 빠르게 대응하는 능력을 갖추게 된 것이리라.

10시 5분 전에 집에 도착했다. 제복 경찰이 문 앞에 서 있었다. 가까이 다가가 사정을 설명했다.

"들었습니다. 들어가셔도 됩니다."

"아, 여기서 삼촌이랑 만나기로 해서……."

"그분은 이미 안에 들어가셨는데요."

"네? 정말요?"

"10분 전쯤에 들어가셨습니다."

"아……."

마요는 서둘러 문을 지나 현관문을 열었다. 서재 앞에도 마스크를 쓴 경찰이 서 있었다. 경찰은 마요를 보고 허리를 곧추세웠다.

현관에는 두 켤레의 신발이 있었다. 해진 신발은 아마 경찰의 것이겠지. 나머지 남성 가죽 구두는 비교적 새것이었다.

마요는 경찰에게 인사를 하고 나서 서재를 들여다봤지만 다케시의 모습은 없었다.

"피해자의 동생분이라면 2층으로 올라가셨습니다만……."
경찰이 조심스레 말했다.

"아, 감사합니다."

복도를 지나는데 마침 계단에서 내려오는 다케시가 보였다. 뜻밖에도 상복 차림이었다.

"삼촌, 집 앞에서 보자면서요."

"좀 일찍 도착했어. 기다리는 시간도 아까워서."

"그건 그런데…… 그보다 상복 입었네요?"

"이상해? 유족이니 당연히 입어야지."

"그게 아니라, 어디서 난 거예요? 빌렸어요?"

"내 옷이야. 상복 한 벌 없겠냐."

"옷은 어디 놔뒀어요?"

다케시는 성가시다는 듯 입을 비죽거렸다. "어디든 무슨 상관이야."

"궁금해서요. 어디예요?"

"역 무인 보관함에. 짐이 되니까 거기 넣어놨지."

"그건요?" 마요는 다케시의 오른손을 가리켰다. 작은 가방을 들고 있었다.

"뭐가 그렇게 궁금한 게 많은지. 그러면 남편 될 사람이 싫어한다?"

다케시는 한숨을 내쉬더니 가방을 열었다. 안에서 꺼낸 걸보고 마요는 숨을 삼켰다. 부의금 봉투였다.

"지금 줘? 나중에 정산할 때 주는 게 나을까 했는데."

"지금 주세요. 고마워요."

마요는 다케시에게 받은 부의금 봉투를 가방에 넣고 느리게 심호흡을 했다. 이제 부의금을 받는 입장이라고 생각하니새삼 서글픔이 밀려들었다.

두 사람이 서재 앞으로 가자 경찰이 장갑을 내밀었다. 여전히 함부로 지문을 묻혀서는 안 되는 상황인 듯했다.

문을 열고 서재로 들어가 실내를 둘러보았다. 어제와 마찬가지로 난장판이었다. 다케시의 지적대로 뭔가를 찾아내려고 뒤진 것 같지는 않았다. 강도의 범행으로 위장하기 위해되는 대로 어지럽힌 것이란 생각밖에 들지 않았다.

"젠장." 다케시가 나지막이 중얼거렸다.

"왜요?"

다케시는 책상 위를 가리켰다.

"경찰이 팩스 전화를 가져갔어. 형님은 집에서 전화를 걸 때는 주로 그 전화를 썼단 말이야."

"그러고 보니 그랬어요. 휴대전화 전파가 잘 안 닿는다면서……."

"예전 휴대전화 전파가 잘 끊기던 시절의 버릇인 거지. 스마트폰을 못 보면 유선 전화 통화 내역이라도 살펴보려고 했는데……." 다케시는 인상을 찌푸리며 입술을 깨물었다.

마요는 책상으로 다가갔다. 활짝 열린 서랍 속 물건들은 바닥에 어지럽게 널려 있었다. 그중에서 몽블랑 만년필을 보고 주웠다. 중요한 편지를 쓸 때에 에이치는 늘 이 펜을 애용했다. 결혼 10주년 기념으로 가즈미가 선물한 펜이었다. 에이치의 선물은 진주 목걸이였다. 그날 가족끼리 식사를 했던 기억이 난다. 야경이 아름다운 레스토랑이었다. 큼지막한 새우튀김이 아주 맛있었던, 즐거운 하루였다.

다음으로 집어 든 건 에이치의 돋보기안경이었다. 난시라서 평소에는 둥근 테 안경을 쓰고 있었지만, 책을 읽을 때에는 이 안경을 썼다. 돋보기안경을 쓴 모습을 마요가 처음 본 건 에이치가 쉰이 되기 전이었는데, 아버지도 나이가 드셨구나 하는 감상에 젖었던 기억이 난다.

고개를 들자 다케시가 서재를 둘러보고 있었다.

"뭐 해요?"

다케시는 천천히 팔짱을 꼈다.

"범인의 심리를 생각해 보고 있었지. 왜 이런 식으로 방을 난장판으로 만들었는지······."

참 나, 마요는 미간을 찌푸렸다.

"아직도 그 생각이에요? 단순 강도의 범행으로 위장하기 위해서지 왜긴 왜겠어요. 삼촌이 그렇다면서요. 이제 와서 무슨 소리예요." 나지막이 소곤거리며 마요는 입구를 보았다. 경찰은 방 안까지 따라 들어오지 않았지만, 힐끔힐끔 두 사람을 살피고 있었다.

다케시는 음, 하고 한숨을 흘렸다. "너무 어설퍼."

"어설프다고요?"

"위장이라 하기에는 어설프고, 너무 조잡해. 값나가는 걸 찾은 것처럼 위장하려 했다면 찬장이나 서랍을 조금 어지럽혔으면 될 일이야. 이렇게까지 할 이유가 없지."

"그러고 보니 예금 통장을 그냥 놔둔 것도 이상해."

"예금 통장?"

마요는 어제 이곳에서 바닥에 떨어져 있던 통장을 주우려다 고구레에게 제지당했다는 이야기를 했다. 물론 그 통장은 지금 보이지 않았다. 그 뒤에 경찰이 가져간 것이리라.

"이상하긴 하네. 요새는 통장과 인감이 있어도 본인확인을 하지 않으면 돈을 인출할 수 없으니, 좀도둑들도 손을 안 댄

다고 듣긴 했는데, 거기까지 생각해서 그냥 둔 것 같지는 않
군. 금품을 노린 것처럼 꾸미려 했다면, 분명 가져갔겠지. 흉
기를 준비하지 않았던 것도 이상하고, 범인의 목적을 모르겠
군. 정말 형님을 죽이려고 침입한 건지⋯⋯." 다케시는 생각
에 잠긴 표정으로 마요에게 다가왔다. "관에 넣을 물건은 정
했어?"

"일단 이거랑 이거요. 저승에서도 필기도구와 안경은 필요
할 거 아니에요." 마요는 가방에서 만년필과 안경을 꺼냈다.

다케시는 고개를 저었다. "그런 건 안 돼."

"왜요?"

"유리든 플라스틱이든, 화장하면 녹아서 유골에 붙는다고.
유골 수습할 때 분명 후회한다. 그 물건을 같이 묻고 싶으면
화장 끝나고 유골함에 넣어."

"그럼 어떤 물건이 좋은데요?"

"뭐, 무난한 걸 들면 저거지." 그렇게 말하더니 다케시는 등
뒤에 있는 책장을 엄지손가락으로 가리켰다.

"책?" 마요는 일어나 책장으로 다가갔다. "하긴 어울리네요."

늘어선 책등을 보며 생각에 잠겼다. 아버지가 애착을 가졌
던 작품은 무엇이었지?

이내 한 권이 눈에 들어왔다.《달려라 메로스》문고본이었다.

어느샌가 뒤에 다케시가 서 있었다. "정한 것 같군."

"이 책으로 할래요." 마요는 문고본을 내밀었다.

"뭉클한 우정 이야기라. 그래, 그렇게 해라."

마요는 다시 책장으로 시선을 돌렸다.

"예전에는 이런 책이 더 많았는데, 지금은 이것밖에 없네요."

"이런 책이라니?"

"중학생에게 추천할 만한 책이요. 홈스나 뤼팽 같은 것도 있었어요. 옛날에는 학생들을 자주 집에 데려와서 책을 추천하고는 했어요."

"중학생을 집에? 나라면 그런 짓은 절대 안 해. 방을 어지럽히거나 물건을 부수거나 하겠지. 최악의 경우에는 도둑맞을 수도 있고."

그러고 보니, 마요는 《달려라 메로스》의 표지를 바라보며 고개를 기울였다.

"내가 초등학생 때 이 방에서 중학생쯤 되는 남자애가 책을 읽고 있었어요. 엄마한테 물어보니 아버지 제자라고 하던데."

초등학생이라고 해도 저학년이었으니, 벌써 20년도 더 된 희미한 기억이었다. 지금까지 떠올린 적도 없었다.

마요의 추억담에 딱히 관심이 없는지 다케시는 책장의 다른 칸을 바라보고 있었다. 학교에 관련된 파일이 꽂혀 있는 칸이었다.

"네가 몇 기 졸업생이지?"

"42기요."

다케시는 책장에서 파일을 하나 꺼냈다. 사인펜으로 '42기 졸업문집'이라고 적혀 있었다.

"뭘 하려고요?"

"좀 보려고."

"내 건 보지 마요."

"무슨 소리야. 모르는 사람 글을 무슨 재미로 봐?" 다케시는 홱 몸을 돌려 파일을 펼쳐 원고지를 팔랑팔랑 넘겼다.

"정말, 보지 말라니까."

"아, 여기 있네. 3학년 2반 가미오 마요. 오, 글씨가 깔끔하군."

"보지 말라니까요!"

마요는 파일을 뺏으려 했지만 키가 큰 다케시가 손을 대각선으로 올리자 닿지 않았다.

"흐음, 그렇군. 중학교 때는 일러스트레이터가 꿈이었군."

"그러면 안 돼요? 이제 그만 봐요."

다케시가 팔을 내려 파일을 덮자, 마요는 낚아채서 다시 책장에 꽂았다.

"음?" 다른 파일 책등을 살펴보던 다케시가 의아한 표정으로 미간을 좁혔다.

"왜요?"

"여기, 순서가 반대인데?" 다케시가 가리킨 건 37기 졸업생의 파일이었다. 그의 말대로 옆자리의 38기 졸업생 파일과 자리가 바뀐 것 같았다.

정말이네. 마요는 그렇게 말하며 파일을 제자리에 꽂았다.

"그나저나 이런 걸 일부러 보관해 놓다니." 빼곡하게 꽂힌 파일을 바라보며 다케시가 중얼거렸다.

"아버지한테 직접 저세상에 가져가고 싶은 게 뭐냐고 물어보면, 아마 이 파일 전부라고 대답하지 않을까요?"

"그럴지도 모르지만……." 다케시는 허리에 손을 올리고 한숨을 내쉬었다. "관에 넣기에는 권수가 너무 많구나."

●

　장례식장은 마을 어귀의 야트막한 언덕 위에 있었다. 하얀 벽과 유리문이 인상적인, 깔끔한 느낌의 3층 건물이었다. 옆에 있는 화장터와는 지붕이 달린 통로로 연결되어 있었다. 가즈미의 장례식 날에는 비가 내렸는데, 이 통로 덕에 우산을 쓰지 않고 이동할 수 있었던 게 기억이 났다.

　로비에서 노기가 기다리고 있었다. 뒤에는 마스크를 쓴 여러 명의 직원들이 서 있었는데, 노기의 말로는 모두 수사관이라고 했다.

　"저를 제외한 직원은 셋뿐입니다. 진짜 직원들은 지금 식장에서 준비를 하고 있습니다."

　그 말에 납득이 갔다. 가짜 직원들은 모두 한가해 보였다. 조문객들이 올 때까지 딱히 할 일도 없겠지.

　다케시는 싸늘한 눈으로 형사들을 훑어보더니 노기를 보았다.

　"추가로 부탁하고 싶은 게 있는데 지금 말해도 되나?"

　"말씀하시죠."

　"동영상 촬영 장소를 한 군데 더 늘리고 싶네. 장소는 접수처. 거기서 찍힌 조문객들의 모습을 나중에 보고 싶어. 이것도 우리가 기록용으로 보관할 테니 인터넷에 올릴 필요는 없고."

"알겠습니다." 노기는 안주머니에서 스마트폰을 꺼냈다. "네, 가능할 것 같네요. 바로 준비하겠습니다."

"부탁하네. 어느 위치에서 촬영할지, 자세한 내용은 따로 이야기하지."

"알겠습니다."

노기가 누구에게 연락을 하는 동안 마요는 다케시에게 "추가 촬영은 왜요?"라고 물었다. 돌아온 답은 "때가 되면 말해 주겠다."였다.

노기가 돌아왔다. 촬영 장소 추가는 가능하다고 했다. 다케시는 흡족한 표정으로 고개를 끄덕였다.

식장에 들어갔더니 제단에 장식을 하고 있었다. 원목으로 짠 관이 놓여 있는 걸 보고 마요는 걸음을 멈췄다. 뚜껑은 덮지 않고 옆에 놓아 두었다.

마요는 천천히 관으로 다가갔다. 이내 에이치의 얼굴이 보였다. 눈을 감고 평온한 표정으로 누워 있었다. 경찰서의 안치실에서 보았을 때와는 너무나도 다른, 금방이라도 눈을 뜨고 일어날 것 같은 모습이었다. 역시 전문가의 기술은 대단하다고 생각했다.

문득 생각이 나서 가방에서 《달려라 메로스》 문고본을 꺼내 시신 옆에 두었다. 출관식은 따로 하지 않기로 했으니, 생각났을 때 넣어 둬야겠다 싶었다.

"사망 진단서는 받아왔나?" 다케시가 노기에게 물었다.

있습니다, 노기는 옆구리에 낀 파일에서 서류 한 장을 꺼냈다.

다케시는 서류를 받아들고 조금 떨어진 곳으로 갔다. 마요가 옆으로 다가가자 오호, 하는 소리가 들렸다.

"왜요?"

"검안서에 사인을 뭐라고 썼는지 궁금해서."

"뭐라고 되어 있는데요?"

"경부혈관 압박에 의한 심정지. 역시 단순 질식사가 아니었어."

"흉기는 가느다란 끈 같은 게 아니라는 거네요." 마요는 노기가 듣지 못하도록 나지막이 소곤거렸다.

"그래." 다케시는 그렇게 말하더니 노기에게 돌아가 서류를 돌려줬다. 그리고 제단으로 다가가 이미 설치된 에이치의 영정을 올려다보았다. 정면을 바라보며 웃는 사진이었다. 결혼식 피로연장에서 찍은 사진이었는데 배경이 잘 지워져 있었다.

"가미오 씨." 노기가 마요에게 말을 걸었다. "설명을 드려야 할 일들이 좀 있는데요, 지금 시간 괜찮으십니까?"

"말씀하세요."

"그럼 대기실로 가시죠."

"알겠습니다. 삼촌은 어떡할래요?"

"난 됐다. 잡일은 네가 알아서 해." 다케시는 영정을 올려다
보며 무뚝뚝하게 대답했다.

대기실로 이동하자 앞으로의 절차에 대해 노기가 설명을
해주었다. 가즈미의 장례식 때보다 훨씬 간소화된 식이었다.
코로나 바이러스의 영향으로 최대한 사람들이 접촉하지 않
도록 배려했기 때문이라고 했다.

이야기를 마치고 다시 식장으로 돌아왔다. 대충 제단 장식
이 끝났는지 직원들의 모습은 보이지 않았다. 유족이 앉는 철
제 의자가 두 개 놓여 있었는데, 오른쪽 의자에 다케시가 앉아
있었다.

"삼촌, 삼각김밥 먹을래요?" 마요는 가방에서 편의점 비닐
봉지를 꺼내며 물었다. 오는 길에 편의점에 들러 점심으로 삼
각김밥과 페트병에 든 차를 사왔다.

"그래." 다케시가 고개를 돌려 대답했다.

마요는 그 옆에 앉아 비닐봉지에서 꺼낸 연어와 연어알 삼각
김밥과 차를 다케시에게 건넸다. 마요는 참치마요네즈였다.

"왠지 기분이 이상하네. 관 옆에서 삼각김밥을 먹다니." 삼
각김밥의 포장을 벗기며 마요는 관에 눈길을 주었다.

"뭐 어때. 우리끼리 먼저 경야부루마이(경야가 끝난 뒤, 조문객
들을 별실로 안내해 식사를 대접하는 것) 한다고 생각해."

코로나 바이러스 때문에 오늘은 경야부루마이를 하지 않기로 했다.

한동안 묵묵히 삼각김밥을 먹던 마요는 불현듯 떠오른 생각에 다케시를 보며 말했다.

"왜? 내 얼굴에 뭐 묻었냐?"

"삼촌하고 처음 만난 건 할머니 장례식장에서였잖아요."

"그랬지."

"그 전날 밤에 경야 준비를 하면서 아버지한테 동생이 있다는 이야기를 들었어요. 처음 듣는 이야기라 무척 놀랐던 기억이 나요."

"그랬군."

"그때부터 계속 삼촌한테 궁금한 게 있는데요."

"뭔데?"

"처음 만났을 때, 삼촌은 나에 대해 잘 안다고 했어요. 그림을 잘 그리고 고양이를 좋아한다면서, 라고 했죠. 기억나요?"

다케시는 차를 마시더니 고개를 비스듬히 기울였다.

"그랬나? 기억 안 나지만 그랬을 수도 있지."

"그 말을 듣고 아버지한테 들었나 했죠. 하지만 나중에 아버지한테 물어봤더니 내 이야기를 자세히 한 적은 없다는 거예요. 삼촌은 어떻게 내가 그림을 잘 그리고 고양이를 좋아하는 걸 알았어요?"

"어떻게 알았더라?" 다케시는 살짝 고개를 비틀었다. "잊어 버렸네."

"그럴 리가. 거짓말."

다케시는 뜻밖이라는 듯 마요를 보았다. "어째서 그렇게 단언하지?"

"뭔가 술수가 있을 거 아니에요. 삼촌이 그런 걸 잊어 버릴 리가 있어요?"

후후, 다케시는 코웃음을 쳤다. "제법 날카로워졌군."

"알려 줘요."

다케시는 마요를 빤히 보았다. "그렇게 알고 싶냐?"

"알고 싶으니까 물어보는 거죠."

"얼마 낼래?"

다케시의 말에 마요는 순간 사레가 들 뻔했다. 입을 손으로 막으며 "또 그 소리예요?" 하고 노려봤다.

"그럼 안 돼? 마술 트릭을 거저 공개하는 마술사가 세상천지에 어디 있다고."

"정말 못 말려. 대체 무슨 생각하면서 사는 거예요?"

다케시는 한숨을 흘리더니 다 먹은 삼각김밥 포장지를 구겨 비닐봉지에 넣었다.

"하는 수 없지. 오늘은 특별히 부의금 대신 알려 주마. 먼저 어떻게 고양이를 좋아하는지 알아냈는가. 답은 이거야. 살면서 지금까지 고양이를 싫어하는 여자애를 본 적이 없다. 적어도 고양이를 좋아할 것 같다고 했을 때 기분 나빠하는 여자는 없었다. 이상."

네? 마요는 눈을 휘둥그레 떴다. "그게 다예요?"

"그래."

"그게 뭐예요. 요컨대 아무 말이나 막 던진 거네?"

"통계학에 기초한 추측이라고 해."

온몸에서 힘이 쭉 빠졌다. 20년 가까이 마음 한구석을 차지했던 수수께끼의 답이 이렇게 허망한 것일 줄이야. 뭐가 트릭이라는 건가.

"그림은? 고양이를 싫어하는 사람은 적어도, 그림을 못 그리는 여자는 꽤 많잖아요."

"그렇지."

"그 트릭은 뭐예요?"

"그건 다음에 알려 주마."

"네? 뭐야."

마요가 입을 삐죽이며 항의하려 했을 때, 뒤에서 인기척이 났다. 돌아보니 상복 차림의 모모코가 얼굴을 내밀고 있었다.

"모모코." 친구의 이름을 부르며 마요는 자리에서 일어났다.

"오랜만이야." 모모코도 종종걸음으로 다가왔다. 두 친구는 서로 손을 맞잡았다.

"이렇게 일찍 왔어?"

모모코에게는 접수를 부탁했다.

"내가 도울 일이 있을까 해서. 그래도 너무 일찍 왔나?"

"아니야. 코로나 감염 대책으로 설명해 줘야 할 일들이 많거든."

"그럼 다행이고. 마요, 너무 무리하면 안 돼. 남한테 맡길 수 있는 건 다 맡기고. 적당히 숨 돌리지 않으면 건강 해쳐."

"응, 조심할게."

뒤에서 다케시가 다가왔다. "이 친구가 모모코야?"

"네. 모모코, 소개할게. 아버지 동생 다케시 삼촌이야."

모모코가 긴장한 표정을 지었다. "안녕하세요."

"마요한테 이야기 많이 들었다. 음식 솜씨가 좋다면서?"

"네? 그 정도는 아니에요." 모모코는 손과 머리를 동시에 내저었다.

"그래? 마요 말로는 예전에 자네가 해준 음식이 그렇게 맛있었다는데. 그게 뭐였더라?"

고개를 돌려 자신을 바라보는 다케시를 보고도 마요는 대체 무슨 말인지 도통 짐작조차 하지 못하고 있었다. 삼촌은 왜 뜬금없이 이상한 소리를 하는 거지?

아, 모모코가 뭔가 생각났다는 표정으로 말했다.

"혹시 교자?"

"그래, 그거." 다케시가 모모코를 가리키더니 마요를 보았다. "그렇게 맛있는 교자는 처음 먹어봤다고 했잖아. 그렇지?"

그런 이야기를 다케시에게 한 적은 한 번도 없었지만, 중학생 때 모모코의 집에 놀러갔다가 교자를 대접받았던 일이 어렴풋이 떠올랐다. 어, 하고 모호하게 고개를 끄덕였다.

"어머, 그런 옛날 일을 기억하고 있었어?" 모모코는 입으로 손을 가렸다. "별것도 아닌데 부끄럽네요."

"겸손하긴. 부인이 음식 솜씨가 좋아서 남편분이 행복하겠네. 오늘 접수를 맡아준다면서, 잘 부탁한다. 그럼 이따가 보자."

다케시는 출구 쪽으로 걸어가다, 나가기 전에 뒤돌아보며 씩 웃었다. 그 표정을 보고 마요는 숨을 삼켰다. 어린아이였던 마요에게 그림을 잘 그린다고 했던 것도 방금 전 나눴던 대화와 같은 원리였다. 설령 그림을 못 그리더라도, 초등학생이라면 수업 시간에 그림을 그릴 기회가 많다. 그 그림을 누군가가…… 이를테면 아버지가 칭찬했다고 하면 되는 것이다. 대부분의 사람들은 그런 말을 듣는다고 불편해하지는 않겠지.

"근사한 삼촌이네." 모모코가 소곤거렸다.

마요는 친구의 얼굴에 손가락을 들이대고 흔들었다. "무책임한 사람이니까 절대 믿지 마."

새로운 방식으로 치러지는 경야와 장례식에서는 철저한 방역 대책을 세우고 조문객을 맞이했다. 방명록은 카드식으로, 이름과 연락처, 고인과의 관계를 쓰는 칸이 있었다. 조문객은 준비된 책상에서 방명록을 작성한 뒤에 접수처에 부의금 봉투와 함께 카드를 제출하는 방식이었다. 기입용 펜은 '미사용' 상자에서 꺼내서 사용한 뒤 '사용' 상자에 넣는다. 펜은 여러 개를 준비해서 정기적으로 소독해서 보충한다. 접수처에 앉은 모모코는 마스크와 페이스실드(안면보호구)는 물론, 장갑도 착용했다. 부의금 봉투와 방명 카드는 쟁반 위에 놓아두고, 일정량이 쌓이면 쟁반째로 케이스에 수납한다. 케이스는 스위치를 누르면 자동으로 소독되는 시스템이었다.

"너무 번거롭지? 미안해." 마요는 모모코에게 사과했다.

"괜찮으니까 신경 쓰지 마." 모모코는 곧장 방명 카드를 작성해 부의금 봉투와 함께 쟁반에 놓았다. 봉투에는 '이케나가 료스케', 그 옆에 '모모코'라고 적혀 있었다. 그걸 보고 마요는 모모코의 결혼 후 성이 '이케나가'라는 걸 떠올렸다. 성을 부를 일이 없어서 들어도 금방 잊어 버리고는 했다.

"남편도 이따가 오기로 했어." 모모코가 말했다.

"정말? 간사이에 있다면서."

"그건 그런데, 가미오 선생님이 돌아가셨다고 했더니 꼭 참석하겠다고 하는 거야."

"아, 남편도 우리 중학교였어?"

"응. 1학년이랑 3학년 때 가미오 선생님이 담임이셨대. 내가 말 안 했나? 선생님한테 고마운 일이 많다고 했어."

"미안, 들은 것도 같은데 잊어 버렸나 봐. 그랬구나."

지난 몇 년 동안 모모코와는 1년에 메시지를 몇 번 주고받았을 뿐 차분하게 이야기를 나눌 기회가 없었다. 결혼한다는 소식을 들었을 때도 축하 메시지만 보냈다. 료스케라는 이름의 남편도 당연히 만나본 적 없었다.

"남편은 당분간 간사이에 있는 거야?"

"잘은 모르지만 그럴 것 같아."

"간사이라, 같이 갈 생각은 안 했어?"

"그게……." 모모코는 고개를 기울였다. "코로나는 진정될 기미가 안 보이고, 솔직히 환경이 바뀌는 게 무서웠어. 그보다는 고향에서 기다리는 게 낫지 않을까 싶었지. 아이도 있고."

그것도 그렇지. 모모코의 이야기를 듣고 마요 역시 수긍했다. 코로나 바이러스가 확산되면 다른 지역으로의 이동을 자제해야 할 수도 있다. 낯선 곳에서 그런 일이 생기면 힘들 것이다.

나라면 어떻게 했을까. 마요는 생각에 잠겼다. 지금 다니는 회사에 전근은 없었지만, 겐타가 이직을 해서 근무지를 옮겨야 한다면, 같이 가야 하지 않을까. 따라가면 회사를 그만둬야 하겠지.

"모모코는 지금 전업이지?"

"응, 하지만……." 모모코는 머뭇거리며 말을 이었다. "솔직히 다시 일하고 싶어. 말 안 했는데, 내가 원한 게 아니라 회사가 망해서 그만뒀거든."

"그랬어?" 처음 듣는 이야기였다. "여행사였지?"

"맞아. 작년 가을에 도산했어. 관광업계는 코로나로 엄청난 타격을 입었으니까. 작은 여행사는 버틸 재간이 없지." 모모코는 어깨를 움츠리며 쓴웃음을 지었다.

고생 많았구나. 친구의 동그란 얼굴을 바라보며 마요는 그런 생각을 했다. 겉보기에 밝아 보여도, 저마다 남모르는 고민을 안고 있는 것이다. 이제 삼십 대니 그도 그렇겠지만.

어딘가로 사라졌던 다케시가 노기와 함께 나타나 접수처 옆에서 뭔가를 상의하기 시작했다. 아까 말한, 접수처에서 조문객들을 촬영할 카메라의 위치를 지시하는 것 같았다. 무슨 꿍꿍이인지는 모르겠지만, 노기에게 소곤거리는 다케시의 표정은 한없이 수상쩍었다.

이내 하나둘 상복 차림의 조문객들이 나타났다. 처음 마요에게 다가온 건 낯선 노인이었다. 듣자 하니 에이치가 마지막으로 근무했던 시기의 교장이라고 했다. 아까운 사람을 잃었다, 범인이 하루빨리 붙잡히기를 바란다는 내용을 알아듣기

213

힘든 목소리로 말했다. 에이치가 살해된 건 아는 모양이었다. 보도는 되지 않았지만, 워낙 작은 마을이라 소문은 순식간에 퍼졌겠지.

하라구치도 남자 셋과 함께 찾아왔다. 동창들인 것 같았다. 오랜만에 만나는 데다 모두 마스크를 쓰고 있어서 누가 누군지 알아볼 수가 없었다.

어깨가 떡 벌어진 남자가 마요 앞에 섰다.

"가미오, 많이 힘들지. 나야, 가시와기." 그렇게 말하며 마스크를 벗었다 다시 쓰는 남자는, '가시와기 건설'의 부사장인 가시와기 고다이였다.

"아…… 오랜만이야."

"하라구치한테 이야기 듣고 정말 놀랐어. 정말 천인공노할 놈이 다 있군. 뭔가 도울 일이 있으면 사양 말고 말해." 가시와기는 듬직한 목소리로 말했다. 부사장이라는 직함에 걸맞은 관록이 느껴졌다.

"고마워." 마요는 감사 인사를 했다.

다른 동창들도 조의를 표했다. 통통한 누마카와는 음식점을 경영한다고 했고, 대조적으로 갸름한 얼굴에 안경을 쓴 마키하라는 지방 은행에서 근무한다고 했다.

마요는 하라구치에게 들은 이야기를 떠올렸다. '환라비 하우스' 계획이 중지된 뒤로, 그것을 대체할 지역활성화 계획을 가시와기가 중심이 되어 진행하고 있다고 했다. 누마카와나 마키하라도 그 건에 관여하고 있을지도 모른다.

마요에게 인사를 마친 네 사람은 접수처로 걸어갔는데, 뭔가 떠오른 듯 마키하라가 도중에 마요 쪽으로 되돌아왔다.

"가미오, 최근에 선생님하고 이야기 좀 했어? 동창들 이야기라든지……."

마요는 고개를 저었다.

"요즘 별로 이야기할 기회가 없었어. 왜?"

"아니, 저기, 곧 동창회잖아. 그래서 뭔가 우리 이야기를 하셨나 하고."

"예를 들면 무슨 이야기?"

"그러니까, 마키하라는 지금 이렇게 산다, 누마카와네 가게는 코로나로 힘든 모양이다…… 요컨대 평소에 우리 생각을 하셨는지 궁금해서."

"그게 궁금해?"

"조금. 동창회에서 선생님에게 직접 여쭤보려고 했는데, 이제 그럴 수가 없으니까. 선생님한테 못 들었으면 됐어. 시간 뺏어서 미안." 말을 마친 마키하라는 종종걸음으로 멀어졌다.

이상한 애네. 비쩍 마른 뒷모습을 보며 마요는 그런 생각을 했다.

그로부터 다양한 조문객들이 찾아왔지만, 노기에게 불려

나가고, 스님에게 인사를 하는 동안 경야 시간이 되어서 식장으로 들어섰다. 다케시는 이미 자리에 앉아 다리를 꼬고 있었다.

마요가 앉자마자 다케시는 "용의자들은 많이 왔어?"라고 물었다. 목소리를 낮춘 건 카메라를 든 상조 회사 직원이 근처에 있어서겠지.

"용의자라고 하지 마요. 동창들도 많이 왔다고요."

"유력한 용의자지."

다케시의 말이 끝나자마자 식을 진행하는 상조 회사 직원이 시작을 알렸다.

일반적인 경야와 마찬가지로 스님이 들어와 경을 읽기 시작했다. 다른 점은 상조 회사 직원을 제외하고는 둘밖에 없다는 것이었다. 이 광경은 동영상으로 촬영해 인터넷으로 중계되고 있을 것이었다.

분향 시간이 왔다. 먼저 마요, 이어서 다케시가 자리에서 일어났다. 조금 있다가 일반 조문객들이 분향할 차례가 됐다. 첫 번째로 들어온 건 에이치의 교사 생활 마지막을 함께했던 교장이었다. 후들거리는 걸음으로 관에 다가온 노인은 안을 들여다보더니 슬픈 표정으로 합장을 올렸다. 그러고는 천천히 분향을 마친 뒤 바닥에 붙여 놓은 표시를 따라 앞쪽의 출구로 걸어갔다. 이 일련의 과정은 다케시의 요청대로 상조 회사 직원들이 카메라를 조금 아래로 들고 촬영하고 있었다.

다음으로 조문객들은 충분한 간격을 준수하며 가로로 늘어서 시신과 마지막 인사를 나눈 뒤 분향을 하고 마요와 다케시 앞을 지나쳤다. 마요는 다케시가 한 말을 떠올리고 관 속에 누운 에이치를 보았을 때 그들이 어떤 반응을 보이는지, 자연스러운 시선으로 꼼꼼하게 관찰했다.

동창들의 차례가 돌아왔다. 가시와기는 숙연한 표정으로 고인을 내려다보며 합장을 했다. 마스크를 쓰고 있어서 보이지는 않았지만, 일자로 꾹 다문 입매가 눈에 선했다.

누마카와와 마키하라도 다른 사람들처럼 의식을 거행했다. 딱히 이상한 점은 없었다.

마지막은 남녀 2인조였다. 모모코와 키가 큰 남자였다. 모모코의 남편이겠지. 부의금 봉투에 적혀 있던 '이케나가 료스케'라는 이름이 떠올랐다. 간사이에서 여기까지 먼 길을 달려와 줄 정도로 감사와 존경의 마음을 가졌던 건가. 에이치는 이 사람에게 어떤 선생님이었던 것일까.

두 사람은 긴장한 낯으로 관으로 다가갔다. 관을 들여다보며 모모코는 괴로운 듯 미간을 좁혔다. 이케나가 료스케도 비슷한 반응이었지만, 그 눈이 순간적으로 놀란 듯 휘둥그레졌다.

하지만 그 후의 태도에 부자연스러운 점은 없었다. 분향을 하고 마요와 다케시에게 목례한 뒤 식장을 뒤로했다.

이내 독경을 마친 스님이 퇴장하자 상조 회사 직원이 경야가 끝났음을 알렸다.

밖으로 나가자 모모코와 부부의 모습이 보였다. 마요는 종종걸음으로 달려가 감사 인사를 했다.

"접수하느라 고생했지. 고마워."

"아냐, 별로 안 힘들었어. 이제 요령을 좀 알 것 같으니까 내일도 맡겨 줘."

"그래, 고마워. 아⋯⋯." 마요는 모모코의 옆에 있는 남편을 올려다봤다. "이렇게 먼 길 와주셔서 감사합니다. 모모코가 저희를 많이 도와줘서, 정말 고마울 따름이에요."

아닙니다. 이케나가 료스케는 손을 저었다.

"가미오 선생님께는 정말 은혜를 많이 입었습니다. 마지막 가시는 길인데 당연히 찾아뵈어야죠. 그보다⋯⋯ 정말 애석한 일입니다. 아니, 이런 말로는 다 표현할 수 없는 기분이군요. 정말 너무 분합니다. 죄송합니다. 이런 말밖에 못해서." 마스크 너머로도 얼굴을 찡그리고 있는 걸 알 수 있었다. 감정을 제대로 표현하지 못하는 답답함이 느껴졌다.

"그 말씀만으로도 감사합니다. 아버지도 기뻐하실 거예요."

"그랬으면 좋겠네요."

모모코가 남편을 부르며 손목시계를 가리켰다. "이제 나가 봐야 하지 않아?"

"아, 그러네. 저는 이만 가보겠습니다."

"오늘 밤은 여기서 묵고 가시나요?"

"아뇨, 가봐야죠."

"간사이에요? 이 시간에?"

"오자마자 간다고 하네." 모모코가 옆에서 거들었다. "일이 바쁜가 봐."

마요는 다시 이케나가를 올려다보며 눈을 깜빡였다.

"그리 바쁜데 일부러 와주시고…… 정말 감사합니다."

"마음 쓰지 마세요. 괜찮습니다. 익숙하거든요. 그럼 모모코, 나중에 봐."

"조심해서 가."

이케나가는 고개를 끄덕이더니 마요에게 가보겠습니다, 라고 인사하고 정면 현관문으로 나갔다.

"힘들겠다." 마요는 모모코를 보며 말했다.

"워커홀릭이야." 모모코는 한숨을 내쉬었다.

주변을 둘러보니 다른 조문객들은 이미 돌아간 것 같았다.

모모코와 함께 접수처로 돌아와 노기와 내일 일정을 상의했다. 들어온 부의금 봉투는 소독한 케이스에 넣어 두었다. 마요는 케이스를 가방에 넣으며 물었다.

"어, 방명록은요?"

"그건 숙부님께 드렸는데요." 노기가 대답하며 마요의 어깨 너머로 시선을 던졌다. 돌아보니 다케시가 두 남자와 마주 보고 있었다. 왠지 분위기가 심상치 않았다. 상대는 가짜 상조 회사 직원, 즉 형사들이었다.

"뭐 하는 거지?"

노기는 글쎄요, 하며 고개를 갸웃했다. "그럼 내일도 잘 부탁드리겠습니다."

"아, 저야말로 잘 부탁드립니다."

정중하게 고개를 숙여 인사한 노기는 다케시를 힐끗 보더니 서둘러 자리를 떴다. 성가신 일에 말려들고 싶지 않은 것이리라.

"그럼 나도 가볼게." 모모코가 말했다. "내일 봐."

"고마워, 오늘 고생 많았어."

모모코를 배웅하고 나서 마요는 다케시에게 다가갔다.

"삼촌, 왜 그래요? 무슨 일 있어요?"

"일은 무슨. 이 인간들이 어이없는 요구를 해서 안 된다고 거절하는 참이다."

"그게 왜 어이없는 요구입니까, 수사를 위해서라고 말씀드리지 않았습니까." 두 형사 중 나이 많은 쪽이 난처한 투로 말했다.

"대체 무슨 일인데요?" 마요가 물었다.

형사는 크게 한숨을 내쉬며 그녀를 보았다.

"방명록을 빌려주셨으면 합니다. 그게 어려우면 복사본을 주시든지, 촬영본을 주셔도 되고요."

"방명록을……." 마요는 다케시를 보았다. 손에 서류 봉투를 들고 있었다. 방명 카드는 거기 들어 있는 것 같았다.

"조문객들의 중요한 개인 정보인데 함부로 남한테 보여 줄 수는 없지."

"절대 외부로 유출되지 않도록 만전을 기하겠다고 말씀드리지 않았습니까, 약속드리겠습니다."

"그런 약속을 어떻게 믿으라고. 불법으로 도청하고, 무단으로 위치 추적기를 달고, 경찰의 불법 수사가 하루가 멀다 하고 신문지상에 오르내리는데."

"믿어 주십시오. 이거 참, 어떡해야 믿어 주시겠습니까. 선생님께서도 형님을 해친 범인을 빨리 잡고 싶으실 거 아닙니까. 서로 힘을 합쳐야죠." 형사는 애원하듯 말했다.

다케시는 코웃음을 치며 대꾸했다.

"힘을 합친다고? 그런 소리를 한다는 건 우리 요구도 들어준다는 거겠지?"

"말씀하시죠."

"별거 아니야. 형님 스마트폰을 당장 돌려받고 싶네. 줄 수 없으면 데이터만이라도 보여 줘."

다케시의 말에 형사들의 눈빛이 바뀌었다.

"그건 좀……."

"그래? 그럼 방명록은 보여 줄 수 없네."

"억지 부리지 마십시오. 중요한 사항이라 독단으로는 처리할 수 없습니다."

"상사의 허가가 필요하다고? 자네는 어느 부서지? 관할서?"

"저희는 현경 본부에서 나왔습니다."

"직속 상사는 고구레 경감이겠군. ……좋아." 다케시는 시선을 돌려 상황을 지켜보고 있던 다른 형사를 가리켰다. "자네는 이름이 뭐지?"

"저 말입니까?" 갑작스러운 질문에 형사는 당혹스러운 눈치였다.

"그래, 이름이 뭔가?"

"마에다입니다."

"그럼 마에다 형사, 고구레 경감에게 연락해서 바꿔 주게. 내가 직접 담판을 짓지."

"지금 당장이요?"

"지금 당장."

마에다는 지시를 기다리듯 파트너를 보았다. 그쪽이 선배인 모양이었다. 선배 형사는 말없이 고개를 끄덕였다.

마에다가 전화를 걸었다.

다케시는 마요를 보며 가지고 있으라는 양 봉투를 내밀었다.

"……아, 마에다입니다. ……그게, 방명록 말인데요, 유족이 못 주겠다고……아뇨, 보여 주는 것도, 복사도 안 된다고……보고 싶으면 대신 피해자의 스마트폰을 보여 달라고. ……스마트폰입니다. 피해자의……네, 교환 조건이죠. 경감님과 직접 이야기하겠다고 하시네요."

다케시는 마에다에게 다가가 재빨리 스마트폰을 낚아챘다. 귀에 대고 홱 몸을 돌려 형사들을 등졌다.

어째서인지 잠시 뜸을 들였다, 여보세요, 나야, 하고 거칠게 말했다.

"벌써 잊어 버렸나? 가미오 에이치의 동생이다. ……왜냐고? 당연히 직접 이야기하는 게 빠를 것 같아서지. 부하에게 들었는데, 형님 스마트폰은 안 보여 주면서 우리 정보는 공짜로 가져가겠다고? 뻔뻔한 것도 정도가 있지. 대체 본인이 뭐라고 생각하는 거지?"

현장 검증 때처럼 현경 본부의 경부 상대로도 다케시는 전혀 기죽지 않고 여전히 거칠게 쏘아붙였다. 세상 두려울 게 없다는 이 자신감은 대체 어디서 솟아나는 걸까.

그런 생각을 하며 다케시를 바라보던 마요는 순간 가슴이 철렁했다. 왼쪽 귀에 스마트폰을 대고 통화를 하는 다케시의 오른손에도 스마트폰이 들려 있던 것이다. 양복 안에 숨겨서 뭔가 손가락을 움직이고 있었는데, 정면에 있는 마요에게는 훤히 보였다.

게다가 다케시가 귀에 대고 있는 건 그의 스마트폰이었고, 오른손으로 터치하고 있는 건 마에다의 스마트폰이었다.

요컨대 마에다에게 스마트폰을 빼앗은 직후, 일단 전화를 끊고 재빨리 자기 스마트폰으로 고구레에게 전화를 한 것이다. 뜸을 들인 건 바로 그 때문이었다. 이 모든 건은 눈 깜짝할 새에 일어난 일이었다. 더구나 이토록 지척에 있는데도, 마요는 스마트폰을 바꿔치기한 걸 알아채지 못했다. 형사들도 마찬가지겠지.

다케시는 태연하게 말을 이었다.

"……하는 수 없지. 그렇게까지 말한다면 당신 얼굴을 봐서 이번은 넘어가야겠군. 스마트폰 데이터는 포기하지. 그 대신 하나만 알려 줘. 형님은 토요일에 어디 있었지? 그걸 말해 주면 방명록 복사본을 주지. ……시치미 떼지 마. 스마트폰 위치 정보 기록을 조사하면 바로 알 수 있잖아. ……무엇 때문에? 당신하고 상관없는 일이야. 어떻게 할래? 난 어느 쪽이든 상관없는데."

가방 속에 넣어둔 스마트폰이 울렸다. 꺼내보니 메시지가 도착해 있었다. 보낸 사람의 이름을 보고 마요는 숨을 삼켰다. '마에다'였다. 다케시가 마에다의 스마트폰으로 보낸 것이다.

"도쿄 킹덤 호텔? 틀림없겠지? ……시간은? ……나와서는? ……알았어. ……사람을 뭘로 보고, 약속은 지켜. 당신들하고 똑같이 취급하지 마." 다케시는 전화를 끊고 몸을 돌려 형사들을 보았다. "당신들 상사하고 이야기는 끝났네. 마요, 방명록을 넘겨줘. 그리고 마에다 형사, 잘 썼네." 다케시는 왼손으로 귀에 대고 있던 스마트폰을 젊은 형사에게 돌려주었다.

오른손에 들고 있던 스마트폰이 어느 틈에 왼손으로 옮겨 갔는지 그리고 언제 자기 스마트폰을 주머니에 넣었는지, 무엇 하나 알아채지 못한 마요는 그저 어리둥절할 뿐이었다.

●

　태블릿 모니터 화면에는 오늘 접수처를 찾은 사람들의 모습이 흘러나오고 있었다. 일정 간격으로 줄을 선 조문객들이 차례대로 카운터로 다가와 모모코에게 인사를 건넨 뒤 방명카드와 부의금 봉투를 쟁반에 올려놓았다. 그 옆에 상복 차림에 팔에 완장을 찬 남자 여럿이 서 있었는데, 다케시의 말로는 상조 회사 직원이 아니라 모두 형사라고 했다.

　"이 남자의 움직임을 잘 봐. 왠지 부자연스럽지 않아?" 다케시는 모모코 옆에 있는 남자를 나무젓가락으로 가리켰다.

　마요는 그 인물을 유심히 바라보았다. 하지만 그저 서 있을 뿐 딱히 수상쩍은 점은 찾아볼 수 없었다.

　"그런가? ……그냥 평범한 것 같은데요?"

　다케시는 못마땅하다는 듯 입매를 비틀었다.

　"관찰력이 없네. 자세히 봐. 조문객들이 앞에 설 때마다 모모코와 함께 고개를 숙이잖아. 그 직후에 왼손으로 넥타이를 만지고. 이거 봐, 또 만지네."

　마요는 화면에 얼굴을 들이댔다.

　"그러고 보니 그러네요. 뭐 하는 거지?"

"촬영이지."

"촬영?" 놀란 마요는 눈을 휘둥그레 떴다.

"형사가 왜 모모코와 함께 접수처에 서 있느냐. 이유는 하나뿐이지. 모든 조문객들의 얼굴을 정면에서 찍으려고. 아마 넥타이핀처럼 생긴 초소형 카메라를 넥타이에 달아놓은 걸 거야. 리모컨으로 조작하는 셔터 버튼을 오른손에 쥐고, 조문객들이 앞으로 나온 순간에 누르는 거지. 왼손으로 넥타이를 만지는 건 카메라를 고정시키기 위해서야. 사진이 흔들리지 않게."

다케시의 이야기에 마요는 분통을 터뜨렸다.

"당사자들은 물론이고 우리한테도 말 한마디 없이 이런 짓을 했단 말이에요? 몰카잖아. 범죄라고요."

"맞는데, 녀석들이 죄책감을 느낄 것 같아? 수사에 필요하면 무슨 짓을 해도 된다고 생각하지. 흥, 그래도 일이 녀석들 뜻대로 풀리진 않았어. 코로나로 거의 모든 조문객들이 마스크를 썼으니까. 이래서는 얼굴을 정확하게 파악하는 건 불가능하지. 꼴좋다. 아, 곧 나온다. 화면에서 눈을 떼지 마."

"뭔데요?"

"보면 알아." 다케시는 화면에 시선을 고정한 채 젓가락으로 달걀말이를 집어 입에 넣었다.

두 사람은 장례식장 옆의 대기실에 있었다. 형사들이 떠난

227

뒤, 도시락을 배달시켜 먹으며 한창 작전 회의 중이었다. 지금 보는 건 다케시가 노기에게 부탁해 찍은 접수처의 영상이었다.

화면 속에는 가시와기가 카운터 앞에 서 있었다. 다른 조문객들과 마찬가지로 모모코에게 인사를 하고 카드와 부의금 봉투를 내려놓고 자리를 떴다. 모모코 옆에 있는 남자는 여전히 넥타이를 만지작거리고 있었지만, 다른 형사들은 딱히 이렇다 할 움직임이 없었다.

이어서 나타난 하라구치가 모모코에게 인사를 하고 방명카드를 쟁반 위에 올려놓고, 이어서 부의금 봉투를 내려놓으려 한 순간이었다.

"지금이야." 다케시가 영상을 정지시키고 화면을 가리켰다.

그의 손가락 끝에 있는 건 쟁반 바로 옆에 서 있는 남자였다. 마스크를 쓰고 있었지만 누구인지 바로 알아봤다. 아까 다케시가 시켜서 고구레에게 전화를 걸었던 마에다라는 젊은 형사였다.

"왼손에 주목해." 그렇게 말하더니 다케시는 다시 재생 버튼을 눌렀다.

그의 말대로 마에다의 왼손이 움직였다. 마스크가 불편한지 귀 뒤를 만졌다 손을 내렸다.

"마에다의 움직임을 잘 봐." 그러더니 다케시는 빨리 감기를 했다.

마요는 뚫어져라 화면 속 마에다를 주시했다. 그러자 다시 왼손을 마찬가지로 움직이는 것이 아닌가. 다케시가 영상을 정지했다. 카운터 앞에 서 있는 건 마요가 잘 아는 인물이었다.

"마키하라네……."

"동창이야?"

"네, 지방 은행에 다녀요."

"지방 은행이라." 다케시는 혼잣말로 중얼거리더니 다시 빨리 감기를 했다.

그로부터 이어진 영상에서도 마에다는 여러 차례 같은 동작을 했다.

"뭔가 수상하네요, 마에다 형사의 왼손."

"그렇지? 당연히 이 동작에는 의미가 있지. 좋아, 그럼 되돌린다." 다케시는 하라구치가 방명 카드를 놓기 직전으로 영상을 되감기해 정지시켰다. "이번에는 마에다의 오른손을 잘 봐, 뭘 갖고 있는지 알겠니?"

마요는 화면을 응시했다. 마에다의 오른손은 허리 앞에 있었다.

"스마트폰 같은데요? 스마트폰 화면을 보는 거 아니에요?"

"맞아."

"뭘 보는 거죠?"

"뭐일 것 같아?"

"모르겠어요. 알려 줘요."

다케시는 얼굴을 찡그렸다. "자기 머리로 생각 좀 해."

"물어보는 게 빠르잖아요. 뜸 들이지 말고 알려 줘요."

다케시는 쯧, 하고 혀를 찼다.

"그렇게 머리 쓰는 거 싫어하면 젊어서 치매 온다. 마에다가 스마트폰을 보는 건, 명단을 확인하기 위해서야."

"명단? 무슨 명단이요?"

"물론 용의자 명단이지. 조문객들이 방명 카드를 내려놓으면, 마에다는 재빨리 대조해서 카드의 이름이 명단에 있으면 왼손으로 귀를 만져. 한마디로 신호를 보내는 거지. 그걸 보고 주변에 있는 다른 형사들이 액션을 취하고."

"액션이라뇨?"

"녀석들이 무엇 때문에 경야나 장례식에 잠입하겠어? 단순히 얼굴 사진을 찍기 위해서? 아니, 요주의 인물이 나타났을 때 동향을 감시하기 위해서지. 아마 마에다는 왼손으로 신호를 보내는 동시에 오른손에 든 스마트폰으로 명단에 있는 누구인지를 보냈을 거야. 이때부터 잠입한 모든 수사관들이 하라구치를 철저하게 감시했겠지."

잠깐만요, 마요는 한 손을 들었다.

"그 용의자 명단이 대체 어떤 거예요? 뭘 바탕으로 작성한 명단이죠? 이제 막 수사를 시작한 단계잖아요."

"웬일로 똑똑한 질문을 다 하네. 그래, 네 말이 맞다. 경찰도 별다른 단서는 못 찾았어. 하지만 형님이 최근 연락을 주고받은 사람들의 명단은 만들 수 있지."

"그게 뭐예요. 무슨 말인지 모르겠는데요."

"그걸 왜 몰라." 다케시의 목소리에 짜증이 섞였다. "내가 아침부터 계속 찾고 있는 거잖아. 너한테도 부탁했고. 아까도 고구레한테 협상을 시도한 거. 거절당했지만."

그 말을 들으니 생각나는 게 있었다.

"아버지 스마트폰?"

"이제 알았냐. 그래, 스마트폰은 인간관계를 알려 주는 데이터의 보고지. 메일, SNS, 통화기록, 최근 어떤 사람과 연락을 주고받았는지 모든 게 기록되어 있지. 이번 사건이 면식범에 의한 범행이라면, 범인의 이름이 스마트폰에 남아 있을 가능성이 커. 유선전화 통화 기록도 마찬가지고. 경찰은 반드시 명단을 만들었을 거야. 그 명단을 어떻게든 입수하고 싶었지. 그래서 생각한 게 접수처에 카메라를 설치하는 거고."

"무슨 뜻이에요?"

"경찰은 이제 명단에 이름이 오른 사람들을 하나씩 조사해 보겠지. 하지만 그 전에 당사자에 관련된 정보를 최대한 많이 수집하고 싶을 거야. 그 점에서 경야나 장례식은 정보를 얻을 수 있는 절호의 기회고. 그래서 잠입 수사관 중에 조문객의

231

이름을 확인하는 담당이 접수처에 있을 거라고도 생각했지. 확인만 하는 게 아니라, 해당하는 인물이 나타나면 다른 수사관들에게 신호를 보낼 거라고도 예상했어. 그래서 경야가 끝난 직후 제일 먼저 이 영상을 보고 어느 형사가 확인하는 역할인지 조사했어. 그랬더니 이 애송이 형사가 눈에 들어오더군." 다케시는 화면 속 마에다를 가리켰다. "오른손에 든 스마트폰에 명단을 띄워놓은 것도."

"그래서 일부러 그 형사의 스마트폰을 훔친 거군요. 방명록을 보여 주지 않겠다고 고집을 부린 것도 그걸 위한 연극이었고요."

"다른 형사의 스마트폰에도 같은 명단이 저장되어 있겠지만, 그 녀석 스마트폰이 제일 확실할 것 같더군. 그리고 훔친 게 아냐. 다 봤잖아? 빌린 다음에 제자리에 갖다놨다고."

"멋대로 뒤졌잖아요."

"이 마당에 무슨 답답한 소리야. 그보다 내가 보낸 메시지 확인했어?"

"아, 그랬지."

마요는 스마트폰을 꺼내 확인했다. '마에다'에게서 온 메시지를 열자 이름들이 쭉 표시되어 있었다. 그 수는 스무 명쯤이었는데, '하라구치 고헤이'의 이름은 맨 위에 있었다. 그 이야기를 다케시에게 했다.

"하라구치는 형님에게 연락을 취하려고 여러 차례 전화했을 테니, 최근 통화 목록 제일 위에 이름이 남아 있었을 거야. 또 아는 이름이 있냐?"

"있어요. 역시 마키하라 이름이 있네요. 그리고 모모코 이름도. 동창회 준비 때문에 연락했나 봐요. 스기시타 이름도 그래서 있나?"

"스기시타라는 이름은 처음 듣는군. 동창이야?"

"네. 도쿄에서 IT기업을 경영해요."

코로나를 피해 최근 귀성했다는 것과 별명이 '엘리트'라는 것도 이야기했다.

"모모코 말로는 동창회 준비 모임에 나타나서, 도쿄에서 성공한 이야기를 자랑했다고 하더라고요. 아버지한테도 직접 전화해서 자랑스레 근황을 이야기했을 가능성이 크죠."

"그렇게 잘난 척하는 모범생이 반마다 꼭 한두 명은 있지."

"맞아요, 그래서 엘리트 스기시타예요. 오늘은 안 왔는데, 내일은 오려나? ……아, 고고리카 이름도 있네?"

"고고리카라면 분명……."

"고고노에 리리카. 광고 기획사에 다니지만 실질적으로는 구기미야의 매니저 역할을 한다고 하라구치가 말했잖아요. 고고리카 옆에 구기미야 이름도 있네요. 하라구치에게 부탁받고 아버지가 연락했을지도."

새로 판매하려는 지역 특산주의 상품명에《환뇌 라비린스》
의 주인공 레이몬지 아즈마의 이름을 쓰고 싶다고 허가를 구
하는 건이었다.

"내가 아는 사람은 이제 더 없어요." 메일에 첨부된 명단을
쭉 훑어본 뒤 마요는 그렇게 말했다.

다케시가 서류 하나와 볼펜을 내밀었다.

"이 안에 아는 이름이 있으면 체크해."

건네받은 서류는 방명 카드를 접수 순서대로 복사한 것이
었다. 카드 실물은 경찰이 가져갔다. 다케시의 말로는 아마
카드에 묻은 지문을 조사할 작정인 것 같다고 했다.

카드는 딱 20장이었다. 부부가 세 쌍이었으니, 조문객은 모
두 23명이었다. 퇴직한 중학교 교사의 경야치고 사람이 많이
온 편인지, 아닌지 마요는 가늠할 수 없었다.

명단을 보며 서류를 확인했다. 전부 6명이었지만 하라구치
와 마키하라 그리고 모모코 말고는 전부 마요가 모르는 사람
들이었다.

다케시는 서류와 대조해 보며 영상을 처음부터 재생했다.
마에다의 움직임을 따라가 보니, 역시 마요가 아는 인물이 방
명 카드를 내려놓은 직후에 왼손을 들었다. 동창이 아닌데도
손을 든 사람은, 방명 카드에 적은 '고인과의 관계'에 의하면
'전 동료 교사', '마을 주민회 회장', '이발소 사장'이었다.

"이 동료 교사 할아버지는 아버지한테 이름만 들은 적이 있는 것 같아요. 퇴직하기 전에는 제일 가깝게 지내신 분일걸요. 아, 이발소 아저씨도 와주셨구나. 그러고 보니 30년 동안 알고 지낸 사이라고 했어요."

아버지는 작은 고향 마을의 인간관계를 중심으로 느긋한 노후 생활에 적응해 즐거운 시간을 보내려던 참이었다. 그 사실을 마요는 새삼 실감했다.

"오늘 수확은 이 정도인가. 아까도 조금 더 시간이 있었으면 그 마에다라는 형사 스마트폰을 더 뒤져봤을 텐데, 그 명단을 보내는 게 고작이었어. 또 기회가 있겠지." 다케시는 태블릿 영상을 끄고 남은 도시락을 먹었다.

마요도 새우튀김을 집었지만, 먹기 전에 젓가락을 내렸다.

"그러고 보니 그때, 고구레 경감한테 아버지가 토요일에 뭘 했는지 물어봤죠?"

다케시는 맥주 캔을 마시며 끄덕였다.

"오후 6시 즈음에 도쿄 킹덤 호텔에 들렀던 게 스마트폰 위치 정보를 통해 확인됐어. 조사해 보니 호텔은 신칸센에서 걸어서 10분 거리에 있더군. 거기에 8시까지 있었고, 그 뒤에 도쿄역 부근에서 30분쯤 체류하다 신칸센을 타고 귀가했지. 도쿄역에 머문 30분 동안에는 저녁을 먹었겠지." 다케시는 의미심장한 눈빛으로 마요를 보았다. "형님이 저녁에 뭘 먹었는지 기억해?"

"라멘요. 그것도 기억 못하겠어요, 바보도 아니고. 위 내용물 검사로 밝혀졌다면서요."

"소화상태는 식후 약 두 시간쯤 지났다고 하더군. 스마트폰의 위치 정보에 따르면 형님이 자택에 도착한 건 토요일 오후 11시경이니까, 시간상으로는 들어맞지. 내가 추리하기로는 형님은 집에 도착하자마자 바로 살해됐을 거야."

"아버지가 살해된 건 토요일 오후 11시라⋯⋯." 마요는 새우튀김을 내려놓았다. 범행 장면이 머릿속에 떠올라서 식욕이 사라졌기 때문이었다.

"이걸로 복장 수수께끼는 풀렸어. 형님 성격이면 도쿄의 고급 호텔에 갈 때는 양복을 입었겠지. 만날 상대가 누구든 간에."

"누구하고 만난 걸까요?"

"토요일 저녁 6시부터 도쿄 시내 호텔에서 약 두 시간 머물다⋯⋯ 이게 인기 남자연예인의 행동이라면 상상할 수 있는 건 하나뿐이겠지."

다케시가 무슨 말을 하려는지는 마요도 알 것 같았다.

"여자하고 데이트? 아버지의 그런 모습, 상상이 안 가네요."

"단정을 내리면 안 되지만, 나도 같은 생각이야. 도쿄 킹덤 호텔은 오후 6시부터 8시의 시간대에는 데이 유스day use가 없어. 숙박 요금도 제일 싼 방이 1박에 3만 엔이나 하지. 검소한 형님이 애인과 데이트하는 데 그런 낭비를 했을 리가."

마요는 부루퉁한 얼굴로 다케시를 보았다. "그런 이유로?"

"현재로서는 형님이 장거리 연애를 하지 않았다고 단언할 수 있을 근거가 없어. 하지만 지금 말한 이유로 일단 여자와 만났을 가능성은 배제할 수 있겠지. 내 생각에 형님은 아마 그 호텔 라운지를 이용했을 거야. 도쿄에 있는 누군가와 만나기 위해서."

"사건을 해결하기 위해 그 사람이 누구인지 어떻게든 밝혀내야겠네요."

하지만 마요의 말에 다케시는 영 떨떠름한 반응을 보였다. 살짝 고개를 기울이더니 회를 한 점 집었다.

마요는 삼촌, 하고 불렀다. "내 이야기 듣고 있어요?"

"듣고 있는데, 그다지 동의는 못 하겠다."

"왜요?"

다케시는 나무젓가락을 내려놓더니 마요를 보았다.

"토요일에 형님이 누구를 만나려고 도쿄에 갔는가, 그게 전혀 중요하지 않다는 건 아니지만, 반드시 알아내야 할 일도 아니야. 왜냐하면 그자는 범인이 아니니까. 어떠한 형태로 사건에 관여하고 있을지는 모르지만, 직접 범행을 저지른 사람은 아니지."

"그런가? 하지만 호텔을 나와서 아버지가 그 사람하고 헤어지지 않았을 수도 있죠. 어쩌면 같이 라멘을 먹고 신칸센을 탔을지도 모르잖아요."

"그리고 같이 집까지 왔다고?"

"네."

"말이 안 돼."

"왜요?"

"이런 작은 마을에도 CCTV는 곳곳에 설치되어 있지. 역 같은 곳에도. 여태 경찰이 그 영상을 확인하지 않았을 리가 없어. 형님이 누군가와 함께였다면, 반드시 카메라에 찍혔을 테니 경찰은 그 영상을 너에게 보여 주며 아는 사람인지 물어봤겠지. 그러지 않았다는 건, 그런 영상이 없기 때문이야. 즉 형님이 혼자였다는 거지."

이제 납득이 가느냐는 양 다케시는 서늘한 시선을 보냈다.

"그럼." 마요는 목소리를 내리깔며 말했다. "도쿄에서 누구를 만났는지가 그다지 중요하지 않다면, 뭐가 중요하다는 거예요?"

"몇 번이나 말하지만, 내 추리로는 범인은 빈집에 침입해 형님을 기다리려고 했어. 요컨대 토요일 밤에 형님이 집을 비우는 걸 알고 있었던 거야."

아, 마요는 나지막한 목소리를 흘렸다. "그렇구나……."

"형님이 도쿄에 가는 걸 알고 있던 게 누구인가. 그게 사건을 해결할 중요한 열쇠지. 경찰도 같은 생각일 거고. 그렇다고 아무한테나 묻고 다니지는 마. 범인의 귀에 들어가면 경계심만 커질 테니까. 은근슬쩍 떠봐야 해."

"알았어요."

무책임한 면은 많았지만 다케시의 추리력은 역시 비범한 구석이 있었다.

누가 에이치의 일정을 알고 있었는지 찬찬히 생각을 해보려는데 불쑥 다른 게 마음에 걸렸다. 이상하네, 마요는 저도 모르게 중얼거렸다.

"뭐가?"

"아버지가 왜 나한테 연락을 안 했을까요? 딸이 사는 도쿄에 볼일이 있어서 오게 되면, 보통 연락을 하지 않아요? 토요일이라 낮에 만날 수도 있었을 텐데. 밤에는 우리 집에서 자고 가도 되는데."

그건 그렇군. 다케시는 고개를 주억거렸다.

"나쁘지 않은 발상이야. 가끔은 도움 되는 소리도 하네."

"가끔을 꼭 붙여야겠어요?"

"내가 할 수 있는 최대의 찬사야. 좌우지간 그 점은 유념해 두는 게 좋을 것 같군."

찬사라는 말에 기분이 썩 나쁘지 않았다. 아예 엉뚱한 소리를 한 건 아닌 모양이다.

식욕이 조금 돌아오는 것 같아서 마요도 다시 식사를 시작했다. 새우튀김은 다 식었지만 생각보다 맛있었다. 마요가 제일 좋아하는 음식이었다.

도시락을 다 비운 다케시는 책상다리를 하고 태블릿을 들여다보고 있었다. 태블릿 역시 역의 물품보관함에 맡겨 두었다고 한다.

"그나저나 삼촌, 나 결혼식은 어떡하죠? 앞으로 수사 상황이 어떻게 될지도 모르는데 예정대로 식을 올려도 될지 모르겠어요."

다케시는 고개를 들었다. 하지만 이내 마요 쪽은 거들떠보지 않고 한참 동안 엉뚱한 방향으로 시선을 던지더니 다시 고개를 돌렸다.

"그럼 연기해."

너무나도 직설적인 대답에 마요는 조금 당황했다.

"너무 건성으로 대답하는 거 아니에요?"

"서두를 필요 없다는 소리야."

"역시 그러는 게 좋겠죠?"

"상대가 기다려줄 것 같아?"

"모르겠어요. 오늘 밤에 의논해 보려고요. 하지만 상황이 이러니 이해해 주지 않을까요?"

"그래." 다케시는 다시 태블릿 화면으로 시선을 떨궜다.

스마트폰 벨소리가 울렸다. 겐타였다. 바로 전화를 받자 방금 역에 도착했는데 택시를 타고 가겠다고 했다. 조심해서 오라고 말하고 전화를 끊었다.

"약혼자가 도착했나 보지?"

"네. 택시 타고 온다니까 삼촌은 그 차 타고 호텔로 가면 되겠네요."

"너는 어쩌려고."

"난 상주니까 여기 있어야죠. 겐타 씨도 있으니까 무서울 것도 없고요."

이 공간은 원래 그런 용도로 쓰는 곳이었다. 그래서 다다미 방이고 벽장에 이불이 구비되어 있었으며, 샤워실과 화장실도 따로 있었다. 출입문도 잠글 수 있었다.

"내일 장례식에 그 친구도 참석한대?"

"아직 모르겠는데 아마 그러지 않을까요?"

장례식은 오전 10시부터였다. 노기의 말로는 조문객이 얼마나 올지에 따라 달라지겠지만, 화장 시간까지 합쳐 두 시간이면 끝날 것 같다고 했다.

"그러면 난 이만 간다. 내일 일정도 있으니까." 말을 마친 다케시는 돌아갈 채비를 했다.

"아, 맞다. 삼촌, 말하기 좀 민망한데……." 마요는 핸드백에서 부의금 봉투를 꺼냈다. 아침에 다케시에게 받은 봉투였다. "안에 넣는 걸 깜빡했나 봐요."

"안에." 다케시는 부루퉁한 목소리로 말했다. "돈 말이야?"

"그래요, 부의금." 마요는 봉투를 열었다. "여기 봐요, 아무것도 안 들어 있잖아."

아까 전에 몰래 확인했을 때 봉투가 비어 있다는 걸 알았다.

"그렇겠지." 하지만 다케시는 천연덕스럽게 대꾸했다. "부의금은 이미 줬잖아."

"줬다고요? 언제?"

"낮에. 네가 고양이를 좋아하고 그림을 잘 그리는 걸 어떻게 알아맞혔는지 트릭의 비밀을 알려 줬잖아. 그때 부의금 대신 알려 주겠다고 분명히 말했을 텐데, 벌써 잊어 버렸어?"

"그게요?"

"아니면 이중으로 받아내려고? 그럴 순 없지."

마요는 부의금 봉투와 다케시의 얼굴을 번갈아 보았다. 핸드백을 방치해 둔 기억은 없었다.

"어느 틈에 빼간 거예요?"

"글쎄. 언제였을까. 궁금하면 돈으로 성의를 보이든지."

황당하기 짝이 없었다. 어처구니가 없어서 말도 안 나온다는 건 바로 이런 상황을 말하는 거겠지. 어떻게 성격이 이럴수가 있지. 추리 능력은 그렇다 쳐도 인간성은 최악이 아닐까. 말 그대로 사기꾼이었다.

하지만 마요의 속을 아는지 모르는지, 다케시는 짐을 싸서 신발을 신더니 "왜 그러고 있냐? 곧 약혼자가 도착할 텐데. 마중 안 나가도 돼?"라고 말하며 쌩하고 나가 버렸다.

마요와 다케시가 정문으로 나가자, 때마침 정차한 택시가 보였다. 겐타가 지갑을 꺼내고 있었다. 다케시는 마요 바로 옆에 있었지만, 자기가 내릴 때 계산할 테니 그냥 나오라는 이야기는 죽어도 할 것 같지 않았다.

여행 가방과 정장 케이스를 두 손에 든 겐타가 진중한 표정으로 차에서 내렸다.

"피곤하지?"

"괜찮아."

마요는 다케시를 보았다. 택시기사에게 말을 걸고 있었다. 뒤에서 삼촌, 하고 부르며 겐타를 보았다.

"이쪽은 아버지 동생인 다케시 삼촌이야. 삼촌, 내 약혼자인 나카조 겐타 씨."

"오, 자네가 마요 약혼자인가." 다케시는 겐타 앞으로 나서며 말했다. "마요한테 이야기 많이 들었네. 배려심도 많고 성실하고 일도 열심히 하는 아주 건실한 청년이라며 어찌나 자랑하던지."

243

"아뇨, 과찬이십니다……." 겐타는 당황한 듯 겸연쩍게 웃었다.

"겸손은. 아, 그리고 평소에는 섬세하지만 이때다 싶을 때에는 대담하게 나선다는 이야기도 들었네. 그 에피소드도…… 뭐였더라, 분명 일에 관련된 이야기였는데." 다케시는 관자놀이를 짚으며 기억을 더듬는 시늉을 했다.

마요는 어이가 없었다. 그런 이야기는 한마디도 한 적 없었다.

하지만 우연히 뭔가 짚이는 게 있는지 겐타가 말문을 열었다. "일에 관련된 이야기라면, 혹시 그건가?"

"아마도." 다케시가 겐타를 가리켰다. "말해 보게."

"겐타 씨." 마요는 황급히 두 사람 사이에 끼어들었다. "대답 안 해도 돼."

"그래도……."

삼촌. 마요는 다케시를 향해 휙 고개를 돌렸다.

"오늘은 고생 많으셨어요. 내일도 잘 부탁드려요. 푹 쉬세요." 빠르게 말하고 나서 정중하게 고개를 숙였다.

다케시는 순간 흥이 깨졌다는 듯 뚱한 표정을 지었지만, 이내 씩 웃으며 말했다.

"너도 푹 쉬어라. 그럼 겐타 군, 마요를 잘 부탁하네."

"걱정 마십시오. 그럼 살펴 가십시오."

두 사람은 다케시를 태운 택시가 사라지는 모습을 지켜보왔다.

"독특한 분이시네." 겐타가 말했다. 비꼬는 게 아니라 진심인 것 같았다.

"지금 말해 두겠는데, 삼촌이랑은 안 엮이는 게 좋아."

"왜? 재밌는 분 같은데." 겐타는 의아하다는 듯 되물었다.

이미 넘어갔네. 마요는 온몸에서 힘이 빠져나가는 걸 느꼈다. 왜 다들 저런 사기꾼한테 홀라당 속아 넘어가는 걸까.

"어쨌든 너무 가까이 지내지 마."

"그래? 흐음⋯⋯."

겐타가 먼저 분향을 하고 싶다고 해서 식장으로 안내했다. 관에 누운 에이치를 보고 그는 깊은 한숨을 내쉬며 합장을 올렸다.

"이렇게 될 줄은 꿈에도 몰랐어. 앞으로의 일도 그렇고, 아버님과 더 많은 이야기를 나누고 싶었는데⋯⋯." 겐타는 안타까움이 묻어나는 목소리로 중얼거렸다.

분향을 마친 뒤에 두 사람은 대기실로 갔다. 마요는 집에서 가져온 편한 옷으로 갈아입었다. 긴장이 풀리자마자 생각보다 훨씬 피로에 절어 있다는 걸 깨닫고 바닥에 누웠다.

겐타가 다정하게 마요를 끌어안았다. 희미한 체취가 코끝을 간질였다. 마요는 이 냄새가 싫지 않았다.

힘들었지. 겐타는 그렇게 말하며 입술을 포갰다. 마요는 자연스럽게 받아들였다.

"부모님이 삼가 조의를 표한다고 전해달래. 아버님을 한 번도 못 뵈어서 너무 안타까우시대. 그리고 나한테 많이 위로해 주고 보듬어 주라고 하셨어."

"두 분께 감사드린다고 전해줘."

겐타는 도치키 출신이었다. 마요는 그의 부모와 두 번 만났다. 아버지는 공무원, 어머니는 전업주부였다. 성실하고 착실하게 살아왔을 것 같은 부부였다. 아들의 약혼자가 살인 사건에 휘말렸다는 걸 알고 어떤 심정일까.

"있잖아, 결혼식 말인데…… 어떻게 할까?"

마요의 물음에 겐타는 당혹스러워하며 대답했다.

"그게…… 음, 나도 생각 중이었어. 하지만 역시 마요의 판단에 맡기는 게 좋을 것 같아서. 어떻게 했으면 좋겠어?"

음, 마요는 나지막이 신음하며 말을 이었다.

"병이나 사고로 돌아가신 거면, 두 달쯤 지나면 어느 정도 마음도 정리되겠지만, 살해되신 거니까…… 혹시라도 결혼식 앞두고 범인 재판이 시작되면 어떡해."

"그건…… 좀 힘들 것 같네."

"그렇지? 반대로 범인이 그때까지 안 잡혔으면, 그런 상황에서 결혼식을 올리는 것도 좀 그렇잖아. 사건도 해결 안 됐는데 결혼식이라니 제정신이냐고 SNS에서 뒷말 듣는 것도 싫고."

"그건 그렇지. 그럼 연기할까?"

"그러는 게 좋겠어."

"알았어. 일단 연기하기로 하고 잠시 상황을 지켜보자."

"미안해."

"마요가 뭐가 미안해." 겐타는 다정히 마요를 끌어안았다.

연인의 가슴에 얼굴을 묻고 마요는 눈을 감았다. 이런저런 상념들이 머릿속을 떠돌았다. 어지러운 그 감정들이 어디에 내려앉을지 짐작조차 가지 않았다. 그래도 지금은 일단 이 포근한 품 안에 있고 싶었다.

●

15

이튿날 아침 택시를 불러 함께 마을로 나갔다. 옛 정취가 느껴지는 카페에 들어가 모닝 세트를 주문했다. 아주 오랜만에 커피를 마시는 것 같은 기분이 들었다.

옆자리에 둔 핸드백에서 벨소리가 났다. 스마트폰을 꺼내 확인하니 다케시였다. 전화를 받아 아침 인사를 했다.

"같이 있어?" 다케시는 인사도 없이 대뜸 물었다.

"그런데요."

"거기서 뭐 해?"

"카페에서 아침 먹고 슬슬 일어나려던 참이었어요. 왜요?"

"확인할 게 있어. 겐타 군한테 도와달라고 할 거냐?"

"도와달라고? 장례식을요?" 마요는 맞은편에 앉은 겐타를 보았다. 그는 고개를 살짝 기울이며 마주 보았다.

"그게 아니라, 사건의 진상을 밝혀내는 데 함께할 거냐고. 어젯밤에 사건에 대해 이야기 안 했어?"

"아, 그 이야기구나……." 마요는 시선을 돌려 창밖을 보았다. "별로 안 했어요. 피곤해서 바로 잤거든요."

"그래? 어쩔 거냐. 대답에 따라서 오늘 일정이 바뀌니까 확실히 말해. 난 어느 쪽이든 상관없고."

"별로 끌어들이고 싶지 않아요……."

"알았어. 그럼 나도 그렇게 알고 있으마. 바로 옆에 있지?"

"네……."

"지금 우리 이야기를 듣고 자기랑 관련된 일인 줄 눈치챘을 거야. 전화를 끊으면 무슨 일이냐고 물어보겠지. 이상한 대답을 하면 의심만 살 테니까, 내가 지금부터 말하는 대로 대답해." 그렇게 운을 떼더니 다케시는 겐타에게 할 대답을 말해 주었다. 뜻밖의 내용이었지만 간결하고 설득력이 있었다. 알았다고 대답하고 전화를 끊었다.

"삼촌 전화야?" 겐타가 물었다.

"응."

"왠지 내 이야기를 하는 것 같던데, 말을 안 했다, 끌어들이고 싶지 않다, 무슨 이야기야? 엄청 신경 쓰이는데."

다케시가 예상했던 대로의 반응이었다.

"겐타 씨 이야기라기보다는, 어떤 일을 겐타 씨에게 상의할지 물어보더라고."

"무슨 일인데?"

마요는 잠시 뜸을 들이다 말문을 열었다. "아버지 유산 상속 문제 때문에."

"아……." 허를 찔린 듯 겐타는 입을 반쯤 벌렸다.

"많지는 않지만, 그래도 남겨 주신 재산이 좀 있는데, 친척들하고 엮인 것도 있어서 좀 사정이 복잡한 것 같아. 삼촌한테 말했더니 겐타 씨하고 이야기해 봤냐고 물어봐서. 아직 결혼도 안 했고, 돈 문제에 겐타 씨를 끌어들이고 싶지 않다고 했어."

"그런 이야기였구나. 좀 애매하네." 겐타는 어색한 미소를 지었다. "마요네 집 재산에 내가 이래라저래라 하는 것도 이상하고."

"그렇지? 그러니까 이 이야기는 여기서 끝내자." 마요는 손목시계를 보았다. "그만 일어날까?"

그래, 대답하더니 겐타는 계산서를 들고 일어났다. 미심쩍어하는 것 같지는 않았다. 다케시의 조언은 적절했다. 인간성에 대한 평가는 여전히 최악을 달리고 있었지만, 그 순발력에는 다시금 감탄할 수밖에 없었다.

장례식장으로 돌아가자 이미 상조 회사 직원들이 도착해서 준비를 하고 있었다. 마요를 보고 달려온 노기가 식순에 대해 다시 설명했다. 전체적으로 어제 경야와 거의 비슷했다. 시신을 화장한다는 점이 다르기는 했지만, 마요와 다케시 그리고 겐타만 남아 자리를 지키기로 했다.

"그리고 아까 숙부님께서 연락하셔서 오늘 접수처 촬영은 안 해도 된다고 하셨는데, 일단 확인 부탁드립니다."

"네, 그렇게 해주시면 됩니다. 잘 부탁드리겠습니다."

마에다 형사의 스마트폰에서 명단을 훔쳐냈으니 이제 목적은 달성했다는 것이리라.

이내 모모코가 나타났다. 마요가 겐타를 소개하자 표정이 밝아졌다.

"마요한테 이야기 많이 들었어요. 결혼……." 거기까지 말하다 숨을 삼키며 입을 막았다. 축하드린다고 말하려던 거겠지.

마요는 괜찮다며 미소를 보였다. "축하해 줘."

모모코는 민망한 듯 콧잔등을 찡그리며 고개를 꾸벅 숙였다. "축하드려요, 행복하게 사세요."

겐타도 감사하다는 말로 응답했다.

"미안해, 모모코. 오늘도 접수를 맡겨서."

"아냐. 이런 거라도 도와야지."

"애들이 오늘 좀 올까? 구기미야랑 고고리카도 지금 내려와 있다면서."

"고고리카에게는 일단 연락했어. 가쓰키 스케줄 봐서 간다고 하던데."

"가쓰키? 구기미야 말이야? 둘이 그렇게 부르는 사이야?"

"그런가 봐. 자기가 구기미야에게 특별한 존재라는 걸 은근히 어필하는 거지. 다른 사람들한테는 가차없지만." 모모코는 주변을 슬쩍 둘러보더니 얼굴을 가까이 대고 속삭였다.

"들었어? 가시와기랑 애들이 환라비로 지역활성화 계획을 추진했던 거."

"하라구치한테 들었어. 구기미야하고 이야기를 하려면 꼭 고고리카를 통해야 한다면서."

"맞아. 고고리카가 가시와기한테 구기미야를 선생님이라 부르라고 요구했나 봐."

"정말?"

"사업 이야기를 할 거면 공사구분을 확실히 해달라고 했대."

"걔도 참 대단하다. 그래서 다들 그러겠다고 했대?"

"고고리카 앞에서는 그런가 봐. 가시와기도 마을을 살리기 위한 일이니까 그 정도쯤이야 상관없다고 했대. 경영자는 역시 배포가 달라."

"어머나."

장성한 동창들의 근황을 듣고 마요는 그저 놀라울 뿐이었다. 이 작은 마을에서 그들 나름대로 치열하게 살고 있다는 사실을 절절하게 느꼈다.

셋이서 접수처로 가자 노기가 에이치 앞으로 도착한 조의 전보를 내밀었다. 스무 통쯤 될까. 대충 훑어보니 절반은 친척들이 보낸 것이었다. 나머지는 모르는 이름들이었지만, 내용에 '선생님'이라는 글자가 드문드문 섞인 걸 보니 옛 제자들인 것 같았다.

"아버님은 존경받는 선생님이셨나 봐. 난 중학교나 고등학교 때 선생님이 돌아가셨다고 해도 아마 전보는 안 보낼 것 같은데." 겐타가 감동한 목소리로 말했다.

"가미오 선생님은 특별한 선생님이셨어요." 모모코는 힘주어 말했다. "동창회가 얼마 안 남았긴 했지만, 아마 다른 선생님이 돌아가셨다면 저나 다른 애들도 이렇게 경야나 장례식에 오지는 않았을 거예요."

"역시 그렇군요." 겐타는 감개 어린 표정으로 중얼거렸다.

"어제는 모모코의 남편분도 와주셨어. 아버지 제자래."

마요의 말에 겐타는 놀란 듯 모모코를 보았다. "아, 그러셨군요."

"자세한 건 모르지만, 가미오 선생님한테 신세진 게 많은가 봐요." 모모코는 멋쩍은 표정으로 어깨를 움츠렸다.

"그렇군요."

겐타는 납득했다는 듯 고개를 끄덕였지만, 갑자기 진지한 얼굴로 양복 안주머니에서 스마트폰을 꺼내더니 잠깐 실례, 하고 자리를 떴다. 전화를 받으러 나간 모양이었다.

"괜찮은 사람 같은데?" 모모코가 소곤거렸다. "지금 같이 살아?"

"둘 다 집이 좁아서."

"하긴, 도쿄는 그렇지."

"그렇지 뭐."

도쿄라는 말에 어젯밤 다케시와 했던 이야기가 떠올랐다.

"혹시 요즘 아버지하고 이야기한 적 있어? 전화 통화나."

"있어." 모모코는 선뜻 대답했다. "통화도 했고, 집에 인사도 드리러 갔어. 미리 말씀드릴 일이 있어서."

"그랬구나. 언제?"

"아마……지지난주 수요일이었을 거야." 그렇게 말하더니 한숨을 흘렸다. "무척 건강해 보이셨는데. 오랜만에 다 같이 보겠다며 동창회가 기대된다고 하셨어. 특히 쓰쿠미 추모식 이야기를 했더니 아주 좋은 생각이라며 정말 좋아하셨거든. 선생님도 오랫동안 소중히 간직해 온 이야기를 꺼내야겠다고 하셨어."

"소중히 간직해 온 이야기? 그게 뭔데?"

모모코는 안타깝다는 듯 고개를 저었다.

"여쭤봤는데 말씀 안 해주시더라고. 서프라이즈 이벤트로 당일에 공개할 거라면서. 개구쟁이처럼 웃으시던 모습이 아직도 눈에 선한데, 어쩌다 이렇게 됐는지……." 모모코는 가방에서 손수건을 꺼내 눈물을 훔쳤다.

"또 다른 이야기는 안 했어?"

"어?" 모모코가 손수건을 떼며 되물었다. "다른 이야기라니?"

"앞으로의 일정에 대해 아버지가 뭐라고 말 안 했어?"

"앞으로의?" 모모코는 미심쩍은 표정으로 미간을 좁혔다. "무슨 뜻이야?"

"조만간 도쿄에 갈지도 모른다든지……."

스스로도 이상한 질문을 하고 있다는 건 알았다. 이럴 때 다케시라면 어떤 식으로 정보를 캐낼까.

도쿄, 모모코는 당혹스러운 듯 중얼거리더니 고개를 갸웃거렸다.

"글쎄, 그런 이야기는 못 들은 것 같아. 그건 왜?"

"아무것도 아냐. 별일 아니니까 신경 쓰지 마."

"응……." 모모코는 석연치 않은 표정으로 고개를 끄덕였다.

겐타가 떨떠름한 낯으로 돌아왔다.

"마요, 미안한데 오늘 밤에는 같이 못 있을 것 같아. 저녁까지 도쿄에 올라가봐야 할 일이 생겼어."

"그렇구나, 뭔가 문제가 생긴 거야?"

"문제라 할 정도는 아닌데, 발주를 잘못한 게 있어서 고객에게 직접 찾아가서 설명 드리고 양해를 구해야 할 것 같아."

"큰일이잖아."

아무리 원격 근무가 일반화되었다 해도, 모니터를 통해 고객에게 사죄할 수는 없는 노릇이다.

"혹시 지금 당장 올라가보는 게 좋을 것 같으면 그렇게 해. 여긴 걱정 말고."

겐타는 그럴 순 없다며 쓴웃음을 지으며 손을 저었다.

"저녁 8시에 찾아뵙기로 했으니까, 장례식이 끝날 때까지는 여기 있을게."

"그래도 돼?"

"바쁘신가 봐요."

"회사가 사람을 너무 부려먹네요."

"모모코네 남편도 많이 바쁜가 봐. 지금 간사이에서 일하는데, 일부러 경야에 와주셨다가 끝나고 다시 가셨어."

"간사이에서? 대단하네." 겐타는 눈을 휘둥그레 뜨며 모모코를 보았다. "정말로."

"별거 아니에요. 그보다 마요, 아까 그 이야기 말인데."

"아까 이야기?"

"선생님이 도쿄에 간다는 이야기를 하셨냐고 물었잖아."

"뭐 생각나는 게 있어?"

"그날 내가 선생님한테 직접 들은 이야기는 아니고, 스기시타가 그 비슷한 말을 한 것 같아서."

"스기시타가?" 생각지도 못한 이름이 나왔다. "언제? 뭐라고?"

"지난주 월요일에 동창회 때문에 만났을 때. 그런데 자세한 내용이 기억이 안 나, 미안." 모모코는 손을 들어 미안하다는 시늉을 했다.

"괜찮아. 스키시타라고. 고마워. 동창회 준비 모임에는 또 누가 나왔어?"

"나하고 엘리트 스키시타 그리고 마키하라하고 누마카와. 여자애들은 시간 맞추기가 힘들어서. 고향을 떠난 애들도 많고."

"아이 키우면 시간 내기가 쉽지 않으니까."

"맞아." 모모코는 고개를 끄덕였다.

엘리트 스키시타가 열쇠를 쥐고 있는 건가.

마요는 중요한 단서가 될지도 모른다고 생각했다.

"무슨 이야기야?" 겐타가 물었다.

"아무것도 아냐. 신경 쓰지 마."

"그렇게 말하면 더……." 거기까지 말하다 겐타는 마요의 어깨 너머로 시선을 던졌다. "안녕하세요."

"준비는 다 됐나?" 그 목소리를 듣고 마요는 뒤를 돌아봤다. 어제와 같은 상복 차림의 다케시가 서 있었다.

"왔어요? 준비는 거의 끝난 것 같아요."

다케시는 주변을 쓱 둘러보았다.

"조문객은 아직 아무도 안 온 것 같네."

"시작하려면 아직 30분쯤 남았잖아요."

"그런가." 다케시는 손목시계를 힐끗 보았다.

"그럼 잠깐 겐타 군 좀 빌리자."

"네? 뭘 하려고요?" 마요는 긴장한 낯으로 물었다.

"누가 잡아먹기라도 한다냐. 이야기 좀 하려고, 이럴 때 아니면 언제 또 보겠어."

"무슨 이야기요?"

"당연히 너희 둘 이야기지. 형님이 돌아가셨으니 이제 고아가 된 거 아니냐. 그러니 내가 부모 대신 네 예비 신랑 됨됨이도 좀 보고, 앞으로의 마음가짐도 들어 봐야지."

그럴싸한 말이었지만 다케시의 입에서 나오니 한없이 수상쩍을 뿐이었다.

"괜찮지, 겐타 군?"

"예, 그럼요." 겐타는 긴장에 찬 목소리로 대답했다.

"그럼 갈까? 너는 여기서 조문객들 잘 맞이하고, 와주셔서 감사하다는 인사도 잊지 마라."

이 말을 듣고 마요는 다케시의 꿍꿍이를 알아챘다. 사건의 진상을 함께 밝혀내기로 했지만, 겐타에게는 사정을 말하지 않기로 했다. 하지만 진상을 밝혀내기 위해서는 조문객들에게 이것저것 확인할 게 많다. 그러니까 그동안 다케시가 겐타를 떨어뜨려 놓겠다는 것이다.

"알았어요. 천천히 이야기 나누세요."

멀어지는 두 사람의 뒷모습을 바라보며 과연 어떤 이야기를 나눌지 궁금하기도 했다. 다케시라면 분명 대충 지어낸 이

야기를 섞어 가며 유도심문을 하겠지. 겐타가 뭐라고 대답할
지 궁금하기도 했고, 궁금하지 않기도 한 복잡한 심정이었다.

정문으로 남자 여러 명이 들어왔다. 조문객인 줄 알고 순간
긴장했지만, 그들이 내뿜는 불온한 기운을 느끼고 바로 아니
라는 걸 알아챘다. 잠입 수사관들이다. 예상대로 그들은 바닥
에 붙여놓은 순서 마크를 무시하고 바로 노기와 상조 회사 직
원들 쪽으로 걸어갔다.

첫 조문객은 50대로 보이는 여자였다. 큰 키에 짧은 머리가
멋스럽게 어울렸다. 얼굴이 작아 보이는 건 마스크를 쓰고 있
어서만은 아닌 것 같았다.

그녀는 순서를 따라 이동해 방명 카드를 작성한 뒤 접수처
로 다가왔다. 대기하고 있던 모모코에게 목례한 뒤 방명 카드
와 부의금 봉투를 쟁반에 올려놓았다. 그 옆에는 어제처럼 마
에다 형사가 오른손에 스마트폰을 들고 서 있었지만, 왼손은
움직이지 않았다. 여자의 이름은 명단에 없는 모양이었다.

여자가 모모코에게 뭐라고 말을 걸었다. 그러자 모모코는
왼손으로 마요를 가리켰다. 고개를 끄덕인 뒤 그녀가 마요에
게 천천히 다가왔다.

"가미오 선생님 따님이시죠. 이름이 마요 씨 맞죠?"

"네."

여자는 마스크를 벗고 고개를 숙였다.

"예전에 가미오 선생님의 제자였던 쓰쿠미 나오야가 제 아들입니다."

마요는 놀라서 숨을 삼켰다. "쓰쿠미의……."

"나오야를 기억하나요? 몇 번 문병도 왔었는데."

"당연히 기억하죠. 아, 그러고 보니 예전에 뵌 적이……." 병실에서 만났던 기억이 어렴풋이 났다.

"생각났어요? 이제 할머니가 다 됐지만." 여자는 눈썹을 휘며 웃더니 마스크를 다시 썼다.

"오랜만이에요. 오늘은 와주셔서 감사합니다." 마요는 고개를 숙였다.

여자는 서글픈 표정으로 미간을 좁혔다.

"이렇게 갑작스럽게…… 가미오 선생님의 부고를 듣고 얼마나 놀랐는지 몰라요. 게다가…… 듣자 하니 병이나 사고로 돌아가신 게 아니라고……."

"네. 현재 수사 중이에요." 마요는 힘없는 목소리로 대답했다.

여자는 도리질하듯 고개를 저었다.

"믿을 수가 없네요. 그런 훌륭한 선생님을…… 가미오 선생님이 나오야한테 얼마나 잘해주셨는지 몰라요. 마지막까지 기운을 북돋아 주셨죠."

"아버지도 쓰쿠미 이야기를 자주 하셨어요. 건강했을 때도, 세상을 떠나고 나서도요."

"그렇군요. 나오야는 중학교를 졸업하지 못했지만, 훌륭한 선생님과 좋은 친구들을 만나서 정말 복이 많았죠. 지금도 진심으로 감사드리고 있답니다."

"그 말씀을 들으면 아버지도 분명 기뻐하실 거예요. 그러고 보니 구기미야도 오늘 올지도 모르겠네요."

그 이름을 들은 여자의 눈이 가늘어졌다.

"그럼 나중에 인사를 해야겠네요. 구기미야가 지금도 연하장을 보내 주거든요."

"둘이 정말 친했으니까요."

쓰쿠미 나오야의 어머니는 고개를 끄덕이더니 "그럼 사건이 하루빨리 해결되기를 기도할게요."라고 소곤거렸다. 마요도 감사하다는 말과 함께 다시 고개 숙여 인사했다.

멀어지는 뒷모습을 바라보며 마요는 생각했다. 그녀에게 십수 년 전 일은 아득한 과거가 아닌 것이다.

쓰쿠미 나오야는 입학 당시부터 70명의 동급생 중에서도 눈에 띄는 존재였다. 아니, 입학 전부터라 해도 좋다. 성적도 좋고 운동회에서는 늘 1등이었다. 덤으로 리더십까지 갖춘 쓰쿠미는 초등학생 때부터 이미 유명했다. 반에서 왕따가 생길 것 같은 분위기가 조성돼도, 왕따를 당하는 아이가 쓰쿠미의 뒤에 숨으면 그걸로 없었던 일이 된다는 말이 돌 정도였다.

그 존재감은 중학생이 되어서도 변함없었다. 동급생 중에는 무리를 휘어잡는 두목 스타일의 가시와기나 스기시타 같은 모범생도 있었지만, 쓰쿠미는 그들과는 전혀 다른 타입이었다. 부조리한 일을 싫어했고, 어떠한 상황에서도 모두를 동등하게 배려했으며, 때로는 불평 없이 궂은일을 도맡기도 하는 성격이었다. 그야말로 진정한 리더였다.

당시 학년 주임이었던 에이치도 그런 쓰쿠미를 은근히 의지하는 눈치였다. 학급이 큰 풍파 없이 모두 평온하게 보낼 수 있었던 건 쓰쿠미가 뛰어난 통솔력을 발휘한 덕이라고 이야기하기도 했다.

그랬기 때문에 쓰쿠미가 병에 걸렸다는 소식을 들었을 때는 도저히 믿을 수 없었다. 백혈병이었다. 웬일로 체육 시간에 힘들어하는 걸 보고, 별일도 다 있다고 친구와 의아해했는데 설마 그런 심각한 상태였을 줄이야.

롤링 페이퍼를 쓰고, 학 1,000마리를 접고, 다 같이 영상편지까지 찍었다. 대표로 그걸 전해준 게 구기미야 가쓰키와 마요였다. 가장 친하다는 이유였지만, '모두의 속마음'을 모모코가 넌지시 알려 주었다.

"쓰쿠미는 마요를 좋아하는 것 같아. 그리고 다른 여자애들처럼 너도 쓰쿠미가 싫지는 않잖아. 한마디로 너희 둘은 서로 좋아하는 사이니까 널 뽑은 거야."

그런 이야기를 듣고 얼굴에 확 열이 오르는 게 느껴졌다.

마요도 어렴풋이 눈치는 채고 있었다.

그날부터 자주 문병을 갔다. 때로는 고민을 털어놓기도 했다. 아버지가 선생님이라 친구들을 대할 때 신경이 쓰인다는 것이었다. 그때 나오야에게 들은 게 바로 그 말이었다.

"가미오 선생님 딸인 게 뭐? 넌 너잖아. 할 일 없는 애들 하는 말 같은 거 신경 쓰지 마, 진짜 웃기는 놈들이야."

3학년이 되고 얼마 지나지 않아 쓰쿠미 나오야가 죽었다는 소식을 들었다. 친구들과 다 같이 장례식에 갔다. 대부분의 여자아이들이 눈물을 흘렸다. 그때 나도 울었던가. 마요는 기억을 되짚어봤지만 또렷하게 기억나지는 않았다.

입구에 새로 나타난 사람들의 모습이 마요를 현실로 되돌아오게 했다. 웨이브가 들어간 조금 긴 머리에 검은테 안경을 낀 남자였다. 검은 마스크를 쓴 건 이곳이 장례식장인 걸 의식해서일까.

남자는 곧장 마요에게 다가왔다.

"마요, 많이 힘들었지."

다짜고짜 이름을 부르는 남자의 태도에 흠칫했다. 누구지?

"죄송한데 누구시죠?"

"아, 마스크." 남자가 검은 마스크를 벗자 갸름한 얼굴이 드러났다. 입꼬리가 살짝 올라간 특징적인 입매가 눈에 익었다.

"스기시타구나……."

"오랜만이야. 이런 식으로 다시 만나게 되다니 유감이네."
눈썹을 내리며 인상을 구기더니, 한숨을 푹 내쉬었다. 감정
표현이 풍부하다기보다는 다소 표정이 과장되었다고 할까.
그런 점은 중학생 때나 지금이나 달라진 게 없었다.

"이렇게 와줘서 고마워. 모모코한테 들었는데 지금은 여기
내려와 있다면서."

"그렇게 됐어. 도시 생활에 질렸다고 할까." 스기시타는 기
다렸다는 듯 말을 이었다. "인터넷 비즈니스 업계에서, 경영
자가 반드시 도쿄에 있어야 할 필요는 없다는 건 오래전부터
알고 있었지만, 좀처럼 계기가 없었지. 그러다 이번 코로나를
계기로 시도해 봤더니 내 예상보다 훨씬 잘 굴러가는 거야.
지금은 아직 시험 단계지만, 언젠가는 본격적으로 이곳으로
거점을 옮기고 도쿄 사무실은 규모를 줄일까 생각 중이야."

늘 자기 이야기만 떠벌이는 버릇도 여전했다. 의례적인 위로
의 말을 길게 늘어놓는 것보다는 차라리 나을지도 모르지만.

"내려와서 아버지는 만나봤어?"

마요의 물음에 스기시타는 살짝 인상을 쓰며 고개를 저었다.

"안타깝게도 직접 뵙지는 못했어. 그래서 동창회를 손꼽아
기다렸는데 말이지."

"아버지하고 이야기했다고 들었는데 아니었어? 아까 모모

코가 그러던데. 아버지가 도쿄에 간다는 이야기를 너한테 들었다고."

"아, 그거." 스기시타는 무슨 말인지 알겠다는 듯 고개를 끄덕였다. "그래도 고향에 내려왔으니까 선생님께 인사는 드려야 할 것 같아서 전화를 드렸거든. 어떻게 지내시나 궁금하기도 했고. 그때는 참 반겨 주셨는데."

"그게 언제야?"

"음, 아마 지지난주 토요일이었을 거야."

"그때 아버지가 도쿄에 간다는 이야기를 했어?"

"나한테 괜찮은 호텔이 있으면 좀 알려 달라고 하셨어. 도쿄역 근처에 있는 호텔 중에 조용한 곳 없냐고. 널 만나러 올라가시는 거냐고 물었더니 뭐 비슷하다고 대답하시던데?" 거기까지 말하더니 스기시타는 스스로도 위화감을 느꼈는지 의아한 표정을 지었다. "넌 선생님한테 그 이야기 못 들었어?"

"응, 처음 들어."

"그래. 그럼 다른 볼일이 있으셨나 보네." 별일 아니라는 듯 스기시타는 가벼운 어조로 말했다.

"도쿄에는 언제 올라간다고 했어?"

"다음 주 토요일이 될 것 같다고 하셨어. 토요일에는 사람이 많으니 도쿄역 주변은 혼잡하잖아. 그래서 최대한 조용한 곳이 좋을 것 같아서 '도쿄 킹덤 호텔'을 추천했지. 역에서 조금 떨어져 있는 곳이니까. 나도 거래처랑 미팅이 있을 때 자주 이용하거든." 스기시타의 설명은 간결해서 알아듣기 쉬웠다. 역시 머리가 좋구나 생각했다.

"그 이야기를 동창회 준비 모임에서 다른 애들한테 했구나."

"그래, 선생님 근황을 궁금해할 것 같아서."

"그때 말고는? 다른 사람한테는 안 했어?"

"글쎄. 다른 데서는 안 한 것 같은데…… 모임에서 그 이야기를 하면 안 됐던 거야?" 스기시타는 뭔가를 알아내려는 듯한 시선으로 마요를 보았다.

"아니, 그런 건 아니고. 모모코한테 듣고서, 아버지가 도쿄에 갈 일이 있는데 왜 나한테 말을 안 했나 해서."

그러자 스기시타는 재빨리 주변을 둘러본 뒤 살짝 얼굴을 들이밀었다.

"혹시 사건하고 관련이 있는 거야……?" 작고 나지막한 목소리였다.

마요는 그렇지 않다며 손을 저었다.

"그냥 마음에 걸려서 물어본 거야. 별일 아니니까 신경 쓰지 마."

스기시타는 알았다며 물러났지만 한눈에도 수긍한 표정은 아니었다. 마요는 내심 후회했다. 똑똑한 상대에게 너무 이것저것 캐물은 것 같았다.

접수처로 걸어가는 스기시타의 뒷모습을 바라보며 남한테 정보를 알아내는 게 쉬운 일은 아니라는 걸 실감했다. 다케시를 좀 본받는 게 좋을 것 같다.

그로부터 조문객들이 하나둘 찾아왔다. 그중에는 이웃 사람들도 있었다. 오다가다 마주치면 인사나 하는 정도지 잘은 모르는 사람들이었다. 상대방도 마요에게 인사만 하고 자리를 떴다.

그중에 젊은 여자 하나가 눈에 띄었다. 20대 중반이나 되었을까. 수수한 상복이 영 어색해 보이는 건 남의 옷을 빌려 입었기 때문인지도 모른다. 방명 카드를 작성한 뒤 접수처로 다가가는 모습을 마요는 눈으로 좇았다.

젊은 여자는 모모코에게 목례를 한 뒤 방명 카드를 쟁반에 내려놓았다.

순간 옆에 서 있던 마에다 형사의 왼손이 움직였다. 귓바퀴를 슬쩍 만지는 그 동작이다.

마요는 은근슬쩍 모모코의 뒤로 다가가 "별 문제 없지?" 하고 소곤거렸다.

"응, 괜찮아."

"다행이다."

쟁반 위로 시선을 옮겼다. 젊은 여자가 두고 간 방명 카드에는 '모리와키 아쓰미'라는 이름이 적혀 있었다. 고인과의 관계는 '제자'였다.

마요는 빠른 걸음으로 접수처에서 나왔다. 조문객들은 장례식장 옆 별실에 있었다. 그곳으로 이어진 복도 중간 즈음에서 모리와키 아쓰미라는 여자를 따라잡았다. 뒤에서 "저기, 실례합니다." 하고 말을 걸었다.

여자가 걸음을 멈추고 돌아봤다. 얼굴에 불안한 기색이 어려 있었다.

"바쁘신 와중에 와주셔서 감사합니다." 마요는 미소를 지으며 말했다. "가미오 에이치의 딸입니다."

아, 모리와키 아쓰미는 나지막한 소리를 냈다.

"저는…… 모리와키라고 합니다. 중학교 2학년 때 담임이 가미오 선생님이셨어요."

"그렇군요. 실례지만 몇 기 졸업생이신가요?"

"46기입니다."

마요보다 네 살 어렸다. 그럼 지금 나이는 스물여섯인가.

"졸업하신 지 10년도 넘었는데 이렇게 찾아 주시고…… 아버지와 졸업 후에도 연락하고 지내셨나요?"

"네, 가끔요. 이런저런 상담도 하고……."

"그러셨군요."

무슨 상담인지 궁금했지만 여기서 다짜고짜 묻는 건 누가 봐도 부자연스러웠다.

그때 모리와키 아쓰미가 먼저 저기, 하고 말문을 열었다.

"마키하라 씨도 오셨나요?"

"마키하라……? 42기 졸업생 마키하라 말인가요?"

"네, 아마 그럴 거예요."

"마키하라는 어제 경야에 다녀갔는데요."

"아, 그렇군요." 기분 탓인지는 모르겠지만 모리와키는 낙 담한 것처럼 보였다.

"마키하라가 왜요?"

"아, 별일 아니에요." 모리와키 아쓰미는 작게 손사래를 쳤다.

이 역시 마음에 걸렸지만 마땅한 구실이 없으니 대놓고 물 어볼 수도 없었다. 무엇보다 더 붙잡아둘 이유도 없었다. 와 주셔서 감사하다고 말한 뒤 물러날 수밖에 없었다.

발걸음을 돌린 순간 가슴이 철렁했다. 바로 근처에 잠입 수 사관이 있었다. 마에다의 신호를 보고 모리와키 아쓰미의 동 향을 살피기 위해 따라온 것이리라.

로비로 돌아가 다시 조문객들을 기다렸다. 이내 큰 키의 여 자와 그보다 약간 키가 작은 남자가 들어오는 모습이 보였다. 여자는 긴 머리를 하나로 묶고 있었다. 군더더기 없는 디자인 의 검은 원피스가 잘 어울렸다. 한마디로 스타일이 좋았다. 생 김새는 중학생 때보다 더 화려해졌다. 마스크는 쓰지 않았다.

그녀가 다가오는 걸 보고 마요는 어째서인지 긴장이 됐다.

269

그 뒤를 따라 남자도 다가왔다.

고고리카. 고고노에 리리카는 마요에게서 2m쯤 떨어진 곳에서 걸음을 멈췄다. 설마 이 아름다운 얼굴을 잊지는 않았겠지, 라는 양 마요를 빤히 바라보더니 말없이 정중하게 인사를 건넸다. 마요도 말없이 목례를 했다.

리리카는 가방에서 마스크를 꺼내 천천히 썼다. 세련된 회색 마스크였다.

"오랜만이네. 나 기억해요?" 다소 내리깐 허스키한 목소리였다.

"물론이지. 와줘서 고마워, 고고노에."

"선생님 소식 듣고 너무 놀랐어요. 처음에는 믿어지지가 않더라고요. 마지막으로 만나 뵈었을 때는 정말 정정해 보이셨거든요. 뭐라고 말해야 할지 모르겠네요. 삼가 고인의 명복을 빕니다."

존댓말을 쓰는 고고노에의 모습에 마요는 다소 당혹감을 느꼈다. 하지만 결국 고맙습니다, 하고 존댓말로 대답하는 수밖에 없었다.

하지만 그보다 더 마음에 걸리는 일이 있었다.

"혹시 최근에 아버지 만난 적 있어요?"

"네. 좀 상의드릴 일이 있어서, 둘이서 댁으로 찾아뵈었어요." 리리카는 뒤돌아보며 가쓰키, 하고 불렀다.

구부정한 자세의 남자가 앞으로 나와 리리카 옆에 섰다. 그 역시 마스크를 쓰고 있지 않아서 바로 얼굴을 확인할 수 있었다. 리리카와 대조적으로 길어진 머리카락을 제외하고는 중학교 시절 그대로였다. 가느다란 눈에 작은 입, 왠지 작은 동물을 연상시키는 생김새였다.

"선생님 일은 정말 유감이야." 구기미야 가쓰키는 모기만한 목소리로 말했다. "나 기억해?"

"당연히 기억하지. 활약이 대단하더라. 감탄스러울 따름이야."

구기미야는 입꼬리를 살짝 움직여 고마워, 하고 어깨를 움츠렸다. 부끄러움을 많이 타는 성격은 여전했다.

"가미오 선생님을 찾아뵌 건⋯⋯." 리리카가 하던 이야기를 이어갔다 "'가시와기 건설'의 가시와기 부사장이 추진하는 지역활성화 사업 때문이었어요. 저희 구기미야 선생님의 힘을 빌리고 싶다고 어찌나 성화던지⋯⋯." 고운 눈썹이 일그러졌다.

"그 소문은 저도 들었어요."

"저희 고향이기도 하고, 가쓰키도 돕고 싶은 마음은 있어요. 하지만 아시다시피 눈코 뜰 새 없이 바쁜 상황이라 도와드리는 데 한계가 있죠. 가시와기 씨한테는 제가 에둘러 말을 해놨는데, 물러날 기색이 없더라고요. 이대로 가다가는

분명 가미오 선생님에게 중간 다리를 놓아달라고 부탁할 것
같아서, 그전에 저희가 선생님을 찾아뵙고 그런 이야기에 귀
기울이시지 말아달라고 부탁드린 겁니다. 괜히 중간에서 선
생님 입장만 난처해지면 안 되니까요."

마요는 내심 놀랐다. 하라구치가 생각했던 계획과 똑같지
않은가. 다들 생각은 비슷하다는 건가.

"그게 언제 일이죠?"

"2주일 전 목요일이었어요."

"그래서 아버지는 뭐라고 하시던가요?"

"잘 알았다고요. 선생님 말씀으로는 가시와기 씨는 아니지
만 비슷한 부탁을 하러 온 사람이 있었다고 하더군요. 그 사
람한테도 잘 말해놓겠다고 하셨어요."

하라구치다, 마요는 확신했다. 이걸로 모든 이야기가 이어
졌다.

"이제 다들 나이도 먹을 만큼 먹었는데 아직도 선생님을
찾아가 징징거리기나 하고, 정말 죄송한 마음뿐이라고 가쓰
키하고도 이야기했는데, 바로 이런 사건이 터지다니. 정말 믿
기지가 않네요. 나쁜 꿈을 꾸는 거라면 얼마나 좋을까요." 리
리카는 슬픔을 이기지 못하겠다는 듯 몸서리를 쳤다.

"아버지에게 마지막 인사를 해주세요." 마요는 고개를 숙
였다.

그 직후였다.

"아니, 이게 누구신가." 뒤에서 목소리가 들렸다. 돌아보지 않아도 누구인지 바로 알았다. "누구신가 했더니 구기미야 가쓰키 선생님 아니십니까. 바쁘신 와중에 여기까지 어려운 걸음 해주시다니, 가미오 집안의 일원으로서 진심으로 감사 인사를 드립니다."

휘익, 마요가 바람을 가르는 기척을 느꼈을 때에는 이미 다케시가 지척에 서 있었다.

"환뇌 라비린스, 아주 재밌게 읽었습니다. 정말 훌륭한 작품이더군요. 심오한 주제, 충격적인 스토리, 감동적인 결말, 그 모든 것에 깊은 감명을 받았습니다. 형님도 자주 말씀하셨죠. 세상에 만화는 많지만, 그런 독창적인 이야기를 창조해 낼 수 있는 건 오직 구기미야 가쓰키 군뿐이라고."

"가…… 감사합니다." 구기미야는 기가 죽은 표정으로 한 걸음 물러섰다. 다케시의 기세에 주눅이 든 것 같았다.

"인터뷰 기사도 잘 봤습니다. 예전에는 훨씬 고상하다고 할까, 어른스러운 작풍이셨다고요. 분명 데뷔작인 '또 다른 나는 유령'은 소년이 주인공인 메르헨물이었죠. 하지만 이대로는 안 된다, 자신의 틀을 깨야 한다 결심하고 구상한 게 그 장대한 SF 모험 작품이었고요."

"잘 아시네요."

"당연하죠, 팬이니까요. 정말 만나 뵈어서 영광입니다."

"저기, 이분은 누구시죠?" 리리카가 마요에게 물었다.

"가미오 에이치의 동생, 마요의 숙부 되는 가미오 다케시라고 합니다." 다케시가 자기소개를 했다. "오늘 이렇게 와주셔서 감사합니다. 고고노에 리리카 씨 맞으시죠? 형님에게 들은 그대로시네요. 만나 뵈어서 영광입니다."

리리카의 눈썹이 꿈틀거렸다.

"선생님이 저에 대해 뭐라고 하셨는데요?"

"그야 물론……."

거기까지 말했을 때 노기가 잰걸음으로 다가와 말을 걸었다.

"말씀 중에 죄송합니다. 슬슬 준비하셔야 할 것 같습니다."

"알겠습니다. 삼촌, 그만 가봐야 할 것 같아요."

"그래. 그럼 고고노에 씨, 구기미야 선생님, 이만 실례하겠습니다." 다케시는 두 사람에게 목례한 뒤 서둘러 식장으로 걸어갔다.

마요도 다케시를 따라 인사한 뒤 자리를 떴다. 인기척을 느끼고 돌아보자 바로 뒤에 겐타가 있었다. 함께 다케시의 뒤를 따르며 삼촌하고 무슨 이야기를 했느냐고 물어봤다.

"그냥 이런저런 이야기. 삼촌한테 내 이야기 많이 했나 봐. 생각보다 깊은 이야기까지 아시는 것 같아서 놀랐어."

겐타의 말에 마요는 불길한 예감이 들었다. "삼촌이 뭐라고 해?"

"좋아하는 여자 스타일 같은 기? 내가 언제 그런 이야기를 했었나?"

이야기를 들은 마요는 아연실색했다. 사람 좋은 겐타의 마음을 조종해서 자기 이야기를 털어놓게 만드는 건, 다케시에게는 식은 죽 먹기보다 쉬운 일이었겠지. 겐타는 대체 무슨 이야기를 한 걸까. 아니, 이야기뿐 아니라 어쩌면 교묘한 술수를 부려 스마트폰까지 훔쳐봤을 가능성도 있었다. 만일 그렇다면 다케시와 잘 협상해서 무슨 내용이었는지 알아내야겠다고 생각했다.

장례식은 경야와 같은 순서로 진행됐다. 스님이 불경을 읽기 시작했고, 그다음이 분향이었다. 마요와 다케시의 뒤를 이어 겐타가 분향했다.

시신과 마지막 인사를 나눈 뒤 분향하는 모습은 오늘도 촬영하고 있었다. 대체 무엇을 알아내려고 하는 것인지, 다케시는 아직 그 목적을 말해 주지 않았다.

이어서 일반 조문객들이 분향할 차례였다. 첫 번째는 쓰쿠미 나오야의 어머니였다. 작성한 방명 카드를 보고 이름이 기누에라는걸 알았다.

조문객들은 순서를 지켜 차례대로 분향을 마쳤다. 스기시타, 이어서 이웃 아주머니, 모리와키 아쓰미와 고고노에 리리카, 구기미야 가쓰키에 이어서 오늘도 모모코가 마지막으로 분향했다.

원래는 친지들이 고인에게 마지막 인사를 한 뒤에 관을 닫는 것이 관례였지만, 이번에는 그런 의식은 생략했다.

"관에 넣으실 물건은 더 없으십니까?" 노기가 물었다. 관속에 넣은 건 《달려라 메로스》 문고본뿐이었다.

마요는 그걸로 됐다고 대답했다.

관을 닫았으니 이제 남은 건 출관뿐이다. 바퀴가 달린 운구대 위에 놓인 관을 상조 회사 직원들이 밀어서 옮겼다. 마요는 노기가 준 위패를 들었다. 다케시를 보니 어느샌가 영정을 품에 안고 있었다.

화장장은 바로 옆 건물이었다. 겐타까지 셋이서 관이 들어가는 것을 지켜본 뒤에 대기실에서 화장이 끝나기를 기다렸다.

겐타가 화장실에 간 틈을 타서 마요는 스기시타에게 들은 이야기를 다케시에게 전했다.

"아주 중요한 정보군." 다케시의 표정이 매서워졌다.

"역시 그렇죠?"

"스기시타의 말이 사실이라면, 형님이 도쿄에 가는 걸 아는 사람은 몇 명 안 돼."

"동창회 준비 모임에 나온 애들 말이죠?"

"또는 그들의 지인일 수도 있지. 어찌 되었든 어제오늘 찾아온 네 동창들은 유력한 용의자들이겠군."

"그중에 아버지를 죽인 범인이 있다고요? 말도 안 돼요."

"그럼 넌 누가 범인이라면 믿을 건데?"

"그건……." 답이 나오지 않았다.

"범인이 형님과 아는 사이였던 건 틀림없어. 동창뿐 아니라 누가 범인이라 하더라도, 그 말이 나올 거야. 말도 안 된다고. 하지만 범인은 반드시 존재해. 그게 누구인지 알고 싶지 않으면, 긴말하지 않을 테니 지금이라도 이 일에서 손을 떼." 담담하게 말하는 다케시의 말투는 여느 때와 달리 냉철하기만 했다.

"싫어요. 그렇게는 못 해요." 마요는 딱 잘라 말했다. "진상을 알고 싶어요."

겐타가 돌아와서 비밀스러운 대화는 중단되었다.

시간이 지나 화장이 끝나고 수골收骨이 시작됐다. 담당 직원이 시키는 대로 마요는 에이치의 뼈를 젓가락으로 주워 유골함에 넣었다. 모든 뼈를 수습한 뒤에 마요는 만년필과 안경을 가방에서 꺼내 이것도 같이 넣어달라고 말했다.

277

●

16

2월 24일(수) 모모코가 에이치의 자택 방문

쓰쿠미 나오야의 추모식에서 에이치는 서프라이즈 이벤트를 준비하고 있었다.

2월 25일(목) 고고리카와 구기미야가 에이치의 자택 방문. 가시와기 문제를 상의.

2월 27일(토) 스기시타가 에이치에게 안부 전화.

에이치, 도쿄 호텔에 대해 물음.

3월 1일(월) 동창회 준비 모임(참석자: 모모코, 스기시타, 마키하라, 누마카와)

3월 6일(토) 에이치, 오후 6시에 도쿄 킹덤 호텔 방문

오후 11시 귀가, 직후에 살해됨.

3월 7일(일) 하라구치가 에이치에게 여러 차례 전화했지만 받지 않음.

3월 8일(월) 하라구치가 에이치의 시신 발견.

종이를 들여다보던 다케시는 고개를 들더니 맥주 캔을 집었다.

"형님이 쓰쿠미의 추모식에서 선보이겠다던 서프라이즈 이벤트가 뭐지?"

"나도 그게 궁금해요. 모모코 말로는 오랫동안 소중히 간직해 온 이야기라고만 하셨대요."

"그렇게 말한 걸 보면 나쁜 이야기는 아닌 것 같은데."

"맞아요. 개구쟁이 같은 얼굴로 웃으며 말했다고 했어요."

"소중히 간직해 온 이야기라." 다케시는 맥주를 한 모금 마시더니 다시 들고 있던 종이를 보았다. "이 표를 보면 열흘 남짓한 기간에 꽤 많은 사람들과 연락을 주고받은 것 같군. 게다가 대부분이 네 동창들이야."

"딱히 이상한 일은 아니죠. 곧 동창회고, 아버지도 참석하기로 했으니까." 오른쪽 손목을 왼손으로 주무르며 마요는 그렇게 대답했다 오랜만에 손으로 글씨를 썼더니 팔목이 저렸다.

장례식이 끝난 뒤, 두 사람은 도쿄로 돌아가는 겐타를 역까지 배웅한 뒤에 '호텔 마루미야'로 돌아왔다. 마요는 씻고 옷을 갈아입은 뒤에 다케시의 방을 찾았다. 앞으로의 작전을 짜기 위해서였다. 오늘 동창들에게 들은 이야기를 꺼내자, 다케시는 시간 순서대로 정리해서 종이에 적어보라고 했다. 마요는 빈 부의금 봉투 뒷면에 볼펜으로 내용을 정리했다. 봉투는 다케시에게 받은 것이었다.

"형님과 연락을 주고받은 사람들의 이름이 '마에다 리스트'에 올라 있어도 이상할 건 없지만……."

다케시가 자신의 스마트폰과 종이를 번갈아 보며 말했다. 스마트폰에 다케시가 눈속임으로 마에다 형사에게 빼낸 명단이 표시되어 있었다.

"동창회 준비 모임에 참가한 네 명 중에 모모코와 스기시타를 제외한 나머지 둘, 마키하라와 누마카와는 형님과 연락한 사실이 없어. 하지만 '마에다 리스트'에는 마키하라의 이름이 올라 있지. 이유가 뭐라고 생각해?"

"그건 나도 이상하다고 생각했어요. 그리고 마키하라랑 이야기하다 좀 걸리는 게 있더라고요. 게다가 두 개나."

"두 개나? 말해 봐."

"먼저 어제 경야 때 나한테 이상한 걸 물어보더라고요. 가미오 선생님이 자기 이야기를 안 했냐고. 왜 그런 걸 물어보냐고 했더니, 평소에 자기들 생각을 하는지 궁금했다는 거예요."

"부자연스러운 질문이군. 수상해."

"그렇죠? 보통 그런 걸 궁금해하나? 궁금하더라도 경야에서 할 이야기는 아니죠."

다케시는 허공을 보며 손끝으로 테이블을 딱딱 두드리더니, 동작을 멈추고 말문을 열었다.

"아마 마키하라는 형님이 너한테 자기 이야기를 했을지도 모른다고 생각한 거겠지. 게다가 그 이야기는 별로 좋지 않은 내용, 어쩌면 자기를 비난하는 내용일지도 모른다고 예상한 거야."

"역시 그렇죠? 나도 왠지 그런 것 같더라고요."

"좋은 이야기라면 얼버무리지 않았겠지. 형님에게 뭔가 켕기는 게 있는 걸지도 모르겠군. 나머지 하나는?"

다케시의 물음에 마요는 가방에서 복사용지를 꺼냈다. 오늘 장례식을 찾은 조문객들의 방명 카드를 복사한 것이었다.

"실은 오늘 장례식에서 마에다 형사가 그 신호를 보내는 걸 봤어요. 이 사람이 왔을 때요."

마요는 모리와키 아쓰미의 이름을 가리켰다.

"형님 제자라고. 혹시 머리 포니테일로 묶은 젊은 여자야?"

마요는 그렇다고 대답하며 다케시의 얼굴을 보았다. "어떻게 알았어요?"

"장례식에 오는데 헤어스타일이 좀 적절치 않더라고. 묶을 거면 올려 묶지 않고 그냥 얌전히 하나로 묶는 게 예의지."

뜻밖에도 고리타분한 이유를 들었다. 상식이 있는 건지 없는 건지 모를 사람이었다.

"그래서 이 여자가 왜?"

"좀 신경이 쓰여서 말을 걸었어요. 그랬더니 아버지하고 최근에도 연락하고 지냈다는 식으로 말하는 거예요."

"최근에도? 언제 연락했는지 물어봤어?"

"아뇨."

다케시는 못마땅하다는 듯 미간을 찌푸렸다.

"왜 그런 중요한 걸 안 물어봐."

"미안해요. 깜빡했어요."

"하는 수 없지. 그래서?"

"나한테 마키하라 이야기를 묻더라고요. 오늘 안 왔냐고. 어제 경야에 왔다고 했더니, 왠지 낙담한 눈치였어요."

"흐음." 다케시는 팔짱을 꼈다.

"꼭 마키하라를 만나고 싶었던 것처럼 들리는군."

"나도 그런 것 같았는데, 자세히 캐묻지 못하겠더라고요."

"쓸모없는 녀석." 다케시는 이죽거렸다.

"그럴 때는 어떻게 해야 돼요?"

"마키하라하고 조만간 만날 건데, 전할 말이 있으면 알려 달라고 하면 되잖아."

"그렇게 말하면 알려 줬을까요?"

"밑져야 본전이지. 뭔가 알아내면 운 좋은 거고. 앞으로는 시도해 보지도 않고 포기하지 마."

"알았어요."

"모리와키 아쓰미라……." 다케시는 스마트폰을 들여다봤다. "'마에다 리스트'에 이름이 있군. 그런데……."

다케시는 마요에게 화면을 보여 주었다. 가타카나로 쓴 '모리와키'라는 이름이 보였다.

"아까 나도 봤어요. 왜 한자가 아니라 가타카나로 썼을까 요?"

"바로 그거야. 왜 가타카나인가. 그걸 생각하기 전에 추리 를 해보자. 모리와키 아쓰미는 왜 마키하라를 만나려 했을까. 네 생각을 들어보자. 생각나는 대로 말해 봐."

"왜 찾았을까…… 그 사람이 좋아서 보고 싶으니까?" 마요 는 마키하라의 기다란 말상 얼굴을 떠올렸다. "마키하라한테 는 미안하지만, 그건 아닌 것 같아요. 그 정도는 아니라."

"사람을 겉모습만으로 판단해서는 안 되지. 뭐, 그래. 그게 아니면 뭘까?"

"뭔가 볼일이 있었나?"

"무슨 볼일?"

"거기까진 모르죠."

"이렇게 생각해 봐. 마키하라는 지방 은행에 근무한다고 했 어. 한마디로 은행원이지. 어떤 사람이 은행원을 찾고 있어. 이유가 뭘까?"

"아, 알았다." 마요는 손뼉을 쳤다. "돈 문제구나."

"그렇게 생각하는 게 가장 합리적이지."

"모리와키 아쓰미는 형편이 안 좋았던 걸까요? 그래서 마키하라한테 도움을 요청하려 한 건가요?"

"그럴 가능성도 있지. 하지만 더 복잡한 문제일 수도 있어."

"무슨 소리예요?"

그러자 다케시는 다시 스마트폰을 만지더니 테이블 위에 내려놓았다. 이내 스피커에서 소리가 들렸다. 고생 많으셨습니다. 누군가의 목소리가 들렸다.

"이건 뭐예요?"

다케시는 쉿, 하고 손가락을 입에 대며 조용히 하라는 시늉을 했다.

'녀석이 10시쯤에 왔다고 했지? 여기 얼마나 있었나?' 거만한 목소리가 귀에 익었다. 여우를 닮은 얼굴이 눈앞에 어른거렸다.

'한 시간쯤 있었던 것 같습니다. 남자 쪽이 먼저 와서 잠시 2층에 있었습니다. 여자는 15분쯤 뒤에 나타났고요.' 남자 목소리가 답했다.

'남자라면 피해자의 동생이지. 가미오 다케시. 2층에서 뭘 했지?'

'아니, 그것까지는…… 자기 방에 올라가본 것 같은데, 따라갈 수도 없어서요.'

'그럴 때는 개의치 말고 따라가. 쫓아내기 전까지는 달라붙어야지.'

'죄송합니다. 다음에는 그렇게 하겠습니다.'

"잠깐만요." 마요는 오른손을 들었다.

다케시는 히죽거리며 음성을 정지했다. "놀랐어?"

"어떻게 된 거예요?" 마요는 눈을 깜빡거리며 물었다. "대화하는 사람 중 한 명은 고구레 경감이죠? 누구랑 이야기하는 거예요?"

"모르겠어? 너도 만난 적 있는 사람인데."

"네? 어디서요?"

"어제 집에서. 형님 서재에 들어갔을 때 입구에 경관이 서서 감시하고 있었잖아. 그 경관이지."

"헉, 그럼 이 대화는……." 마요는 스마트폰을 보았다.

"우리가 떠난 뒤에 고구레가 찾아와서 나눈 대화야."

"그걸 어떻게 녹음한 거예요?"

"별거 아냐. 어제 방에서 나오기 전에 책장에 도청기를 설치했거든. 우리가 나간 뒤에 분명 경찰이 찾아올 것 같아서. 오늘 아침에 깜빡한 물건이 있다고 하고 다시 서재에 들어가 몰래 가지고 나왔지. 들어보니 예상대로 이런 대화가 녹음되어 있더군. 게다가 고구레 경감님께서 직접 납시셨고, 운이 좋아."

"도청기? 그런 걸 어느 틈에…… 아니, 그보다 그런 건 왜 가지고 다녀요?"

"옛날에 쓰던 장사 밑천이지. 관객에게 기쁨을 주기 위해서는 문명의 이기도 적절히 사용해야 하는 법이거든."

"어제 도청 운운하며 불법 수사를 하는 경찰을 욕한 건 누구죠?"

"남의 집에 도청기를 설치하면 불법이지만, 자기 집에 설치하고 자기가 듣는 거잖아. 이건 불법이 아냐. 그보다 더 들어 봐. 귀 쫑긋 세우고 집중해." 그러더니 다케시는 다시 음성을 재생했다.

'피해자의 딸과 합류해서 뭘 했지?' 고구레가 물었다.

'여자 쪽은 뭔가를 찾는 것 같았습니다. 관에 넣을 피해자의 유품을요. 남자는 팩스 전화 이야기를 했습니다. 경찰이 가져갔다고.'

'전화를 왜 찾는 걸까요?' 여기서 다른 인물의 목소리가 등장했다. 귀에 익었는데, 가키타니의 목소리 같았다.

'아마 통화 목록을 보려는 거겠지. 오늘 아침에 딸이 자네한테 전화해서 스마트폰 데이터를 달라고 요구했다면서. 그것도 그 남자가 시킨 일이겠지. 스마트폰을 못 보니 유선 전화 통화 목록이라도 보려고 한 거야.'

'그렇군요. 그런데 그걸 왜 확인하려는 거죠?'

'모르겠지만 그 남자는 요주의 인물이야. 방심하면 안 돼.'

'혹시 본인들 나름대로 범인을 찾아내려는 게 아닐까요?'

'어처구니가 없군. 일반인이?'

'하지만 경감님이 방심하면 안 된다고 말씀하신 것처럼, 가미오 다케시라는 인물은 평범한 사람은 아닌 것 같습니다. 어느 정도 정보를 제공하고 협조를 구하는 게 좋지 않을까요?'

'허튼 소리. 유족이 수사에 협조해야 하는 건 당연한 의무야. 우리 쪽에서 함부로 정보를 제공하다니 어불성설이지. 녀석이 범인과 한패가 아니라는 보장은 없다고.'

'하지만 딸은 믿어도 되지 않을까요? 그 부재중 메시지에 녹음된 목소리를 들려주면 어떨까요?'

'부재중 메시지?'

'아버지의 은행 계좌 때문에 전화했다는 그 메시지 말입니다. 아직 신원이 정확하게 밝혀진 건 아니니까요. 목소리만 들으면 젊은 여자 같은데, 딸의 친구일지도 모르죠.'

'착신 기록이 남아 있으니 마음만 먹으면 언제든 알아낼 수 있지. 경야나 장례식에 나타날지도 모르고. 그 메시지는 현시점에서 가장 중요한 단서 중 하나야. 누구한테든 함부로 유출해서는 안 되는 정보라고.'

다케시는 스마트폰을 눌러 다시 정지시키고 나서 마요에게 감상을 물었다.

"깜짝 놀랐어요. 경찰이 아직도 우리를 의심하다니."

"경찰은 의심하는 게 일이니까. 그보다 더 신경 쓰여야 할

게 있을 텐데?"

"부재중 메시지요?"

"그래. 신원이 정확하게 밝혀진 건 아니라고 했잖아. 통화 목록에 번호는 남아 있지만, 정확한 이름은 모르는 거야. 하지만 부재중 메시지를 남긴 이상, 전화를 건 사람이 자기 이름을 밝히지 않았을 리가 없지. 너라면 어떻게 말하겠어?"

"네? 그냥 평범하게 말할 것 같은데요. 가미오라고 합니다, 라고."

"그때 가미오란 성을 한자로 어떻게 쓰는지도 설명할 것 같아?"

"굳이 그렇게까지는 안 하죠. 상대도 알고 있을 테고. 아, 그렇구나." 마요는 무릎을 탁 쳤다. "전화를 건 사람이 모리와키 아쓰미 씨군요. 아마 부재중 메시지에는 모리와키라고 이름을 댔을 거예요. 하지만 그 말만 들어서는 한자로 어떻게 쓰는지 섣불리 단정 지을 수 없으니까, '마에다 리스트'에는 가타카나로 적었구나."

"아마 그렇게 생각하는 게 맞겠지. 모리와키는 형님에게 전화를 했지만 받지 않아서, 아버지 은행 계좌 건으로 연락드렸다고 메시지를 남긴 거야."

"그 사람이 지방 은행에 다니는 마키하라를 찾았다는 건……." 마요는 주먹으로 손바닥을 두드렸다. "알겠어요. 하나둘 이어지기 시작하네요."

"예를 들면 이런 스토리를 생각해 볼 수도 있겠지." 다케시는 손가락을 세우며 말을 이었다. "모리와키 아쓰미의 아버지는 사업에 실패하고 자금 융통에 난항을 겪고 있었어. 그래서 아쓰미 씨는 누군가 도움을 줄 만한 사람이 없을까 해서 형님에게 상담을 했지. 그 이야기를 들은 형님은 마키하라를 떠올리고 연락했고."

"지방 은행이니까 대출 담당자에게 넌지시 말해볼 수 있겠죠."

"하지만 이야기를 들은 마키하라는 유감이지만 어려울 것 같다고 거절했어."

"거절했다고요?"

"일개 행원일 뿐이잖아. 아무리 은사의 부탁이라도 다 들어줄 수는 없지. 그 말을 듣고 형님도 물러설 수밖에 없었어. 하지만 마키하라는 그 일이 계속 마음에 걸렸어. 가미오 선생님은 나를 어떻게 생각했을까. 옛 은사가 고개를 숙이며 부탁했는데, 매몰차게 거절한 제자를 매정하다, 배은망덕한 놈이라 여기지는 않았을까. 그래서 경야에 온 김에 선생님이 자기 이야기를 하지 않았냐고 너에게 물어본 거지."

"굉장해요." 마요는 박수를 쳤다. "훌륭한 추리예요. 앞뒤가 맞는데요?"

"추리가 아니라 단순한 공상이고, 이런 스토리도 가능하겠다는 거야. 앞뒤가 맞는다고 꼭 정답이란 법은 없지." 다케시는 서늘한 표정으로 대꾸했다.

"하지만 지금 한 이야기가 사실이라면, '마에다 리스트'에 마키하라의 이름이 있는 것도 설명할 수 있잖아요."

에이치가 마키하라에게 연락을 했다면, 그 흔적이 스마트폰에 남아 있을 게 분명했기 때문이었다.

다케시는 테이블에 팔을 괴더니 손깍지를 꼈다.

"모리와키 아쓰미가 마키하라를 찾은 건, 어떠한 돈 문제가 관련되어 있을 게 확실해. 아마 아버지의 은행 계좌에 관한 문제겠지. 하지만 그게 꼭 자금 원조를 요청하는 단순한 이야기일 거란 보장은 없지. 더 복잡한 문제가 발생했고, 형님이 거기 말려들었을 수도 있지 않을까? 지금 손뼉 치면서 흥겨워할 때가 아니라고."

마요는 허리를 곧추세웠다.

"그 일이 사건에 관련되어 있을지도 모른다는 거예요?"

"안타깝게도 그 가능성을 배제할 이유는 없어. 고구레도 말했잖아. 중요한 단서 중 하나라고."

다케시의 날카로운 눈빛을 보고 마요는 온몸에 소름이 돋았다.

모리와키 아쓰미가 어떤 사람인지는 모른다. 나쁜 사람처럼 보이지는 않았지만, 겉모습만으로 판단할 수는 없다. 하지만 마키하라에 대해서는 그래도 얼마간은 안다고 생각했다. 에이치를 잘 따르는 제자 중 한 명이라고 알고 있었다. 하지만 그런 마키하라가 사건에 관련되었다면…….

아무것도 믿지 못하게 될 것이다. 마요는 그렇게 직감했다.

다케시가 스마트폰을 만졌다. 고구레와 형사들의 대화가 다시 흘러나왔다.

'그 둘이 또 뭘 했지?' 고구레가 현장에 있던 경관에게 물었다.

'여자가 만년필과 안경을 가방에 넣었습니다. 그러고는 둘이서 수군거렸는데 안타깝게도 내용은 듣지 못했습니다. 보아하니 제가 주시하고 있는 걸 아는 눈치더라고요…….'

'정말 아무것도 못 들었나?'

'강도가 어쩌고 위장이 어쩌고 하는 말을 언뜻 듣긴 했습니다만…….'

'뭐라고? 정말인가?'

'정확한 건 아닙니다만 그랬습니다.'

'범인이 실내를 어지럽힌 걸 말한 게 아닐까요.' 가키타니가 말했다. '역시 그 가미오 다케시라는 사람, 보통내기가 아닙니다. 단순 빈집털이의 범행이 아니라, 범인이 처음부터 피해자를 해칠 목적으로 침입했다는 걸 꿰뚫어본 겁니다.'

'흥, 그게 뭐 대단하다고. 미스터리 좀 봤다 하는 마니아들은 충분히 알아챌 수 있는 일이지. 어차피 그런 부류 아니겠어? 전직 마술사라니까. 그 밖에는 어떤 이야기를 했지?'

'책장의 책이나 파일을 보면서 피해자의 옛 이야기를 하는 것 같았는데, 내용은 못 들었습니다. 여자는 책장에서 문고본을 한 권 가져갔고요.'

'그러고는?'

'실내를 둘러보더니 곧 정리하고 나가더군요.'

'방에서 가지고 나간 건 만년필과 안경 그리고 문고본뿐인가?'

'그럴 겁니다.'

'알았네. 수고했어.'

다케시는 음성을 껐다. "졸지에 미스터리 마니아가 되어 버렸네."

"전직 마술사라는 것도 아는 것 같은데요?"

"가게를 조사했겠지. 조금만 조사하면 알아낼 수 있는 일이니까. 그보다 내 말이 맞지? 경찰도 강도의 범행이 아니라 계획 살인이라고 보고 있잖아."

"내 동창들이 용의자라는 거예요?"

"유력한 용의자지." 다케시는 단호하게 말했다.

마요가 무의식적으로 두 손을 꼭 쥔 순간 스마트폰 메시지가 도착했다. 열어보니 겐타였다. '지금 막 도쿄에 도착했어. 상주로 경야와 장례식 치르느라 고생 많았어. 무슨 일 생기면 연락해. 바로 갈 테니까. 건강 조심하고.'

조금 생각하다 '바쁜데 와줘서 고마워. 일 잘 해결되길 바랄게. 또 연락할게.'라고 답장을 보냈다.

"겐타 군이야?"

"네. 삼촌, 겐타 씨하고 무슨 이야기 했어요?"

"알고 싶어?"

"알고 싶어요."

"얼마 낼래?"

어처구니가 없어서 마요는 고개를 푹 떨궜다. "또 그 소리예요? 그만 좀 해요."

다케시는 후후, 하고 코웃음을 흘리며 말했다.

"성실하고 정직한 친구더군. 그건 틀림없어."

"정말이요? 그렇게 생각해요?"

"문제는 지나친 건 미치지 못한 것이나 마찬가지라는 거지."

"그게 뭐예요? 무슨 뜻이에요? 성실하고 너무 솔직하다는 소리?"

"글쎄다. 이 이야기는 여기까지 하자."

마요는 테이블을 내리쳤다. "삼촌 마음대로 그러는 게 어디 있어요."

"내가 시작한 이야기도 아니잖아." 다케시는 자리에서 일어났다. "저녁이나 먹자."

"삼촌, 오늘 저녁부터는 각자 내는 거 알죠?" 마요는 고개를 들고 다케시를 노려봤다.

"무슨 소리야?"

"잊어 버렸어요? 처음에 거래했잖아요. 내가 내는 건 숙박비 이틀 치하고 사흘째 되는 날 점심값이라고."

다케시는 떨떠름한 표정으로 손가락을 접어 셈을 했다. "오늘로 사흘이야?" 혼잣말처럼 중얼거리더니 옷장으로 다가가 겉옷을 꺼냈다.

"나가려고요?"

"그래."

"어디 가려고요?"

"편의점. 저녁밥 사러. 내 돈 내고 먹는 거면 그걸로 족해. 여기 식당은 비싸거든." 다케시는 겉옷을 걸치더니 방을 나갔다.

●

17

저녁은 돈까스 정식을 주문했다. 메뉴 사진을 보다 보니 갑자기 먹고 싶어졌다. 경아에 장례식까지, 큰일을 치르고 마음의 짐을 내려놓아서일까.

돈까스와 양배추를 싹 털어 넣고 남은 된장국을 비웠을 즈음 스마트폰으로 전화가 왔다. 가키타니였다. 전화를 받자 "장례 치르시느라 피곤하실 텐데 죄송합니다." 하고 양해부터 구했다.

"무슨 일이시죠?"

"네, 실은 확인해 주실 일이 생겨서 그런데, 잠깐이면 되니까 시간 좀 내주실 수 있겠습니까?"

"그건 어렵지 않은데, 지금 당장요?"

"네, 괜찮으시다면 그리 해주셨으면 합니다. 지금 마루미야에 계십니까?"

"1층 식당에 있어요."

"삼촌도 같이 계십니까?"

"아뇨, 삼촌은 방에 있어요."

"아, 알겠습니다. 그럼 마루미야의 대각선 방향에 있는 오래된 카페 아십니까? '플루트'라는 가게인데요."

"가게 이름은 못 봤는데 있었던 것 같아요."

"그곳으로 와주시겠습니까? 8시쯤 어떠십니까?"

"8시요, 알겠습니다." 마요는 벽시계를 보았다. 7시 40분이 조금 지나 있었다.

"입구에 '금일 영업 종료'라는 팻말이 달려 있을 텐데, 신경 쓰지 마시고 들어오십시오. 가게 주인에게는 미리 이야기해 놨습니다."

"알겠습니다."

"그리고……." 가키타니는 살짝 목소리를 낮췄다. "가급적 이면 혼자 와주시겠습니까?"

상대가 무슨 말을 하려는지 금방 알아챘다.

"삼촌을 데려오지 말라는 말씀이시죠?"

"네, 뭐, 그렇습니다. 하하하……." 머쓱한 웃음소리가 이어 졌다.

"알겠습니다. 저 혼자 갈게요."

"감사합니다. 그럼 기다리겠습니다."

가키타니는 그렇게 말하고 전화를 끊었다.

자리에서 일어난 마요는 잘 먹었다는 말을 남기고 식당을 나왔다. 사장에게는 며칠 더 묵을지도 모른다고 이야기해 두 었다. 사장은 사근사근하게 "편하게 지내다 가세요. 원하시는 만큼 계셔도 됩니다."라고 대답했다. 코로나19 이후로 숙박업계는 전반적으로 상황이 좋지 않다고 들었으니, 장기투숙객은 반가운 존재겠지.

다케시의 방으로 가서 문을 두드렸다. 무뚝뚝한 목소리가 들어오라고 말했다.

문을 열고 안으로 들어갔다. 다케시는 드러누워 태블릿을 보고 있었다. 테이블 위에 빈 편의점 도시락 용기가 놓여 있었다. 뚜껑에는 '삼색 도시락'이라고 적혀 있었다. 무엇이 삼색이라는 걸까. 가격은 440엔이었다.

"가키타니 형사님한테 전화가 왔어요."

마요는 다케시 옆에 앉아서 전화 내용과 곧 만나기로 했다는 이야기를 했다.

"정보를 얻을 기회로군."

다케시는 일어나 구석에 놓아둔 가방을 뒤졌다. 그러고는 뭔가를 꺼내 마요 앞에 놓았다. 검은 나비 모양의 액세서리였다.

"이게 뭐예요?" 마요는 나비를 집어 들며 물었다. 클립이 달려 있었다.

"도청기야. 핸드백에 붙여놔. 꼬리 부분이 접히잖아, 그게 스위치야. 가게 들어가기 전에 전원을 켜."

마요는 스위치를 몇 번 움직여 보았다.

"알았어요. 어떤 질문을 했는지 나중에 내가 설명하기보다는 삼촌이 직접 듣는 게 확실하겠죠. 그런데 이런 걸 대체 몇 개나 갖고 있는 거예요?"

"장사 밑천이라고 했잖아. 가키타니의 질문에는 사실대로 대답해. 거짓말은 안 해도 돼. 단, 우리가 독자적으로 진상을 알아내려 한다는 이야기는 하지 말고."

"알아요. 그 정도로 멍청하진 않다고요. 그나저나 가키타니 형사님은 뭘 물어보려는 걸까요?"

"뭐, 대충 짐작은 가." 다케시는 삐죽삐죽 수염이 자란 턱을 쓸며 말했다. "아마 동창들 이야기를 물어보려는 거겠지."

마요는 흠칫했다. "그럴까요?"

"경찰들은 경야와 장례식의 방명 카드를 보고 네 동창들이 많이 온 걸 알았을 거야. 게다가 '마에다 리스트'에 실린 이름들이 줄줄이 찾아왔잖아. 한시라도 빨리 자세한 이야기를 들어보고 싶겠지."

"하지만 방명 카드에는 '제자'라고만 적었잖아요. 어떻게 동창인 줄 알았죠?"

"그야 어렵지 않지. 경찰은 이름만 알면 운전면허증의 데이터베이스에서 정보를 조회해 볼 수 있어. 면허증에는 얼굴 사진도 있으니까 동명이인을 거를 수도 있지. 그리고 생년월일도 있으니까 중학교 몇 기 졸업생인지도 바로 알아낼 수 있고."

"아, 그렇구나."

마요도 운전면허증은 가지고 있었지만, 그런 식으로 경찰이 이용할 수 있다는 건 몰랐다.

"동창들에 대해 자세히 조사할 거면, 그들을 잘 아는 사람에게 묻는 게 제일 빠르지. 하지만 그 사람이 범행에 관여했으면 큰일이잖아. 그런 점에서 넌 현시점에서는 범인일 가능성이 가장 적으니까. 너한테 이야기를 들어 보자는 가키타니의 제안을 고구레도 마지못해 받아들였겠지." 다케시는 먼 곳을 바라보더니 마요 쪽을 돌아보며 씩 웃었다. "잘하고 와. 대화를 통한 정보수집의 철칙은 딱 하나다. 침묵하는 시간을 최대한 줄일 것. 십년지기처럼 대화를 즐겨."

다방이라는 이름을 도쿄에서 마지막으로 본 건 어디에서였을까. 레트로한 느낌의 간판을 보며 생각했다. '플루트 다방'이라는 글자 주변에 음표가 붙어 있었다. 경영자는 음악을 좋아하거나, 예전에 음악에 관련된 일을 했을지도 모른다.

가키타니가 말한 것처럼 입구에는 '금일 영업 종료' 팻말이 걸려 있었다. 마요는 가방에 달아놓은 나비 꼬리를 딱 소리 나게 꺾은 뒤에 문을 열었다. 머리 위에서 딸랑, 하고 종소리가 났다.

널찍한 가게 안에는 4인용 테이블이 늘어서 있었다. 한가운데에 앉아 있던 두 남자가 자리에서 일어났다. 한 명은 가키타니였고, 다른 하나는 뜻밖에도 마에다였다. 당연한 소리지만 다른 손님은 없었다. 하지만 카운터 안쪽에 마스터로 보이는 흰머리의 남자가 서 있었다.

"피곤하실 텐데 뵙자고 해서 정말 죄송합니다." 가키타니가 고개를 숙였다. 마에다도 따라서 목례를 했다.

마요는 괜찮다고 대답하며 두 형사의 맞은편 자리로 다가갔다.

"가급적 빨리 끝내겠습니다. 이쪽은 현경 본부에서 나온 마에다 경장입니다."

가키타니의 소개에 젊은 형사는 "마에다입니다." 하고 자기소개를 했다. 안다고 할 수도 없어서 그냥 고개를 꾸벅 숙였다.

마요가 자리에 앉자 두 형사도 의자에 앉았다.

"주문은 뭘로 하시겠습니까? 이 집 커피가 근방에서 유명합니다." 가키타니가 물었다.

"아니에요, 괜찮습니다."

"그러십니까." 가키타니는 카운터를 보며 고개를 끄덕였다. 마스터는 알았다는 표정으로 자리를 떴다.

마요는 가게 안을 둘러보았다. 오래된 레코드 재킷을 여러 장 벽에 붙여놓았다.

"쇼와昭和 분위기가 물씬 나죠. 개업한 지 곧 40년이 된다고 하더군요."

가키타니의 말에 마요는 순수하게 놀랐다. "그렇게 오래됐나요?"

"음식점에 재떨이가 있는 경우가 요새는 별로 없지 않습니까. 이런 물건은 거의 볼 기회가 없죠." 가키타니는 테이블 가장자리를 보았다. 정교하게 세공된 유리 재떨이가 놓여 있었다. "가미오 에이치 씨…… 아버님께서 담배를 피우셨습니까?" 가키타니는 시선을 마요에게 옮기며 물었다.

"예전에는 피우셨는데 끊으셨어요. 아마 10년도 더 됐을걸요."

마요의 기억으로는, 전국적으로 택시도 금연 구역으로 지정되었을 즈음이었다.

"당시에 라이터는 어떤 걸 쓰셨습니까?"

"라이터요?"

"즐겨 쓰시던 라이터가 있었습니까? 빈티지 기름 라이터 같은 거요, 아니면 역시 일회용 라이터를 쓰셨을까요?"

"즐겨 쓰던…… 글쎄요, 딱히 기억나는 게 없는데, 평범한 라이터를 쓰지 않으셨을까요? 그건 왜 물으시죠?"

"아뇨, 서재를 워낙 잘 꾸며놓으셔서, 일회용 라이터는 좀 안 어울릴 것 같았습니다. 파이프 같은 게 있으면 어울릴 것 같은 분위기라서요. 궐련이라든지."

마요는 고개를 갸웃거렸다. "그런 생각은 해본 적이 없네요."

"그러십니까. 실례했습니다. 그냥 해본 소리입니다. 그건 그렇고……." 가키타니는 자세를 고쳐 앉더니 등을 펴고 마요를 보았다. "경야와 장례식을 치르시느라 고생 많으셨습니다. 수사관들에게 들었는데 코로나 시국에도 조문객들이 많았다고요."

"덕분에요."

"방명 카드를 제공해 주셔서 진심으로 감사드립니다. 수사 책임자도 말씀 잘 전해달라고 부탁하더군요."

책임자라면 고구레를 말하는 걸까. 그렇다면 이 메시지는 반어법으로 받아들여야 할지도 모른다.

"도움이 되었다면 다행이고요."

"무척 도움이 됐습니다. 그래서 오늘 이렇게 뵙자고 청한 겁니다. 조문객들의 면면을 살펴보았더니 마요 씨의 중학교 동창들이 유독 많더군요. 그분들에 대해 좀 이야기를 듣고 싶습니다." 가키타니는 본론을 꺼냈다. 다케시가 예상했던 대로였다.

"일요일에 동창회가 있는데, 그래서 그런 것 같아요." 일단은 무난하게 대답했다.

"동창회 이야기는 하라구치 씨에게 들었습니다. 그래서 이걸……."

가키타니가 서류가방에서 종이 한 장을 꺼내 마요 앞에 놓았다. 경야와 장례식의 방명 카드를 모아 복사한 것이었다. 그중 몇몇 이름에 체크가 되어 있었다. 무슨 의미인지 금방 알아챘다.

"체크가 된 이름이 가미오 씨 동창입니다. 혹시 누락된 분이 있는지 확인 부탁드립니다."

마요는 다시 종이를 살펴보고 고개를 끄덕였다. "없습니다."

'마에다 리스트'에는 없던 가시와기와 누마카와의 이름에도 체크가 되어 있었다. 다케시의 말대로 경찰은 방명 카드에 '제자'라고 기입한 사람들의 면허증을 모두 조사한 뒤에 생년월일을 통해 몇 기 졸업생인지 알아낸 모양이었다.

"그럼 먼저 이케나가 모모코 씨 이야기부터 듣죠. 경야와 장례식에서 접수를 맡아주셨습니다. 평소에 가깝게 지내던 사이셨습니까?"

"네. 이 중에선 제일 친해요."

"무슨 일을 하시는 분이죠? 방명 카드에 적힌 주소는 요코하마던데요."

"전에는 직장에 다녔는데, 지금은 전업주부예요. 남편이 간사이 쪽으로 발령이 나서, 그동안 친정에서 살 거라고 했어요."

"남편분이 어느 회사에 다니시는지 아십니까?"

"'도우아 랜드'라고 들었어요."

가키타니는 놀란 듯 입을 오므렸다.

"레저 분야의 대기업이군요. 혼자 지방 발령이라니 힘들겠어요."

"어제 경야에 그 먼 곳에서 와주셨더라고요. 아버지의 제자였다면서요."

"그렇군요."

고개를 끄덕이는 가키타니 옆에서 마에다가 진지한 표정으로 노트북을 두드렸다. 키보드 치는 속도가 제법 빨랐다. 모든 대화를 기록하는 것일까.

"이케나가 모모코 씨와 사건에 대해서 뭔가 이야기를 하셨습니까?"

"딱히 안 했어요. 모모코는 아버지의 죽음을 진심으로 슬퍼하는 것 같았어요."

"최근에 아버님과 연락을 주고받은 적이 있다고 하던가요?"

"동창회 문제로 인사차 집에 찾아갔다고 하더라고요."

"그때 어떤 이야기를 했는지 들으셨습니까?"

"중학교 때 세상을 떠난 동급생의 추모회를 열기로 했다는 이야기를…… 저기." 마요는 가키타니를 보며 말했다. "이런 식으로 모든 동창들의 이야기를 자세히 물으실 건가요? 빨리 끝내주신다고 하더니……."

"죄송합니다. 협조 부탁드립니다." 가키타니는 손으로 테

304

이블을 짚고 머리를 조아렸다.

순간 짜증이 났지만 대화를 많이 하라던 다케시의 말이 떠올랐다.

"알겠습니다. 다음은 누구죠?"

"네, 그럼 스기시타 가이토 씨에 대해 묻겠습니다. 이분도 고향을 떠나 현재는 도쿄에 거주하고 계시죠. 장례식 때문에 일부러 내려오신 겁니까?"

"그게 아니라⋯⋯."

마요는 스기시타가 도쿄에서 IT기업을 창업해 성공을 거뒀지만, 여러 이유로 지금은 고향에 내려와 있다고 말했다. 나아가 스기시타가 에이치에게 안부 전화를 걸었을 때, 도쿄 호텔에 대해 묻더라는 이야기를 하자 가키타니뿐 아니라 마에다도 단박에 낯빛이 변했다.

"스기시타 씨가 아버님에게⋯⋯ 틀림없습니까?"

"스기시타가 그렇게 말하던데요. 본인에게 확인해 보세요."

"알겠습니다."

가키타니는 허리를 펴더니 마에다에게 눈짓을 했다. 마에다는 매서운 표정으로 키보드를 두드렸다.

역시 경찰도 에이치가 도쿄에 간다는 걸 알고 있던 사람이 누구인지를 중점적으로 알아보고 있던 모양이다. 다케시의 예상이 다 맞아떨어지고 있었다.

가키타니가 다음으로 지목한 건 구기미야 가쓰키였다.

"대단한 분을 동창으로 두셨네요. 놀랐습니다.《환뇌 라비린스》, 저희 아이들도 좋아하거든요." 가키타니는 눈을 빛내며 물었다. "오늘 장례식에도 오셨다면서요."

"네. 바쁠 텐데 일부러 찾아와 줘서 고맙더라고요."

"이야기는 나누셨습니까?"

"인사 정도요. 활약이 대단하더라고 했어요. 구기미야는 저한테 조의를 표했고요."

"아버님에 대해서는 뭐라고 하시던가요?"

"최근에 아버지를 만났다고 하더라고요."

"그게 언제입니까?"

"지지난주라고 했어요."

2월 25일 목요일이었지만, 너무 자세히 말하면 이상할 것 같아서 대충 둘러댔다.

"지역활성화 사업을 추진하는 동창들이 구기미야의 도움을 받고 싶어 하는데, 아버지에게 그 중간 다리를 놓아달라고 할지도 모른다. 혹시 찾아오더라도 관여하지 말라고 부탁하러 갔다고 했어요."

가키타니는 고개를 갸웃했다. "지역활성화 사업이요?"

"저도 친구들한테 들은 이야기라 자세한 건 당사자들에게 확인해 보시는 게 좋을 것 같아요." 마요는 그렇게 운을 뗀 뒤에 '가시와기 건설'의 부사장이 중심이 되어 '환라비 하우스'를 대신할 기획을 추진하고 있는 것 같다는 이야기를 했다.

"환라비 하우스는 저도 기대를 많이 했는데⋯⋯." 가키타니의 표정이 어두워졌다. "중단되어서 정말 아쉽더군요. 다른 지역 경제 활성화 계획을 세운다 해도 역시 환라비를 빼놓을 수는 없겠죠. 구기미야 씨는 별로 내켜지 않았던 겁니까?"

"돕고는 싶지만 워낙 바빠서 할 수 있는 일에 한계가 있다고⋯⋯ 아, 죄송해요. 이건 구기미야가 아니라 고고노에가 한 말이에요."

"고고노에 씨라." 가키타니는 그렇게 말하더니 시선을 떨궜다. 테이블 아래 펼쳐놓은 수첩을 보는 것 같았다. "고고노에 리리카 씨 말씀이십니까?"

"네."

"그분이 왜 구기미야 씨 일에⋯⋯."

"이야기가 좀 길어지는데⋯⋯."

마요는 도쿄의 대형 광고 기획사에 근무하는 고고노에 리리카가 지금은 구기미야 가쓰키의 매니저 역할을 하고 있다는 이야기를 했다.

"그러면 구기미야 씨가 아버님을 찾아갔을 때에도 고고노에 씨가 같이 가셨겠네요?"

"네. 일 이야기를 할 때는 반드시 고고노에가 동석한다고 하더라고요."

"아주 유능한 매니저인가 봅니다." 가키타니의 눈이 가늘어졌다. "구기미야 씨와 고고노에 씨는 그날 말고 아버님과 연락한 적은 없다고 합니까?"

"글쎄요, 따로 들은 이야기는 없었습니다."

"그렇군요. 저도 개인적으로는 구기미야 씨가 도와주시면 지역활성화에 큰 보탬이 될 것 같다고 봅니다만, 강요할 수는 없는 일이니까요."

마요는 애매하게 고개를 끄덕였다.

가방에서 스마트폰 벨소리가 들렸다. 꺼내서 확인하니 다케시였다.

"죄송한데 잠깐 전화 좀 받아도 될까요?"

"물론이죠. 다녀오십시오." 가키타니는 손을 내밀며 말했다.

마요는 스마트폰을 귀에 대고 밖으로 나왔다. "여보세요."

"슬슬 마키하라 이야기가 나올 것 같군." 다케시의 목소리가 들렸다.

"그럴 것 같아요. 뭐라고 하죠?"

"물어보는 말에 사실대로 대답해. 하지만 묻지 않은 이야기는 하지 마. 모리와키 아쓰미와 나눈 대화 같은 거."

"알았어요."

"그 대신 이 말은 꼭 해. 지금 말할 테니까 그대로 말하는 거

308

다?" 그렇게 말하더니 다케시는 천천히 그 말을 읊었다.

그 말을 들은 마요는 당혹감을 느꼈다. "그런 소리를 해도 돼요?"

"넌 걱정 안 해도 돼. 잘하고 와."

"알았어요."

다시 가게 안으로 들어오자 가키타니와 마에다가 황급히 자세를 바로 했다. "기다리셨죠." 마요는 그렇게 말하며 다시 자리에 앉았다.

"하던 이야기를 계속해도 되겠습니까?" 가키타니가 물었다.

"네, 다음은 누구인가요?"

"그럼……." 가키타니는 수첩을 보더니 다시 고개를 들었다. "마키하라 사토루 씨 이야기를 하죠. 이분은 고향을 떠나지 않으셨군요. 무슨 일을 하시는지 아십니까?"

"마키하라도 경야에 와줬어요. 그때 '미쓰바 은행'에서 일한다고 들었어요."

"오, 은행원이시군요."

가키타니는 유난스럽게 반응하지는 않았지만, 옆에 앉은 마에다의 뺨이 움찔거리는 걸 마요는 놓치지 않았다.

"어느 지점에 있는지는 모르겠지만요."

"네, 만나서 무슨 이야기를 하셨습니까?"

"그냥 평범하게 인사를 나눴어요. 아버지가 제자들을 어떻게 생각했는지 궁금하다고 하더군요."

다케시는 그냥 넘어가지 않았던 에피소드였지만, 마요가 은 근슬쩍 넘긴 탓인지 가키타니는 딱히 반응을 보이지 않았다.

"평소 아버님과 왕래가 있었습니까? 은행원들은 보통 온갖 인맥을 이용해 고객을 유치하려 하지 않습니까. 아버님에게 도 그런 식으로 접근했어도 이상하지 않을 것 같습니다만."

"글쎄요, 아버지한테 그런 이야기를 들은 적은 없습니다." 마요는 그렇게 대답하며 지금이 다케시가 귀띔해 준 말을 던 질 둘도 없는 타이밍이라 확신했다. "그리고 예전부터 아버 지는 경제나 재테크 같은 데는 통 관심이 없으셨어요. 굳이 따지면 금융 쪽에는 어두운 편이었죠. 그래서 그런 쪽으로 문제가 생겼을 때에는 삼촌과 상의했다고 들었어요."

"네? 삼촌이라면 그분 말씀이십니까?" 가키타니가 눈을 휘 둥그레 떴다. "가미오 다케시 씨요?"

"네."

"아, 그러십니까. 음, 뭐랄까, 뜻밖이군요. 그런 타입으로는 안 보였는데요."

"돈 문제에 무척 민감해요."

마음 같아서는 민감이 아니라 치사스럽게 군다고 표현하 고 싶었지만, 도청기를 통해 다케시에게 다 들릴 것 같아서 그렇게만 말했다.

"그러고 보니 현장 검증을 할 때도 고구레 경감님에게 내기를 제의했죠."

"그러니까 아버지와 마키하라 사이에 금전 거래나 문제가 있었다면, 삼촌에게 말했을 가능성이 커요. 삼촌에게 물어볼 게 있으시면 제가 전할게요."

"아닙니다. 말씀 감사합니다."

그 뒤에 가시와기와 누마카와 이야기도 나왔다. 하지만 마요가 아는 사실이라고는 가시와기는 아버지의 건축회사에서 부사장으로 일하고, 누마카와는 술집을 경영한다는 것뿐이었다. 그들이 추진한다는 지역활성화 계획에 대해서도 잘 모른다고 대답했다.

"잘 알겠습니다. 시간을 많이 뺏어서 죄송합니다. 협조해 주셔서 감사합니다." 가키타니는 자리에서 일어나 깍듯하게 고개를 숙였다. 옆자리의 마에다도 황급히 일어나 가키타니를 따랐다.

"사건에 대해 뭔가 알아내면 알려 주시겠어요? 수사가 얼마나 진행됐는지 저희도 알아야 할 것 같아서요." 가방을 들며 마요는 그렇게 말했다.

"네, 물론입니다. 말씀드릴 수 있는 정보가 생기면 제일 먼저 연락드리겠습니다."

가키타니의 싹싹한 대답을 들으며 마요는 허망한 기분에

휩싸였다. 당분간 아무것도 알려 주지 않겠다는 소리나 마찬
가지였기 때문이다.

●

18

'마루미야'로 돌아왔을 때, 시곗바늘은 9시 조금 오른쪽으로 기울어 있었다. 형사들과 약 한 시간 남짓이나 대화를 나눈 것이다. 다케시에게 별 소득은 없었던 것 같다고 하자, 꼭 그렇지도 않다는 대답이 돌아왔다.

다케시는 스마트폰을 집었다.

"내가 전화를 했을 때, 가방을 자리에 두고 나왔지? 웬일로 올바른 판단을 했더군. 덕분에 이런 대화를 녹음했지."

스마트폰 스피커에서 목소리가 흘러나왔다.

'3월 2일에 피해자가 건 전화에 대해서는 안 물어보십니까?' 소곤거리는 목소리는 마에다였다.

'보아하니 아무것도 모르는 것 같던데 시간 낭비죠. 그리고 고구레 경감님이 쓸데없는 소리 하지 말라고 안 했습니까?'

'그건 그런데……'

'지금까지 이야기를 들어본 느낌으로는 딱히 숨기는 것도 없는 것 같고, 계속 이런 식으로 이어나가면 되겠죠?'

'네, 부탁드리겠습니다.'

다케시는 음성을 정지했다. "들었지?"

스마트폰을 들여다보던 마요는 고개를 들었다. 전화를 받는 사이에 이런 대화를 나눴다니.

"3월 2일에 피해자가 건 전화가 뭘까요?"

"형님 스마트폰이나 유선 전화에 발신 기록이 남아 있었겠지. 하지만 유선 전화의 경우, 기록이 남았다는 게 꼭 누군가와 통화했다는 뜻은 아니야. 상대가 전화를 안 받았을 가능성도 있으니까. 하지만 통화 여부는 통신사에 문의하면 금방 알아낼 수 있어. 경찰이 조사를 안 하진 않았겠지. 형님은 3월 2일, 누군가에게 전화를 걸어 통화를 했다고 봐야겠지."

다양한 가능성을 떠올린 뒤 순식간에 결론을 도출하는 다케시의 두뇌 회전에 마요는 탄복할 따름이었다. 이 사람이 기회만 생기면 조카를 뜯어먹으려는 악덕 삼촌과 동일인물이라니.

"형사들이 말하는 걸 봐서는, 형님이 전화를 건 상대는 그때까지 대화에 등장한 인물인 것 같아. 모모코일 수도 있고, 구기미야일 수도 있지. 엘리트 스기시타나 고고리카일 가능성도 있고. 그게 누구든 간에 당사자는 형님이 전화를 했던 걸 너에게 말하지 않았어."

"누구지…… 궁금하네요."

마요가 중얼거렸을 때 스마트폰 화면에 메시지가 떴다. 모모코였다. '지금 통화 괜찮아?'라는 메시지를 보고 마요는 통화 버튼을 눌렀다.

"미안, 지금 괜찮아?" 모모코는 미안한 듯 말했다.

"괜찮아. 어제오늘 접수받느라 고생 많았지. 정말 고마워."

"아니라니까. 그보다 나 지금 누마카와네 술집에 있어. 하라구치도 같이 있고."

"누마카와네 가게에?"

"실은 지금 동창회 건으로 이야기하는 중이야. 앞으로 어떻게 할 건지. 선생님 장례식 끝나자마자 죄송하긴 한데, 일정이 빠듯해서……."

"그렇지."

"그래서 말인데, 역시 네 의견을 들어 봐야 할 것 같아서. 혹시 지금 여기로 올 수 있어?"

"지금?" 시계를 보니 오후 9시 반, 아주 늦은 시간은 아니었다.

"피곤할 테니 힘들면 안 와도 되는데, '마루미야'에서 걸어서 올 수 있는 거리니까 어떤가 해서."

옆에서 다케시가 종이에 뭔가를 써서 마요에게 내밀었다. '다녀와.'라고 적혀 있었다. 마요의 말을 듣고 대충 상황을 파악한 눈치였다.

"알았어. 지금 출발할게. 누마카와네 가게 이름이 뭐야? 장소는 내가 검색할게."

가게 이름을 들은 뒤 전화를 끊고 다케시에게 사정을 설명했다.

"새로운 정보를 얻을 수 있을지도 모르겠군. 너무 많이 마셔서 놓치는 이야기 없게 조심하고."

"조심할게요. 이거, 반납할게요." 마요는 핸드백에 달았던 나비 모양 도청기를 다케시에게 건네고 일어났다. "그럼 다녀올게요."

그대로 방을 나가려는데 뒤에서 부르는 소리가 났다. 다케시가 진지한 표정으로 다가왔다.

"모모코 남편이 도우아 랜드에 다닌다고 했지?"

"그런데 왜요?"

"예전에 인터넷 뉴스에서 봤는데, 코로나 이후로 그 회사는 거의 재택 근무로 전환했다고 하더군. 그리고 원칙적으로 가족이 있는 사람을 지방 발령 내는 것도 축소하는 추세고."

무심코 아, 소리가 나왔다. "정말이에요? 하지만 모모코는 ...."

"그냥 알고만 있으라고. 원칙적으로라고 했잖아. 무슨 일에든 예외는 있는 법이니까." 다케시는 미소를 지으며 말했다. "친구들하고 오랜만에 만나는 거지? 너무 많이 마시지는 말고 적당히 즐기다 와." 마요의 어깨를 툭툭 치더니 몸을 돌렸다.

모모코의 말대로 누마카와의 가게는 '마루미야'에서 걸어서 10분도 걸리지 않는 곳에 있었다. 외관은 전통 가옥을 본뜬 것 같았는데, 가게 문은 활짝 열려 있었다. 코로나 감염 방지 대책의 일환이겠지.

　넓고 환한 가게 안에는 새것으로 보이는 테이블이 늘어서 있었다. 구석 자리에 나이 지긋한 남녀가 앉아 있었다. "어서 오세요." 마스크를 쓴 여종업원이 다가왔다.

　모모코와 하라구치는 카운터에 앉아 있었다. 카운터 앞에는 감염 방지 대책으로 투명한 아크릴판이 설치되어 있었고, 그 너머로 누마카와가 서 있었다. 누마카와가 마요를 보고 한 손을 들자, 모모코와 하라구치도 돌아봤다.

　"기다렸지." 마요는 모모코 옆에 앉으며 말했다.

　"마요, 미안해. 갑자기 불러내서."

　"괜찮아. 상주 역할을 내려놓았더니 술 생각이 나더라고."

　마요는 첫 잔으로 나온 생맥주를 들고 "다들 고생 많았어." 말한 뒤 들이켰다. 생각해 보니 술을 마시는 건 고향에 내려오고 처음이었다.

　모모코의 얼굴을 보며 다케시의 말을 떠올렸다. '도우아랜드'는 기혼자의 지방 발령을 폐지한 건가. 하지만 남편이 간사이로 발령이 나서 혼자 내려갔다고 한 건 모모코였다. 료스케 본인도 어제 그것을 부정하지 않았다.

신경 쓸 필요 없는 일일지도 모른다. 다케시도 무슨 일에든 예외는 있다고 했다. 마요는 이 일은 당분간 생각하지 말자고 결심했다.

나이 지긋한 남녀 손님이 계산을 마치고 나갔다. 여종업원이 그들이 앉아 있던 테이블을 소독하기 시작했다. 이제 가게 안에 손님은 마요 일행뿐이었다.

"텅텅 비었지?" 기본 안주를 마요 앞에 놓으며 누마카와가 물었다. "주말에는 그래도 손님이 좀 드는데, 평일은 늘 이 모양이야. 코로나 전에는 장사가 제법 잘됐어. 직원도 많을 때는 셋이나 됐었고."

"음식점은 어디나 마찬가지지." 하라구치가 말했다. "관광지에 사람이 안 오는데 어쩌겠어. 우리랑 거래하는 술집 중에 몇 군데는 올해 안에 폐업할 것 같아."

"절대적인 효과가 있는 특효약이나 백신이 나오기 전까지는 그냥 버티는 수밖에 없다는 거야?"

마요의 물음에 누마카와는 쓴웃음을 지으며 두툼한 목을 꺾었다.

"그런다 해도 예전으로 돌아갈 수 있을지 모르겠네. 밖에서 술을 먹는 감각을 잊은 사람이 많으니까. 그리고 이 동네 자체에 매력이 없어. 관광객들이 와주지 않으면 코로나가 끝나도 딱히 나아질 건 없을 거야."

"역시 믿을 건 환라비뿐인가." 모모코가 마요 쪽으로 몸을 틀며 말했다. "누마카와는 가게를 '환라비 하우스' 풍으로 바꿀 작정인가 봐."

"뭐라도 해야 할 것 같아서. 젊은 사람들이 SNS에 올리고 싶은 콘텐츠가 필요해. 하라구치도 새로 나오는 술에 환라비에 관련된 이름을 붙이고 싶다던데. 괜찮은 아이디어야. 만일 실현되면 우리 가게에서 대량으로 구입해야지. 어때?"

동의를 구하는 누마카와를 보고 하라구치는 "뭐, 좋지……." 하고 머리를 긁적거리며 겸연쩍은 표정으로 마요를 보았다. 에이치에게 구기미야와 교섭하는 걸 도와달라고 부탁했던 일은 다른 친구들에게 비밀로 해달라고 얼굴에 쓰여 있었다.

모두 살아남기 위해 필사적이었다. 아무래도 환뇌 라비린스는 이 마을에 남겨진 유일한 희망인 것 같았다. 마요가 상상했던 것보다 훨씬 절실하게.

"동창회 말인데, 어떻게 했으면 좋겠어?" 모모코가 본론을 꺼냈다.

마요는 맥주를 한 모금 마시고 잔을 내려놓았다.

"전에 하라구치한테도 말했지만 해도 상관없을 것 같은데, 난 빠질게. 다른 애들도 신경 쓰일 테고."

"신경 안 쓴다니까, 몇 번을 말해."

"동감이야." 누마카와가 말했다. "사정이 있어서 경야나 장

319

례식에 못 왔던 애들은 동창회에서라도 너한테 위로의 말을 하고 싶지 않을까. 중학교 때는 선생님 딸이라는 이유로 멀리했던 애들도 있을지 모르지만, 이제 다들 성인이고 그런 건 신경 안 쓰지."

"나도." 하라구치가 살며시 손을 들며 동의를 표했다.

그때 어디선가 벨소리가 들렸다. 누마카와가 스마트폰을 들었다.

"네, 여보세요. ……응, 그래, 비어 있지. ……통으로 빌리겠다고? 아니, 지금 애들이 와 있거든. 하라구치랑 혼마, 방금 가미오도 왔어. ……다른 손님은 없고. 뭐? ……아, 그래서. ……그래, 알았어. 그럼 이따가 봐." 전화를 끊은 누마카와는 마요를 보며 말했다. "가시와기가 온대."

"그래?" 하라구치가 말했다. "가시와기랑 또 누구?"

"마키하라랑 구기미야, 고고노에도 온다나 봐."

누마카와의 말에 마요뿐 아니라 모모코와 하라구치도 놀란 눈치였다.

"가시와기가 억지로 가자고 했나 봐. 다른 손님들이 있으면 좀 그러니까 자기가 통째로 빌리겠다네. 너희도 있다고 했더니 좋아하는데? 일단 입구에 다른 손님 안 받는다고 표시는 해놔야겠다." 누마카와는 '클로즈CLOSE'라 적힌 팻말을 꺼내 밖으로 나갔다.

"가시와기도 참 대단하다. 선생님 장례식이 끝나자마자 구기미야하고 사업 이야기라니." 모모코는 감탄한 투로 말했다.

"어떻게 보면 오늘이 기회지." 하라구치가 얼굴을 찌푸렸다. "같이 선생님 추억이나 나누자는 식으로 권하지 않았을까. 아마 저녁은 가시와기가 샀을 거야."

"그리고 식사 후에 자리를 옮겨서 구기미야를 구슬리는 거구나. 수완 좋네. 역시 자이안다워."

하하하, 누마카와가 웃으며 들어왔다.

"그러고 보니 뒤에서 자이안 소리를 들었지."

"맞아, 마키하라는 스네오고."

"재미있네. 그 관계가 어른이 되어서도 변하지 않았다니." 하라구치가 웃으며 맥주를 잔에 따랐다. "이 지역에서 가시와기 건설은 미쓰바 은행의 최대 고객이잖아. 스네오는 자이안에게 영원히 끌려 다닐 수밖에 없지."

마요는 즐거운 기분으로 친구들의 대화를 들었다. 이제는 나름대로 사회적 지위가 있는 가시와기 같은 사람을 만화 〈도라에몽〉의 캐릭터에 빗대어 농담거리로 삼을 수 있는 건 동창의 특권이었다.

"하지만 그 자이안이 노비타를 접대하게 되다니, 역시 세상일은 어떻게 될지 모른다니까." 누마카와의 표정이 다소 진지해졌다. "애초에 우리도 웃을 처지는 아니지. 코로나로 생활고에 시달리는 상황에서 바짓가랑이라도 붙잡고 싶은 건 골목대장이었던 자이안이 아니라 중학교 시절 내심 바보 취급했던 노비타잖아. 내가 생각해도 인간 마음이라는 게 참 간사해."

"그렇게 따지면 아무도 할 말 없지. 그리고 영화 〈도라에몽〉에서 노비타는 남 돕는 걸 좋아하는 성격으로 나오잖아." 하라구치는 억지 논리를 펼쳤다.

그들이 말하는 '노비타'가 구기미야 가쓰키를 가리키는 건 명백했다. 구기미야는 노비타처럼 게으르거나 무책임한 성격도 아니었지만 존재감이 없어서 모두 그를 대단치 않게 생각했던 건 부정할 수 없었다. 그리고 그런 구기미야의 방패가 되어주었던 게 쓰쿠미 나오야였다. 쓰쿠미와 함께 있을 때의 구기미야는 늘 편안해 보였다. 그렇다면 쓰쿠미는 도라에몽이었던 건가.

학급 대표로 구기미야와 처음 문병을 갔던 날이 떠올랐다. 쓰쿠미는 병원 침대에서 오랜만이라며 두 사람을 반갑게 맞이해 주었다. 마요가 잘 지내느냐고 묻자, "마음만은." 하고 웃으며 대답했다.

"요새는 좋은 약이 많이 나와서, 백혈병 걸렸다고 금방 죽고 그러지는 않나 봐. 대부분의 사람들은 예후가 좋대. 그런데 내 경우는 어떤 약이 듣는지 아직 밝혀지지 않아서, 의사 선생님들이 이것저것 시도해 보고 있어. 이제부터 시작이라는 거지."

쓰쿠미는 심각한 내용을 마치 프로야구 순위를 예상하듯 느긋한 투로, 남의 일처럼 말했다.

하지만 얼굴을 보면 그렇게 태연하게 이야기할 상황이 아니었다. 머리카락은 뭉텅 빠졌고, 눈썹과 속눈썹도 거의 없었다. 그리고 같이 있으면 든든한 느낌을 주던 다부진 체격도 어느샌가 아이로 돌아간 것처럼 잔뜩 여위었다.

구기미야가 맞장구를 쳤다.

"의학은 엄청난 속도로 발전하고 있잖아. 느긋하게 기다리다 보면 곧 좋은 약을 찾을 수 있을 거야."

"내 생각도 그래. 일단 지금은 기다리는 수밖에 없지. 그러니까 구기미야 네 신작 구경 좀 하자. 침대에서 맨날 누워만 있으려니 심심해 죽겠어. 신작 그리고 있지? 어떤 내용이야?"

"응, 틈틈이 그리고 있어."

"뭐야. 다 그리면 바로 보여 주기다?"

"알았어. 열심히 그릴게." 침대 옆에 앉은 구기미야가 주먹을 꼭 쥐었다.

무슨 이야기인지 갈피를 잡지 못하는 마요를 보고 쓰쿠미가 말했다.

"부럽지? 난 구기미야가 그리는 만화를 맨 처음 볼 수 있는 유일한 독자거든."

그 이야기구나. 마요는 수긍했다. 구기미야의 장래 희망이 만화가라는 건 모두 알고 있었다. 쓰쿠미가 여기저기 소문을 내고 다녔기 때문이다. 하지만 실제로 만화를 완성했고, 그 걸 쓰쿠미가 보고 있는 줄은 몰랐다.

두 사람의 이야기를 들어보니 애초에 친해진 계기가 구기미야가 그린 만화였다. 중학교에 입학한 지 얼마 안 됐을 무렵, 서로 가방이 바뀐 적이 있었다고 한다. 그때 구기미야가 가방에 넣어뒀던 만화를 쓰쿠미가 봤다고 했다.

만화를 본 순간 얼마나 충격을 받았는지 모른다. 쓰쿠미는 그렇게 말했다.

"완전히 프로급이었거든. 그림만 잘 그리는 게 아니라, 스토리가 엄청 재미있어. 그 자리에서 바로 구기미야 가쓰키의 팬이 됐다니까. 내가 먼저 나랑 친구하자고 부탁했어. 어디 가서 자랑할 수 있잖아. 분명 머지않아 구기미야는 잘나가는 만화가가 될 거야. 그때 구기미야 가쓰키가 내 제일 친한 친구라고 말하는 거지. 상상만 해도 짜릿해."

열띤 목소리로 말하는 쓰쿠미를 보고 구기미야는 쑥스러운 듯 웃었지만, 한편으로는 흐뭇해 보이기도 했다.

역시 쓰쿠미는 구기미야의 도라에몽이었을지도 모른다. 친구의 뜨거운 격려는 노비타에게 용기를 북돋아주는 대나무 헬리콥터이자 어디로든 문이었던 것이다.

명하니 그런 생각을 하는데, 뒤에서 "오, 다들 모여 있네." 하고 굵직한 목소리가 들렸다.

돌아보니 가시와기가 가게 안으로 들어서고 있었다. 어젯밤 상복을 입은 모습에서도 관록이 느껴졌지만, 떡 벌어진 체격에 크림색 정장을 입은 모습은 흡사 마피아의 보스 같았다.

"가미오, 큰일 치르느라 고생 많았지. 건강은 괜찮아?"

"괜찮아. 고마워."

가시와기를 따라 마키하라가 들어왔고, 그 뒤로 구기미야, 마지막으로 고고노에 리리카가 등장했다. 파란 원피스에 짙은 베이지색 봄코트를 걸치고 있었다. 둘 다 스타일에 자신이 없으면 소화하지 못할 의상이었는데, 오늘 아침의 상복 차림과 달리 온몸에서 색향이 흘러넘쳤다. 도쿄 시내에서 스쳐 지나가면 몇몇은 돌아볼 것 같은 외모였다.

리리카가 다가오는 걸 보고 마요는 의자에서 일어났다.

"오늘 아침에는 와줘서 고마웠어요. 구기미야도."

리리카는 애달픈 표정을 지으며 고개를 저었다.

"천만에요. 가쓰키하고도 이야기했어요. 마지막으로 선생님 얼굴을 뵐 수 있어서 다행이라고. 마음이 허하겠지만, 하루빨리 추스르길 바라요." 유창하게 말하는 모양새가 마치 배우 같았다. 대본에 적힌 대사를 외는 것 같은 투였다.

"고마워요." 그렇지만 마요는 정중하게 감사 인사를 했다.

"자, 일단 앉자고. 어디가 좋으려나." 가시와기는 실내를 쓱 둘러보더니 구기미야 쪽을 바라보았다. "선생님은 어디 앉을 래?"

마요는 뜨악했다. 귀를 의심했다는 표현은 이럴 때 쓰는 거 겠지. 중학교 동창에게 '선생님'이라니. 하지만 그 말투에서 어색함은 눈곱만큼도 느껴지지 않았다.

"어디든 상관없는데…… 가시와기 좋을 대로 해."

"그래? 그럼 저쪽에 편하게 앉을까. 누마카와, 괜찮지?"

"그래, 편할 대로 해." 카운터 안쪽에서 누마카와가 대답했다.

"너희도 합석할래?" 가시와기가 카운터에 앉은 세 사람에 게 말을 걸었다.

"아, 어쩌지……." 하라구치가 난색을 표하면서도 어정쩡 하게 일어섰다.

"난 그냥 여기 있을게." 모모코가 손을 저었다. "일 이야기 하 려는 거지? 내가 껴서 뭐 해."

"그럼 나도 여기 있을게."

"나도." 마요는 그렇게 말하며 원래 자리에 앉았다.

그러자 가방에서 메시지 수신음이 들렸다. 꺼내서 화면을 보고 마요는 눈이 튀어나오는 줄 알았다. 다케시의 메시지였 다. '가시와기하고 합석해.'

대체 어찌된 일인가 싶어서 겉옷 후드를 들여다본 순간 놀라서 헛숨을 삼켰다. 나비가 달려 있었다. 그 도청기다. 방을 나오기 직전, 어깨를 두드릴 때 붙여놓은 게 틀림없었다. 한마디로 지금까지의 대화도 모두 다케시에게 도청당하고 있던 것이다. 전파가 호텔까지 닿을 리는 없으니 아마 이 근처까지 따라왔겠지.

부아가 치밀었지만 화를 낼 상황이 아니었다. 마요는 자리에서 일어나 가시와기에게 말했다.

"미안, 나도 그쪽으로 가도 돼? 방해 안 할게."

"물론이지. 어떻게 보면 네가 오늘 밤 주인공이나 마찬가지잖아. 그리고 누마카와, 오늘은 내가 사는 거니까 그쪽 술값도 내 앞으로 달아 둬."

박수소리가 들렸다. 모모코는 역시 배포가 크다고 감탄을 터뜨렸다. 그 와중에 고고노에 리리카 혼자만 무표정했다. 마요는 리리카 옆으로 다가가 앉았다.

종업원이 병맥주와 잔을 가져왔다. 가시와기는 바로 맥주를 들었다.

"그럼 자리도 옮겼으니, 선생님 먼저 한잔해야지."

구기미야는 고맙다고 말하며 잔을 내밀었다. 선생님이라 불리는 데 거부감은 없는 것 같았다.

모두 앞에 술이 한 잔씩 놓였다. 설마 건배하자는 말은 안

하겠지. 마요가 그런 생각을 하는데 가시와기가 침통한 표정으로 마요를 불렀다.

"선생님 일은 정말 유감이야. 나도 마음이 너무 안 좋다. 그저 선생님의 명복을 빌 뿐이야. 모두 선생님을 생각하며 묵도하자."

이 말에 다른 사람들도 저마다 잔을 들었다. "그럼 묵도하자." 가시와기의 목소리가 울려 퍼졌다. 마요도 잔을 들고 눈을 감으며, 역시 자이안은 다르다고 생각했다.

"그나저나 오랜만에 고향에 내려온 감상은 어때?" 이런저런 이야기가 끝나갈 즈음 가시와기는 마요를 향해 물었다.

"어떻다니?"

"망해가는 게 눈에 보이잖아. 원래도 그렇게 잘나가는 곳은 아니었지만, 그래도 성수기에는 제법 인기 있는 관광지였고, 이 부근도 좀 더 활기가 있었지. 그런데 지금 이 꼴을 보라고. 상점가에는 영업하는 가게보다 폐업한 가게가 많아."

뭐라 대답하기 어려운 질문이었다.

"지금은 전국적으로 어디나 다 마찬가지 아닐까. 코로나가 완전히 사라질 때까지는 어쩔 수 없지……."

"종식되면 다시 관광객들이 돌아와서 예전처럼 활기가 넘칠까?"

"그건 모르겠지만……."

그걸 나한테 왜 묻느냐고 하고 싶은 기분이었다.

"도쿄 디즈니랜드 같은 데도 아직 입장 인원을 제한하고 있잖아. 만일 코로나가 종식되어서 제한이 없어지면 어떻게 될까? 분명 예전처럼 관람객들이 몰려들겠지. 아니, 그동안 못 왔던 사람들도 몰려들 테니 전보다 더 많은 사람들이 찾겠지. 그렇지 않아?"

"아마 그렇겠지."

"하지만 이 동네는 어떨까? 그렇게 될 것 같아? 여기 말고도 널린 게 관광지야. 코로나가 일단락되고 자유롭게 이동이 가능해져도, 이런 재미없는 관광지는 뒷전으로 밀려나겠지."

"그야 그럴지도 모르지만, 애초에 디즈니랜드랑 비교하는 게 좀 말이 안 되잖아."

가시와기는 벗었던 마스크를 천천히 품에서 꺼내 썼다.

"나도 알아. 디즈니랜드가 거목이라면 이 동네는 도토리겠지. 고만고만한 작은 관광지들이 전국 각지에 널리고 깔렸으니, 코로나가 끝나면 도토리 키재기가 시작되는 거고. 우리가 살아남기 위해서는 그 경쟁에서 이겨야 해. 그러려면 미리 키를 좀 늘려놔야 하고. 안 되면 까치발이라도 들어야지. 내가 하고 싶은 말은 그거야."

마스크를 쓴 이유를 알 것 같았다. 중요한 이야기를 하는

329

데 비말을 신경 쓰고 싶지 않은 것이다. 단호한 목소리에 압도된 마요는 뭐라 대꾸하지 못했다.

가시와기는 다시 마스크를 벗어 안주머니에 넣더니, "······선생님, 그래서 말인데." 하고 구기미야를 향해 웃음을 던졌다. "좀 도와줄 수 없을까? 고향을 돕는 차원에서······."

구기미야는 난처한 표정으로 힐끗 리리카를 보았다.

"오늘 밤에는 그런 이야기 안 하기로 약속한 거 아니었어?" 리리카가 말문을 열었다. "그래서 식사 제안도 받아들인 건데."

"식사 중에는 안 한다는 소리지. 당연한 거 아냐?"

"전에도 말했지만, 가쓰키는 지금이 제일 중요한 시기야. 날마다 새 기획이 밀려들어서, 거기 대응하기도 바쁘다고."

"그쪽 교통정리는 고고노에 네가 해주면 되잖아. 그러려고 같이 있는 거 아니었어?" 가시와기는 어울리지 않게 사근사근한 목소리로 말했지만, 워낙 인상이 강해서 오히려 스산한 느낌이 들었다.

"당연하지. 그래도 가쓰키가 전혀 관여하지 않을 수는 없을 거 아냐. 이렇게까지 말했으면 좀 알아줘."

"안다니까. 그래서 우리도 선생님이 거의 신경 안 써도 되는 계획을 이것저것 생각하는 중이라고."

"어떤 계획인데? 극장은 안 된다고 분명히 말했잖아."

"극장?" 마요는 저도 모르게 물었다. "그게 뭐야?"

리리카가 마요를 보며 대답했다.

"환라비를 연극으로 만들어서, 전용 극장을 이 동네에 만들겠대. 어처구니가 없어서. 그 작품을 어떻게 연극으로 상연上演한다는 거야. 무엇보다 배우는 어떻게 할 건데?"

말 그대로 어처구니없는 이야기라고 생각했지만 마요는 가만히 있었다.

"그건 계획 중 하나지. 예를 들면 이런 아이디어도 있다고 예를 든 것뿐이야. 그때도 말했잖아. 오늘 말하려는 게 진짜 계획이야." 그러더니 가시와기는 옆자리의 마키하라에게 눈짓을 했다.

마키하라가 태블릿을 꺼내 테이블에 내려놓았다.

"실은 '푸른 하늘 언덕'을 활용할까 해."

"'푸른 하늘 언덕'?" 리리카의 언성이 높아졌다. "아무것도 없는 다 쓰러져가는 공원을 어쩌겠다고?"

마을 어귀에 있는 공원이었다. 넓기만 하고 별 특징이 없어서 다 쓰러져간다는 말도 과언은 아니었다.

"일단 마키하라의 이야기를 들어봐." 가시와기는 웃으며 손을 위아래로 까닥거렸다.

"녹지에 만화 캐릭터의 동상을 세운다는 이야기가 꽤 자주 들리잖아. 환라비도 해보면 어떨까 해서." 마키하라가 말을 이었다. "하지만 동상은 너무 진부하고, 인상에 안 남지. 그러

331

니까 동상이 아니라 색을 칠한 인형을 만드는 거야. 실물 크기 피규어라고 할까. 재료는 튼튼한 신소재를 쓰고. 단순히 주요 캐릭터의 인형을 전시하는 데에서 한 발짝 더 나아가, 명장면을 재현하는 거지. 팬이나 마니아는 분명히 찾아올 거야."

리리카의 입가가 살짝 풀어졌다. 하지만 그 얼굴에 번진 미소는 냉소로밖에 보이지 않았다.

"어쩌면 한 번쯤은 찾아올지도 모르지. 하지만 SNS에 사진을 올리고 나면 그걸로 끝이야. 두 번은 안 온다고."

"그러니까 수시로 버전업을 해야지. 새로운 장면을 재현한 피규어를 조금씩 늘려가는 거야. 그러면 다시 찾아오는 사람도 생기겠지. 그래서 '푸른 하늘 언덕'을 선택한 거야. 공간의 제약이 거의 없으니까. 명장면을 차례차례 재현하면 분명 화제가 될 거야."

"어때, 가미오. 도토리치고는 꽤 스케일이 크지?" 가시와기는 마요를 보며 코를 벌름거렸다.

"명칭도 '환뇌 라비린스 파크'로 변경해야지. 공원은 시에서 관리하지만, 넌지시 이야기를 꺼내봤더니 긍정적으로 반응하더라고."

마키하라의 말에 리리카가 눈을 부라렸다. "허락도 안 했는데 벌써 일을 진행시킨 거야?"

"넌지시 이야기했다고 했잖아. 이런 건 일찌감치 관련 부서와 협의를 해야 한다고. 너도 업계에 몸담고 있으니까 잘 알 거 아냐." 달래듯 말하더니 가시와기는 구기미야를 보며 말을 이었다. "어때? 긍정적으로 검토해 줬으면 해."

"내가 뭘 하면 되는데?"

"가쓰키!"

"감수. 물론 명목상으로. 하지만 기본적으로는 아무것도 안 해도 돼. 극단적으로 말하자면 이름만 빌려주는 거지. 우리한 테 맡기면 다 알아서 할게. 절대 번거롭게 안 할게."

"가쓰키, 넘어가지 마. 이 사람들한테 맡기면 환라비의 가 치는 땅으로 떨어질 거야."

"그게 무슨 소리야. 절대 그런 일 없을 거야." 가시와기는 두 팔을 벌리며 말했다. "왜 이렇게 사람 말을 못 믿는 거야."

"너희가 그럴 작정이 아니더라도, 결과적으로는 그렇게 될 위험성이 크다는 소리야. '환뇌 라비린스 파크'라니, 그런 거 창한 계획을 세웠다가 실패하면 어쩔 건데? 더럽혀지고 파손 된 피규어 사진이 인터넷에 퍼지기라도 하는 날에는, 원작 이 미지는 엉망이 된다고."

"실패 안 해. 그렇게 안 돼. 내가 약속하지." 가시와기의 눈 빛이 날카롭게 빛났다.

"그런 구두 약속에 소중한 작품을 맡기라고?"

"네……." 가시와기는 거기까지 내뱉었다 말을 도로 삼켰다.

마요는 그가 무슨 말을 하려는지 알 것 같았다. 네 작품도 아니잖아. 하지만 그 말을 하면 분위기는 험악해지겠지. 구기미야를 설득하기 위해서는 리리카의 도움이 필요하다는 건 가시와기도 알고 있었다.

하지만 마요는 리리카의 말도 일리가 있다고 생각했다. 시골 마을 언덕에 있는 공원에 인기 애니메이션의 피규어를 세운다고, 사람들이 얼마나 찾아올까. 그 모습이 별로 상상이 가지 않았다. 피규어를 깔끔한 상태로 유지하는 일도 만만치 않을 것 같았다.

리리카가 스마트폰 화면을 힐끗 보더니 구기미야 쪽으로 얼굴을 대며 말했다.

"가쓰키, 그만 일어날까? 오늘 일찍 일어나서 피곤할 거 아냐."

"아, 그래. 그럼 그러자." 구기미야는 맞은편의 가시와기를 보았다. "오늘은 맛있게 잘 먹었어."

"별 말씀을." 가시와기는 손사래를 치며 웃음으로 답했다. "다음에 다시 자리 마련해도 될까?"

"이런 이야기를 안 꺼낸다면."

리리카의 말에 가시와기는 대놓고 인상을 구겼다. "고고노에 매니저에게는 정말 당해낼 재간이 없네."

"가쓰키, 가자." 리리카는 자리에서 일어났다. "가미오 씨,

또 봐요."

"오늘 와줘서 고마워요. 구기미야도."

구기미야는 고개를 끄덕이더니 재촉하는 리리카를 따라 가게를 나섰다.

자리에서 일어나 두 사람을 배웅하던 가시와기는 털썩 앉아 남아 있던 맥주를 자기 잔에 따랐다. "누마카와, 맥주 한 병 더!" 그러더니 빈 병을 거칠게 내려놓았다.

"큰일이네. 매니저가 사사건건 걸고넘어져." 마키하라가 한숨 섞인 목소리로 중얼거리며 태블릿을 가방에 넣었다.

"물고 늘어지는 수밖에 없지. 오늘 반응을 보아하니 지난번에 극장을 제안했을 때보다 훨씬 승산이 있는 것 같던데. 구기미야는 나쁘지 않은 이야기라 생각할 거야." 가시와기는 넥타이를 느슨하게 풀며 맥주를 마셨다.

마요의 스마트폰이 메시지 수신을 알렸다. 화면을 보니 다케시였다. 메시지를 읽은 마요는 숨을 삼켰다. 지금 이 자리에서 어떤 대사를 말하라고 지시하는 내용이었기 때문이다.

"환뇌 라비린스 파크가 실현되면 재미있을 것 같긴 하네." 마요는 지시에 따라 대사를 읊었다.

"그렇지?" 가시와기의 눈썹이 꿈틀거렸다. "선전만 잘하면 분명 관광객을 유치할 수 있을 거야."

"돈은……." 거기까지 말하고 나서 마요는 헛기침을 했다.

"돈 문제는 어떻게 하려고? 제법 자금이 필요할 것 같은데?"

"그건 어떻게든 해결할 수 있어. 마키하라가 있으니까. ……. 그렇지?" 그렇게 말하더니 가시와기는 마키하라의 어깨를 두드렸다.

"계획이 확정되면 스폰서도 붙을 거야." 마키하라가 대답했다.

"흐음, 그럼 다행인데, 삼촌이 신경 쓰이는 소리를 해서."

"숙부님이?" 마키하라가 의아한 듯 미간을 좁혔다. "뭔데?"

"아버지한테 제자가 돈 관련해서 뭔가 문제를 일으킨 것 같다는 이야기를 들었나 봐. 설마 너희는 아니지?"

마키하라의 낯빛이 노골적으로 바뀌었다. 옆에서 듣고 있던 가시와기의 표정도 매서워졌다.

"뭐지. 무슨 소리인지 전혀 모르겠는데?" 마키하라의 목소리는 조금 떨리는 것 같았다.

"나도 자세한 건 모르고. 삼촌한테 지나가듯 들은 이야기거든. 상관없으면 됐어. 미안해, 잊어 버려."

가시와기가 새로 나온 맥주병을 집어서 잔에 따랐다. 하얀 거품이 잔 밖으로 흘러넘쳤다.

"좌우지간……." 그는 단호한 목소리로 말했다. "우리가 뭐라도 해야 해. 환라비는 자원도 없거니와 달리 내세울 것도 없는 이 마을에 비로소 찾아온 복덩어리라고. 이 마을은 한

척의 배고, 우리는 모두 그 배를 탔어. 지금 어떻게든 하지 않으면 조만간 침몰할 테고, 다 같이 물에 빠져 죽겠지." 가시와기는 잔에 담긴 맥주를 입에다 쏟아붓고 나서, 입가에 묻은 거품을 손등으로 쓱 닦았다.

●

19

창문에서 쏟아지는 햇살이 화면에 반사됐다. "잠깐만."이라고 마이크에 대고 말한 뒤 모니터 각도를 이리저리 조절하던 마요는 결국 컴퓨터를 90도 바꾸어 좌식 의자로 이동했다. 창밖을 내다보니 노을이 지고 있었다. 눈 깜짝할 사이에 반나절이 지났다.

"기다렸지, 이제 됐어."

꼭 비디오를 켜놓을 필요는 없는데. 그렇게 생각하며 노트북을 향해 말했다.

"……시스템키친 시공비는 모두 628,000엔입니다." 모니터 속 여자가 말했다. 회사 후배였다.

"아일랜드 식탁도 포함해서?" 마요가 물었다.

"아, 아뇨. 그건 포함 안 시켰어요. 아일랜드 식탁은 기존 제품을 쓴다고 들었는데, 아니에요?"

"그런데, 일단 떼어 내야 하잖아. 부엌도 바닥을 다시 깔아야 하니까. 그 공사비 말한 거야."

"아, 그랬죠. 잠시만요." 후배는 자료를 확인하는 것 같았다. "네, 포함됐어요. 탈부착 비용이 98,000엔이에요."

가지고 있던 노트에 98,000엔이라고 메모했다.

"레인지 후드 환기 덕트 공사는 문제없지? 부엌 벽 재료비도 결정했고. 이제 뭐가 남았어?"

"지수전이요."

"그건 6,000엔으로 해. 그리고 소비세."

"알겠습니다. 부엌은 대충 이렇게 뽑았어요. 보이세요?"
손으로 쓴 공사내역서가 화면에 나타났다. 깨알 같은 글자였지만 확인할 수는 있었다.

"그래. 정리해서 메일로 보내 줄래? 가급적 오늘 안으로."

"알겠습니다."

"그럼 잘 부탁해."

"수고하셨습니다."

모니터에서 후배의 얼굴이 사라진 걸 확인하고 길게 한숨을 내쉬며 노트북을 덮었다. 펼쳐 놓은 도면을 보며 메모한 내용을 다시 확인했다.

유급 휴가는 오늘까지였지만, 반드시 처리해야 할 안건이 있어서 아침부터 원격 근무로 일을 시작했다. 덕분에 다음 주부터 문제없이 다시 일할 수 있을 것 같았다. 하지만 이대로 계속 온라인으로 일할 수도 없는 노릇이다. 건축사라는 직업은 재료나 부품 실물을 보지 않고 일을 처리하는 게 불가능하기 때문이다. 고객에게 설명할 때도 마찬가지였다. 바닥재나

벽지를 모니터를 통해 보여 주며 무엇이 마음에 드는지 물어볼 수는 없지 않은가.

생산적인 일을 해본 적이 없는 정치가나 관료 들은 모두 온라인으로 처리해라, 원격 근무를 도입하라고 닦달이었지만, 그럴 때마다 한번 현장에 나와서 일해 보라는 말이 절로 나온다.

문득 모모코 생각이 났다. 정확히는 모모코의 남편이.

레저 기업의 직원이 개발 현장에 일정 기간 체재해야 하는 경우가 있다는 이야기는 들어본 적이 있다. 그래서 모모코의 남편이 지방으로 발령이 났다고 들었을 때에도 추호도 이상하게 여기지 않았다. 힘들겠다고 안쓰럽게 생각했을 뿐이다.

하지만 다케시가 말해 준, 도우아 랜드는 원격 근무를 도입해 지방 발령을 축소한다는 방침이라는 이야기가 마음에 걸렸다. 그게 만일 사실이라면 모모코의 말을 어떻게 받아들여야 할까.

멍하니 생각에 잠겨 있는데 스마트폰 벨소리가 들렸다. 전화다. 화면을 본 마요는 흠칫했다. 또 가키타니였다.

"네, 가미오입니다."

"가키타니입니다. 어젯밤에는 갑자기 뵙자고 해서 죄송했습니다."

"괜찮습니다. 무슨 일이신가요?"

"오늘은 따님이 아니라…… 혹시 호텔에 가미오 다케시 씨

340

계십니까?"

"삼촌이요? 글쎄요, 오늘은 아직 못 만나서요."

"그러십니까. 그럼 전화번호를 알려 주시겠습니까? 좀 여 쭤볼 게 있어서요."

"알겠습니다. 잠시만요."

경찰은 다케시의 연락처를 파악하고 있지 않은 모양이었 다. 스마트폰에서 다케시의 번호를 찾아 불러 주었다. 가키타 니는 감사하다고 인사를 한 뒤 전화를 끊었다.

마요는 스마트폰을 테이블에 내려놓고 고개를 갸웃거렸 다. 가키타니가 다케시에게 물어볼 일이라는 게 뭘까?

어젯밤, 마요는 거의 자정이 다 되어서야 호텔로 돌아왔다. 다케시를 찾아가볼까 했지만 늦은 시간이라 그만뒀다. 무엇 보다 너무 피곤했다. 정말 긴 하루였다.

오늘 아침에 아침을 먹고 다케시의 방문을 두드렸지만 대 답은 없었다. 문손잡이를 돌려봤지만 잠겨 있었다. 외출한 모 양이었다.

전화를 걸어볼까도 했지만 딱히 급한 이야기도 아니라 일 단 온라인으로 일을 시작했다.

점심을 사러 나가는 길에 다시 다케시의 방을 찾아갔지만 여전히 아무도 없었다. 대체 어디 있는 걸까.

영 집중하지 못하고 건성으로 일을 하고 있는데 다시 스마트폰 벨소리가 울렸다. 이번에는 다케시였다. 전화를 받자 다짜고짜 방에 있냐고 물었다.

"네."

"방에서 뭐 해?"

"일이요. 왜요? 가키타니 형사님한테 연락 못 받았어요?"

"그 일 때문에 전화했다. 30분 뒤에 만나기로 했는데 생각 있으면 나와."

"나도 가도 돼요?"

"가키타니의 동의는 구했어. 조카가 가고 싶다고 하면 데려와도 되냐고 물었더니 마지못해 괜찮다고 하더군. 어떡할래?"

"갈게요. 30분 뒤에 어디로 가면 돼요?"

"일단 20분 후에 식당에서 보자."

"알았어요. 그나저나 삼촌은 지금 어디예요?"

"방에 있다. 방금 들어왔어. 그럼 이따가 보자." 다케시는 일방적으로 전화를 끊었다.

식당으로 갔더니 다케시가 사장과 이야기를 나누고 있었다. 늘 입는 밀리터리 재킷 차림이었다.

"삼촌, 아침부터 어딜 다녀온 거예요?"

"여기저기. 이것저것 잡다한 일이 좀 많았어."

이런 식으로 대답할 때는 반드시 뭔가 숨기는 것이 있는 게 분명했지만 그게 뭔지 절대로 가르쳐 주지는 않을 거란 걸 요

며칠 동안 경험을 통해 깨달은 까닭에 더는 묻지 않았다.

"가키타니 형사님은 아직 안 왔나 보네요."

마요의 말에 다케시는 손목시계를 보았다.

"여기서 보기로 한 게 아냐. 맞은편에 있는 '플루트'라는 카페지. 내가 거기서 보자고 했어."

"아, 그렇구나. 그런데 지금 시간에는 다른 손님들도 있지 않을까요?"

오후 5시가 조금 지난 시간이었다. 어제는 영업시간이 아니었지만, 오늘은 한창 영업 중이겠지.

"그만큼 경기가 좋으면 다행이고. 손님이 있더라도 근처 사는 노인들이겠지. 떨어져 앉아서 작게 말하면 들리지는 않을 거야. 슬슬 출발하자."

현관을 향해 걸어가는 다케시의 뒤를 따라 마요도 걸음을 내디뎠다.

'플루트'의 문을 열자 어젯밤과 마찬가지로 나란히 앉은 가키타니와 마에다의 모습이 보였다. 가장 안쪽 테이블이었다. 이야기가 밖으로 새어나가지 않게 하기 위한 방책이었겠지만, 다른 손님은 없었다. 흰머리의 마스터가 카운터 안쪽에서 "어서오세요."라고 나지막이 인사를 건넸다.

두 형사가 일어났다. "바쁘신 와중에 죄송합니다." 가키타니가 말했다.

"수사에 협조하는 시간은 하나도 아까울 게 없지." 다케시는 의자를 빼며 가게 안을 둘러봤다. "마요한테 들은 대로 독특한 분위기의 가게군. 게다가 커피도 꽤 맛있다면서."

"커피 맛은 보장합니다." 가키타니가 고개를 끄덕였다.

"그럼 모처럼 왔으니 고맙게 마시겠네." 다케시는 의자에 앉았다. 커피값을 본인이 낼 생각은 전혀 없는 것 같았다. "마요 너는?"

"그럼 저도 시킬게요."

"그럼 커피 네 잔." 가키타니는 마스터를 향해 손가락 네 개를 들어 보였다.

마에다가 매서운 표정으로 노트북을 펼쳤다. 가키타니가 다케시의 페이스에 말려드는 모양새가 마음에 안 드는 모양이었다.

"볼일이 뭔가?" 다케시가 물었다.

"네." 가키타니는 자세를 바로하고 마스터 쪽을 힐끗 보았다. 마스터는 이쪽을 등진 채 원두를 갈고 있었다. 제법 거리가 있어서 큰 소리를 내지 않는 한 대화가 들리지는 않을 것 같았다.

"실은 어젯밤에 마요 씨에게 듣기로는, 가미오 에이치 씨가 금전에 관한 일은 다케시 씨와 상의했다고 하던데요, 사실입니까?" 가키타니는 나지막한 목소리로 물었다.

"아, 그거. 자주는 아니었지만 종종 그런 적이 있었지. 형님은 돈 문제에 어두운 편이라, 예전에도 은행원의 말재간에 넘어가 정체 모를 금융 상품에 가입한 적이 있거든. 자세한 건 모르지만, 제법 손해를 본 모양이야. 돌아가신 형수님이 그러시더군. 원체 사람이 좋아서 알고 지내는 은행원이 사정하면 거절하지를 못하니, 옆에서 보고 있으면 속이 터진다고. 하지만 본인도 계속 그러면 안 된다는 걸 자각했는지, 나에게 조언을 구하게 된 거지." 다케시는 천연덕스러운 말투로 설명을 이어갔다. 어차피 지어낸 이야기라는 걸 아는 마요도 순간 사실인가 착각했을 정도였다.

"그렇다고……" 다케시는 말을 이었다. "내가 그쪽으로 잘 아는 것도 아니지만, 그저 형님보다는 조금 세상 물정을 아는 정도라 당신보다는 낫겠거니 했겠지. 요컨대 남의 말에 잘 속지는 않는다는 거지."

그건 사실이겠지. 남을 속이는 데 프로니까.

"가미오 에이치 씨가 최근에도 그런 이야기를 하신 적이 있으십니까?"

"요새는 없었어. 방금 말했듯이 형님은 원래 재테크 같은 데에는 전혀 관심이 없는 사람이었어. 돈이란 모름지기 일해서 버는 것이라는 가치관을 가지고 있었지. 정년퇴직해서 수입이 줄어들면 불안한 마음에 조금이라도 자산을 늘리겠다고 투자에 귀가 솔깃해지는 사람들이 있는데, 그런 데 섣불리 손을 대면 큰 손실을 입기 마련이라는 이야기를 자주 했지. 형님의 경우에는 부양가족이 있는 것도 아니고, 사치만 안 하면 적금과 연금으로 충분히 생활이 가능하다고 생각했을 거야."

거짓말인지 사실인지는 알 수 없었지만, 신빙성 있는 이야 기였다. 다케시의 말대로 에이치는 그런 신중한 성격이었다.

"그럼 최근에 돈 문제로 상의한 적은 없었다는 말씀이시군 요."

"그런 이야기는 들은 적 없네. 굳이 찾자면, 한 달 전쯤에 집 보수공사 문제로 전화가 오긴 했지만…… 아, 그러고 보 니." 거기까지 이야기하더니 다케시는 갑자기 어색하게 말을 끊었다. 그러더니 생각에 잠긴 듯 초점 없는 눈으로 허공을 바라보았다.

"저기, 왜 그러십니까?"

"아니, 좀 생각난 게 있긴 한데, 형님 자산과는 상관없는 이 야기라. 잊어 버리게."

"무슨 이야기입니까? 괜찮으시다면 말씀해 주시죠." 가키 타니는 관심을 보이며 캐물었다.

"딱히 안 될 건 없지만, 사건과 관련 있는 이야기는 아닌 것 같네. 들어도 시간 낭비일 것 같은데."

"시간은 많으니 걱정 마시고 말씀해 주시죠."

"그래도……." 다케시는 뜸만 들일 뿐 좀처럼 말을 꺼내지 않았다. 상대를 애태우려는 게 분명했다.

그때 주문한 커피가 나왔다. 마스터는 정중한 손길로 커피 네 잔을 사람들 앞에 내려놓았다. 은은한 커피 향에 마시기 전부터 기대감이 부풀었다. 마요는 우유를 조금 넣었다.

"아니, 좋은 커피에 다짜고짜 우유는 왜 넣냐. 일단 블랙으로 마시는 게 정석인데." 다케시는 잔을 들어 올려 가늘게 눈을 감고 향을 즐기는 시늉을 했다. "음, 아주 훌륭하군." 그러고 나서 한 모금 커피를 마시더니 맛을 음미하듯 조금씩 삼켰다. "적당한 산미와 쓴맛이 딱 좋은 정도로 혀에 남는군. 콜롬비아 베이스인 것 같은데, 맞습니까?"

"말씀대로입니다. 좋은 원두가 들어와서 특별히 만들어 봤습니다." 흰머리의 마스터는 흡족한 표정으로 답했다.

"그라인딩도 아주 완벽해. 떫은맛도 적절하고."

"감사합니다."

"그나저나 이 가게는 담배를 피워도 되나 보죠? 옛 정취가 물씬 풍기는 재떨이가 있는 걸 보면." 다케시는 테이블 가장 자리에 놓인 유리 재떨이를 가리키며 물었다.

"피우셔도 됩니다."

"반가운 소리군." 다케시는 재킷 안주머니에서 담뱃갑을 꺼냈다. 그리고 다른 주머니에 손을 넣으려다가 동작을 멈추고 형사들을 보았다.

"이거 실례, 물어보지도 않고. 담배 피워도 괜찮나? 연기나 냄새가 신경 쓰이면 안 피우고."

"괜찮습니다. 신경 쓰지 마십시오." 가키타니가 말했다.

"그래? 미안하게 됐군. 맛있는 커피를 마시면 담배 생각이 간절해지거든."

다케시는 주머니에서 손을 뺐다. 손에는 기름 라이터가 들려 있었다.

마요는 놀란 기색을 내비치려 않으려 애를 썼다. 다케시와 오랜만에 만난 뒤로, 그가 담배를 피우는 모습을 한 번도 본 적이 없었기 때문이었다. 아니면 호텔이나 장례식장은 전부 금연구역이었기 때문에 피울 기회가 없었던 것뿐일까.

다케시는 담뱃갑에서 꺼낸 담배를 물고 익숙한 손길로 불을 붙이려 했다. 하지만 라이터에서는 불꽃이 튈 뿐 불이 붙지 않았다. 두세 번 반복하고 나서 혀를 차며 라이터를 내려놓았다.

"오일이 없나 보군. 요새 오일을 안 채워뒀거든. 사야지, 사야지 생각하면서도 번번이 깜빡했어. 어제 아침에 놓고 온 물건을 가지러 집에 갔을 때 혹시 리필용 오일이 있나 해서 찾아봤는데 없더군."

다케시는 자리에서 일어나더니 마스터를 부르며 카운터로 다가갔다.

"성냥 있습니까?"

"있습니다." 마스터는 카운터 밑에서 뭔가를 꺼냈다. 다케시는 고맙다고 인사한 뒤 돌아왔다. 그가 들고 있는 건 작은 종이성냥이었다.

"옛날 생각 나는군. 요새는 가게 이름이 들어간 이런 판촉용 성냥을 만드는 곳이 드물어서."

다케시는 성냥 하나를 뜯어서 불을 붙인 뒤에 담배에 댔다. 담배 끝부분이 서서히 붉게 물들었다. 그러고는 성냥을 털어서 불을 끈 뒤에 재떨이에 버렸다.

"담배를 피우시는군요." 가키타니가 말했다.

"때와 장소에 따라서. 꼭 피우고 싶을 때만 피우지. 딱히 피우고 싶지도 않은데 습관적으로 담배에 불을 붙여서, 맛도 모른 채 유해한 연기를 배출하는 사람들과 같은 부류로 싸잡히긴 싫군."

"늘 그 기름 라이터를 쓰십니까?" 가키타니는 테이블에 놓인 라이터를 힐끗 보았다.

"그래. 싸구려지만 미국에 있을 때 산 추억의 물건이지."

"방금 집에 오일이 있을지도 모른다고 생각했다고 하셨는데요, 직접 구입하신 겁니까?"

"아니, 형님 거야. 예전에 책장 밑에 몇 개 있는 걸 본 기억이 나서."

가키타니는 뜻밖이라는 표정으로 마요를 보더니 다시 다케시를 향해 말했다.

"마요 씨한테는 에이치 씨가 오래전에 담배를 끊으셨다고 들었는데요."

"겉으로는 그랬지. 남들 앞에서는 안 피웠어. 하지만 가끔 기분 전환 겸 피웠던 모양이야. 나도 여러 번 봤고."

"최근에도 라이터를 갖고 계셨습니까?"

"기름 라이터?"

"네."

"예전에는 몇 개 있었는데, 요즘은 어땠는지 모르겠군. 오일이 없는 걸 보면 최근에는 안 썼을지도 모르겠어." 다케시는 커피를 한 모금 마시더니 담배를 입에 물고 다시 연기를 뿜고는 흡족한 표정으로 연신 고개를 끄덕였다. "좋아, 이 느낌. 이게 바로 카페를 즐기는 법이지."

마에다가 가키타니의 귀에 뭐라고 소곤거렸다. 가키타니는 노트북 화면을 힐끗 보고 고개를 끄덕이더니 다시 다케시에게 물었다.

"저기, 하시던 이야기 말입니다만."

"무슨 이야기였지?"

"돈 문제 말입니다. 에이치 씨가 무슨 이야기를 하셨다고
⋯⋯."

"아, 그거⋯⋯." 다케시는 연기를 뿜으며 고개를 끄덕였다.

"그러니까 그건 형님 일은 아니라고 하지 않았나. 여기서
털어놓을 만한 내용은 아냐. 그리고 남의 개인 정보에 관련된
일이니 말하고 다니지 말라고 신신당부하기도 했고."

"무슨 말씀인지는 알겠습니다. 그래도⋯⋯." 가키타니는
두 손을 테이블에 대고 몸을 내밀었다. "사건에 관련된 이야
기일지도 모릅니다. 절대 외부로 유출하지 않겠다고 약속드
립니다. 어떤 이야기였는지, 대충이라도 좋으니 말씀해 주십
시오."

"이거 난감하군⋯⋯." 다케시는 난처한 표정을 지었다. "만
일 내가 누군지 말하면, 어차피 당신들은 그 사람을 찾아가
자세한 이야기를 들으려 할 거 아냐. 그럼 내가 말한 줄 다 알
테고."

"그 점은 저희가 알아서 하겠습니다. 누가 되지 않도록 신
경 쓰겠습니다. 믿어주십시오."

가키타니는 뜨거운 목소리로 말했다. 옆에 있던 마에다도
고개를 숙였다.

다케시는 담배를 손가락 사이에 끼운 채 비스듬히 시선을
들었다. 한동안 그 자세로 가만히 있더니, 천천히 재떨이에

담뱃불을 껐다.

"그럼 이렇게 하지. 내 입으로 먼저 이야기하기는 싫어. 하지만 그쪽에서 물어보고, 거기에 예스나 노로 대답하는 정도는 괜찮을 것 같아."

가키타니는 당혹스러운 낯을 지었다. "예스나 노……라고요."

"그래. 어떤가?"

마에다가 말없이 노트북 키보드를 두드렸다. 가키타니는 힐끗 화면을 보았다. 거기에 마에다의, 즉 수사1과의 의견이 표시되어 있는 거겠지.

가키타니는 다케시를 보며 말했다.

"하지만 그래서는 무슨 질문을 해야 할지 갈피를 잡을 수 없지 않습니까. 역시 일단 어떤 종류의 이야기인지만이라도 알려 주실 수 없겠습니까?"

다케시는 팔짱을 끼고 음, 하고 한숨을 내쉬더니 "상속."이라고 말했다.

"네?"

"상속이라고. 어떤 사람이 사망해서 유족이 재산을 상속받게 됐어. 그에 관한 일이야. 내가 말할 수 있는 건 여기까지야."

마요는 무심코 다케시의 얼굴을 보았다. 대체 누구 이야기를 하는 거지?

마에다가 다시 키보드를 두드렸다. 가키타니의 시선이 노트북 화면을 재빨리 훑었다.

"돌아가신 분의 성함이 뭡니까?"

가키타니의 질문에 다케시는 질린다는 표정을 지었다.

"사람 말을 어디로 들은 건가? 예스나 노로만 대답하겠다고 했잖아."

마에다가 재빨리 키보드를 두드렸다. 다시 가키타니의 시선이 좌우로 움직였다.

"그럼 그분이 돌아가신 게 작년 4월입니까?"

"예스."

곧바로 튀어나온 대답에 마요는 또다시 놀랐다.

"사망 원인은 사고입니까?"

"노."

"병사입니까?"

"예스."

"고인의 유족들이 상속 관련해 에이치 씨에게 어떤 부탁을 하거나, 문의를 한 겁니까?"

"예스."

"하지만 에이치 씨는 혼자서 판단할 수 없다고 생각하고 다케시 씨에게 상의한 거고요."

"예스. 하지만 상의라고까지 할 건 아니었어. 잡담, 혹은 혼잣말에 가까운 푸념이었지."

"푸념…… 에이치 씨에게 썩 반가운 이야기는 아니었던 거군요."

"그 역시 예스라고 대답하지. 마음이 무겁다고 했으니까."

"마음이 무겁다. 그렇게 표현한 걸로 봐서는 중재 역할을 하시던 겁니까?"

"예스. 누군들 돈 문제의 중재를 하고 싶겠나."

"그 문제의 구체적인 내용을 들으셨습니까?"

"그건 노. 형님이 지나가는 말처럼 했던 이야기라, 구체적인 내용까지는 모르네."

"지나가는 말처럼…… 이를테면 고인은 유산은커녕 막대한 빚을 남겼다. 이런 이야기입니까?"

"노."

"그럼 상속 분쟁이 일어났다?"

"그것도 노."

"상속받아야 할 재산이 사라졌다……?"

다케시는 잠시 뜸을 들이다 고개를 끄덕였다. "예스."

가키타니가 숨을 들이마시는 소리가 들렸다.

"에이치 씨는 그 문제의 직접적인 원인을 아시는 눈치였습니까?"

"어디까지 알고 있었는지는 모르겠군. 일이 더 커지지 않았으면 좋겠다……그런 식으로 말했거든. 미안하지만 정확하게 기억나지 않는군."

"그렇군요." 작게 중얼거리더니 가키타니는 옆자리의 마에다를 보았다. 서로 눈빛을 주고받으며 동의를 구하는 눈치였다.

"큰 도움이 되었습니다. 협조해 주셔서 감사합니다." 가키타니가 고개를 숙이며 감사 인사를 했다.

"이제 됐나?"

"네. 충분합니다. 감사합니다."

다케시는 커피잔을 들어 커피를 마셨다.

"아직 커피가 남았는데, 다 마시고 나가도 되겠지? 모처럼 왔으니까."

"물론이죠. 천천히 드십시오." 가키타니가 대답했다.

마에다가 노트북을 닫고 일어날 채비를 하려는데, 다케시가 갑자기 컴퓨터를 위에서 눌렀다.

"뭐 하시는 겁니까?" 마에다가 처음으로 말문을 열었다.

"당신들, 커피를 다 남겼잖아. 맛이라도 봐야 하는 거 아닌가? 가게에 실례잖아."

마에다는 입을 비죽이며 노골적으로 불쾌한 티를 냈다.

"그것도 그러네요. 그럼 잘 마시겠습니다." 가키타니는 잔을 들고 커피를 마셨다. "하하, 역시 맛있네요."

355

"음식 남기면 못써."

"그렇고말고요."

"그나저나 이렇게 수사에 협조하고 있는데, 그쪽에서도 우리 질문에 대답해 줘야 하는 거 아닌가?"

가키타니는 마에다와 눈빛을 주고받더니 억지웃음을 지으며 대답했다.

"뭐가 궁금하신 겁니까?"

"조카 동창들 말인데, 듣자하니 그 친구들을 의심한다면서?"

"그럴 리가요." 가키타니는 고개를 저으며 커피잔을 내려놓았다. "결코 그런 게 아닙니다. 경야와 장례식 조문객들 명단에 이름이 많이 보이기에, 어떤 분들인지 여쭤보았을 따름입니다."

"가키타니 계장……." 다케시는 몸을 내밀어 팔꿈치로 테이블을 짚었다. "피차 알 만큼 아는 사람끼리 그런 입 발린 소리는 집어치우고 탁 까놓고 말해 보자고. 당신들 때문에 마요가 얼마나 괴로워하는 줄 알아?"

"네?" 가키타니는 당혹스러운 눈빛으로 마요를 보았다. "괴로워하다니, 그게 대체……."

마요는 말없이 고개를 떨궜다. 다케시가 무슨 소리를 하려는 것인지 짐작조차 가지 않았다.

"모르겠나? 이봐, 당신들 때문에 마요가 동창들을 못 믿겠

356

다잖아. 그도 그렇겠지. 아버지를 죽인 범인일지도 모르니까. 앞으로도 계속 얼굴을 봐야 하는데, 그때마다 계속 의심의 눈길을 보내야 하다니. 마요가 가엾지도 않아?"

"아니, 어디까지나 참고할 겸 여쭤본 거지, 용의자로 보고 있는 건 아닙니다."

"그러면 알리바이가 있는지, 없는지, 그것만이라도 알려 줘."

"네?" 가키타니의 눈이 휘둥그레졌다.

"어차피 당신들은 명단에 이름이 있는 동창들을 찾아갈 거잖아. 아니, 어쩌면 이미 몇몇은 찾아갔을지도 모르겠군. 그때 알리바이를 확인했을 거 아냐. 아니라는 말은 마. 유족인 우리한테까지 알리바이를 물어봤잖아."

"그거야 뭐, 아마 확인하게 되겠지만……."

"그렇지? 그러니까 그 결과를 우리한테 알려 줘. 알리바이가 확인된 사람은 마요도 안심하고 대할 수 있을 테니까. …… 그렇지?"

동의를 구하는 다케시를 보며 마요는 고개를 끄덕였다. 지금은 쓸데없는 소리 하지 않고 다케시의 말을 따르는 게 좋을 것 같았다.

"무슨 말씀이신지는 알겠습니다만, 그걸 알려 드릴 수는 ……." 가키타니는 말을 흐렸다.

"안 된다고?"

"죄송합니다."

"수사상의 비밀을 유출할 수는 없으니까요." 옆에서 마에다가 담담한 목소리로 말했다.

다케시는 몸을 젖혀 의자 등받이에 기댔다. "어쩔 수 없지."

가키타니의 얼굴에 안도한 기색이 떠올랐다. "이해해 주셔서 감사합니다."

"그렇게 나오면 우리가 직접 알아볼 수밖에. 내가 동창들을 찾아가서 알리바이를 확인 해야겠군."

다케시의 말에 두 형사는 기겁했다.

"아니, 아니." 가키타니는 엉덩이를 들고 손사래를 쳤다. "그건 안 될 말씀입니다. 그러지 마십시오."

"왜? 당신들하고는 상관없잖아."

"수사에 방해됩니다." 마에다가 말했다. "관계자들과 접촉할 때에는 나름대로 준비가 필요합니다. 상대가 경계심을 갖지 않도록 하는 것도 중요하죠. 가미오 씨가 멋대로 휘젓고 다니면 그런 수고가 모두 물거품이 됩니다."

"그건 내가 알 바 아니고."

마에다의 눈썹이 꿈틀거렸다. "범인을 못 잡아도 된다는 겁니까?"

"산 사람의 행복을 희생하면서까지 잡고 싶은 건 아니지."

"희생이라니, 너무 거창하시군요."

358

"뭐라고? 다시 말해봐." 다케시는 반쯤 몸을 일으키며 받아쳤다.

"제발 진정들 하십시오." 가키타니가 당황한 얼굴로 두 사람을 달랬다. "커피 좀 드시면서 진정하십시오."

다케시는 앉아서 심호흡을 한 뒤에 다시 몸을 내밀며 말했다.

"거래를 하자고. 관계자들의 알리바이만 알려 주면 쓸데없는 짓은 일절 안 하겠네. 비밀도 지킬 거고. 약속하지. 나도 수사를 방해하고 싶은 건 아냐. 형님을 해친 범인을 하루라도 빨리 잡고 싶은 심정이지만 소중한 조카가 고통받는 걸 더는 못 보겠어서 그래. 가키타니 경위 그리고 마에다 경장, 이 삼촌 마음을 좀 헤아려 주게." 뒤로 갈수록 목소리가 끈적해졌다.

형사들은 난처한 표정으로 서로 마주 보았다.

"저희가 멋대로 정할 수 있는 일이 아니라……."

"그야 그렇겠지. 마에다 경장, 고구레 경감한테 연락하게."

다케시의 지시에 마에다는 주눅든 표정으로 대답했다. "경감님께요……?"

"그래. 자네가 말하기 불편하면 전처럼 내가 대신 하지."

"아뇨, 사양하겠습니다."

"그럼 부탁하네."

마에다는 한숨을 내쉬더니 마지못한 표정으로 자리에서 일어났다. 그러고는 안주머니에서 스마트폰을 꺼내며 밖으로 나갔다.

가키타니는 떫은 표정으로 커피를 다 마시고 잔을 내려놓았다.

"참 성가신 유족이라 생각했지?" 다케시가 말했다.

"아뇨, 그런 게 아니라⋯⋯."

"얼버무리지 않아도 돼. 얼굴에 쓰여 있으니까. 하지만 중학교 동창을 의심해야 하는 마요의 입장도 좀 생각을 해보게. 얼마나 괴롭겠나?"

"네, 그건 저도 압니다."

"정말인가? 마요에게 들었는데 자네도 형님 제자였다면서? 그런데 경야에도, 장례식에도 얼굴 한 번 안 비춘 건가?"

생각지도 못한 지적이었는지 가키타니는 당황한 기색이 역력했다.

"아니, 그게⋯⋯."

"그럴 수 없는 입장이었다고? 수사를 우선한 거군. 현경 본부의 안색 살피기에 급급한 것 같던데, 그런 사람이 마요의 심정을 어떻게 알겠어."

가키타니는 뭐라 받아치지 못하고 바닥만 바라보고 있었다. 그러더니 바지 주머니에서 손수건을 꺼내 관자놀이를 눌렀다.

마에다가 돌아왔다.

"관계자들과 접촉할 때는 신중을 기해야 하기 때문에 당장 모든 사람과 만날 수는 없습니다. 또한 당사자가 알리바이를 주장하더라도 재차 확인해야 하고요. 불확실한 정보를 공개할 수는 없다는 게 저희 생각입니다."

"그건 확실한 정보는 공개할 수 있지만 다소 시간이 걸린다는 말인가?"

"그렇습니다. 하지만 비밀은 꼭 지켜주십시오."

"안다니까. 약속하지."

마에다는 앉지 않고 컴퓨터를 가방에 넣었다. 커피는 마시지 않고 그대로 나갈 생각인 것 같았다. 가키타니도 자리에서 일어났다.

"하나만 더 알려 주게." 다케시가 손가락을 들며 말했다. "지난주 토요일에 형님이 도쿄에 다녀왔지. 도쿄 킹덤 호텔에서 만난 사람이 누구인가? 이미 알아냈을 거 아냐. 사건하고 상관없는 일일 테니 알려 줘도 되지 않나?"

두 형사는 서로 마주 봤다.

"아직 알아내지 못했습니다." 마에다가 대답했다.

"정말인가?"

"설령 알아냈더라도." 가키타니가 말을 받았다. "말씀드릴 수는 없습니다."

마에다는 순간 놀란 표정을 짓더니 매서운 눈빛으로 관할서의 경위를 쏘아보았다. 그 시선을 알아채지 못했는지 가키타니는 말을 이었다. "개인 정보에 관련된 일이니까요."

"알겠네. 그나저나 아직 우리 집 앞을 경관이 지키고 서 있던데, 언제까지 거기 있을 건가? 이웃들 보는 눈도 있으니 그만 철수해 주지 않겠나?"

"죄송합니다만, 당분간은 양해 부탁드립니다." 가키타니가 정중한 어조로 말했다. "그 대신, 두 분이 집에 들어가실 때 경찰이 따라다니지는 않을 겁니다. 하지만 서재에는 가급적 들어가지 마십시오. 그리고 뭔가 물건을 가지고 나올 경우에는, 번거로우시겠지만 현장에 있는 경관에게 한마디 해주시면 감사하겠습니다."

"번거롭긴 하지만 뭐, 그러지. 내일 오전에 갈 거야. 미리 말 좀 전해 주게."

"알겠습니다. 뭔가 가지고 나오실 물건이 있습니까?"

"조카가 졸업 앨범과 문집을 가지러 가야 한다고 하는군. 일요일에 동창회가 있거든."

그런 말을 한 기억은 없었지만, 마요는 침묵을 지켰다.

"알겠습니다. 현장에 있는 경관에게 말해두겠습니다."

"잘 부탁하네. 그럼 마요, 일어나자." 말을 마친 다케시는 자리에서 일어났다.

362

●

호텔로 돌아와 방에 들어오자마자 다케시는 겉옷을 벗고 화장실로 달려갔다. 뭘 하는가 했더니, 양치질을 하고 있었다. 마요는 고개를 갸웃거리며 비닐봉지를 테이블 위에 놓았다. 편의점에서 산 도시락과 차였다. 오늘 저녁은 이걸로 때우기로 했다. 사장님에게는 죄송했지만, 앞으로의 일을 생각하면 허리띠를 조금 졸라매야 할 것 같았다.

도시락을 뜯으며 무심코 방구석에 시선을 주었다. 바닥에 종이봉투가 놓여 있었다. 어제까지는 못 보던 물건이라 뭔가 싶어서 안을 들여다봤더니 만화책이 한가득 들어 있었다. 《환뇌 라비린스》 전권인 것 같았는데, 구기미야의 다른 작품도 있는 것 같았다.

"이제 좀 살 것 같네." 다케시가 화장실에서 나왔다.

"삼촌, 이 만화는 뭐예요?"

"뭐긴 뭐야. 샀지. 중고지만."

"낮에 이걸 사려고 나갔던 거예요?"

"그뿐이겠냐." 다케시는 책상다리를 하고 앉더니 비닐봉지에서 미트소스 스파게티와 하이볼 캔을 꺼냈다. 오늘 저녁 메뉴인 모양이었다. 스파게티를 먹기 전에 하이볼 캔을 따서 한 모금 마시고는 불만스레 입을 비죽였다. "아직도 입에 담배 냄새가 남아 있네. 이래서 담배가 싫다니까."

"삼촌이 담배 피우는 거 처음 봤어요."

마요의 말에 다케시는 잠시 생각하는 표정을 짓더니 하이볼을 테이블에 내려놓았다. 벗어놓은 겉옷을 끌어당겨 안주머니에서 담뱃갑을 꺼냈다. 그리고 담배 한 개비를 꺼내서 마요를 보았다. "100엔짜리 있어?"

"100엔짜리? 있을걸요."

"하나만 빌려줘."

마요는 가방에서 지갑을 꺼내 100엔 동전을 테이블에 내려놓았다. 다케시는 동전을 왼손으로 집더니 오른손에 든 담배를 서서히 가져다 댔다.

다음 순간 다케시가 담배를 물고 고개를 들었을 때 마요는 가슴이 철렁했다. 담배가 동전 한가운데를 뚫고 나왔기 때문이다.

"어떻게 한 거예요?"

다케시는 담배를 입에 문 채 동전을 손으로 집더니 쓱 빼서 다시 테이블에 두었다. 마요는 바로 동전을 집어서 이리저리 살펴보았다. 하지만 구멍 같은 건 없었다.

"한 번만 더 해봐요."

"문외한들은 꼭 이런다니까." 다케시는 진저리를 내며 담배를 다시 담뱃갑에 넣어 휴지통에 던져 버렸다. "때로는 이런 잔기술을 보여 줘야 할 때도 있는 법이라, 마술사들은 담배 정도는 피울 줄 알아야 한다는 소리다."

"삼촌, 한 번만 더." 마요는 두 손을 모으며 말했다.

"시끄러워."

"100엔 줄게요."

"내가 거지냐. 그보다 얼른 밥이나 먹자." 다케시는 스파게티의 포장을 벗기고 뚜껑을 열어 플라스틱 포크로 먹기 시작했다. 평범하기 그지없는 동작이었지만, 신기하게도 그런 손길조차 환상적으로 보였다.

마요는 젓가락을 들고 도시락 뚜껑을 열었다. 닭튀김 도시락이었다. 표시된 칼로리를 보니 꽤 높았다. 오늘 밤은 그렇다 쳐도, 이런 음식만 먹다 보면 눈 깜짝할 새에 살이 찌겠지.

"삼촌, 하나 물어 봐도 돼요?"

"뭔데, 겐타 군 일이야?"

가슴이 서늘해졌다. "어떻게 알았어요?"

"얼굴에 집착이 그득해서."

울컥했지만 일단은 참았다.

"삼촌, 겐타 씨 스마트폰 봤어요?"

"스마트폰? 그건 왜?"

"스마트폰 훔쳐보는 거 좋아하잖아요."

"뭔가 오해하나 본데, 수사 상황을 알아야 하니까 어쩔 수 없이 형사들 스마트폰에서 정보를 빼내는 거지 훔쳐보는 걸 좋아하는 게 아냐."

"그럼 안 봤어요?"

"사람을 뭘로 보고."

"뭐야, 그럼 됐어요." 마요는 다시 도시락을 먹기 시작했다.

묵묵히 스파게티를 입에 넣던 다케시가 갑자기 포크를 내려놓았다.

"그 친구는 인기가 많은 것 같더라고."

순간 마요는 씹던 절임채소가 목에 걸렸다. 황급히 페트병에 든 차를 마셨다.

"겐타 씨가 자기 입으로 그래요?"

"말은 안 했는데, 이야기하다 보면 알겠더라고. 사귀던 여자가 한둘이 아니던데."

"그건 나도 들었어요."

"여자 경험이 많은 건 좋은 일이지. 고르고 고른 상대가 너란 뜻이잖아."

"그럴까요?" 마요는 무심히 고개를 갸웃했다.

"너는? 여러 남자 중에서 고르고 고른 게 그 친구야?"

"그렇게 남자를 많이 만나본 것도 아니에요. 하지만 신중하게 결정하긴 했어요."

"그래. 뭐, 나하고는 상관없는 일이지만." 다케시는 그렇게 말하더니 다시 스파게티를 먹기 시작했다.

식사를 마친 뒤 빈 도시락 용기를 버리고 나서 다케시는 하이볼 캔을 하나 더 땄다.

"그럼 형사들과 했던 이야기를 복습해 볼까?"

"좋아요." 마요는 도시락 용기를 치웠다. 과식은 좋지 않다고 생각하면서도 결국 깨끗이 먹어치웠다.

"먼저 나부터 질문할게요. 왜 좋아하지도 않는 담배를 피운 거예요?"

"그건 나중에. 일단은 형사들 이야기부터 하자. 내 노림수대로 미끼를 덥석 물더군. 형님이 나한테 돈 문제 관련해서무슨 이야기를 했는지 확인하려 했잖아."

"그거 말인데요, 옆에서 들어도 무슨 이야기인지 하나도 모르겠던데요. 상속이 뭐예요?"

"그걸 먼저 설명해야겠군. 실은 오늘 아침에 모리와키의 집을 둘러보고 왔어."

"모리와키? 모리와키 아쓰미 씨 말이에요? 만났어요?"

"그런 위험한 짓을 하겠냐. 집을 둘러보고 왔다고 했잖아. 집이 아주 좋더라고. 그도 그럴 게, 집주인인 모리와키 가즈오 씨는 수완 좋은 사업가였던 모양이야. 여러 대기업의 임원을 역임했고, 9년 전까지는 미국에 있었던 모양이더군. 귀국 후에 고향으로 내려왔고, 고문으로 이름을 올린 회사는 있었지만 실질적으로는 일선에서 물러나 은퇴했지. 평화의 화和에 남편 부夫 자를 써서 가즈오야."

"엄청 잘 아네요? 누구한테 들었어요?"

"이웃 주민들한테. 인품이 좋았는지 모리와키 가즈오 씨에 대해 나쁘게 말하는 사람이 없더라고. 지역 활동에도 적극적으로 참가했다고 하고."

"또 형사인 척하면서 탐문 조사를 한 거예요? 그러다 진짜 형사하고 마주치면 어쩌려고 그래요."

"어쩌긴 뭘 어째. 죄를 지은 것도 아닌데. 그리고 내 입으로 형사라는 말은 한마디도 안 했어. 상대방이 멋대로 착각한 거지."

그렇게 착각하도록 다케시가 술수를 쓴 게 틀림없었지만, 지적해 봤자 시간 낭비라는 생각만 들었다.

"이야기를 듣자 하니 그 모리와키 가즈오 씨는 돌아가셨나 보네요?"

"작년 4월에 타계했어. 사인은 신종 코로나 바이러스로 인한 폐렴이었고."

"아, 그때 돌아가셨구나……."

코로나로 인한 사망자와 중증 환자가 가장 증가했던 시기였다.

"일련의 정보에 의하면 모리와키 아쓰미가 부재중 메시지에 남긴 '아버지의 은행 계좌'라는 건 아무래도 유산을 가리키는 것 같다는 결론이지."

"아, 그래서 형사들한테 상속에 관한 일이었다고 했구나. 하지만 재산이 사라졌다는 건 어떻게 알았어요?"

"그건 아까 가키타니가 말해 줘서 알았지."

"어, 하지만 삼촌이 예스라고 대답했잖아요."

"그런 시그널이 떴으니까."

"시그널?" 마요는 무슨 뜻인지 몰라서 미간을 찌푸리며 고개를 갸웃했다. "무슨 말이에요?"

"그전에 했던 질문 두 개 기억나? 첫 번째 질문은 고인이 유산은 고사하고 막대한 빚을 남겼다, 두 번째는 상속 분쟁이 일어났다, 였지."

"그랬죠. 그 질문에 삼촌은 모두 노라고 대답했고요."

"가키타니의 눈동자가 순간 오른쪽 위를 향했거든."

"눈? 오른쪽 위?"

"일반적으로 인간은 뭔가를 상상하며 이야기하려 할 때 시선이 오른쪽 위로 향하는 경향이 있어. 반대로 사실을 떠올릴 때는 왼쪽 위를 향하지. 대강 말하면 거짓말을 할 때는 오른쪽, 사실을 말할 때는 왼쪽이야."

"정말이에요?" 마요는 눈을 좌우로 움직였다. "다음에 한

번 해봐야겠다."

"본인도 자각하지 못하는 순간적인 움직임이니, 경험이 없으면 알아채기 어렵지. 그리고 일반적으로, 라고 했잖아. 무슨 일이든 예외는 존재하지. 하지만 가키타니와는 여러 번 만나 이야기해 봤으니, 이 법칙이 통용되는 경우라고 확신할 수 있었어."

"그랬구나……."

"그리고 또 하나, 마에다에게도 주목했어. 그 풋내기 형사는 관심 유무가 그대로 드러나더라고. 관심 없는 화제에는 키보드 위에 올려놓은 손가락 근육이 풀어져 있지만, 자기가 관심 있는 화제가 나오는 순간 뻣뻣해지지. 눈을 깜빡이는 횟수도 단번에 줄어들고. 가키타니가 상속받아야 할 재산이 사라졌다고 말한 순간, 두 사람이 보내는 시그널은 명확히 예스를 가리키고 있었어."

마요는 수염이 삐죽삐죽 자란 삼촌의 얼굴을 뚫어져라 바라보았다.

"뭐야?"

"아뇨, 그 능력을 왜 더 좋은 일에 못 쓰나 해서요. 그걸로 남을 도울 수도 있을 텐데."

"쓸데없는 참견은. 좌우지간 덕분에 대략적인 사정을 알아낼 수 있었어. 아마 경찰은 모리와키 아쓰미를 찾아가, 형님

370

에게 전화를 건 이유와 남겨둔 부재중 메시지가 무슨 뜻인지 물어봤겠지. 모리와키 아쓰미의 대답은, 작년에 돌아가신 아버지의 은행 계좌를 봤더니 큰돈이 사라지고 없었다. 그 이유를 은행 담당자에게 물어봐 달라고 가미오 선생님에게 부탁했다고 했겠지. 왜 형님에게 그걸 부탁했는가. 그건 담당자가 선생님이 소개한 사람이라고 아버지가 말했으니까. 그렇게 말하지 않았을까."

"그 담당자가 마키하라고요?"

"그렇게 생각하면 앞뒤가 맞지. 그 이야기를 들은 경찰은 두 가지 목적을 달성하기 위해 가키타니와 마에다를 우리에게 보냈어. 하나는 모리와키 아쓰미의 이야기가 사실인지 확인하는 것, 또 하나는 계좌에서 예금이 사라진 이유나, 그 돈의 행방을 형님이 알고 있었는지를 확인하기 위해."

"그렇다면 경찰은 둘 다 실패했네요. 삼촌은 사실 아는 게 없으니까."

"그건 그런데, 모리와키 아쓰미의 이야기는 아마 사실일 거야. 그런 거짓말을 할 이유가 없지. 문제는 예금이 사라진 이유를 형님이 알고 있었느냐는 건데, 자세히는 몰랐어도 어렴풋이 짐작하고 있었을 가능성이 있지. 무엇보다 금융 쪽에 의외로 빠삭했으니까."

"네?" 마요는 놀라 외쳤다. "아까 형사들한테는 그런 쪽으로 잘 몰랐다고 했잖아요."

"잘 몰랐던 걸로 해두지 않으면 형님이 나한테 조언을 구했다는 상황이 말이 안 되잖아. 젊었을 적에는 주식도 좀 했으니, 재테크에 무관심했던 건 아냐."

"그런 이야기 처음 들어요."

"다 옛날 일이야. 요새는 경기가 안 좋아서 리스크가 크다고 소극적이었어. 어찌 되었든 예금이 사라진 이유를 형님이 알고 있었다면, 단번에 이야기가 요상해지지. 그 사실이 밝혀지기를 원치 않은 사람이 분명히 있다는 소리니까."

다케시의 말뜻을 알아챈 순간 온몸에 소름이 돋았다.

"그 사람이 아버지를 죽였다는 거예요?"

"적어도 경찰은 그런 가능성도 생각하고 있는 거지."

"설마…… 마키하라가?"

"지금 내가 말한 게 진상이라면, 마키하라도 상관없지는 않겠지. 어젯밤 술자리에서 마키하라와 나눈 말들을 떠올려 봐."

"삼촌이 아버지한테 제자가 돈 관련해서 뭔가 문제를 일으킨 것 같다는 이야기를 들었다고 했을 때죠?"

"그 말을 듣고 마키하라는 어떤 반응을 보였지? 도청기로 들었을 때도 뭔가 동요한 눈치던데."

"분명 좀 어색하기는 했지만……."

말도 안 된다. 목구멍까지 올라온 그 말을 마요는 바로 삼켰

다. 누가 범인이든 같은 말을 하게 될 거라던 다케시의 지적
이 떠올랐다.

"이 가설이 맞다면, 조만간 경찰이 공표하겠지. 우리는 상
황을 지켜보는 수밖에." 다케시는 건조한 목소리로 말하더니
하이볼을 마셨다.

마요는 한숨을 흘리며 차를 마셨다. 동창이 아버지를 죽인
범인. 상상조차 하고 싶지 않은 상황이었지만 각오는 해두는
게 좋을 것 같았다. 그나저나 어젯밤 술자리에서 있었던 일을
떠올렸다. 마키하라는 에이치의 죽음과 무관한 것도 아니면
서, 마요 앞에서 태연하게 환뇌 라비린스 파크 이야기를 꺼낸
건가. 벗어놓은 다케시의 겉옷 주머니에서 반짝이는 뭔가가
빠져나와 있는 게 눈에 들어왔다. 기름 라이터였다.

"그 라이터, 전부터 쓰던 거예요?"

"이거?" 다케시는 라이터를 집으며 말했다. "이 동네에는
뭘 살 만한 곳이 없어. 만화 사러 가는 김에 옆 동네 잡화점에
가서 사온 거야. 소매점이 사라진 마을에는 그런 대형 상업
시설이 필요하지."

미국에 있을 때 샀다는 이야기는 역시 거짓말이었다.

"형사들 앞에서 담배를 피운 이유가 뭔지 아직 못 들었는
데요."

"어젯밤에 가키타니가 널 보자고 했을 때, 이상한 소리를

373

했잖아. 형님이 담배를 피웠냐, 라이터는 어떤 걸 썼냐고."

"그랬죠. 이상한 질문이라고 생각하긴 했는데, 무슨 의미가 있던 거예요?"

"형사의 질문에는 반드시 의미가 있어. 생각할 수 있는 건 현장 혹은 시신에서 라이터의 흔적이 발견되었을 가능성이지."

"라이터의 흔적?"

"말이 좀 어색한데, 그런 식으로 표현할 수밖에 없어. 라이터 자체가 발견됐다면 그걸 너에게 보여 주며 형님 것인지 물어봤겠지. 한마디로 발견된 건 라이터가 아니라, 라이터가 존재했음을 나타내는 흔적이지. 내 생각엔 리필용 오일일 것 같았어. 그래서 이걸 준비해서 형사들의 반응을 떠본 거야." 다케시는 딸깍거리는 소리를 내며 기름 라이터 뚜껑을 여닫았다.

"가키타니 형사님이 바로 미끼를 물었죠. 아버지가 최근에도 기름 라이터를 갖고 있는지 물어봤잖아요."

"그걸 보고 확신했지. 어쩌면 형님 옷에 오일이 묻어 있었을지도 모른다. 라이터 오일은 증발해도 냄새는 계속 남아 있거든. 감식반에서 놓칠 리가 없지."

마요는 뺨에 손을 대고 상상을 해봤다.

"범인은 기름 라이터를 갖고 있었고, 아버지와 몸싸움을 하다가 오일을 쏟았다. 그런 거예요?"

"그랬을 수도 있지. 동창 중에 흡연자가 있나?"

"글쎄요. 어제 술집에서는 아무도 안 피워서 모르겠네요. 있을지도 모르죠."

"음식점에서 담배를 안 피우는 게 요즘 상식이니까."

"맞아요. 그나저나 하나 더 궁금한 게 있는데, 정말 아버지가 요새도 가끔 담배를 피웠던 거예요?"

"물론 거짓말이지."

"그럴 줄 알았어." 마요는 다케시의 얼굴을 쏘아봤다. "이제 삼촌 수법을 알 것 같아요."

"과연 그럴까. 난 그렇게 쉬운 사람 아니다."

"말로 교묘하게 상대를 속이는 사람이라는 건 분명하죠. 아까도 마지막까지 유도 심문을 했잖아요."

"형님이 도쿄에서 만난 사람 말이야?"

"네. 이름은 못 들었지만, 신원이 밝혀졌다는 사실은 알아냈죠. 사건과 상관없는 것 같다는 사실도."

"그건 내가 유도한 게 아니라 가키타니가 일부러 가르쳐 준 거야. 마에다는 그게 영 마음에 안 드는 눈치였고."

"일부러? 왜죠?"

"글쎄다. 분향도 안 했으니 그 대신 알려 준 게 아닐까?"

다케시의 말에 마요는 수긍했다. 그리고 아주 조금이지만 가키타니를 다시 봤다.

"그럼 작전 회의는 이쯤에서 끝내고, 오늘 밤에는 독서삼매

경에 빠져봐야겠군." 다케시는 허벅지를 내리치며 일어나더니 벽 쪽에 놓아둔 종이봉투에서《환뇌 라비린스》를 꺼냈다.

"설마 지금부터 그걸 다 읽으려고요?"

"그럼 안 돼?"

"그건 아니지만, 꽤 힘들지 않을까요?"

"고향을 살릴 구세주가 되어줄지도 모르는 만화인데, 힘들어도 읽어 둬서 나쁠 건 없지." 다케시는 벽에 기대어 만화책을 펼쳤다. 표지를 보았더니 1권이었다. 장례식 때 구기미야에게 찬사를 늘어놓더니. 하나도 읽지 않았는데 어떻게 그런 말이 나오는지 참 대단했다.

"그럼 나도 가서 쉴게요." 마요는 자리에서 일어났다.

"내일도 아침부터 나갈 테니까 그런 줄 알아."

"어디 가려고요?"

"아까 못 들었어? 가키타니한테 집에 간다고 했잖아?"

"진심이었어요? 아무 말이나 던진 줄 알았죠."

"아무 말이나 던지다니. 치밀한 계산 끝에 나온 대화 기술이다."

"졸업 앨범하고 문집을 가지러 간다는 건 거짓말이죠? 진짜 목적은 뭐예요?"

"집에 가서 알려 주마."

"흐음…… 알았어요. 그럼 내일 봐요. 책 재미있게 읽어 보세요."

다케시는 만화에 시선을 고정한 채 오른손을 살짝 들었다.

방으로 돌아와 화장을 지우고 있는데 전화가 왔다. 겐타였다.

"들었어. 오늘 온라인으로 회의했다면서."

"오늘 중에 꼭 처리해야 할 일이라서. 덕분에 다음 주 예정을 변경 안 해도 되겠어."

"다음 주부터 출근하려고?"

"그래야지. 왜?"

"아니, 당분간 그쪽에서 일하는 게 아닌가 했거든."

스마트폰을 귀에 댄 채 마요는 웃음을 지었다.

"어떻게 그래. 그럴 순 없지."

"그런가. 이번에 직접 가보니까 조용하고 좋은 동네더라고. 동창들도 많고, 도쿄로 돌아오기 싫다고 하면 어쩌나 걱정했지 뭐야."

"그럴 리가. 잡다하게 처리해야 할 일이 많아서 당장은 못 올라가는 것뿐이야. 경찰들하고도 할 이야기가 남았고."

"그렇구나." 겐타의 목소리가 침울해졌다. "수사는 어떻게 되어가고 있어?"

"모르겠어. 경찰이 다 알아서 하니까……."

"그렇겠네. 그럴 수밖에 없지."

"되도록 생각 안 하려고."

"그러는 게 낫지. 정말 안 가도 되겠어? 내일은 토요일이니까 아침에 출발하면 되는데."

"와주면 고맙지만…… 아냐, 아직은 괜찮아. 정말 처리해야 할 일이 많아서 차분하게 이야기 나눌 시간도 없을 테고."

"그럼 숨 좀 돌리면 연락해. 바로 달려갈 테니까."

"고마워."

통화를 마친 뒤 마요는 저도 모르게 한숨을 내쉬었다.

겐타가 와줬으면 하는 마음도 분명 있었다. 하지만 현재 상황을 고려하면, 일이 더 복잡해질 게 분명했다. 다케시가 독자적으로 수사하고 있다는 사실은 모르게 하고 싶었다.

조용하고 좋은 동네더라고. 겐타의 말을 반추했다.

만일 동창이 범인이고, 그 사실을 겐타의 부모님이 알게 되면 이 마을을 어떻게 생각할까. 어제까지는 멀쩡했던 사람이 하루아침에 돌변해 중학교 시절의 은사를 살해하다니, 법도 질서도 없는 야만적인 마을이라고 생각하지는 않을까.

사실은 좋은 동네인데.

이름도 없는 마을, 대부분의 사람들이 와본 적 없는 작고 평범한 마을인데.

●

21

이튿날 아침, 마요가 식당에서 아침을 먹고 있는데 다케시가 느릿느릿 다가와 맞은편 자리에 앉았다. 얼굴에 피곤한 기색이 역력했는데, 눈 밑이 퀭했다.

"혹시 밤 샜어요?"

다케시는 목을 한바퀴 돌리더니 오른손으로 어깨를 주물렀다. "한 시간쯤 잤나."

"그걸 다 읽었어요?"

"물론이지. 결말에서 놀랐어. 설마 가상 공간에서 현실 세계로 돌아와 사지가 없는 상태로 적과 싸우다니. 어떻게 그런 생각을 해낸 건지……."

다케시의 식사가 나왔다. 조식은 숙박비에 포함되어 있다. 하지만 웬일로 식욕이 없는지 곧바로 젓가락을 들지 않고 차만 홀짝거렸다.

"확실히……." 다케시는 찻잔을 들고 중얼거렸다. "《환뇌 라비린스》가 걸작이긴 한데, 구기미야의 초기작도 나쁘지 않아. 특히 데뷔작은 명작 반열에 들던데."

"데뷔작? 그런 것까지 읽었어요?"

《또 다른 나는 유령》이라는 작품이야. 주인공에게 태어나지 못하고 죽은 쌍둥이 형의 영혼이 깃들어 있어서, 유령이 되어 나타나거나 이승과 저승을 마음대로 오갈 수 있다는 설정이지. 주인공은 유령인 형과 힘을 합쳐 다양한 난관을 극복하고 문제를 해결하는 스토리인데, 재밌고, 감동적이라 뒷맛도 좋아."

"극찬이네요."

"그 작품이 구기미야의 프로 데뷔작이야. 이후 한동안은 비슷한 분위기의 작품을 발표했지만, 그다지 주목받지는 못했어. 그래서 이미지 변신을 해야겠다고 마음먹은 것 같은데, 완전히 다른 노선으로 변경해서 큰 성공을 거뒀으니 재능이 보통이 아니지."

"천재라니까요, 쓰쿠미도 호언장담했으니까"

"쓰쿠미? 죽은 동창 말이냐?" 다케시는 그제야 젓가락을 들었다. "그 애가 뭘 호언장담했는데?"

"말 안 했어요? 구기미야가 만화가로 대성할 거라고요."

마요는 중학교 시절 구기미야와 쓰쿠미의 관계를 대충 설명했다. 동창들을 '자이안', '스네오' 등 도라에몽의 등장인물에 비유했을 때, '노비타'인 구기미야에게 쓰쿠미는 '도라에몽' 같은 존재였을 거라 생각했다는 이야기도 덧붙였다.

"흐음, '도라에몽'이라……." 다케시는 아침을 들기 시작했지만 표정을 보아하니 음식의 맛 같은 건 안중에도 없는 모양 이었다.

"무슨 생각을 그렇게 해요?"

"도라에몽의 주요 캐릭터가 하나 더 있지. 여자애."

"시즈카 말이죠. 노비타가 좋아하는 여자애."

"구기미야하고 같이 있던 미인이 시즈카야?"

"고고리카가……." 마요는 고개를 갸웃했다. "아니, 그건 아닐 것 같은데. 이러저러해도 시즈카는 노비타를 응원했었 으니까."

"그 친구는 그렇지 않다는 거야?"

"아닌 것 같아요. 응원은 하지만, 타산적이라고 할까. 환라 비 관련해서 더 큰 제안이 들어오기를 기다리는 것 같아. 애 초에 중학교 시절에는 구기미야는 안중에도 없었을 걸요. 대 놓고 무시했으니까."

"구기미야는? 고고리카를 좋아하는 것 같아? 하라구치는 그런 식으로 말하던데."

"아, 그건 맞아요. 안 그러면 그렇게 휘둘리지 않죠."

다케시는 고개를 끄덕이더니 다시 젓가락을 집었다.

아침 식사 후, 삼촌과 조카는 각자 방으로 가서 나갈 채비 를 했다. 다케시가 장례식 때 쓰던 가방을 들고 오라고 해서, 마요는 가방을 어깨에 메고 방을 나섰다.

두 사람은 택시를 타고 집으로 갔다. 여전히 경관이 문 앞을 지키고 서 있었다. 하지만 가키타니에게 이야기를 들었는지 경관은 두 사람을 보자 고개를 꾸벅하며 옆으로 비켰다. 들어가도 된다는 뜻인 듯했다.

서재에 들어선 다케시는 제일 먼저 책장으로 다가갔다. 학교에 관련된 파일 앞에 멈춰선 걸 보고 마요는 의외라 생각했다. 정말 거기에 관심이 있었다니.

다케시는 파일 한 권을 뽑았다. 마요의 동기, 42기 졸업생의 졸업문집이었다.

"가방에 넣어."

내민 파일은 묵직했다. 원고지 200장 이상의 분량이니 당연하겠지. 가방에 넣었더니 손잡이가 어깨를 파고들었다.

"궁금한 게 있는데, 졸업문집은 인쇄해서 모든 졸업생들에게 나눠주는 건가?"

"그렇죠. 졸업식 날에 나눠줬어요."

"지금도 갖고 있어?"

"문집을? 글쎄요, 버린 기억은 없으니까 아마 방 책장에 꽂아놓지 않았을까요?"

"이 집 2층에 있는 방 말이지?"

"네, 옛날에 쓰던 방."

"그럼 올라가서 좀 찾아봐. 찾으면 그것도 가방에 넣고."

"그걸 왜요? 어차피 이 파일에 있는 원고하고 같은 내용인데. 활자로 만들어 인쇄한 것뿐이라고요. 그걸 가져갈 거면 이 무거운 파일은 굳이 필요 없잖아요."

"쫑알거리지 말고 얼른 가져오기나 해."

"알았어요……."

내키지 않는 목소리로 대답한 뒤 방을 나가려는데 잠깐만 하고 부르는 소리가 들렸다. 돌아보니 다케시가 책장에서 다른 파일을 꺼내고 있었다.

마요는 앞으로 걸어가 파일의 표지를 보았다. '제37기 졸업문집'

"37기 졸업문집은 왜요?"

마요의 물음에도 아랑곳하지 않고 다케시는 매서운 표정으로 파일을 넘겼다.

이내 동작을 멈추더니 씩 웃었다.

"역시 그렇군. 내가 생각한 대로야."

"무슨 소리에요? 나도 알려 줘요."

다케시는 파일을 탁 덮더니 마요를 보았다. 어느샌가 얼굴에서 웃음은 사라져 있었다. 두 눈에 심각한 기운이 어른거렸다.

"곤란하게 됐어. 개인적으로는 이런 귀찮은 일에는 관여하고 싶지 않은데, 진상을 파악하려면 그런 한가한 소리나 하고 있을 수도 없고."

"무슨 소리냐니까요. 그만 좀 뜸 들이고 얼른 말해 줘요."

다케시는 작게 한숨을 내쉬더니 입을 열었다. "부탁이 있다."

"나한테요? 뭔데요?"

"조금 귀찮은 일이야. 안 내키면 거절해도 된다. 네가 거절
하면 다른 방법을 찾아봐야지."

●

22

하얀 벽에 빨간 지붕, 정원에는 잔디가 깔려 있었다. 옛날에도 이렇게 세련된 집이었던가? 마요는 고개를 갸웃거리며 인터폰을 눌렀다. 이내 "네."하고 밝은 목소리가 들렸다.

"나야."

"응, 문 열고 들어와." 모모코의 목소리가 대답했다.

대문 안으로 들어가자 현관문을 열고 티셔츠에 청바지를 입은 모모코가 나왔다. 발치에 반바지를 입은 남자아이가 서 있었다. 마요는 무심코 탄성을 터뜨렸다.

"안녕, 마요 이모야!"

남자아이는 경계하는 표정으로 모모코의 뒤로 숨었다.

"얘 좀 봐, 인사해야지."

모모코의 재촉에 남자아이는 뭐라고 웅얼거렸다. 듣지는 못했지만 고맙다고 인사했다.

모모코는 마요를 거실로 안내했다. 정원과 접해 있어서 실내가 환했다. 중학생 때 몇 번 놀러온 적도 있었는데 전혀 기억이 나지 않았다. 마요가 그렇게 말하자 모모코는 당연하다며 웃었다.

"3년 전에 리모델링했거든. 아버지가 은퇴하고 나니 집을 아늑하게 바꾸고 싶다고 해서. 덕분에 퇴직금의 3분의 1이 사라졌지. 당황했는지 계속 일해야 할 것 같다면서 자회사에 재취직했어. 어이없지?"

"어머니도 일하셨지? 매일 나가셔?"

"파트타임으로 1주일에 서너 번. 옆 동네 요양시설에 나가. 원래는 오늘 엄마가 집에 있어야 하는데, 갑자기 연락이 와서 출근했어."

"괜찮아, 신경 쓰지 마. 나도 오랜만에 와서 좋다."

마요가 할 말이 있으니까 만나자고 연락하자, 모모코는 시간은 있지만 아버지는 골프 치러 가시고, 어머니는 출근하셔서 집에 아이를 봐줄 사람이 아무도 없다며, 아이를 데리고 나가도 되겠느냐고 물었다. 밖에서 보면 아이를 신경 쓰느라 차분하게 이야기를 나누지 못할 것 같아서, 마요가 집으로 찾아가도 되겠느냐고 물었더니, 그러면 자기야 좋다고 반색했다.

미쓰구라는 이름의 남자아이는 올해로 두 살이라고 했다. 동그란 눈이 귀여운 아이였다. 거실 한편에서 블록을 쌓으며 놀고 있었다.

"커피랑 차 중에 뭐 마실래? 아니면……." 모모코는 잔을 기울이는 시늉을 하며 장난스럽게 웃었다. "맥주 한잔할래? 아직 점심시간도 안 됐지만."

"아, 난 그래도 좋아."

"와, 마시자."

"빈손으로 와서 미안해. 뭐라도 들고 왔어야 하는데, 마땅히 생각나는 게 없어서. 지역 특산품을 사올 수도 없는 노릇이고."

"신경 쓰지 마. 이 동네에 뭘 살 만한 곳이 없다는 건 다들 아는 사실이니까."

모모코는 경쾌한 걸음으로 부엌으로 들어가 캔맥주와 잔두 개 그리고 견과류가 담긴 접시를 쟁반에 받쳐 들고 돌아왔다.

각자 잔에 맥주를 따라 한 모금씩 마셨다. 모모코는 생긋웃으며 말했다. "토요일 점심에 맥주라니, 최고다."

"그러게."

"아, 맞다. 전할 게 있어. 내일 동창회에서 쓰쿠미 추모식은 안 하기로 했어."

"그래? 왜?"

"쓰쿠미 어머님이 부탁하셨대. 마음은 고맙지만, 지난 세월동안 세상을 떠난 사람이 또 있을지도 모르는데, 쓰쿠미만 특별 대우하면 미안하다고."

"흐음, 그렇구나. 혹시 아버지 일 때문에 그런가."

"그럴지도 모르지." 모모코는 부정하지 않았다. "그래서 할 말이 뭔데? 궁금해 죽겠어."

마요는 잔을 내려놓고 친구의 얼굴을 바라보았다.

"물어볼 게 있어서. 3월 6일, 지난주 토요일 말인데."

"토요일?" 모모코의 눈빛이 살짝 흔들렸다.

"그날 아버지는 도쿄에 가서 도쿄 킹덤 호텔에서 사람을 만났어. 그 사람이 누구인지 넌 알지?"

모모코의 얼굴에서 웃음기가 사라졌다. 크게 숨을 들이마 셨다 내쉬자 가슴이 오르락내리락했다.

"경찰한테 들었어?"

마요는 고개를 저었다.

"형사들은 개인 정보에 관련된 이야기라고 안 가르쳐 줬 어. 삼촌이 추리한 거야."

"삼촌이?" 모모코는 의아한 표정으로 미간을 좁혔다.

"좀 별난 사람이지만 머리는 좋거든." 마요는 서재에서 나 눈 대화를 떠올리며 말했다.

다케시의 추리는 논리정연했다.

"형님이 도쿄에서 몰래 만난 사람은 누구인가? 그 인물을 X라고 치자. 만나기로 약속을 잡았으니까, X에게 걸려온 전 화나 X에게 전화를 건 기록이 형님 스마트폰이나 유선 전화 에 반드시 남아 있었을 거야. 통화한 시점에서는 번호를 등록해 두지 않았더라도, 형님은 신중한 성격이었으니 만일의 경우에 대비해 당일에는 상대의 번호를 스마트폰에 등록해 놨겠지. 그걸 경찰이 놓쳤을 리 없으니, X의 이름도 그 마에다 리스트에 올라 있어야 해. 하지만 그 명단에 있던 건 3월 6일에 이 마을에 있던 사람들뿐이고, 일부러 도쿄에 가지 않으면 만날 수 없는 사람의 이름은 없었어. 대체 어떻게 된 일일까. 거기서 먼저 생각할 수 있는 건, 경찰이 X의 신원은 이미 파악했으니, 굳이 명단에 이름을 올릴 필요가 없다고 판단했을 경우. 피해자의 딸의 약혼자라든지."

"겐타 씨?" 생각지도 못한 이름에 마요의 목소리가 갈라졌다. "아버지가 겐타 씨를 만났다는 이야기예요?"

"비밀스러운 이야기를 나누려고 일부러 도쿄까지 나간 걸 보면 상대는 형님에게 무척 중요한 사람이었던 거야. 게다가 도쿄에 산다면, 후보는 외동딸이나 그 약혼자로 좁혀지지. 그래서 은근히 겐타 군을 떠봤는데 아니더군. 지난주 토요일에 도치키 본가에 다녀왔다고 해."

"아, 맞아요. 나도 온라인으로 겐타 씨 부모님과 인사했었단 말이에요."

"겐타 군이 아니라면 형님은 누구를 만난 걸까. 그리고 왜 마에다 리스트에 이름이 없는 걸까. 명단을 훑어보는 동안 또다른 가능성이 떠올랐지. 하나의 이름이 꼭 한 인물을 가리키

는 건 아니라는 사실이었지. 설령 통화 기록에 '가미오'라는
성과 '가미오 마요'라는 풀네임 두 개가 남아 있을 경우, 명단
에 양쪽 다 올릴 필요는 없지. '가미오 마요'만 올리면 충분하
니까. 가미오 성을 가진 다른 사람이 나타나도 수사관들은 알
아볼 수 있으니까. 자, 그럼 같은 성의 두 사람은 어떤 관계일
까. 부모자식, 형제, 친척, 이게 끝이 아니지. 하나 더 있잖아.
부부야. 부부가 모두 형님과 연락을 주고받는 사이였다면 답
이 보이지."

　이케나가 부부다. 다케시는 그렇게 결론을 내렸다. 그러고
는 가지고 있던 '37기 졸업문집' 파일을 다시 펼쳤다. 그곳에
적혀 있던 이름 중에 '이케나가 료스케'가 있었다.

　"오랜만에 이케나가를 만나는 자리니, 형님은 옛날에 어떤
학생이었는지 다시 확인해 보려 했던 게 아닐까. 그래서 옛날
문집을 꺼낸 거지. 하지만 책장에 다시 꽂을 때 자리가 뒤바
뀐 거고."

　다케시는 '38기 졸업문집' 옆을 가리키며 말했다. 마요는 지
난번에 왔을 때, 그 파일과 자리가 바뀌어 있던 걸 떠올렸다.

　"아버지가 도쿄에서 만난 사람은 료스케 씨였어. 그렇지?"

　마요의 물음에 모모코는 한숨을 내쉬며 고개를 끄덕였다.
"맞아, 말 안 해서 미안해."

　"무슨 사정인지 물어봐도 돼? 대답하고 싶지 않으면 안 해

도 되고."

"아냐, 다 설명할게. 사건과는 상관없을 것 같지만, 선생님께는 마지막까지 신세만 졌으니까. 어디서부터 이야기해야 할지 모르겠네. 정리해서 말하는 데 영 재주가 없어서……."

"일단 지금 상황부터 말해줄래? 삼촌 말로는…… 료스케 씨가 다니는 회사는 코로나 이후로 지방 발령을 축소하는 추세라고 하는데……."

아픈 데를 찔렸다는 듯 모모코는 얼굴을 찡그렸다.

"맞아. 지방 발령은 거짓말이야. 그 사람 지금 요코하마 집에 있어."

"그럼 너희 부부, 별거 중인 거야?"

"맞아. 이런저런 사정이 있어서."

힘없이 어깨를 떨구더니 모모코는 이야기를 시작했다.

이케나가 료스케와는 친구 결혼식에서 만났다. 자기소개를 하며 동향 출신이고 중학교 선후배라는 사실을 알았다. 료스케는 모모코의 5년 선배였다.

말솜씨가 유창한 건 아니었지만, 료스케는 의미 있는 말을 분명하게 할 줄 아는 지성을 갖춘 인물이었다. 모모코가 무슨 이야기를 하면 건성이 아니라 성의 있게 대답해 주었다. 깔끔하고 단정한 외모도 모모코의 취향에 맞았다.

이내 두 사람은 사귀기 시작했고, 그 과정에서 료스케의 험난한 인생 역정을 알게 되었다. 그는 초등학교 때 교통사고로 부모를 잃었다. 졸업할 때까지 시설에서 지내다, 이 마을의 친척집으로 오게 되었다고 한다. 굳건한 자립심과 무슨 일에든 완벽을 추구하는 성격은 그러한 환경에서 비롯된 모양이었다.

사귀고 나서 반년쯤 지났을 즈음, 모모코는 료스케에게 프러포즈를 받았다. 거절할 이유는 없었다. 집에 데려가 인사시켰더니 부모님은 선뜻 결혼을 허락했다.

"그렇게 성실한 청년이 어떻게 너처럼 매사 대충대충인 애랑 결혼할 마음을 먹었는지 몰라. 그런 사람들은 매사에 꼼꼼하니까, 괜히 책잡힐 일 해서 미움 사지 말고." 걸걸한 성격의 어머니는 그렇게 말하며 웃었다.

하지만 같이 산 지 얼마 지나지 않아, 어머니의 염려가 들어맞았다는 생각이 들기 시작했다. 집안일에 관해서도 료스케가 모모코에게 잔소리하는 경우가 많았다. 식사 시간이 일정하지 않다, 집이 어질러졌다, 모두 사소한 일이었고 료스케도 지나가는 소리처럼 했지만, 은근히 성에 차지 않는 게 많은 것 같다고 생각했다.

당시 모모코는 도쿄에 있는 작은 여행사에서 근무했는데, 종종 퇴근이 늦어지는 것도 료스케는 썩 마음에 들지 않는 눈치였다. 그는 모모코의 회사와 비교도 안 될 정도의 대기업에서 일했다. 능력을 중시해서 연차가 적어도 높은 연봉을 받을 수 있는 직장이었고, 그는 회사가 원하는 인재상이었다. 모모코의 벌이가 없어도 생활에 지장은 없었다. 하지만 모모코는 일하는 걸 좋아했고, 제 일을 사랑했다. 전업주부는 자기와 안 맞는다고도 생각했다.

어느 날, 퇴근 후 빠질 수 없는 술자리에 참석해야만 했다. 료스케에게 한 시간만 있다가 나오겠다는 메시지를 보냈다. 금방 알았다는 짧은 답장이 왔다. 하지만 즐거운 분위기에 정신이 팔려서, 예정보다 30분쯤 늦게 나오고 말았다. 서둘러 집으로 돌아왔을 때, 기다리던 료스케의 표정은 심상치 않았다. 큰일이다 싶어서 바로 사과했지만 그의 기분은 풀리지 않았다.

"약속은 지켜야지." 그는 차분한 목소리로 말했다. "시간약속을 지키는 건 인간으로서 당연한 일이잖아."

"미안해. 30분쯤은 괜찮을 줄 알았어."

"30분쯤?" 료스케의 낯빛이 대번에 바뀌었다. "지금 장난해? 만나기로 한 사람이 아무 연락도 없이 30분이나 늦었는데 기분이 어떻겠어? 실실 웃으면서 나타난 사람을 용서할 수 있겠어? 당신 같으면 어떻겠느냐고." 힐난하는 동안 점점 언성이 높아졌고, 말투도 거칠어졌다. 그가 내뱉는 말이 그 자신을 자극하는 것처럼 보였다.

귀가 시간이 늦어지는 것과 약속 시간에 늦는 건 경우가 다르지 않냐고 생각했지만, 모모코는 미안하다고 빌었다. "앞으로는 조심할게. 정말 미안해."

"당신은 매번 그런 식이야."

"뭐?"

"앞으로 조심한다고 하면서, 조금도 나아지는 게 없잖아. 청소하는 것도 그래. 효율적으로 하라고 그렇게 말을 했는데, 비효율적인 방식으로 시간이나 축내고. 덕분에 난 휴일을 편안하게 보내지도 못한다고. 그뿐인 줄 알아? 어디 한번 나가자고 하면, 딱 그 시간에 맞춰서 준비한 적 있어? 이거 해야 한다, 저거 해야 한다고 늦어서 일정이 엉망이 됐던 적이 도대체 몇 번이냐고. 내가 말했잖아. 당신은 집안일과 회사 일을 양립할 그릇이 못 돼. 이제 깨달을 때도 되지 않았어?"

마치 마음속에 담아둔 오물을 토해내듯, 료스케는 모모코에 대한 불평불만을 쉴 새 없이 쏟아냈다. 모두 그의 말대로라 반론의 여지가 없었지만, 이렇게까지 울분이 쌓였을 줄은 상상도 못했다. 모모코는 힘없이 고개를 떨군 채 가만히 듣고 있을 수밖에 없었다.

하지만 갑자기 료스케가 입을 다물었다. 이제 화를 다 쏟아낸 건가 싶어서 모모코는 고개를 들었다. 그러자 생각지도 못한 광경이 눈에 들어왔다. 그는 울고 있었다. 고개를 떨구고 미안하다고 중얼거렸다.

"당신이 안 와서, 무슨 일이 생긴 게 아닌가 싶어서, 그만 정신이 나갔나 봐. 이런 심한 말을 하려던 게 아니었어. 내가 미쳤었나 봐."

순간 모모코는 머릿속이 새하얘졌다. 돌변한 료스케의 모습을 보고, 방금 전까지의 태도는 연기였나 싶을 정도였다.

료스케는 말없이 자리에서 일어나더니 그대로 침실로 들어갔다.

모모코는 넋이 나가서 꼼짝도 못 한 채 그 자리에 그대로 있었다. 사과는 받았지만, 료스케가 마음에도 없는 소리를 한 것은 아니었다. 지금까지 계속 참아온 것뿐이다. 그런 생각을 하니 자괴감과 죄책감으로 가슴이 미어지는 것 같았다.

한참 지나 침실로 들어가니 료스케는 엎드려 자고 있었다. 숨소리는 들리지 않았다.

이튿날, 부부 사이에는 어색한 공기가 흘렀다. 하지만 전날 있었던 일은 서로 언급하지 않았다.

시간이 흐르며 관계는 차츰 예전으로 돌아갔다. 예전처럼 웃으며 서로를 대했다.

하지만 모든 것이 원래대로 돌아온 건 아니었다. 적어도 모모코의 마음은 그랬다. 료스케가 쏟아부은 말들이 머리에서 떠나지 않아서, 매사에 눈치를 봤다.

한마디로 료스케는 완벽주의자였다. 모든 일에 있어서 치밀하게 계획을 세우고, 그대로 해내지 않으면 직성이 풀리지 않는 성격이다. 그래서 직장에서 성공을 거뒀고 지금의 자리까지 올 수 있었다. 그리고 직장뿐 아니라 가정에서도 자기 스타일대로 실천하지 않으면 납득이 안 되는 것이다. 그러다 보니 아내에게도 완벽을 요구하는 게 당연했다.

이대로 같이 살 수 있을까. 그런 불안이 늘 머리 한 구석에 자리하고 있었다.

그런 와중에 아이가 찾아왔다. 료스케는 뛸 듯이 기뻐했다. 그날부터 태어날 아이가 부부 대화의 중심이 되었다. 아들이 좋은가, 딸이 좋은가. 이름은 뭘로 지을까. 이야깃거리가 끊이지 않았다.

하지만 둘 다 언급을 피하는 이야기가 있었다. 모모코의 직장 문제였다. 말은 안 했지만 료스케는 모모코가 일을 그만두기를 바랐다. 하지만 모모코는 계속 일하고 싶었다.

출산 휴가로 그 문제는 일단 보류되었다. 출산하면 출산 휴가를 낸다. 휴가가 끝난 다음을 생각하면 마음이 무거워져서 모모코는 일부러 생각하지 않으려 애썼다.

그 즈음부터 료스케도 회사 일이 바빠졌다. 회사에서 추진하는 대규모 리조트 개발 계획의 프로젝트 리더로 임명됐기 때문이었다. 출장이 잦아졌고, 귀가도 늦어졌다. 이 일에 내 미래가 달렸어. 료스케는 그 말을 입버릇처럼 했다. 그 표정 은 비장하기까지 했다.

이내 아이가 태어났다. 건강한 남자아이였고 이름은 미쓰 구라고 지었다. 가족이 늘면서 생활에도 새로운 변화가 찾아 왔다. 모모코는 밤낮 할 것 없이 육아에 시달렸다. 모든 일이 처음이라 서투르기만 했다. 그러다 보니 자연스레 육아를 제 외한 다른 집안일에는 소홀해지게 됐다. 거기다 잠투정이 심 한 미쓰구가 밤마다 울어대서, 잠을 푹 잘 수가 없었다. 그래 서 낮에는 늘 졸려서 머리가 멍했다. 식사 준비가 늦거나, 물 건을 치우는 걸 잊어 버리는 일도 늘어났다.

료스케가 가만히 있었던 건, 모모코의 고충을 이해해서가 아니라 업무 중압감이 너무 커서, 집안일에 신경을 쓸 여력이 없었기 때문이었다. 미쓰구를 예뻐하기는 했지만, 그 밖의 일 은 눈에 들어오지 않는 것 같았다. 휴일에도 출근하는 일이 잦아졌고, 집에까지 일을 가지고 왔다.

생각해 보면 둘 다 마음의 여유가 없었다. 고무줄을 끊어지 기 직전까지 힘껏 당겨놓은 듯한 정신 상태였다. 그런 하루하 루를 보내던 중에 생각지도 못한 사태가 일본을, 아니 전 세 계를 덮쳤다. 신종 코로나 바이러스다. 비밀에 싸인 병원체는 세상 모든 것을 바꿔놓았다.

료스케는 회사에 출근하지 않게 되었다. 원격 근무로 바뀌었기 때문이다. 외출 자제 권고가 내려지며 평일에도 종일 집에 있게 되었다.

그뿐만이 아니었다. 가장 심각한 건 료스케가 맡아 진행하던 거대 리조트 시설 개발 계획이 중단되었다는 사실이었다. 계획은 중국이나 한국 등 외국인 관광객 증가를 전제로 하고 있었다. 그 수요를 일으키지 못하게 된 이상, 계획을 이대로 진행시킬 수는 없었던 것이다.

그날부터 료스케는 딴사람이 되었다. 늘 신경이 곤두서서 감정을 주체하지 못하는 것처럼 보였다. 종일 컴퓨터 앞에 앉아 혼잣말을 중얼거리며 다리를 떨었다.

거기다 전혀 무관심했던 집안일에 이것저것 참견하기 시작했다.

식사 준비가 늦다, 물건이 어질러져 있다, 몇 번이나 같은 소리를 하게 하지 마라, 처음에는 나지막한 목소리로 주의를 주는 정도였지만, 차츰 말투가 거칠어졌다. 게다가 없는 소리를 지어내는 게 아니라 사실을 말하는 것이었다. 모모코는 미쓰구를 돌보느라 어쩔 수 없다는 핑계로 자신이 집안일을 소홀히 해왔다는 건 자각하고 있었다.

료스케가 또 속에다 화를 쌓고 있는 게 아닐까. 모모코는 그렇게 짐작했다. 집안일을 제대로 해야겠다고 마음먹었지만, 자잘한 실수는 줄지 않았고 그때마다 료스케의 분노가 폭발하지는 않을까 가슴이 조마조마했다.

료스케가 일하는 중에는 최대한 소리를 내지 않도록 조심해야 했다. 한번 온라인으로 화상 회의를 하는 중에 청소기를 돌렸다가 침실에서 뛰쳐나온 료스케에게 호통을 들었다. 그날부터 회의 중에는 숨을 죽이고 죽은 듯이 있었다. 미쓰구가 울음을 터뜨리면 안고 베란다로 나갔다.

코로나는 여전히 전 세계에서 기승을 부리고 있지만, 일본에서는 어느 정도 진정세에 접어들었다. 국가와 지자체의 규제도 완화되어 차츰 일상이 돌아왔다.

료스케도 다시 출근하기 시작했지만, 기본은 온라인인지 대부분 재택 근무였다. 그리고 어두운 표정은 여전했다. 아무 말도 하지 않았지만, 거대 리조트 시설 개발 계획이 곧 백지 상태로 돌아갈 것은 분명해 보였다. 화상 회의에서 그런 대화를 나누는 게 들렸기 때문이다.

모모코에게도 나쁜 소식이 날아들었다. 다니던 여행사가 도산한 것이다. 어린이집에 아이를 맡기고 다시 출근해야겠다고 마음먹자마자 터진 일이었다. 료스케에게 말했더니 그게 뭐 대수냐며 회사가 망하면 망하는 거지 식의 대답이 돌아왔을 뿐이었다.

그로부터 몇 달이 지났다. 코로나 현황은 크게 달라진 게 없었고, 결코 작지 않은 규모의 감염 확산이 일어났다 진정 세가 찾아오는 일이 반복되었다. 그때마다 반강제로 외출을 삼가거나 이동이 제한되었다. 이러한 상황에 익숙해진 사람들도 있는 한편, 몸과 마음이 지쳐 이제 아무래도 상관없다고 생각하는 사람들도 적잖이 생겼다. 모모코는 후자였다. 외출하면 혹시라도 감염될까 신경을 곤두세울 수밖에 없었고, 집에서는 료스케의 심기를 거스르지 않으려고 신경을 곤두세워야 했다. 갓 결혼했을 때는 상상도 못했던 나날의 연속이었다.

그렇게 하루하루를 보내던 와중에 그 일이 터졌다.

료스케가 화상 회의를 하고 있는데 느닷없이 미쓰구가 울음을 터뜨렸다. 비가 내리는 날이었고, 1월이라 날도 추웠다. 베란다로 나가기는 싫었다. 어떻게든 달래보려 애를 썼지만 울음을 그칠 줄을 몰랐다. 화장실이나 욕실에 들어갈까도 생각했지만, 둘 다 침실과 가까워서 오히려 소리가 울려 퍼질 것 같았다.

미쓰구는 악을 쓰며 울어댔다. 저도 모르게 손으로 입을 막고 어떻게 할지 생각했다.

역시 베란다로 나가야겠다고 생각하며 미쓰구를 소파에 두고 겉옷을 걸치려던 찰나였다. 힘없이 축 늘어진 아이의 모습이 눈에 들어왔다.

당황한 모모코는 미쓰구를 흔들며 큰 소리로 이름을 불렀다.

그러자 미쓰구는 다시 큰 소리로 울기 시작했다. 호흡이 멈춰서 일시적으로 정신을 잃었던 모양이었다.

그때 료스케가 나타났다. "대체 무슨 일이야?"

"미안. 입을 막았더니 애가 안 움직여서……."

"애 입을 막았다고? 어떻게 그런 멍청한 짓을 해?"

"당신 회의하는 데 방해될 것 같아서…… 달래도 계속 우니까……."

"방법이 그것밖에 없어? 생각 좀 해. 당신이 그러고도 엄마야?"

료스케의 말을 들은 순간, 모모코의 가슴속에서 뭔가 스위치가 켜졌다. 어느샌가 남편을 무섭게 노려보고 있었다.

"뭘 그렇게 봐." 남편의 말에 모모코는 숨을 한껏 들이마셨다.

"생각해! 머리 터지게 한다고! 미쓰구 생각도, 당신 생각도! 그런데 뭐야. 일이 잘 안 풀린다고 나한테 화풀이하지 말란 말이야!"

"화풀이?"

"아니야? 리조트 계획이 엎어진 게 뭐? 회사 잘린 것도 아니잖아. 나는 회사가 망했다고. 징징대지 마!"

다음 순간 모모코는 바닥에 나동그라졌다. 왼쪽 뺨이 얼얼했다. 남편에게 손찌검을 당한 것이다.

료스케는 쿵쾅거리며 침실로 돌아갔다.

모모코는 어이가 없어서 한동안 꼼짝도 할 수 없었다. 정신을 차려보니 미쓰구가 옆에 있었다. 아이러니하게도 아이는 웃고 있었다. 그 웃는 얼굴이 유일한 빛이었다. 가만히 아이를 껴안고 머리에 뺨을 비볐다.

저녁이 되어서도 식사를 차릴 기분이 들지 않았다. 계속 소파에 누워 있었다. 침실에서 나온 료스케는 동료들과 밖에서 먹기로 했다며 모모코를 거들떠 보지도 않고 나가 버렸다.

잠시 후 모모코는 친정에 전화를 했다. 어머니에게 지금 내려가도 되겠느냐고 물었다.

"당연히 되지. 그런데 왜 이렇게 갑자기? 무슨 일 있니?"

"아니, 사실 오늘부터 남편이 장기 출장을 갔거든. 미쓰구하고 둘만 있기도 적적해서. 지방이 코로나 감염 위험도 적잖아."

어머니는 이상하게 여기지 않았다. 평소 사위의 출장이 잦은 걸 알고 있기 때문이었다. 조심해서 오라고만 했다.

서둘러 채비를 한 뒤 '친정 갈게.'라고 쓴 메모를 식탁에 두고 집을 나섰다. 서두르면 두 시간 반이면 도착하는 거리였다.

부모님은 환한 얼굴로 딸과 손자를 맞이해 주었다. 오랜만에 손자의 얼굴을 본다며 흐뭇해했다.

료스케가 메시지를 보낸 건 새벽 1시쯤이었다. '전화해도 돼?'라는 메시지에 그러라고 답장을 보냈다. 곧바로 전화가 왔다.

"어떻게 된 거야?" 료스케는 차분한 어조로 물었다.

"당분간…… 따로 지내는 게 좋을 것 같아서."

"당분간이라니, 얼마나?"

"모르겠어. 아직 아무것도 정한 게 없어."

"그래……." 료스케는 잠시 침묵하다 다시 물었다. "부모님께는 뭐라고 말씀드렸어?"

모모코는 어머니에게 했던 이야기를 그대로 전했다. "그래." 하고 대답하는 료스케의 목소리에 안도의 기색이 배어 있는 것 같았다.

"그럼 우리 집에도 그렇게 말씀드릴게. 출장지는 간사이 쪽이라고 하자. 자세한 건 잘 모른다고 둘러대면 돼."

"알았어."

이야기를 들으며 모모코는 대충 료스케의 사고 흐름을 파악했다. 식탁에 놓고 온 메모를 보고 그의 머릿속에 가장 먼저 떠오른 건, 오늘 일을 모모코가 부모에게 말했는지, 안 했는지였다. 만일 말을 했다면 료스케의 친척집에도 이야기가 전달될 수 있었다. 무슨 일이 있어도 그것만큼은 막아야 한다. 그렇게 생각했을 것이다. 그는 자신을 키워준 친척을 은인이라 여겼다. 훌륭한 어른이 되어 제대로 된 가정을 꾸리는 일이 은혜를 갚는 일이라 생각했다. 가정에 문제가 있다는 걸 알리고 싶지 않은 것이다.

"저기⋯⋯." 료스케가 머뭇거리며 물었다. "혹시라도 이혼 생각하는 건 아니지?"

모모코는 한숨을 내쉬었다. 생각을 안 하기는커녕, 짐을 쌀 때부터 계속 머릿속 한가운데에 있는 생각이었다. 하지만 그런 말은 하지 않고 모르겠다고 대답했다. "오늘은 아직 아무 생각도 못하겠어."

"알았어." 료스케는 중얼거렸다.

이렇게 별거 생활이 시작됐다. 친정에서의 쾌적한 생활은 모모코에게 해방감을 가져다주었다. 부모님은 미쓰구를 예뻐해 줬고, 집안일도 어머니를 돕는 정도로만 해서 힘들 게 없었다. 컨디션도 좋아져서, 거울을 보면 피부가 전보다 젊어진 것 같다는 생각까지 들었다.

료스케는 가끔씩 메시지로 연락을 했다. 모모코는 되도록 읽지 않았다. 사과를 받으면 용서할 것 같아서였다. 그렇게 사과를 받고 집으로 돌아가도 근본적인 문제는 해결되지 않을 것 같았고, 금방 같은 일이 벌어질 것 같다는 생각이 들었다.

"음, 이렇게 된 일이야." 모모코는 남은 맥주를 잔에 따르며 말했다.

"그랬구나. 뭐랄까, 역시 결혼 생활이라는 건 보통 일이 아니네."

"미안해. 내가 꿈을 깨 버렸네. 하지만 너희 커플은 괜찮을 거야."

마요는 모모코의 둥근 얼굴을 보았다. "뭔가 근거가 있어서 그렇게 말하는 거야?"

그러자 모모코는 고개를 갸웃하더니 하하 웃었다. "아니."

"그렇지?"

"처음에는 나도 무슨 일이 있어도 행복해지겠다고 생각했거든. 이렇게 될 줄은 정말 몰랐어. 애초에 가미오 선생님은 부부 사이에 그 정도 문제는 당연히 있을 수 있는 거라고 하셨지만."

"아버지한테 별거한다고 이야기했어?"

"처음에는 말 안 했지. 전에도 말했다시피 동창회 이야기만 전달하려고 했어. 하지만 선생님이 료스케 씨 이야기를 이것저것 물으시는데, 계속 거짓말을 해야 하는 게 괴로워서 다 털어놓은 거야. 선생님이 료스케에게 특별한 분이라는 걸 알고 있었으니까."

"그러고 보니 료스케 씨가 아버지한테 무척 신세를 졌다고 했지."

"맞아. 정말 큰 은혜를 입었다고 했어. 자세한 이야기를 듣고 나도 그렇게 생각했고."

"어떤 이야기인지 나한테도 말해줄 수 있어?"

"물론이지. 그 이야기를 안 들으면 사정을 설명하기 힘들어지니까." 그렇게 운을 떼더니 모모코는 다시 이케나가 료스케의 옛이야기를 풀어놓았다.

　타지 출신인 료스케와 달리 중학교 동급생들은 거의 모두가 지역 초등학교 출신이었다. 달리 아는 친구가 없는 료스케는 외톨이었다. 동급생들은 도시에서 온 이상한 녀석이라 생각했는지 아무도 말을 붙이지 않았다.

　료스케의 말에 따르면 '왕따라고도 할 수 없던' 상태였다고 한다. 완전히 무시당하며 투명 인간처럼 지냈다고 당시를 회상했다.

　차츰 학교에 가기 싫어져서 결석이 많아졌다. 2학기가 시작하고 나서는 학교에 가지 않았다. 부모 대신 키워준 친척 부부도 뭐라 나무라지 않았다. 아마 아이를 어떻게 대해야 할지 고민이 많았던 것이리라.

　그런 료스케를 찾아온 게 당시 담임이었던 가미오였다. 그는 료스케가 어떻게 지내는지 묻더니 학교 숙제를 직접 건네고 나서 건강 조심하라는 말만 남기고 돌아갔다.

　가미오는 그로부터 매일 같이 찾아왔고, 어릴 적 추억이나 돌아가신 부모님 이야기를 물어왔다. 처음에는 귀찮을 뿐이었지만, 료스케는 서서히 가미오에게 마음을 열었다.

　그날 가미오는 잠깐 나가자고 하며 료스케를 밖으로 데리고 나와 어딘가로 향했다. 그곳은 바로 가미오의 집이었다.

서재에 들어가자 큰 책장이 보였다. 가미오는 어떤 책이든 마음대로 읽으라고 했다.

"수업이 시작할 때 와서 끝날 때 집에 가면 된다. 이곳이 너의 학교야. 괜찮아. 급식도 나오니까." 가미오는 그렇게 말했다.

그다지 내키지는 않았지만, 집에서 친척들과 같이 있는 것도 숨통이 막혔기에 이튿날 료스케는 가미오의 집으로 갔다. 부인과 어머니가 다정하게 맞이해 주었다.

서재에 들어간 료스케는 책상 위에 놓인 책을 발견했다. 《달려라 메로스》였다. 독서를 좋아했던 건 아니지만 심심해서 읽어 보기로 했다. 생각보다 재미있어서 순식간에 다 읽었다. 다음에는 뭘 읽을까 생각하며 책장을 훑어보다《명탐정 홈스》시리즈가 있는 걸 발견했다. 초등학교 때 누군가가 재미있다고 했던 말을 떠올리며 그 시리즈를 집었다.

점심에는 식사도 대접받았다. 가미오가 말한 '급식'이었다.

그날 이후 평일에는 거의 매일 가미오의 집을 찾았다. 책은 어찌나 재미있는지 눈 깜짝할 새에 시간이 흘러갔다. 그렇게 한 달이 지난 어느 날 오후, 현관에서 북적거리는 소리가 들렸다. 가미오가 반 아이 다섯을 데리고 온 것이었다.

동급생들은 료스케를 보고 놀란 눈치였다. 그러자 가미오는 아이들에게 말했다.

"이케나가는 이 방의 도서부장이다. 여기 있는 책 중에 모르는 게 있으면 이케나가에게 물어보렴."

료스케는 당황했다. 처음 듣는 이야기였기 때문이다.

당혹스러운 것은 아이들 역시 마찬가지였다. 하지만 이내 한 여학생이 다가와 "어떤 책이 재미있어?" 하고 물었다. 료스케는 취향을 물어본 뒤에 《토끼 눈》(한국에서는 《나는 선생님이 좋아요》로 출간되었다)을 추천했다. 학교 이야기를 좋아한다고 했기 때문이다.

가미오는 '학교 밖 독서교실'이라는 명목으로 아이들을 데려왔다고 했다. 한꺼번에 반 아이들을 다 데려올 수는 없으니 몇 명씩 나눠서 데려올 생각인 것 같았다.

그런 일이 몇 번 반복되었을 즈음, 가미오가 "슬슬 학교에 안 갈래?" 하고 물어왔다. 료스케도 누군가가 손을 잡아 끌어주기를 바라고 있던 절묘한 타이밍이었다. 이튿날, 오랜만에 학교 문턱을 넘었다. 12월이 얼마 남지 않았을 무렵의 일이다.

그 뒤로는 다시 결석하는 일 없이 평범한 중학교 생활을 보냈다. 물론 학교생활이 순탄하기만 했던 건 아니다. 때로는 고민했고 좌절하기도 했다. 그래도 어떻게든 극복할 수 있었던 건 가미오 덕분이었다. 늘 지켜보며 료스케가 정도를 벗어나려 할 때마다 붙잡아 주었다.

"료스케 씨가 자주 그랬어. 지금 내가 있는 건 가미오 선생님 덕이다, 둘도 없는 은인이라고. 중학교 졸업 후에도 가끔 편지를 주고받았나 봐. 조금이라도 자기 진심을 전하고 싶어서 메일이 아니라 직접 손으로 쓴다고 했어."

모모코의 이야기를 듣고 마요의 기억을 뒤덮고 있던 안개가 순식간에 걷혔다. "나도 기억이 나. 초등학교 저학년이었을 때 중학생 남자아이가 우리 집 거실에서 책을 읽고 있었어. 얼굴은 잘 기억나지 않는데, 그 아이가 료스케 씨였구나."

"아마 그럴 거야."

"아, 맞다." 마요의 머릿속에 또 하나의 광경이 떠올랐다. 과거가 아니라, 바로 얼마 전 일이었다. "장례식에서, 아버지 관 속에 문고본을 넣어놨는데 봤어? 《달려라 메로스》였어."

"책을 넣어둔 건 봤는데, 제목까지는 못 봤어. 그랬구나."

"경야 때 모모코하고 료스케 씨가 분향을 했잖아. 관을 들여다본 료스케 씨가 조금 놀란 표정을 짓더라고. 기분 탓인가 했는데 아니었구나. 옛날 일이 생각났던 거야."

"그랬구나……."

"네 이야기를 들어보니 아버지가 료스케 씨에게 특별한 선생님이었던 건 알겠어. 별거한다는 이야기를 했더니 아버지가 뭐라고 했어?"

"응, 아까도 말했지만 부부 사이에 그 정도 문제는 당연히 있을 수 있다, 앞으로 살면서 계속 그런 일이 있을 거라고 하셨어. 특히 코로나 같은 비상사태에 직면했을 때는 더욱더. 이대로 이케나가하고 헤어지고 싶은 거냐고 물으시더라고."

"뭐라고 대답했어?"

"헤어지고 싶다기보다, 헤어지는 게 나을까 하는 생각이 든 적은 있다고. 하지만 남편이 무슨 생각을 하는지 몰라서 답을 못 내겠다고. 그랬더니 선생님은 나만 괜찮으면 당신이 이케나가를 만나 솔직한 심정을 들어보겠다고 하시는 거야."

"그렇게 된 일이었구나. 그래서 넌 아버지한테 부탁한 거고."

"좀 고민했는데 달리 해결책이 없는 것 같아서. 부탁드렸어."

모모코의 말로는 지난주 금요일에 에이치에게 내일 만나기로 했다는 연락이 왔다고 한다. 료스케가 회사 일로 도쿄에 있다고 해서, 도쿄역 근처에 있는 호텔 라운지에서 만나기로 했다.

"토요일에는 결론이 어떻게 났나 싶어서 아무 일도 손에 잡히지 않았어. 하지만 밤이 되었는데도 선생님은 연락이 없으셨어. 일요일에도 전화가 안 와서, 내가 먼저 걸어볼까 했어. 하지만 혹시라도 남편과 이야기가 잘 안 되어서 연락하기 힘드신 건가 싶어서, 전화할 용기가 안 나더라고. 그때 네 생각이 났어."

"나? 거기서 내가 왜?"

"혹시 선생님이 도쿄에 가신 김에 널 만났을지도 모른다는 생각이 들더라고. 만나서 우리 이야기를 하시지 않았을까 해서."

"그랬구나." 마요는 그제야 납득이 갔다. "그래서 그날 밤에 나한테 전화했구나. 동창회 평계로."

"맞아, 미안해."

"미안할 건 없지. 하지만 내가 아버지를 만나지 않은 걸 알고 그 이야기는 안 한 거고."

"맞아. 그대로 월요일이 되었고, 그 뒤의 일은…… 너도 알지. 하라구치한테 연락이 와서, 가미오 선생님이 자택에서 숨진 채 발견되셨다, 게다가 살해되신 것 같다고 이야기하더라고. 머릿속이 새하얘졌지. 제일 먼저 든 생각이, 남편이 관련되었으면 어쩌나 하는 거였어."

"그래서 어떻게 했어?"

"고민 끝에 가미오 선생님이 돌아가셨다고 메시지를 보냈어. 그러자 바로 전화가 오더라고."

"료스케 씨는 뭐라고 했어?"

"당연히 놀랐지. 자기는 전혀 짚이는 게 없다고. 토요일에는 평범하게 이야기하고 헤어졌다. 다음에 보자는 말을 남기고 선생님도 내려가셨다. 그렇게 말했어. 들어보니 거짓말하는 것 같지는 않았어."

"아버지와 무슨 이야기를 했는지는 물어봤어?"

"못 물어봤어. 왠지 그럴 상황이 아닌 것 같아서."

마요는 고개를 끄덕였다. 그건 그랬다.

"지금까지 숨겨서 미안해." 모모코는 다시 미안한 표정을 지었다. "이야기하려고 했는데, 입이 안 떨어지더라고."

"그래서 료스케 씨는 경야가 끝나자마자 바로 갔구나. 아들 얼굴도 안 보고 가서 좀 이상하다고 생각했거든."

"그렇지 뭐……. 그날만큼은 사이좋은 부부 행세를 한 거야."

"여러모로 힘들었겠다."

"과거형이 아니야. 현재진행형, 지금도 힘들어."

"그래서 앞으로 어쩔 거야? 계속 별거하려고?"

"모르겠어. 조금 더 생각해 봐야지."

"그렇구나. 사실 삼촌이 료스케 씨하고 이야기를 하고 싶대."

"너희 삼촌이?" 모모코의 얼굴에 불안한 기색이 어른거렸다.

"걱정하지 마. 아버지 대신 중재하겠다고 나서진 않을 테니. 그 사람은 그런 데 전혀 관심 없어. 사건에 대해 몇 가지 묻고 싶은 게 있나 봐."

"하지만 남편은 아는 게 없을 텐데."

"그건 삼촌도 알아. 그러니까 료스케 씨한테 연락해도 돼?"

"그런 거라면 상관없긴 한데……." 모모코의 눈빛이 불안하게 흔들렸다.

●

23

노트북 모니터를 향해 다케시는 꾸벅 고개를 숙였다.

"경야 때는 제대로 인사도 못 하고, 실례가 많았네."

모니터에는 세 사람의 얼굴이 비쳤다. 다케시와 모모코 그리고 이케나가 료스케였다. 다케시가 인사한 상대는 료스케였다.

"저야말로 급하게 나와서 죄송했습니다." 그렇게 대답한 료스케의 표정은 굳어 있었다. 그의 심정을 생각하면 그도 그럴 법했다. 앞으로 무슨 질문이 날아올지 예측할 수 없을 테니 당혹스럽기도 하겠지.

하지만 옆에서 듣고 있는 마요도 앞으로 무슨 일이 벌어질지 짐작조차 할 수 없었다. 다케시는 아무것도 알려 주지 않았다.

모모코가 료스케에게 연락하는 건 상관없지만, 무엇을 물어볼지 궁금하다고 해서, 다케시와 상의해 이런 방법을 택했다. 이곳은 다케시의 방이었지만 컴퓨터는 마요의 것이었다. 화상 회의용 앱은 컴퓨터에 몇 개 깔려 있었다.

"먼저 말해 두겠는데, 자네들 부부 일에 간섭할 생각은 없네. 그런 질문은 안 할 테니 걱정 말게."

"알겠습니다." 료스케가 대답했다.

"일단 궁금한 건 경찰에 관한 것이야. 자네한테도 형사가 찾아왔겠지?"

"왔습니다."

"언제였지?"

"어제 오후였습니다. 오전에 전화가 와서 이야기를 듣고 싶다고 하더군요. 그래서 오후에 회사 근처 커피숍에서 만났습니다."

"회사라면 요코하마겠군?"

료스케는 떨떠름한 표정으로 고개를 끄덕였다. "맞습니다."

"뭘 물어보던가?"

"가미오 선생님과 최근에 연락을 주고받았는지 물어보더군요. 조금 주저됐지만, 살인 사건 수사니까 최대한 협조해야겠다고 생각해서 3월 6일에 선생님과 도쿄에서 만났다고 대답했습니다. 장소와 시간을 자세히 알려 달라고 해서, 오후 6시부터 두 시간쯤 도쿄 킹덤 호텔 라운지에서 이야기를 나눴다고 했습니다."

"형사가 뭐라고 하던가?"

"선생님과 헤어지고 나서 무얼 했는지 묻더군요. 알리바이를 조사하는 거겠죠. 친구들과 술자리를 가졌다고 대답했습니다."

414

"그 친구들의 이름과 술을 마신 가게도 물어봤나?"

"아뇨, 거기까지는 안 물어봤습니다."

다케시는 고개를 끄덕이더니 마요를 보았다.

"역시 경찰은 이케나가 군을 의심하지 않는 것 같군." 그러더니 다시 화면을 보았다. "형사가 또 뭘 물어봤지?"

"선생님과 만나기로 했다는 이야기를 누구한테 했냐고 물어봤습니다. 안 했다고 대답했죠."

"그리고 또?"

"그거 말고는……." 료스케는 잠시 우물거리더니 결의에 찬 표정을 지었다. "선생님과 왜 만났는지, 괜찮으면 알려 달라고 했습니다. 꼭 이야기해야 하냐고 했더니, 하기 싫으면 안 해도 된다, 하지만 가미오 마요 씨가 부인에게 들은 바로는 지방 발령으로 간사이에 혼자 내려갔다고 하던데 실제로는 이렇게 요코하마에 있다, 이 상황과 관련된 이야기라고 생각해도 되겠느냐고 물었습니다."

"빙빙 돌려 말했군. 그래서 뭐라고 했나?"

"그렇다고 대답했습니다. 하지만 사생활에 관한 이야기라 비밀은 꼭 지켜달라고 했습니다. 형사는 그러겠다고 약속했고요."

"경찰은 약속을 지켰네. 모모코 씨에게 들었을지도 모르지만, 형님이 자네와 만났을지도 모른다고 추리한 건 나야."

"그런 것 같더군요. 대체 어떻게 알아내신 겁니까?"

"다음에 기회가 있으면 말하지. 형사의 질문은 그게 다였나?"

"네."

"고맙네. 모모코 씨에게도 묻고 싶은 게 있는데, 괜찮을까?"

"말씀하세요." 작은 화면 속에 비친 모모코의 표정이 살짝 굳어졌다. 자신을 지명할 줄 몰랐던 모양이었다.

"자네한테도 형사가 찾아왔지?"

"네, 왔어요."

"언제지?"

"어제 오후예요. 4시쯤……이었던 것 같아요." 작은 화면 속 모모코가 고개를 갸웃거렸다.

"뭘 물어보던가?"

"방금 남편이 한 이야기와 대충 비슷해요. 지난주 토요일에 가미오 에이치 씨와 남편분이 도쿄에서 만난 걸 알고 있었느냐, 알고 있었다면 누구한테 들었느냐 그리고 그 이야기를 다른 사람에게 했느냐, 그렇게 물어봤어요. 선생님한테 들어서 알고는 있었지만 다른 사람에게는 말하지 않았다고 대답했고요."

"그 밖에는?"

"저한테도 알리바이를 물어봤어요. 토요일 저녁에는 집 밖으로 나간 적이 없다고 대답했죠. 부모님도 같이 있었으니 확인해 보시면 된다고요."

"가족은 증인이 될 수 없어." 료스케는 무뚝뚝하게 말했다. "그것도 몰랐어?"

"그게 문제가 아니라…… 그럼 뭐라고 대답해야 했는데?"

"부모님이 같이 있었다는 이야기는 할 필요가 없지."

"사실인데 말해도 상관없잖아."

"부부싸움은……." 다케시가 대화에 끼어들었다. "이따가 천천히 하게. 아직 내 이야기가 안 끝났거든."

부부는 입을 모아 죄송하다고 사과했다.

"이케나가 군한테 묻겠는데, 형님과 어떻게 만나기로 했는지 경위를 알려 주게. 형님이 먼저 연락한 건가?"

"맞습니다. 선생님이 전화를 주셨는데, 할 이야기가 있으니 다음 주쯤에 시간을 낼 수 있겠냐고 물으셨습니다. 편한 곳을 말해 주면 당신이 오시겠다고, 오래 시간 뺏는 이야기는 아니라고요."

"그게 언제였나?"

"아, 잠시만요."

료스케는 뭔가를 내려다보고 있었다. 스마트폰을 확인하는 것이리라.

"2월 26일 금요일입니다."

"2월 26일이라……." 다케시는 중얼거리더니 다시 물었다.

"그래서?"

"공교롭게도 일정이 빡빡해서, 다음 주 토요일밖에 비는 날이 없는데, 그날도 도쿄에 갈 일이 있어서 몇 시쯤 시간이 날지 모르겠다고 말씀드렸습니다. 그랬더니 선생님은 다음 주 토요일도 괜찮고, 도쿄로 찾아갈 테니 일정이 정해지면 다시 연락을 달라고 하셨습니다. 알았다고 하고 전화를 끊었죠."

"그리고 자네 일정이 정해진 뒤에 형님에게 연락을 했군?"

"네. 3월 3일 저녁이었습니다. 전화를 해서 토요일 오후 6시쯤부터 두 시간쯤 시간이 날 것 같다고 말씀드렸습니다."

"3월 3일 몇 시쯤에 전화를 했나?"

"퇴근해서 저녁을 먹기 전이었으니, 저녁 7시쯤이었을 겁니다."

"7시라……. 전화는 형님 스마트폰으로 했나? 아니면 집 전화?"

"집 전화입니다. 선생님이 전화 주신 번호로 걸었습니다. 토요일 당일에야 선생님 휴대전화 번호를 물어보지 않은 걸 깨닫고 좀 조바심이 났습니다만."

"흐음……." 다케시는 팔짱을 끼며 모니터를 향해 말했다. "미안하지만 그때 나눈 대화를 최대한 자세하게 재현해 줄 수 있나?"

"네? 어떻게 하면 됩니까?"

418

"내가 형님 역을 하지. 자네는 그때 일을 떠올리며 똑같이 말하면 돼. 그럼 시작하겠네. 먼저 자네가 전화를 걸었어. 벨 소리를 듣고 형님이 전화를 받았지." 다케시는 왼손으로 수화기를 귀에 대는 시늉을 했다. "네, 가미오입니다. 다음은 자네 차례야. 뭐라고 했나?"

"아, 이케나가입니다. 지난번에는 죄송했습니다." 모니터 너머의 료스케는 실제로 스마트폰을 귀에 대고 있었다.

"나야말로 바쁜데 번거롭게 해서 미안하네. 토요일 일정은 정해졌나? ……이런 식이었나?"

"네, 바로 그겁니다. 굉장하네요. 말투도 선생님과 똑같으세요."

"고맙네. 형제니까."

옆에서 듣던 마요도 내심 놀랐다. 느긋하면서도 근엄한 말투가 에이치와 똑같았다. 이런 재주까지 부릴 수 있다니.

"정해졌습니다. 오후 6시부터 두 시간쯤 시간이 날 것 같습니다. 그래도 도쿄까지 오시게 하기 송구스러운데……."

"신경 쓰지 말게. 코로나 때문에 요새 계속 집에만 있었거든. 가끔은 멀리 나가서 바람도 쐬어야겠다고 생각하던 참이야. 겸사겸사 마요 얼굴도 보면 좋고."

"아…… 아뇨, 그건 아닙니다." 화면 속에서 료스케가 손을 저었다. "선생님은 그런 말씀 안 하셨어요. 마요 씨 이야기는 제가 물어봤습니다."

"자네가? 어떤 식으로?"

"선생님이 도쿄까지 오시는 게 별일 아니라는 식으로 말씀하신 건 사실입니다. 그래서 제가 따님을 만나실 거냐고 물어봤죠. 그러자 선생님은 이번에는 아니다, 걔한테는 비밀이다……라고."

"걔한테는 비밀. 걔한테, 라고 했단 말이지. 마요한테가 아니라."

료스케는 생각에 잠긴 표정을 짓더니 고개를 끄덕였다. "그랬습니다."

"알겠네. 계속하지. 그 후에는 어떤 대화를 나눴나?"

"제가 어디로 찾아뵈면 되겠습니까, 라고 물었습니다."

"도쿄 킹덤 호텔을 아나? 근처에 있는 호텔인데." 다케시가 에이치의 말투로 말했다.

"압니다. 몇 번 가본 적도 있고요."

"그럼 그 호텔 1층 라운지에서 오후 6시에 보지."

"도쿄 킹덤 호텔 라운지에서 18시에. 알겠습니다."

"그럼 토요일에 보지. 오랜만에 얼굴 보겠군."

"아, 저기, 선생님." 료스케가 조금 당황한 낯으로 말했다. "하실 말씀이라는 게 혹시 모모코에 관한 일입니까?"

다케시는 잠시 침묵하다 대답했다. "뭐, 그렇네."

"알겠습니다. 그럼 토요일에 뵙겠습니다."

"그러자고." 다케시는 수화기를 귀에서 떼는 시늉을 했다. "그때도 이런 대화를 나눴다는 거지?"

"대체로 비슷합니다. 말하다 보니 기억이 나네요."

"고맙네. 이상한 부탁을 해서 미안하군."

"아뇨, 정말 선생님과 이야기하는 것 같았습니다. 그리고, 저기……." 료스케는 말을 흐렸다.

"그리고?" 다케시가 물었다.

"가미오 선생님이 돌아가셨다는 사실을 새삼 실감했습니다. 아직도 믿기지가 않아요. 불과 1주 전에 뵀는데……."

"그래. 자네와 헤어지고 집으로 돌아온 직후 누군가에게 살해됐지."

모니터 속 료스케와 모모코가 동시에 침통한 표정을 지었다.

"한마디로……." 다케시는 말을 이었다. "살해되기 조금 전까지 형님은 방금 전까지 같이 있던 제자와 그 처를 생각했을 거야. 어떻게 하면 부부가 화해하고 다시 시작할 수 있을지, 행복해질 수 있을지, 당신이 할 수 있는 일이 무엇인지, 그런 생각을 했겠지."

그 말에 정신이 번쩍 든 듯 젊은 부부의 표정이 굳어졌다. 료스케의 눈빛이 매서웠다.

"그 사실을 염두에 두고, 앞으로 부부싸움을 하든 서로 헐

뜬든 하게. 온라인으로. 그럼 난 이만 실례하지. 협조해 줘서 고맙네." 말이 끝나자마자 다케시는 화상 회의 프로그램을 종료했다.

마요는 삼촌의 무표정한 얼굴을 보며 말했다. "가차 없네요."

"너무했어?"

"아뇨, 그 부부에게는 좋은 약이 되었을 거예요. 삼촌도 가끔은 괜찮은 말을 하네요."

"꼭 한마디를 더 하지." 다케시는 노트북을 덮고 마요에게 내밀었다. "고맙다. 화상 회의도 나쁘지 않네."

"필요하면 언제든 말해요."

"컴퓨터를 빌릴 일은 이제 없을 것 같지만, 부탁이 있다."

"또요? 오늘 부탁이 많네요."

"불만이야? 진상을 규명하는 걸 돕고 싶다고 한 사람은 너야."

"그냥 그렇다고. 다음에는 뭘 하면 되는데요?"

"다음은……." 다케시는 손가락을 세우며 말했다. "도라에몽의 집이다."

24

●

'쓰쿠미 미용실'은 활기 넘치는 상점가가 아니라 주요 도
로를 따라 늘어선 주택가에 자리하고 있었다. 건물 외벽에 큼
지막한 창이 달린 것 말고는 별 특징이 없어서, 조심스럽게
내건 작은 간판이 없었다면 조금 세련된 서양식 주택인 줄 알
지 미용실인 줄은 모를 것이다.

천천히 문을 열었다. 환한 실내에서는 좋은 냄새가 났다.
창가 소파에 앉아 있던 여성이 웃으며 일어났다.

"어서 와요."

쓰쿠미 나오야의 모친인 기누에였다. 장례식에서 만났을
때보다 더 젊어 보이는 건 복장과 화장 때문일까. 하얀 셔츠
에 크림색 베스트, 청바지를 입었다.

"불쑥 찾아와서 죄송합니다." 마요는 고개를 꾸벅 숙였다.
"바쁘신데 제가 시간 뺏은 건 아닌지……."

"아니에요." 기누에는 웃으며 대답했다. "오늘은 오전에 한
건, 오후에 한 건 예약만 있고, 아마 다른 손님은 없을 것 같
아서 슬슬 닫으려던 참이었어요. 잠시만요."

기누에는 밖으로 나가 간판을 떼어냈다. 간판으로 영업 여

부를 알리는 모양이었다.

마요는 미용실을 둘러보았다. 커트나 샴푸용 의자 두 대만 놓인 소박한 공간이었지만 차분한 느낌이 들었다. 찬장에 놓인 앤티크 시계가 오후 5시를 가리키고 있었다.

군인이었던 쓰쿠미 나오야의 아버지는 아들이 초등학생 때 훈련 중 사고로 세상을 떠났다고 들었다. 그 후로 이 가게가 가족의 생활을 책임져 온 것이다. 하지만 남편에 이어 아들까지 열네 살이라는 어린 나이로 떠나보내다니, 너무나도 가혹한 운명이었다.

다시 들어온 기누에는 떼어낸 간판을 벽에 세워놓았다.

"자, 이제 천천히 이야기를 나눌 수 있겠네요." 기누에는 가게 안쪽으로 들어가 문을 열었다. 그곳이 거실인 모양이었다. "누추하지만 들어와요."

"실례하겠습니다." 마요는 다시 고개를 숙였다.

기누에를 따라 들어가자 4인용 테이블이 놓인 주방이 나왔다. 텔레비전과 사이드보드가 있는 걸 보면 거실 겸용인 것 같았다. 혼자 생활한다면 이 정도로도 충분할지 모른다. 밖으로 튀어나온 구조의 창문에 달린 체크무늬 커튼이 밝은 분위기를 자아냈다.

대면형 주방에서 기누에가 나왔다. "편히 앉아요."

"아, 감사합니다." 마요는 의자를 빼서 앉았다.

기누에는 홍차가 담긴 찻잔을 마요 앞에 놓았다. 홍차에는 얇게 자른 레몬도 곁들였다. 모모코와 달리 술을 권하지는 않았다.

"이제 좀 마음 정리가 됐나요?" 기누에가 물었다.

"별일 없이 경야와 장례식을 치러내서 한숨 돌리긴 했어요. 하지만 범인이 아직 안 잡혔으니⋯⋯."

"그렇겠죠. 차 식기 전에 들어요."

"네, 감사합니다." 마요는 레몬을 띄운 홍차를 한 모금 마셨다. 허브 향이 진하게 우러난 홍차였다.

"아까 통화했을 때, 아버님⋯⋯ 가미오 선생님이 못 다하신 일을 이어서 하고 싶다고 했죠. 그래서 나오야의 글을 보고 싶다고. 조금 더 자세히 말해줄 수 있을까요?"

"네." 마요는 두 손을 가지런히 무릎에 올렸다.

"아버지 유품을 정리하는데 옛 제자들이 쓴 작문을 복사해 놓은 종이가 여러 장 나오더라고요. 보아하니 괜찮은 글은 본인에게 돌려주기 전에 복사해서 보관하고 있었나 봐요. 자비 출판 팸플릿 같은 것도 모아놓은 걸 보면, 언젠가 한 권의 책으로 만들어 가까운 사람들에게 보여 주려고 했던 건지도 모르죠."

이 설명에 기누에는 고개를 연신 끄덕였다.

"가미오 선생님이 생각하실 법한 일이네요. 그래서 그 책에 나오야의 작문도 넣으려 하신 건가요?"

"맞아요. 실은 작품을 쓴 학생들의 명단도 작성해 놓았는데, 그중에 쓰쿠미 이름이 있더라고요. 쓰쿠미의 작문을 실으려고 했던 거죠. 하지만 어찌된 영문인지 없더라고요. 혹시 분실했거나, 복사를 안 해놓은 건지도 모르겠어요. 그래서 보여 주실 수 있을까 여쭤본 겁니다."

기누에는 눈을 빛내며 입가에 미소를 머금었다.

"정말 감사한 이야기네요. 그런데 죄송하게도 저는 처음 듣는 이야기라, 가미오 선생님이 어떤 글을 마음에 들어 하셨는지 저는 잘……."

모르겠다는 말 같았다.

"그러시겠죠. 그래서 혹시 쓰쿠미가 중학교 때 쓴 작문이 남아 있으면, 전부 보여 주셨으면 해요. 실은 저희 삼촌이 지금 집에 내려와 있는데, 동생이니까 아버지가 어떤 글을 실으려 했는지 알 것 같다고 하더라고요."

"그러고 보니 장례식 때 옆에 남자분이 계셨죠. 그렇군요. 그분이 가미오 선생님의 동생분이시군요. 그러니 선생님의 문학적 취향을 잘 이해하고 계신다는 말씀이죠?"

"네, 본인은 그렇게 말하더라고요. 그러니까 혹시 보관하고 계신 작문이 있으면 좀 보여 주셨으면 해서…… 손상되지 않게 조심해서 다룰 거고, 복사하고 나서 바로 돌려드리겠습

426

니다."

"나오야가 중학교 때 썼던 모든 작문을…… 아까 좀 찾아봤는데 제법 많더라고요. 열 편 이상은 되는 것 같던데."

"아마 그럴 거예요. 아버지는 학생들에게 자주 작문을 시켰으니까요. 여름 방학이나 겨울 방학 과제뿐 아니라 학교 행사가 있을 때마다 뭔가 글을 써서 제출하라고 했어요. 물론 수업 시간에도요. 가미오 선생님이 싫은 건 아닌데, 그 글쓰기 훈련은 제발 그만하고 싶다고, 몇몇 친구들이 볼멘소리를 하기도 했어요."

"그 글을 전부…… 알았어요. 잠깐 기다려요." 기누에는 자리에서 일어나 방을 나갔다. 계단을 올라가는 소리가 들렸다. 2층에 쓰쿠미 나오야가 쓰던 방이 있는 모양이었다. 어쩌면 세상을 떠난 후에도 쭉 그 모습 그대로 보존되어 있을지도 모른다.

에이치가 제자들이 쓴 작문 중에서 마음에 든 것을 엄선해 자비 출판하려 했다는 이야기는 말할 것도 없이 다케시가 지어낸 이야기였다. 그렇게라도 말하지 않으면, 아버지가 살해되어 혼란스러운 이 상황에 옛 동급생의 작문을 모두 보여 달라는 부탁이 얼마나 수상쩍게 들리겠느냐고 했다. 마요도 그 의견에 동의했지만, 문제는 왜 쓰쿠미 나오야의 작문이 필요하냐는 것이었다. 하지만 다케시는 사실 관계가 확실해지면 알려 주겠노라고 말할 뿐이었다.

그런 연유로 마요는 모모코와 이케나가 료스케에게 연락했을 때처럼 영문도 모른 채 다케시가 시키는 대로 행동하고 있는 것이었다.

가방을 보았다. 손잡이에 나비 모양 액세서리가 달려 있었다. 도청기다. 전원 스위치인 꼬리는 당연히 구부러져 있었다. 다케시도 이 근처에 있을 것이다.

계단을 내려오는 발소리가 들리더니, 기누에가 종이 상자를 안고 나타났다.

"아마 이게 다일 거예요."

"좀 봐도 될까요?"

"그럼요."

종이 상자 안에는 반으로 접은 원고지가 들어 있었다. 그걸 모두 꺼내 테이블에 올려놓았다. 쌓아놓고 보니 두께가 2cm쯤은 됐다. 반으로 접은 걸 감안하더라도 50장 이상은 될 것 같았다.

대충 훑어보니 모두 원고지였다. 원본인 것이다.

"복사본은 없나요?"

"복사본?" 질문의 의도를 파악하지 못한 듯 기누에는 고개를 갸웃했다.

"작문은 일단 제출하면 조금 지나서 본인에게 돌려주는데요, 개중에 돌려주지 않는 것도 있어요. 문화체육관광부에서 후원하는 대회에 제출하는 경우라든지요. 자기 글을 보관하고 싶은 사람은 복사해 놓으라고 미리 말해두거든요. 쓰쿠미도 그런 복사본을 만들어 놨을 거라고 생각했어요."

"아, 그렇군요. 복사본은 없던데요. 복사까지 하면서 자기 글을 보관하고 싶어 하는 성격이 아니었으니까요."

그러고 보니 나도 그랬지. 마요는 수긍했다. 복사해서 보관한 적은 한 번도 없었다.

다케시가 실망할지도 모르겠다고 생각했다. 복사본이 있으면 반드시 가져오라고 했기 때문이다. 오히려 원본보다 중요하다는 뉘앙스였다.

마요는 가장 위에 있던 원고지를 집었다. '내가 존경하는 사람'이라는 제목이었다. 첫 문장은 '내가 존경하는 사람은 초등학교 때 돌아가신 아버지입니다.'였다. 아버지가 돌아가신 후에 고베에서 낯선 여자가 분향을 하겠다며 찾아왔다고 했다. 아버지는 대지진의 이재민이었던 그녀를 구조해서, 등에 업고 무너진 건물 잔해를 지나 몇 km나 떨어진 이재민 대피소까지 데려다줬다고 했다. 글은 아버지가 어떤 일을 했는지 처음으로 알고 무척 자랑스러웠다는 문장으로 마무리하고 있었다.

"감동적인 이야기네요. 읽어 보셨나요?"

마요의 물음에 기누에는 작게 고개를 끄덕였다. "몇 번을 읽었는지 몰라요."

그럴 만도 하다고 생각했다. 읽으며 눈물지었겠지.

"쓰쿠미야 원래 전 과목이 우수했지만, 작문 실력도 뛰어나네요. 전체적으로 잘 정리한 것 같아요."

"꼼수를 썼거든요." 기누에는 작은 비밀을 말해 주듯 속삭였다.

"꼼수요?"

"남편이 남긴 컴퓨터가 있었어요. 워드로 먼저 초안을 쓰고, 그걸 보면서 원고지에 손으로 썼어요. 한자를 일일이 찾아보지 않아도 되니까 편하다고 했죠. 입원 후에도 병실에서 컴퓨터를 썼죠. 지름길만 좋아하면 안 된다고 타이르기는 했는데……."

"그랬군요. 그렇더라도 잘 쓴 글인 건 분명해요."

가방 속에서 스마트폰 진동이 울렸다. "잠깐 실례할게요." 가방에서 스마트폰을 꺼내서 보니 다케시가 보낸 메시지가 도착해 있었다. '그 컴퓨터를 가져와' 무엇 때문인지는 마요도 짐작이 갔다.

"그 컴퓨터도 아직 보관하고 계신가요?"

"있어요. 기계는 영 젬병이라 쓰지는 않지만."

"혹시 그 컴퓨터를 좀 볼 수 있을까요?"

"그걸요?" 기누에는 뜻밖이라는 듯 눈을 동그랗게 떴다. "컴퓨터는 왜요?"

"혹시 글 초안이 남아 있으면 확인하고 싶어서요."

"그래요…… 아, 하지만 아무것도 없을 거예요. 나오야가 그랬어요. 데이터는 전부 지웠으니 그 컴퓨터는 신경 안 써도 된다고."

"그렇군요……."

기누에의 말에 마요는 살짝 가슴이 아렸다.

쓰쿠미 나오야는 자신이 살날이 얼마 남지 않았다는 것을 짐작하고 있었던 것이다. 그래서 컴퓨터를 못 다루는 어머니를 생각해 아무것도 남기지 않는 게 좋겠다는 판단을 내렸겠지.

무릎에 놓인 스마트폰에 다시 메시지가 도착했다. '가져와!'라고 표시되어 있었다.

"그래도 상관없으니 일단 보여 주시면 안 될까요?" 마요는 기누에에게 말했다.

"알았어요. 하지만 작동할지 모르겠네요. 엄청 오래된 컴퓨터라."

기누에는 다시 방을 나가 2층으로 올라갔다.

그사이에 마요는 다케시에게 전화를 했다. 금방 "왜?" 하는 부루퉁한 목소리가 귓가에 울렸다.

"찾는 물건이 그 컴퓨터에 있을지도 모른다는 거예요?"

"그러기를 바라야지."

"데이터는 지웠다는데, 그래도 상관없어요?"

"문제없어. 다 방법이 있지."

"그럼 이건 필요 없는 거 아니에요? 원고지 뭉치. 꽤 무거운데."

"멍청한 소리 마. 어머님한테 글을 빌릴 때 뭐라고 했는지 벌써 잊었어? 그걸 안 가져가면 뭐라고 생각하겠냐고."

"아, 그렇구나."

"무거우면 얼마나 무겁다고. 전부 가져와." 다케시는 거칠게 전화를 끊었다.

혀를 쏙 내밀며 스마트폰을 가방에 넣는데 기누에가 돌아왔다.

"이거예요." 테이블에 손잡이가 달린 가방을 내려놓았다. 노트북가방인 모양이었다. 가방을 열자 안에서 사각형의 검은 기계가 나왔다.

그 기계는 마요의 눈에 컴퓨터처럼 보이지 않았다. 각이 져 있었고 두께도 5cm는 되는 것 같았다. 직접 들어보니 묵직했다. 이걸 노트북 컴퓨터라 불러도 될까. 노트북가방이 있어서 다행이었다. 들고 온 가방은 이미 원고지만으로도 가득 차서, 이렇게 커다란 걸 넣으면 무거워서 들지도 못할 것 같았다. 전원 코드에도 커다란 기구가 붙어 있어서, 여하튼 투박하기

432

그지없었다.

"이걸 가져가서 살펴봐도 될까요?" 마요는 재차 물었다.

"상관없는데, 고장 나지 않았을지 모르겠네요."

"삼촌한테 살펴보라고 할게요. 만일 고장 났다면 수리를 맡겨도 될까요? 물론 비용은 저희가 부담하고요."

"미안해서 그럴 순 없죠. 혹시 그렇게 되면 알려 주세요."

"그럼 그때 다시 연락드리겠습니다."

"네." 기누에는 시선을 떨궈 컴퓨터를 보았다. "이 컴퓨터가 있는지 까맣게 잊고 있었어요. 뭐가 들어 있을까. 인터넷은 안 한 것 같으니 이상한 건 없겠지만."

"정상적으로 작동하면 직접 보시면 되죠. 사용법을 알아놓을게요."

"부탁해요. 기대되네요."

"그럼 가져가겠습니다." 마요는 컴퓨터를 가방에 넣었다.

"그런데 내일 동창회에는 참석할 건가요?" 기누에가 물었다.

"나가보려고요. 아, 그러고 보니 쓰쿠미의 추모식은 안 하기로 했다던데, 어머님이 부탁하셨다면서요."

"맞아요." 기누에는 쓸쓸한 낯으로 웃었다. "모처럼 모인 자리인데, 다 같이 즐거운 시간을 보냈으면 해서요. 나오야 생각은 다음에 해도 충분해요."

그 말에 마요는 복잡한 감정이 가슴을 훑고 지나가는 것을 느꼈다.

"그런 거면 저도 안 가는 게 낫지 않을까요. 괜히 아버지 생각나게 만들 것 같은데."

그러자 기누에는 황급히 손사래를 쳤다.

"마요 씨는 가야죠. 불참하면 오히려 다른 친구들도 마음 불편할 거예요. 자기들끼리만 모여서 즐거워해도 되나 하고. 마요 씨만 괜찮다면 꼭 가줘요. 나도 이렇게 부탁할게요."

고개를 숙이는 기누에를 보고 마요는 당황했다. "어머님, 이러지 마세요……."

기누에는 고개를 들더니 생긋 웃었다.

"그리고…… 마요 씨가 동창회에 꼭 참석해 줬으면 하는 이유가 있어요. 나오야도 분명 하늘에서 지켜보고 있을 테니까요. 나오야가 마요 씨를 좋아했던 건 알고 있었죠?"

"아, 그게……." 마요는 괜히 머리카락을 만지작거렸다

"참석해 줘요. 나오야도 마요 씨를 보고 싶어 할 거예요."

진지한 눈빛을 보니 나이도 먹을 만큼 먹어서 쑥스러워할 때가 아니란 생각이 들었다. 마요는 긍정적으로 생각해 보겠다고 대답했다.

●

　가방에서 꺼낸 노트북을 테이블에 올려놓고 다케시는 휘
파람을 불었다.

　"'메비우스'. 오랜만이다, 그동안 잘 지냈냐고 인사라도 하
고 싶은 심정이네."

　보아하니 아는 기종인 것 같았다.

　"작동할까요?"

　"〈마션〉이란 영화 알아? 맷 데이먼 주연 영화인데, 화성에
홀로 남겨진 우주 비행사 이야기지."

　"전에 들어본 것 같은데 보지는 않았어요."

　"그 영화에 '마스 패스파인더'라는 실제 화성탐사선이 등
장해. 1997년에 착륙한 탐사선이지. 주인공은 모래에 파묻
혀 있던 그걸 발굴해서 작동시켜 지구와 교신하는 데 성공해.
'메비우스'는 마스 패스파인더가 화성에 착륙한 시기에 발매
됐어. 작동해도 이상할 건 없지."

　"하지만 그 영화는 픽션이잖아요."

　"지극히 현실감 넘치는 픽션이지. 좌우지간 백문이 불여일
견이라니 잠자코 보기나 해." 다케시는 코드를 콘센트에 꽂

더니 전원 스위치를 눌렀다.

이내 화면이 밝아지더니 짙은 남색 바탕에 컬러풀한 띠 그리고 'Mebius'라는 로고가 나타났다.

"이거 봐, 멀쩡히 켜졌네. 게다가 고맙게도 암호도 안 걸어 놨어. 쓰쿠미는 이 컴퓨터를 이상한 데 쓰진 않았나 보군."

"도청기로 들었겠지만, 인터넷은 연결 안 했대요."

"2000년대 초니까, 되바라진 중학생이라면 야한 사진이나 동영상을 수집했을 법도 하지만, 당시에는 병원에서 인터넷 연결이 가능했던 환경이 아니니까."

다케시는 키보드와 트랙패드를 이리저리 만져보더니 한숨을 내쉬었다.

"어머니 말대로 데이터는 전부 지웠네. 저장된 파일이 하나도 없고, 휴지통하고 메일함도 비어 있어. 암호를 걸어두지 않은 건 누군가가 이 컴퓨터를 열어볼 때를 대비해서일지도 몰라."

"이제 어떻게 해요? 무슨 방법이 있다면서요."

다케시는 팔짱을 끼더니 잠시 생각에 잠겼다. 이내 손목시계를 힐끗 보고 나서 컴퓨터 전원을 껐다. 코드도 뽑아서 컴퓨터와 함께 가방에 도로 넣었다.

"잠깐 나갔다 올게."

"이 시간에요?"

"아직 7시잖아."

"어디 가려고요? 나도 갈래요."

"지인을 좀 만나 봐야겠어. 넌 따라올 것 없어. 대신 저거나 읽어 봐." 다케시는 마요가 옆에 놓아둔 가방을 가리켰다. 틈 새로 쓰쿠미 나오야가 쓴 작문 뭉치가 보였다.

"이걸 읽고 뭘 하면 되는데요?"

"기억에 남는 글이 있으면 나한테 알려 줘."

"어떤 식으로 기억에 남는 글이요?"

"그건 읽어 봐야 알지. 놀라거나, 감격한 내용이 있으면 따 로 모아 둬."

"뭐예요." 마요는 인상을 찌푸렸다. "너무 추상적이잖아."

"그만 투덜거리고 얼른 가서 읽어." 다케시는 자리에서 일 어나 옷장에서 겉옷을 꺼냈다. "아, 맞다. 가키타니에게 연락 좀 해 봐. 동창들 중 몇몇은 만나봤을 거야. 알리바이가 확인 된 인물이 있는지 물어봐."

"연락하는 건 상관없는데, 순순히 가르쳐 줄까요? 이 핑계 저 핑계 대며 빠져나갈 것 같은데."

"그러는 것 같으면, 지금 안 가르쳐 주면 내일 동창회에서 한 명씩 붙잡고 알리바이를 물어보겠다고 협박해."

평범한 사람이 했으면 장난으로 들렸을 말이었지만, 다케 시의 경우에는 진심이라 무서울 따름이었다.

"자신은 없지만 시도는 해볼게요. 그나저나 삼촌, 저녁은 어쩔 거예요?"

"적당히 알아서 먹어야지. 늦어질 것 같으니 다 읽으면 방에 두고 가." 다케시는 방 열쇠를 마요에게 던졌다.

자기 방으로 돌아온 마요는 바로 가키타니에게 전화를 했다. 무슨 일인지 단번에 알아챘는지 "어제는 감사했습니다." 하고 말하는 목소리에 경계심이 배어 있는 것 같았다.

"바쁘신 중에 죄송합니다. 제 동창들의 알리바이를 확인하셨는지 삼촌이 여쭤보라고 해서요." 일단 마요는 다케시 핑계를 댔다.

"그 건은 아직 조사 중이라, 확실한 이야기를 드릴 단계가 아닌 것 같습니다." 예상대로 가키타니는 핑계를 대며 빠져나가려 했다.

"현시점에서 밝혀진 사실만이라도 알려 주시면 안 될까요? 당장 내일이 동창회인데, 어떤 낯으로 친구들을 대해야 할지 도무지 모르겠네요."

"아, 사정은 알겠습니다. 그럼 조금만 기다려 주십시오."

수화기 너머로 들리던 잡음이 사라졌다. 자리를 옮긴 것 같았다.

"일단, 3월 6일 저녁의 소재가 확인된 분은…… 하라구치 고헤이 씨가 있네요. 시신을 최초 발견한 분이요."

438

처음부터 하라구치를 의심하는 마음은 손톱만큼도 없었다. 이런 식으로 얼버무리려는 건가 싶어서 슬그머니 부아가 치밀었다. "또 누가 있죠?" 저절로 가시 돋친 목소리가 튀어나왔다.

"누마카와 씨 알리바이도 확인했습니다. 그 시간에 본인 가게에 계셨더군요."

이 역시 진 빠지는 대답이었다. 굳이 말하지 않아도 그쯤은 안다. "그리고요?"

"가시와기 씨도 확인했습니다. 그날 밤은 회사 동료들과 회식을 하셨더군요."

그렇게 말하는 걸 보면 이미 증거는 확보했겠지. "또 없어요? 구기미야는요?"

"구기미야 씨는…… 좀 미묘하네요. 알리바이가 없는 건 아니고, 있기는 한데……." 갑자기 목소리가 흐물거리기 시작했다. 얼버무리려는 기운이 짙었다.

"확실히 말씀해 주시죠. 지금 안 가르쳐 주시면 구기미야한테 직접 물어보든지요."

당황해할 줄 알았는데, 가키타니는 다른 반응을 보였다.

"음, 어쩌면 그러시는 게 나을지도 모릅니다. 사생활에 관련된 일이라서요."

"무슨 사생활이요? 아무한테도 말 안 할 테니까 알려 주세요."

수화기 너머로 음, 하는 신음소리가 들렸다. 상당히 난처해하는 것 같았다.

"실은 말이죠, 처음에는 부모님 집에 있었다고 하셨습니다. 하지만 실제로 머물던 곳은 안채가 아니라 정원에 지어놓은 별채라서 증인은 없다고 했죠. 그래서 그 시점에는 알리바이가 없는 상태였죠. 그런데 나중에 어떤 인물과 같이 있었던 사실이 밝혀진 겁니다."

"어떤 인물? 고고리…… 고고노에 씨요?"

"죄송하지만 제 입으로는 말씀 못 드립니다."

고고노에 리리카가 맞는 모양이었다.

"그래서 알리바이가 확인된 건가요? 같이 있었다고 입을 맞췄을 수도 있잖아요."

"그건 그런데, 같이 있던 장소가 장소이니만큼 거짓말이라고 하기에도…… 아이고, 난감하네요. 솔직히 가미오 선생님 따님이라 여기까지 말씀드리는 겁니다. 평소에는 수사상의 비밀을 이렇게 떠벌이지 않는다는 것만 알아주십시오."

"알죠. 감사드려요." 마요는 빠르게 말을 이었다. "그래서 그 장소가 어딘데요?"

"그러니까 제 입으로는 말씀 못 드린다니까요. 제 사정 좀 봐주십시오."

"힌트라도 주세요."

440

"이걸 어쩌지. 음, 마을에서 차로 30분쯤 걸리는 곳입니다. 고속도로를 타면 20분쯤 걸리겠네요. 그분은 본인 소유 차량으로 직접 운전해서 그곳까지 갔고, 그 차에 구기미야 씨도 동승했다고 하더군요. 도착해서 2시간쯤 있다가 다시 돌아왔다고 합니다. 스마트폰 위치 정보를 확인했으니 틀림없습니다. 물론 다른 사람이 스마트폰을 가지고 차를 운전했을 가능성도 있지만, 방범 카메라로 확인해 보면 다 밝혀지는 일이니 믿어도 되지 않을까 하는 게 저희 생각입니다."

"차로 고속도로를 타고 가서 2시간 있었다…… 어디지?"

"부탁이니 너무 깊이 생각하지 마십시오." 가키타니는 애원하듯 말했다.

"알리바이가 있는 사람은 또 없나요?"

"지금으로서는요. 자택에 있었다는 분도 있지만, 확인이 어려우니까요."

모모코를 말하는 걸까.

"그런 경우에 스마트폰 위치 정보를 참고할 수는 없는 건가요?"

"자택에서는 그렇죠. 본인이 없어도 스마트폰만 방에 놓아두면 되니까요. 일단 확인은 했습니다만."

그도 그런가. 마요는 수긍했다.

"어딘가로 이동한 사람은 위치 정보로 알리바이를 확인할 수 있겠네요?"

"그렇긴 한데, 모든 분들이 수사에 협조적인 건 아니니까요."

"무슨 뜻이에요?"

"개인 정보 보호를 방패막이로, 스마트폰 열람을 거부하는 분이 계십니다. 다른 데이터는 절대로 보지 않겠다, 본인 앞에서 위치 정보만 확인하겠다고 해도 좀처럼 답을 주지 않으시네요. 영장을 받아오면 가능하지만, 합당한 이유가 없으면 어렵거든요."

이해가 안 가는 건 아니었다. 마요 역시 형사에게 스마트폰을 보여 주기는 싫었다.

"지금 상황은 대충 이렇습니다. 아까도 말씀드렸다시피 따님이라 이 정도까지 알려 드린 겁니다. 다른 때는 절대 있을 수 없는 일입니다."

"네, 압니다. 돌아가신 아버지를 대신해 감사하다는 말씀 드릴게요." 정중하게 인사한 뒤 마요는 전화를 끊었다.

오늘 저녁은 식당에서 먹기로 했다. 다음 주부터는 출근해야 하니 내일은 체크아웃해야 했다. 여기서 식사하는 것도 내일 아침이 마지막이다.

식당으로 가자 어제보다는 손님이 조금 늘었다. 역시 토요일이라 찾아오는 관광객들이 있는 모양이었다. 종업원들의 활기에 찬 표정을 보니 왠지 흐뭇한 기분이 들었다.

구석 테이블에서 튀김 정식을 먹으며 주변을 둘러보는데 뭔가 위화감이 느껴졌다. 뭔가 전과는 조금 달랐다. 이내 위화감의 정체를 알아챘다. 벽에 붙여놓은 '환라비 하우스' 포스터가 사라지고 없었다.

지나가는 사장을 붙잡고 포스터에 대해 물어봤다.

"이제는 떼는 게 좋을 것 같아서요." 그렇게 말하며 사장은 눈을 게슴츠레 떴다. "다 끝난 일을 계속 아쉬워한들 부질없는 짓이고, 이 마을에도 다른 좋은 곳이 많으니까요."

"맞아요." 마요는 고개를 끄덕였다. 고향에 내려와서 처음으로 희망찬 말을 들은 것 같았다.

"편안한 시간 보내세요." 사장은 목례하고 자리를 떴다.

다시 젓가락을 드는데 한 쌍의 남녀가 옆자리에 앉았다. 희끗한 머리의 남녀는 부부처럼 보였다. 남편은 앉자마자 메밀국수 가게 이야기를 꺼냈다. 관광 명소인 대나무 숲 근처에 있는, 아는 사람만 아는 메밀국수 가게에 가보고 싶다고 했다. 그 말을 들은 아내가 내일 점심은 거기서 먹으면 되겠네요, 하고 맞장구를 쳤다.

대나무 숲과 메밀국수 가게라.

그래, 이름 없는 마을에도 자랑거리는 있었다.

식사를 마친 마요는 방으로 돌아와 쓰쿠미 나오야가 지은 작문을 읽기 시작했다. 모두 열두 편이나 됐다. 1학년 때 일곱 편, 2학년 때 다섯 편을 썼다. '내가 존경하는 사람'은 2학년 때 쓴 글이었다.

미리 정해진 주제에 맞춰 쓴 것도 있었고, 자유 주제로 쓴 것도 있었다. '우리 가족'이나 '여름방학의 추억', '학교에 바라는 것'은 아마 전자이리라. 메이저리거 이치로를 찬양하는 '주공수!'나, 인터넷의 가능성을 소개하는 '네트워크'는 자유 주제인 것 같았다. '내 친구'는 어느 쪽일까. 읽어 보니 예상 대로 구기미야 가쓰키의 이야기였다. 진정한 친구를 만나 행복하다는 문장에 가슴이 뭉클해졌다.

역시 쓰쿠미 나오야는 글쓰기에 재능이 있다. 새삼 그런 생각이 들었다. 마요도 그랬지만, 대부분의 학생들은 원고지 칸을 채우는 데 급급해서 내용은 뒷전이었다. 읽는 사람의 관심을 끌 궁리는 요만큼도 하지 않는다. 하지만 쓰쿠미의 글에는 단단한 주장이 있었고, 읽는 이에게 전하려는 메시지가 느껴졌다. 게다가 글이 늘어지지 않고 깔끔하게 정리되어 있었다.

그러고 보니 문병을 갔을 때도 병실에 늘 책이 있었다. 책을 좋아했다는 건 알고 있었다. 하지만 어떤 책을 좋아했는지, 그때까지 읽은 책 중에 가장 좋아하는 것은 무엇인지, 그런 이야기는 한 번도 나눈 적이 없었다. 병실에서는 늘 자기 이야기만 했다. 마요는 이제야 그 사실을 깨달았다. 게다가

학교에서 있었던 즐거운 일을 말한 것도 아니라 대부분 하소연이었다. 부모가 같은 학교의 선생님이면 얼마나 힘든지 아느냐. 늘 똑같은 푸념이었다. 그런 이야기를 잘도 들어줬구나 싶다.

한 편, 한 편 꼼꼼하게 읽다 보니 열두 편을 모두 읽는 데 거의 두 시간이나 걸렸다. 눈이 침침했고 어깨도 결렸다. 마요는 자리에서 일어났다. 기분 전환 겸 온천욕이나 해야겠다고 생각했다. 이 마을에는 온천도 있다. 뭐야, 환라비 말고도 내세울 게 많잖아.

느긋하게 온천물에 몸을 담그며 지난 1주일 동안 일어난 일들을 되짚어봤다. 생각지도 못한 일의 연속이라 머릿속을 정리하는 것도 쉽지 않았다. 겐타와 둘이서 웨딩 숍에 갔던 게 아득한 옛일처럼 느껴졌다. 그게 일요일이었으니, 내일로 1주일이다.

지금 몇 시지? 문득 그런 생각이 들었다. 에이치가 살해된건 지난주 토요일이다. 다케시의 말로는 오후 11시쯤이었다고 했다. 지금이 딱 그 시간대가 아닐까.

지난주 이맘때, 에이치는 무슨 생각을 하고 있었을까. 다케시의 말대로 어떻게 하면 모모코와 이케나가 료스케가 행복해질 수 있을지 머리를 쥐어짜고 있었을지도 모른다. 곧 누군가에게 살해되리라고는 꿈에도 모른 채.

정신을 차려보니 뺨을 따라 뭔가가 흘러내리고 있었다. 눈물일까, 땀일까, 아니면 천장에서 떨어진 물방울일까. 마요는 알 수 없었다.

방으로 돌아와서 다시 쓰쿠미 나오야의 작문을 읽었다. 다케시는 기억에 남는 게 있으면 알려 달라고 했지만, 말처럼 쉽지 않았다. 모두 잘 쓴 글이라 기억에 남았다. 단적으로 말하면 모든 글들이 인상적이었다.

생각을 정리하지 못한 채 원고지를 품에 안고 방을 나왔다. 다케시의 방에 가니 문은 잠겨 있지 않았다. 호텔 종업원이 청소를 하러 왔다가 문을 안 잠그고 나간 건가.

실내는 캄캄했다. 벽의 스위치를 누른 순간 마요는 비명을 삼켰다. 방 한가운데에 다케시가 책상다리를 하고 앉아 있었다.

"깜짝이야. 언제 왔어요?"

"방금 전에." 다케시는 눈을 감은 채 대답했다.

"문이 잠겨 있었는데 방에는 어떻게 들어왔어요?"

"그쯤이야 어렵지 않지."

잠긴 문을 따는 기술까지 갖춘 모양이다. 대체 이 삼촌은 정체가 뭐지.

"불이나 좀 켜고 있지 그랬어요."

"생각할 때에 불빛은 필요 없어." 다케시는 눈을 뜨더니 마요를 보았다. "작문은 읽어 봤어?"

"읽었어요. 잘 썼더라고요. 감동했어요." 마요는 바닥에 앉았다.

"감동한 게 다야? 놀라지는 않았고?"

"놀라……지는 않았어요."

"그래. 나도 읽어 볼 테니까 거기 둬."

마요는 원고지 뭉치를 테이블에 내려놓았다.

"데이터를 복원해서 다른 데에다 옮겨 놨어."

"복원했어요? 어디 있는데요?"

"그건 말 못 해."

"왜요?" 마요는 입을 삐죽였다.

다케시는 살짝 미간을 좁혔다. "네가 보고 싶다고 할 테니까."

"당연히 보고 싶죠. 왜 못 보여 주는데요?"

"언젠가 보여 줄게. 아직은 시기상조야."

"그게 뭐야. 또 사람 애간장만 태우고."

"다 생각이 있어서 그래. 그보다 가키타니한테 연락해 봤어?"

"했어요."

"뭐 좀 알아냈어?"

"투덜거리기는 했는데 생각보다 많이 알려 주더라고요."

마요는 가키타니에게 들은 이야기를 그대로 전했다.

"내가 놀란 건 고고리카와 구기미야가 같이 있었다는 점이에요. 토요일 밤에요. 이 마을에서 차로 30분 걸리는 곳에 가

447

서 2시간쯤 머물렀다. 거기가 어디겠어요. 호텔 아니에요? 러브호텔."

"그렇게 생각하는 게 온당하지."

"완전 놀랐어요. 그 둘이 정말 사귀는구나. 노비타도 출세했네. 아니면 시즈카인 척하는 고고리카가 미인계를 쓴 걸까."

마요의 말에 다케시는 대꾸하지 않고 "마키하라의 알리바이에 대해 가키타니가 뭐라고 안 했어?"라고 물었다.

"말 안 한 걸 보면 확인 못 한 게 아닐까요?"

"마키하라는 결혼했어?"

"아뇨, 독신일걸요. 모모코한테 전에 들었어요. 그게 왜요?"

하지만 다케시는 대답 없이 다시 눈을 감고 팔짱을 꼈다. 그리고 그대로 움직이지 않았다.

마요는 삼촌, 하고 불렀다. 한참 뒤에야 다케시는 눈을 떴다. 그러더니 입가에 미소를 띠며 후후후후, 하고 으스스한 목소리로 웃었다.

"그래, 그렇게 된 건가. 이제 모든 퍼즐이 맞춰졌어."

"뭐예요, 사람 무섭게. 뭘 알았다는 거예요? 나도 알려 줘요."

"말 안 해도 알려 줄 거다. 하지만……." 다케시는 팔짱을 풀고 두 팔을 펼쳤다. "쇼타임까지 잠시 기다려 주시길 바랍니다."

●

26

일요일 정오.

지도에 표시된 장소로 가니, 이 동네에 이렇게 세련된 가게가 언제 생겼지 싶을 정도로 근사한 레스토랑이 우뚝 서 있었다. 장식 없이 목재로만 지은, 이국적인 분위기가 물씬 풍기는 건물이었다. 모모코의 말처럼 오픈 스페이스도 있었다. 밖에는 '행사 중' 표시가 되어 있었다.

가게에 들어가자 바로 옆에 좁고 기다란 테이블이 있었고, 모모코가 접수를 받고 있었다.

"또 접수야? 경야에 장례식에 동창회까지. 대단하다."

"그러게 말이야. 안내원으로 누가 나 좀 취직시켜 줬으면 좋겠네." 장난스럽게 받아쳤지만 어제 일이 있어서 모모코는 조금 어색해하는 것 같았다. 그 후에 온라인으로 남편과 잘 이야기했을까.

손 소독을 마치자 모모코가 자리 배치표를 건넸다. 역시 입식이 아니라 정해진 자리에 앉는 모양이었다. 실내는 넓었고 의자도 충분히 간격을 두고 배치되어 있었다. 그리고 테이블 한가운데에는 투명한 아크릴 가림판을 설치해 놓았다. 비말에 의한 감염 방지를 위한 것이리라.

자리를 찾는 마요를 향해 몇몇 동창들이 말을 걸어왔다. 모두 에이치의 부고를 들었는지 침통한 낯으로 위로의 말을 건넸다. "빨리 사건이 해결되기를 빌게." "힘들겠지만 건강 조심해." 같은 말들에서 가식은 느껴지지 않았다. 명함을 내밀며 "내가 도울 일이 있으면 언제든 연락해."라고 건네는 말도 빈말 같지는 않았다.

스즈키라는 동창이 찾아와 인사를 건넸다. 오늘 사회를 맡았다고 했다.

"샴페인을 준비했는데, 선생님 일도 있으니 건배사는 안 하려고. 10초쯤 묵도하고 마시는 걸로 하려는데 어떨까?"

"난 괜찮아. 그렇게 해. 하지만 그 후로는 신경 쓰지 말고 평범하게 진행해 줘."

"알았어. 고마워." 스즈키는 안도한 표정으로 돌아섰다.

모두 다정한 위로의 말을 건넸다. 중학교 시절에는 아버지가 선생님이라는 게 그저 싫기만 했는데, 학생들에게 존경받는 아버지를 더 자랑스러워할 걸 그랬다고 마요는 후회했다.

경야나 장례식에 와준 이들도 하나둘 나타났다. 양복을 차려 입은 하라구치를 보고 마요는 먼저 다가가 말을 걸었다.

"부탁이 있는데, 들어줄 수 있을까?"

"그래. 부탁이 뭔데?"

"부의금을 받은 친구들한테 답례를 하고 싶어. 식사가 끝나면 다 같이 학교로 이동한댔지?"

"그렇대. 추억이 담긴 학교가 어떻게 변했는지 구경도 하고, 기념사진도 찍는다고."

"끝나고 바로 가지 말고 잠시 남아 줬으면 좋겠어. 넌 시간 괜찮아?"

"나야 괜찮은데, 답례라니, 그렇게까지 신경 안 써도 돼. 나도 그렇지만, 다른 애들도 그렇게 크게 한 것도 아닐 거 아냐."

"내가 아니라 우리 삼촌이 그러고 싶대."

"삼촌? 그 재미있는 분 말이야? 그래?" 하라구치의 얼굴에 호기심이 어렸다.

"응, 그러니까 가지 말고 남아 줘."

"알았어. 다른 애들한테도 내가 말해 놓을까?"

"그래주면 고맙고."

"알았어, 그쯤이야 별거 아니지."

멀어져 가는 하라구치의 뒷모습을 바라보며 마요는 안도의 한숨을 내쉬었다. 미심쩍어하는 기색은 전혀 없었다.

사건에 관련된 동창들을 학교에 붙잡아 두라는 건 물론 다케시의 지시였다. 하지만 그 뒤의 계획에 대해서는 아무것도 듣지 못했다. 대체 뭘 하려는 걸까.

이내 모두가 자리에 앉았다. 다 합해서 30명쯤 됐다. 원래

한 학년에 두 학급밖에 없는 작은 학교니까, 이 정도도 꽤 많이 모인 축이었다.

사회를 맡은 스즈키가 마스크를 쓰고 등장했다. 오른손에 마이크를 들고 있었지만, 마이크 대신 왼손을 들었다. 손에는 패널이 들려 있었다. '큰 소리는 삼가 주세요.'라고 적혀 있었다. 코로나 감염 방지 대책 같았다. 나지막한 웃음소리가 터져 나왔다.

스즈키는 패널을 내리더니 마이크를 들고 말문을 열었다. "여러분, 반갑습니다." 차분한 목소리였다. "반가워." 몇몇 사람이 작게 응답했다.

"좋아요. 시국이 이러니 목소리 볼륨은 그 정도가 딱 좋겠네요. 오랜만에 만난 친구들도 많아서 반가운 마음을 주체할 수 없겠지만, 오늘은 정도를 지키며 즐거운 시간을 보냅시다."

역시 사회자답게 말주변이 좋았다.

마실 것이 나왔다. 마요 앞에는 미니샴페인 병과 잔이 놓였다. 잔은 랩으로 싸여 있었다. 감염 예방을 위해 각자 따라 마시라는 것이리라.

스즈키는 방금 전 마요에게 했던 이야기, 건배는 하지 않기로 했다는 취지를 모두에게 설명했다. 이견은 없었다. 잠시 묵도를 한 뒤 모두 조용히 잔을 기울였다.

곧 식사가 나왔다. 다시 스즈키가 설명을 시작했다. 지금부터 은사 세 분의 말씀이 있을 텐데, 식사하며 조용히 들으면 된다고 했다. 가급적 음식을 빨리 먹어야 마스크를 쓰고 환담을 나눌 수 있다는 이유에서였다. 선생님들도 흔쾌히 승낙했다고 했다.

선생님들의 이야기가 시작되니 마요는 그 방식이 정답이었음을 뼈저리게 느꼈다. 연로하신 선생님들의 이야기는 한없이 늘어져서, 그냥 듣고만 있었으면 무척 지루했을 것 같았다. 게다가 이 자리에 모인 42기 졸업생들에 관한 이야기는 얼마 없고, 대체로 자신의 추억담과 은근한 자랑이 섞인 근황 보고가 주가 되었다. 그래도 세 사람 다 구기미야 가쓰키의 활약상은 빠짐없이 언급했다. 졸업생 중에 이만큼 성공을 거둔 사람이 있다니 자랑스럽다는 식으로 이야기했다. 애초에 구기미야가 어떤 작품을 그렸는지 자세히 아는 이는 없는 것 같았지만.

가벼운 식사라 옛 스승들의 인사말이 끝날 즈음에는 대부분의 사람들이 식사를 마친 상태였다. 예정대로 그때부터 마스크를 쓰고 삼삼오오 환담을 나누기 시작했다.

마요는 경야나 장례식에 와준 친구들은 최대한 피해, 정말 오랜만에 만난 동창들과 이야기를 나눴다. 그중에는 사건에 대해 물어보는 다소 무신경한 친구도 있었지만 마요는 대충 얼버무렸다.

이내 스즈키가 마이크를 들고 1부를 마무리했다.

"아직 못 다한 이야기가 많을 줄로 압니다. 남은 이야기는 저희 모교로 이동해서 하죠. 오늘은 교내 이용 허가도 받아놨고, 이동할 때 탈 전세 버스도 준비되어 있습니다. 그리운 곳을 바라보며 옛 추억으로 이야기꽃을 피우면 어떨까요?"

스즈키는 밝게 말했지만 참가자들의 반응은 미적지근했다. 2차를 중학교에서 하는데 무슨 재미가 있겠느냐는 것이겠지. 하지만 버스까지 불렀다니 어쩔 수 없다며 모두 올라타 이동했다.

학교에 도착하자 체육관부터 시작해 교무실, 음악실, 양호실 등 추억의 장소들을 다 같이 돌아보기로 했다. 안내역을 맡은 건 2학년에 재학 중인 두 여학생이었다. 누군가에게 부탁을 받고 일요일인데도 일부러 나온 것이다. 그래도 싫은 내색 하나 없이 열심히 현재의 학교 환경과 시설에 대해 설명을 해주었다.

교실에 들어서서 먼저 놀란 건 커다란 모니터가 교단 옆에 놓여 있는 모습이었다. 안내하는 여학생의 말로는, 교사가 조작하는 컴퓨터 화면을 이 모니터에 띄울 수 있다고 했다. 이런 시골 마을에도 정보 통신 기술을 활용한 교육은 나름대로 활성화되어 있는 듯했다.

복도를 걸어가는데 가미오 씨, 하고 고고노에 리리카가 말을 걸었다. 이번에도 바로 옆에 구기미야가 함께 있었다.

"가미오 씨가 행사가 끝난 뒤에 남아달라고 부탁했다고, 하라구치 씨한테 들었는데 무슨 일인지 자세히 알려 줄래요?" 말투는 정중했지만 목소리에서 가시가 느껴졌다.

"저희 삼촌이 경야와 장례식 때 와준 분들에게 답례를 하고 싶다고 해서요. 사실 뭘 하려는 건지는 저도 못 들었어요."

고고노에 리리카는 설핏 미간을 찌푸렸다.

"솔직히 저희는 안 내키네요. 또 가시와기 씨가 귀찮게 굴 거 아니에요. 아까도 기회만 있으면 말을 걸려고 하더라니까요. 애초에 가쓰키가 쓰쿠미 씨 추모식에 참석하고 싶다고 해서 온다고 한 건데, 중지된 마당에 여기까지 뭐 하러 왔나 하는 생각이 드네요."

"여러모로 힘들겠어요. 구기미야의 매니저 노릇도." 그럴 작정은 아니었는데, 어쩌다 보니 빈정거리는 투가 되었다.

아니나 다를까 고고노에 리리카의 눈썹이 치켜 올라갔다.

"나는《환뇌 라비린스》를 높이 평가하고 있어서, 그런 뛰어난 작품이 싸구려 장사에 이용당하는 게 싫은 거예요. 작품에 걸맞은 기획을 찾으려는 것뿐이라고요."

"알아요. 하지만 삼촌이 간곡하게 부탁을 해서……. 그렇게 시간이 오래 걸리는 일은 아니라니까 잠시만 시간 내 줘요." 마요는 두 손을 모으며 부탁했다.

"그만 가자" 고고노에 리리카는 들으란 듯이 한숨을 푹 내쉬더니 구기미야를 데리고 사라졌다.

마지막으로 계단교실에서 다 같이 기념사진을 찍은 뒤 모든 행사가 끝났다. 학교 정문은 오후 5시에 닫히니 그때까지는 끝내달라고 스즈키가 당부했다. 지금은 오후 4시가 조금 지난 시간이었다.

마요는 다케시에게 전화를 했다.

"지금 끝났어요."

"좋아. 그럼 바로 3학년 1반 교실로 모여."

"알았어요."

다소 의아한 표정으로 남아 있는 가시와기와 마키하라, 그리고 구기미야와 고고노에에게 그렇게 말했다.

"가미오, 너희 숙부님은 대체 뭘 하시려는 건데?" 가시와기가 물었다.

"모르겠어. 가보면 알 거야."

3학년 1반 교실은 3층에 있었다. 다 같이 계단을 올라갔다.

교실은 어두웠다. 마요는 불을 켰지만 딱히 이상한 점은 발견할 수 없었다.

각자 적당히 떨어져 앉았다. 가시와기는 혼자 맨 앞 책상에 걸터앉았다. 마요는 교단 옆에 서서 다케시가 나타나기를 기다렸다.

456

"좀 늦으시네. 언제까지 기다려야 되는데?" 가시와기가 손목시계를 보더니 짜증스레 말했다.

그 직후였다. 칠판 위에 달린 스피커에서 종소리가 흘러나왔다. 딩동댕동, 그리운 멜로디가 울려 퍼졌다.

뭐지, 뭐야? 누군가의 목소리가 들린 직후였다. 교실 앞문이 드르륵 소리를 내며 열렸다. 모두의 시선이 한곳으로 쏠렸다.

교실로 들어온 인물을 보고 마요는 비명을 지를 뻔했다. 아니, 실제로 몇몇은 놀라서 소리쳤다.

문을 열고 나타난 인물은 가미오 에이치, 바로 마요의 아버지였다.

●

27

물론 본인은 아니다. 다케시가 변장한 것이었다.

하지만 희끗한 머리카락, 파일을 옆구리에 끼고 약간 구부정한 자세로 목을 살짝 왼쪽으로 기울인 채 서 있는 모습까지, 그 모든 것이 에이치 본인과 똑같았다. 짙은 갈색의 헤링본 양복 정장도 교사 시절에 수도 없이 보았던 옷이다.

에이치를 닮은 인물은 교단을 향해 걸어왔다. 걸음걸이도, 발을 내딛는 박자도 에이치와 똑같았다. 트레이드마크였던 둥근 안경에 마스크까지 끼고 있어서 어딜 봐도 본인이었다.

아무리 형제라 해도 너무 닮았다. 그리고 원래 얼굴 생김새나 체격은 완전히 달랐다. 키는 다케시가 에이치보다 10cm는 더 클 것이다. 하지만 눈의 착각을 이용했는지 조금도 위화감을 느낄 수 없었다.

"정말 놀랍군." 처음 말문을 연 건 가시와기였다. "선생님인 줄 알았어. ……너희도 그렇지?" 동의를 구하는 말에 모두가 고개를 끄덕였다.

에이치로 둔갑한 다케시는 걸음을 멈추더니 안경을 만지며 가시와기 쪽을 보았다.

"가시와기, 종소리를 못 들었나. 자네가 앉아 있는 건 책상이라고 한다. 앉아서 책을 읽거나 글을 쓸 때 쓰는 상이지, 걸터앉는 용도가 아니다. 앉을 때 쓰는 건 그 뒤에 있는 작은 쪽이고, 이름은 의자라고 한다. 몰랐으면 앞으로 잘 기억해 두도록."

하하하, 가시와기는 손뼉을 치며 일어났다. "대단하시네요. 목소리까지 똑같다니." 그러고는 의자에 앉았다.

다케시는 다음으로 마요를 보았다. "가미오 마요, 자네가 대신 수업을 할 텐가? 그럼 내가 자리에 앉으면 되나?"

"아…… 죄송합니다."

마요는 교단에서 내려와 창가 자리에 앉았다. 가미오 마요. 중학교 시절 분명 에이치는 그런 식으로 마요를 불렀다. 가미오라고 성만 부르면 본인과 같으니 묘한 기분이 들고, 그렇다고 마요라고 이름을 부르는 것도 이상하게 비칠 것 같아서라고 했다.

"그럼 출석을 부르겠다." 다케시는 엄정한 목소리로 말했다. "가시와기 고다이."

"아, 이게 뭐 하는 겁니까?" 가시와기가 당혹스러운 듯 옅게 웃으며 말했다.

"가시와기 고다이. 없나? 가시와기는 오늘 결석인가?"

"아뇨, 있습니다. 네, 여기 있어요." 무슨 꿍꿍이인지는 몰

라도 이 이상한 놀음에 장단을 맞춰주겠다는 양 가시와기는
손을 들었다.

"가미오 마요."

마요도 "네." 하고 손을 들었다.

"구기미야 가쓰키."

"네." 구기미야가 대답했다. 그 후, 고고노에 리리카, 스기
시타 가이토, 누마카와 신스케, 하라구치 고헤이, 혼마 모모
코, 마키하라 사토루까지 순서대로 이름을 불렀고 모두가 대
답했다. 모모코를 결혼 전 성으로 부른 건 당시를 재현하겠다
는 의도에서겠지.

"그래." 다케시는 출석부를 덮으며 말했다. "모두 출석한
것 같군. 바람직한 일이야."

가시와기가 "가미오 선생님." 하고 부르며 손을 들었다. "대
체 뭘 하시려는 겁니까?"

다케시가 다시 모두를 둘러본 뒤 가시와기에게 시선을 고
정했다.

"16년이 지났다고 선생님 담당 과목도 잊어 버린 거냐. 약
간 서운하구나."

"네? 국어 수업을 하시려고요? 지금부터?"

"그게 아니면 뭐겠나." 다케시는 교실을 둘러보며 말을 이
었다. "원래 오늘 동창회에 선생님도 참석하기로 되어 있었

지만, 생각지도 못한 사고로 이승을 떠나게 되었어. 그래도 어떤 형태로든 자네들 얼굴을 보고 싶어서 이렇게 임시 수업을 하게 되었다. 짧은 시간이지만 함께 해주면 좋겠구나."

"저기." 누군가가 손을 들고 말했다. 하라구치였다. "어떤 수업을 하실 건가요? 저희가 교과서를 안 가져왔거든요."

"걱정 안 해도 된다. 교과서는 필요 없으니까. 오늘 수업의 주제는 편지다."

모두가 당혹스러운 낯을 지으며 웅성거렸다. 마요도 뜻밖의 전개에 도무지 사고가 따라갈 수가 없었다.

"조용히." 다케시가 에이치의 목소리로 넌지시 주의를 주었다.

"왜 편지인가? 그걸 설명하기 전에 할 말이 있다. 오늘은 쓰쿠미 나오야의 추모식이 열릴 예정이었지만, 중지되었다고 들었다. 하지만 모처럼 이렇게 모였으니, 우리끼리 소박하게 추모식을 해보면 어떨까 한다. 음, 구기미야는 어디 있지? 오, 거기 있었군. 잠깐 일어나 보게."

다케시가 지명하자 교실 한가운데에 앉아 있던 구기미야가 자리에서 일어났다.

"어제 쓰쿠미의 어머니께서 가미오 마요에게 연락을 주셨다고 한다. 다시 쓰쿠미의 유품을 정리하다가 낡은 봉투가 나왔다고. 안에는 두툼한 편지가 들어 있는 것 같았는데, 봉투는 단단히 봉해져 있었고 받는 사람은 구기미야와 나였다. 가미오 마요는 어머님이 이걸 어떻게 하면 좋겠느냐고 물으셔서, 구기미야에게 주는 게 좋을 것 같다고 대답했다고 하는데, 어머님한테 연락을 받았나?"

마요는 내심 당황했다. 처음 듣는 이야기였기 때문이다. 이야기를 지어낼 거면 사전에 좀 알려 주면 얼마나 좋은가.

"압니다. 동창회에 오기 전에 받으러 찾아갔습니다."

구기미야가 태연하게 대답하는 걸 보고 마요는 재차 놀랐다. 그런 봉투 이야기는 어제까지 없었다. 그러면 그 뒤에 어머니가 찾은 건가? 하지만 그 사실을 다케시가 어떻게 아는 거지?

"봉투에 뭐가 들었는지 궁금한데, 지금 가지고 있나?"

"네, 여기 있습니다." 구기미야는 겉옷 안주머니에서 봉투를 꺼냈다.

"받는 사람이 자네하고 나라는 건, 나도 편지를 읽어도 된다는 건가?"

"물론입니다. 하지만 편지는 아니었습니다."

"편지가 아니라고? 그럼 뭐였나?"

"보시면 압니다."

구기미야는 앞으로 나와 "여기 있습니다." 하고 봉투를 다케시에게 내밀었다.

다케시가 봉투에 든 것을 꺼냈다. 접어놓은 종이였다. 펼쳐 보니 편지지보다 훨씬 컸다. 거리가 꽤 떨어져 있었지만 마요는 그것이 무엇인지 알아봤다. 원고지였다.

"호오, 작문인가. 제목은 '내 친구'. 그래서 자네한테 보내려고 한 거군. 미안하지만 좀 읽어 주겠나?"

"지금 여기서요?"

"그래. 쑥스러워할 것 없어. 자네가 아니라 쓰쿠미가 쓴 글이니까. 쓰쿠미는 하늘에서 쑥스러워할지도 모르겠지만, 오늘은 좀 참으라고 해야지. 자, 친구들에게 읽어 주게." 다케시는 원고지를 구기미야에게 건넸다.

구기미야는 자리에 앉은 동창들을 보며 작게 헛기침을 하고 나서 입을 열었다.

"내 친구, 2학년 2반 쓰쿠미 나오야. 친구가 몇이나 있냐고 물으면, 많다고 대답합니다. 초등학교 때부터 나는 늘 많은 친구들에게 둘러싸여 있었습니다. 즐거운 친구, 재미있는 친구, 의지가 되는 친구, 친구는 많습니다. 모두 장점이 있습니다. 그래서 친구들에게 좋은 일이 생기면 같이 기뻐하고 싶고, 만일 힘든 일이 생기면 어떻게든 도와주고 싶습니다. 그것이 우정이라고 생각합니다. 때문에 누구와 제일 친하냐고 물어보면 난감합니다. 나는 친구에게 순위를 매기고 싶지 않기 때문입니다.' ……저기." 구기미야는 다케시를 돌아보며 말했다. "더 읽어야 하나요?"

"조금 더 읽어 보게."

구기미야는 한숨을 내쉬더니 다시 앞을 보며 마저 읽었다.

"하지만 중학생이 되어 구기미야 가쓰키와 만나면서 그 생각이 바뀌었습니다. 구기미야야말로 진정한 친구라는 생각이 들었기 때문입니다. 지금까지 나는 다양한 친구들을 만났지만, 이 친구처럼 되고 싶다는 생각은 해본 적이 없습니다. 사람은 모두 저마다 다른 게 당연하다고 생각했기 때문입니다. 하지만 구기미야를 만나고 처음으로 이런 사람이 되고 싶다고 생각했습니다. 만화가가 되고 싶다는 강한 의지, 만화를 대하는 자세, 무엇보다 뛰어난 재능은 내가 가지지 못한 것입니다. 구기미야와 함께 지내며 그런 것들을 조금이라도 배우고 싶습니다."

"고맙네. 이제 됐어."

구기미야는 안도한 표정으로 다케시를 보았다. 구기미야에게 작문을 받은 다케시는 고이 접어서 봉투에 도로 넣었다. 그리고 "소중히 간직하게."라고 말하며 구기미야에게 돌려주었다.

구기미야는 봉투를 주머니에 넣으며 자리로 돌아갔다.

"국어 수업은 이상으로 마친다." 다케시는 말했다. "쓰쿠미의 추모식도."

"제법 감동적이었습니다. 이제 뭘 하실 거죠?" 가시와기가 물었다.

"수업 끝나고 하는 일이 뭐겠나. 당연히 HR이지."

"홈룸이라고요?" 가시와기는 기가 찬다는 양 언성을 높였다.

"반성회라고 해도 좋겠지. 졸업하고 16년이 지났어. 그간 저마다 반성할 일도 많겠지. 그런 걸 되돌아 보는 시간을 가지자는 말이야." 다케시는 교단에서 내려와 가시와기의 자리로 다가갔다. "먼저 가시와기부터 시작할까? 이의는 없지?"

"상관없습니다. 취향이 재미있으시네요. 하지만 난감하군요. 뭘 반성하면 될까요? 딱 생각나는 게 없는데." 가시와기는 비스듬히 앉아 통로로 내민 다리를 꼬았다.

"자네한테 맞는 화제가 있지. 지역 활성화 말이다. 내 귀에도 소문이 들리더군. 우리 고장을 위해 힘쓰고 있다면서."

"당연한 일 아닙니까. 나고 자란 마을인데. 어떻게든 활기를 되찾아 주고 싶은 게 인지상정이죠."

"그 마음 씀씀이는 기특하다만, 정말 반성할 게 없나? 모든 일이 순풍에 돛단배처럼 순조롭게 진행되지는 않는 법이지. 큰일일수록 더욱 그렇고. 환라비 하우스 프로젝트는 가시와기 건설이 주체가 되어 추진했다고 들었네. 미처 계산하지 못한 사항, 준비 부족, 계획이 좌절된 뒤의 뒷수습 소홀, 그런 게 하나도 없지는 않았을 텐데."

465

가시와기는 코를 찡그리며 삐뚜름하게 입매를 비틀었다.

"그렇게 말씀하시면 저도 찔리는 구석이 많죠. 드릴 말씀이 없습니다. 모든 걸 코로나 탓으로 돌릴 생각도 없고요. 조금 더 일찍 중지 결정을 내렸으면 관련 기업이나 관계자들의 부담을 조금이나마 덜 수 있었을 거라 반성합니다."

"제법 냉정하고 객관적인 견해로군. 문제는 그 반성을 앞으로 어떻게 살리느냐인데, 그 점은 생각해 봤나?"

"물론 이번 경험은 반드시 활용할 겁니다. 아실지도 모르겠지만, '환라비 하우스'를 대신할 다른 계획을 세우는 중입니다. 이번에는 실패하지 않을 겁니다."

"하지만 무슨 일에든 선결 과제가 있지 않나. 그 점에 대해서는 어떻게 생각하지?"

가시와기의 표정이 순간 사나워지더니, 힐끗 오른쪽으로 시선이 옮겨간 걸 마요도 알 수 있었다. 그 시선 끝에는 마키하라가 있었다.

"자금 문제라면 걱정할 것 없습니다." 가시와기는 다케시를 올려다보며 웃는 낯을 지었다. "여러 가지로 생각해 둔 게 있습니다. 돈 문제로 선생님께 걱정을 끼칠 일은 없을 겁니다."

"그래, 그렇다면 다행이고. 하기야 애초에 돈 이야기를 자네한테 한 게 잘못이군." 다케시는 몸을 틀어 마키하라에게 다가가 그 앞에 섰다. "돈 하면 자네지. 전문가 아닌가."

마키하라의 표정은 이미 굳어 있었다. "무슨 뜻이시죠?"

"말 그대로네. 은행원은 남에게 투자를 받아내는 전문가지. 이것저것 매력적인 이야기들을 늘어놓겠지. 약간의 각색을 섞어가며 현란한 말솜씨로."

"그…… 그런 면도 있는 일이라는 건 저도 인정합니다." 마키하라는 가느다란 목소리로 대꾸했다.

"문제는 투자를 받고 나서야. 그 돈이 어떻게 되든 알 바 아니다. 그런 생각이 마음 한구석에 있던 게 아닌가? 예금이 사라지든 말든 나하고는 상관없다고."

마키하라는 겁에 질린 눈으로 다케시를 올려다보았다.

"대체 무슨 말씀을 하시는지 잘 모르겠습니다만."

"그래? 최근 자네 고객 중에 본인의 의사와는 상관없이 재산을 잃은 사람은 없나?"

"혹시 '환라비 하우스'의 투자자를 말씀하시는 겁니까?"

이 말을 듣고 마요는 무릎을 탁 칠 뻔했다. '환라비 하우스' 때부터 마키하라는 자금 조달에 관여했던 것이다.

"투자자들에게는 어떻게 설명했나? 큰돈을 잃을 위험성에 대해서도 충분히 설명했나? 위험성은 전혀 없다고 한 건 아니고?"

"그 말은 그냥 넘어갈 수 없군요." 그렇게 받아친 건 마키하라가 아니라 가시와기였다. "위험성에 대해서는 사전에 충분히 설명을 드렸습니다. 아까 모든 걸 코로나 탓으로 돌릴 생각은 없다고 말씀드렸습니다만, '환라비 하우스' 계획이 중단된건 역시 코로나 때문입니다. 그건 선생님도 잘 아실 텐데요. 투자자들도 모두 납득했습니다. 불평하는 사람은 없습니다."

"투자자들이 납득했다고? 투자한 돈을 회수 못 하는데 어떻게 납득했다는 건가?"

가시와기는 넌더리를 내며 머리를 긁적였다.

"아실지도 모르겠지만, '환라비 하우스' 건설은 도중까지진행됐습니다. 거기 투입된 비용이나, 중단 결정을 내린 뒤의철거 비용은 투자자들 모두가 부담하는 수밖에 없지 않습니까? 보험 가입을 하긴 했지만, 감염증에 의한 중지는 적용되지 않아서 한 푼도 받지 못했죠. 말씀드리지만 저희 회사에서도 투자했습니다. 손해를 본 건 마찬가지라고요."

"투자자에게 그렇게 설명했나?"

"그렇습니다. 설명회도 열었고요."

"모든 투자자들이 설명회에 참석했고?"

"실제로 참석하지 않더라도 위임장을 받았습니다. 시국이이러니 온라인으로 참석한 사람도 있고요."

"그 시점에서 사망한 사람은?"

다케시의 물음에 가시와기의 눈빛이 돌연 매서워졌다. 마키하라 쪽을 힐끗 보더니 입술을 핥았다. "모리와키 씨를 말씀하시는 겁니까?"

마요의 가슴이 세차게 뛰었다. 드디어 모리와키 가즈오의 이름이 나왔다. 게다가 가시와기의 입에서 직접. 모리와키도 환라비 하우스 계획에 투자했던 모양이다.

"모리와키 씨는 계획이 중지되는지 모른 채 세상을 떠났지. 당연히 설명회라는 데도 참석하지 못했을 텐데, 그에 대해서는 어떻게 대응했나?" 다케시가 물었다.

"그건 어쩔 도리가 없었습니다." 가시와기는 파리를 쫓듯 한 손을 휘저었다.

"그래도 가족분들에게 설명을 드릴 의무는 있지." 다케시는 마키하라를 돌아보며 말을 이었다. "모리와키 가즈오 씨의 따님이 그러시더군. 아버지 계좌에서 거액이 사라졌다고. 왜 제대로 설명드리지 않은 거지?"

"그게 말입니다……." 마키하라의 얼굴은 살짝 상기되어 있었다. "'환라비 하우스'에 투자하는 건 가족들에게 비밀로 해달라고 모리와키 씨가 당부하셨거든요. 반대할 게 뻔하다고. 투자금을 넣어둔 계좌는 가족에게 말 안 할 작정이시라고요."

"비밀 계좌라. 그 역시 자네들한테 유리한 이야기로군." 다케시는 다시 가시와기를 내려다보았다. "'환라비 하우스'의 초기 건설비나 철거 비용은 어쩔 수 없다 하더라도, 그걸로 투자금을 소진한 건 아닐 거 아닌가. 남은 돈은 어떻게 했지? 설명회에서 투자자들에게 반환 방법도 발표했을 테지만, 그 자리에 모리와키 씨는 없었지. 그분이 투자한 돈은 고스란히 자네들 주머니에 남겨도 아무한테도 들킬 일이 없지. 아니, 애초에 제경비諸經費 견적 자체에 문제는 없었나? 가시와기 건설이 주체가 되어 건물을 짓고, 부수고, 철거했잖아? 들인 비용은 얼마든지 조작할 수 있지. 말하자면 혼자 두는 장기나 마찬가지 아닌가?"

"이보쇼." 가시와기가 언성을 높이며 벌떡 일어났다.

"아무리 가미오 선생님 동생이라고 해도, 할 말이 있고 못할 말이 있는 겁니다. 사람이 얌전히 듣고 있으니까 아무 말이나 막 하시는군요. 우리 회사가 비용 부풀리기를 해서 청구했다는 말입니까? 말해 두지만 '환라비 하우스'는 처음부터 채산은 고려하지 않고 착수한 프로젝트입니다. 다른 회사였다면 갑절은 더 들었을 거라고요. 아무것도 모르는 주제에 아무 말이나 막 하는 거 아닙니다."

"말마따나 나는 아무것도 모르네. 하지만 진짜 가미오 에이치 선생은 어땠지? 경제나 금융 문제에 정통했던 가미오 선생이라면 이 문제를 더 깊이 파헤쳤을지도 모르지. 지금 내가 말한 단순한 구조가 아니라, 복잡한 음모가 얽혀 있는 걸 알아챘다면? 만일 그랬다면, 그 사실을 알아챈 주동자들에게 가미오 선생은 눈엣가시 같은 존재가 아니었을까?"

"지금……." 마키하라가 떨리는 목소리로 말했다. "우리를 의심하는 겁니까? 우리가 선생님한테 해코지를 했다고……."

"지금 내가 말한 추리가 성립하는 이상, 그 가능성도 아예 배제할 수는 없지."

"못 들어주겠군. 대체 무슨 소리를 하는가 했더니……." 가시와기가 짜증스레 중얼거렸다. "어처구니가 없어. 마키하라, 그만 일어나자고. 처음에는 그럭저럭 재미있게 들었는데, 이딴 무례하기 짝이 없는 삼류 코미디에 장단을 맞춰줄 만큼 우리가 한가한 줄 알아? 너희도 그렇지? 다들 그만 일어나."

"이게 삼류 코미디처럼 보이나?" 다케시의 목소리가 울려 퍼졌다. 지금까지 냈던 가미오 에이치의 목소리가 아니라, 그 자신의 단단한 목소리였다.

다케시는 교단에 올라가 교탁 앞에 섰다. 그리고 휙 뒤돌아 겉옷을 벗었다. 그 아래에서 나타난 건 새까만 셔츠였다. 그가 다시 몸을 돌렸을 때, 하얀 마스크는 검게 바뀌어 있었다. 교탁에서 물러나자 역시 검은색으로 변한 바지가 보였다. 머리부터 발끝까지 검었다.

"여기서부터는 쇼타임 제2부다." 모두가 어안이 벙벙한 가운데 다케시는 우렁찬 목소리로 선언했다. "진상을 밝힐 때가 왔다. 내가 반드시 파헤치겠다. 오늘 이 자리에서, 형님을 죽인 범인을."

가시와기는 기가 죽은 듯 뒷걸음질 쳤다. "갑자기 분위기 살벌해지게."

"당연하지. 다른 일도 아니고 살인인데. 평화로운 분위기를 바라는 게 무리 아닌가? 자, 알았으면 자리에 앉게."

주눅 든 얼굴로 가시와기는 자리로 돌아갔다.

"선생님을 해친 범인을 잡겠다니 조금 더 들어 보죠. 하지만 증거도 없으면서 다짜고짜 우리를 범인 취급한 겁니까?"

"누가 범인 취급을 했다는 거지? 가능성을 제시했을 뿐이야. 아까 선보인 추리도 아주 뜬금없는 이야기는 아니었지. '환라비 하우스' 추진 과정에서 억 단위의 돈이 움직였을 거야. 부정부패가 발생했더라도 이상할 건 없지."

"그러니까 그런 건 없다고 몇 번을 말합니까." 가시와기는 진저리가 난다는 양 말했다. "그럼 마키하라는 왜 시선을 돌렸지?" 다케시가 마키하라를 가리켰다. "경야 때, 왜 영정을 똑바로 바라보지 못한 건가?"

마키하라는 눈을 끔뻑였다. "무슨 말씀이십니까?"

다케시는 교실 앞에 놓인 모니터를 향해 손가락을 딱 튕겼다. 그러자 모니터에서 영상이 흘러나왔다. 화면을 본 마요는 숨을 삼켰다. 불경을 읽는 스님이 정면에서 찍혀 있었고, 그 앞으로 관도 보였다. 경야 식장을 찍은 영상이다.

이내 화면에 등장한 인물을 보고 더욱 놀랐다. 상복을 입은 가시와기였다. 관 앞에 멈춰서 안을 들여다보더니, 카메라를 똑바로 바라본 뒤 분향을 시작했다.

"아니, 이 영상은 뭐지?" 가시와기가 눈을 부라렸다.

"정면에 형님의 영정사진이 있지? 눈 부분에 카메라를 설치했어. 한마디로 영정에서 본 자네들의 모습이지."

다케시는 태연하기 그지없는 목소리로 말했지만, 마요도 처음 듣는 이야기였다. 어느 틈에 이런 걸 설치한 거지. 그러고 보니 경야 전에 마요가 대기실에서 노기와 이야기를 나누는 동안 다케시가 식장에 혼자 있었던 게 기억이 났다. 그때 설치한 게 틀림없었다.

그리고 카메라는 그것이다. 다케시의 방에 걸어놓은 그림에 설치해 놓은 몰래카메라다. 에이치의 유품을 가지러 집에 갔을 때, 다케시는 2층에서 내려왔다. 처음부터 카메라를 회수하는 게 목적이었던 것이다.

"그게 말이 됩니까? 이런 이야기는 처음 듣는데, 이건 몰래카메라라고요." 가시와기는 거칠게 항의했다.

"처음 들었다고? 몰래카메라? 생트집을 잡는군. 경야와 장례식장을 카메라로 촬영한다는 이야기는 조문객들에게 사전에 다 한 걸로 아는데?"

다케시의 주장에 가시와기는 분한 듯 말을 삼켰다. 납득은 안 되지만 반박할 말이 없는 것 같았다.

"당초 목적이 단순히 기록을 남기는 게 아니라, 범인을 찾기 위해서였다는 건 인정하지. 분향하기 전에 시신과 대면하게 했던 것도 범인이 방심하게 만들기 위해서였다." 다케시는 좌중을 돌아보며 말했다. "형님을 살해한 범인이 조문을 오면, 시신과 대면해야 한다는 이야기를 듣고 분명 긴장하겠지. 그리고 이렇게 자기최면을 걸 거야. 절대로 눈을 돌리면 안 된다, 그랬다가는 의심을 살 거다, 라고. 하지만 아마 범인은 실제로 시신과 대면했을 때 그다지 긴장하지 않고 안도의 한숨을 내쉬었겠지. 왜냐하면 관 속의 시신은 눈을 감고 있었으니까. 무사히 대면을 마친 범인은 분향대 앞으로 갔어. 그리고 그제야 알아챘겠지. 영정은 눈을 뜨고 있다는 사실을. 한마디로 범인에게는 분향이 더 부담스러운 일이었을 거야. 시신과 대면했을 때와 달리, 눈을 맞추는 걸 피하고 싶었겠지."

그런 거였구나. 마요는 다시금 다케시의 주도면밀함에 혀를 내둘렀다. 시신과의 대면은 말하자면 버리는 패였던 것이다.

가시와기의 얼굴이 클로즈업됐다. 합장을 마친 뒤 진지한 눈빛으로 뚫어져라 카메라를, 즉 영정사진을 바라보고 목례한 뒤 화면에서 사라졌다.

"역시 한 회사의 후계자답게 당당한 자태로군. 가미오 에이치의 영정사진을 똑바로 바라보며 전혀 동요하지 않았어."

다케시의 칭찬이 영 싫지는 않았는지, 가시와기의 표정이 약간 누그러졌다.

"당연한 거 아닙니까. 여태까지 가미오 선생님께 입은 은혜가 얼마인데. 더 오래 곁에 계셔주셨으면 했는데, 이렇게 되어서 너무나도 안타까웠습니다. 그런 마음을 담아 분향했고요." 말투도 다시 정중해졌다.

"그렇군." 다케시는 다시 손가락을 튕겼다. 영상 사이즈가 원래대로 돌아갔다. 다음으로 등장한 건 누마카와였다. 그의 동작 역시 가시와기와 거의 일치했다. 가시와기만큼 강렬하지는 않았지만, 영정을 바라보는 눈빛도 흔들림이 없었다.

이어서 마키하라가 나타났다. 관 속을 들여다보더니 천천히 분향대로 다가왔다. 분향을 하더니 손을 모아 합장을 한 뒤 눈을 감았다.

그 얼굴이 클로즈업된 순간 눈꺼풀이 올라갔다. 하지만 마키하라의 눈동자는 다소 아래를 향하고 있었다. 정면을 보고 있지 않다는 걸 확연히 알 수 있었다. 그는 그대로 화면에서 사라졌다.

다케시가 손가락을 튕기자 영상이 멈췄다.

"어디 설명을 들어볼까. 왜 영정을 똑바로 바라보지 못했지?"

"그런 게 아니라…… 분명히 제대로 봤습니다."

"하지만 이렇게 영상이 남아 있지 않나. 움직일 수 없는 증거가. 대답해 보게. 왜 형님의 영정을 제대로 보지 못했지? 뭔가 켕기는 게 있었던 게 아닌가?"

마키하라는 입을 반쯤 벌리고 고개를 가로저었다.

"그렇지 않습니다. 믿어주십시오."

"형님이 자네를 모리와키 씨에게 소개한 거 아닌가? 그래서 모리와키 아쓰미 씨는 아버지의 계좌에서 돈이 사라진 걸보고 형님에게 도움을 요청한 거야. 책임을 느낀 형님은 자네에게 캐물었지. 자금을 빼돌린 걸 더는 숨길 수 없다 여긴 자네는 3월 6일 토요일 저녁에 형님이 집을 비우는 걸 알고 빈집에서 기다리고 있다가 집에 돌아온 형님을 살해했어. 그렇지 않나?"

"아닙니다. 그럴 리가 있겠습니까. 저는 그날 밤 내내 집에 있었습니다. 정말입니다."

"그럼 모리와키 씨의 돈이 어디로 사라졌는지 이 자리에서 설명해 보게."

"그건……." 마키하라는 망설이는 눈빛으로 가시와기를 보았다.

가시와기가 체념한 듯 한숨을 내쉬었다.

"하는 수 없지. 마키하라, 왜 하필이면 경야 자리에서 수상쩍은 행동을 보인 거냐?"

"아니, 나는 정말로…….."

"그만해. 이렇게까지 의심을 받았으니 전부 털어놓을 수밖에. 모리와키 씨도 용서해 주실 거야."

"모리와키 씨가? 무슨 말이지?"

가시와기는 다시 길게 숨을 내쉬었다. "마키하라, 설명해."

마키하라는 주저하듯 고개를 떨구더니, 한숨과 함께 말문을 열었다.

"가미오 선생님에게 모리와키 씨를 소개받은 것은 지금으로부터 2년쯤 전의 일입니다. 모리와키 씨는 여러 군데로 분산된 자산을 하나로 합치고 싶다고 하셔서, 제가 계좌 개설 수속을 해드렸습니다. 이내 그 계좌에 입금하기 시작하셨는데, 금액이 1억 엔이 넘는 걸 보고 놀랐습니다. 그런 상황에서 은행원으로서 투자를 권유할 수밖에 없었죠. 하지만 모리와키 씨는 뜻밖의 이야기를 꺼내셨습니다. 자선 단체에 기부하고 싶으시다는 겁니다. 자세한 이야기는 하지 않으셨습니다만, 현역 시절에 해외에서 불법으로 돈세탁을 해서 번 돈인 것 같았습니다. 그런 돈을 유산으로 가족에게 물려줄 수는 없으니, 사회에 도움이 되는 일에 쓰고 싶다고 하셨습니다."

"흐음, 감동적인 이야기로군."

"하지만 사실입니다. 모리와키 씨는 젊은 시절에는 하이리스크에 베팅하는 게 비즈니스라고 생각했지만, 나이가 들어

보니 그건 엄청난 착각이었다는 걸 깨달았다고 하셨습니다. 그래서 고향으로 돌아와 사회에 공헌하고 싶다고요."

이야기를 들은 마요는 사실일 거라고 생각했다. 다케시가 모리와키 가즈오에 대해 이웃 주민들에게 들은 이야기와도 일치했다.

"그래서 '환라비 하우스' 투자를 권유한 건가?"

다케시의 물음에 마키하라는 수긍했다.

"제안을 드리자 모리와키 씨는 마음에 들어 하셨습니다. 그 돈이 지역 활성화 사업에 쓰인다면 조금이나마 죄책감을 덜 수 있을 것 같다고 하셨죠. 하지만 당신 이름이 투자자 명단에 오르는 건 싫다, 투자했다는 건 가족에게도 비밀로 하고 싶다고 말씀하셨습니다. 그래서 가시와기와 상의해서 회원권 구입이라는 형태로 투자를 받았습니다. 2천만 엔을 지불하면 '환라비 하우스'의 VIP회원이 될 수 있는 제도인데, 이미 가입 문의가 수백 건쯤 있었습니다. 모리와키 씨도 동의하셔서, 약 500명의 가명을 써서 돈을 모두 옮겼습니다."

"회원권이라면 증권이 있겠군. 그건 어디에 있지?"

"저희 회사 금고에 보관하고 있습니다. 지어낸 이야기가 아니라고요." 가시와기가 다소 누그러진 목소리로 말했다.

"이것으로 다 해결됐다고 생각한 것도 잠시였습니다. 생각 지도 못한 오산이 있었죠. 모리와키 씨가 신종 코로나로 급작스레 돌아가신 겁니다. 그 비밀 계좌를 해약하기 전이었죠. 유족분들이 계좌의 존재를 알아채지 못하기만을 바랄 뿐이었습니다."

"오산이 하나 더 있었지. 코로나의 영향으로 '환라비 하우스' 계획이 엎어졌잖나."

"맞습니다. 특별회원권 구입은 투자와 다르니, 전액 반환해야 했죠. 문제는 모리와키 씨의 소유 지분을 어떻게 할 것인가였습니다. 환불하려면 유족 분들에게 사실대로 이야기를 해야 했으니까요."

"그 돈을 다음 계획에 쓰자고 한 건 접니다." 가시와기가 말했다. "그게 모리와키 씨의 뜻을 잇는 길이라 생각했습니다. 말해 두지만, 저희가 착복하려고 한 건 아닙니다. 고작 1억 엔으로 장난칠 만큼 소인배는 아닙니다. 하물며 가미오 선생님에게 해코지를 하려고 하다니, 그런 멍청한 생각은 해본 적도 없습니다."

다케시는 경계하는 눈빛으로 천천히 고개를 끄덕이며 그 자리에서 서성거렸다. 이내 걸음을 멈추더니 다시 마키하라를 내려다봤다.

"이 건으로 형님에게 연락한 게 언제지?"

"3월 6일 점심이었습니다."

"6일? 형님이 살해된 날이군."

"맞습니다. 선생님께서 전화를 하셨습니다. 하지만 그때는 전화를 받지 못했고, 연락을 달라고 부재중 메시지를 남겨 놓으셔서 제 쪽에서 전화를 했습니다. 처음에 집 전화로 하셔서 그쪽으로 걸었는데, 안 받으셔서 휴대 전화로 걸었습니다. 이동 중이신 것 같더군요."

"도쿄로 이동하는 중이었겠지. 뭐라고 하던가?"

"어제 모리와키 씨 따님을 만났다고 하셨습니다. 아버지 은행 계좌 건으로 전화했다는 부재중 메시지가 있어서 선생님이 먼저 연락하셨다고 했습니다. 그 일로 자네한테 할 이야기가 있으니 만나자고 하셨습니다. 월요일 밤에는 시간이 날 것 같아서 그날 다시 연락드린다고 하고 전화를 끊었습니다."

이 이야기를 듣고 마요는 하나 생각나는 일이 있었다. 마키하라의 이름이 마에다 리스트에 있던 이유다. 경찰은 에이치가 마키하라의 집으로 전화한 발신 기록, 마키하라가 에이치의 집 전화와 스마트폰으로 전화한 착신 기록을 확인한 것이다.

"통화했을 때 형님이 더 자세한 이야기는 안 했나?"

"네. 모리와키 씨 계좌 건으로 할 이야기가 있다고만 하셨습니다."

"그 말을 듣고 자네는 무슨 생각을 했나?"

"왠지 불안해졌습니다. 선생님이 어디까지 아시는지도 몰랐고, 혹시 저희를 의심하시는 건 아닌가 하는 생각이 들었죠."

"그래서 경야 때 마요에게 물어본 건가? 선생님이 자기들 이야기를 안 했냐고?"

"맞습니다. 혹시라도 돌아가실 때까지 저희가 부정을 저지른다고 오해하신 거라면 마음이 좋지 않을 것 같아서요."

"그래서 영정을 제대로 못 본 건가?"

"그럴지도 모릅니다. 무의식적이었지만요."

"이걸로 우리에 대한 의심은 풀린 거 아닙니까?" 가시와기가 말했다. "적어도 동기는 없어졌잖습니까. 그래도 석연치 않다면 모리와키 씨와 함께 쓴 각서를 보여 드리겠습니다."

"그럴 필요는 없네. 자네들 말을 믿지. 하지만……." 다케시는 말을 이었다. "모리와키 씨의 사라진 돈에 대한 의혹이 풀린 거지, 가미오 에이치 살인 사건 용의자 명단에서 제외하겠다는 말은 아니야."

"어떻게든 우리를 범인으로 몰아야 직성이 풀리실 건가 보군요." 가시와기는 고개를 절레절레 저었다.

"아까도 말했다시피 범인은 그날 형님이 도쿄에 간다는 걸 알고 있었어. 그리고 내가 파악한 바로는, 그 사실을 알고 있던 사람은 모두 이 안에 있지. 동창회 준비 모임에서 스기시타에게 형님이 도쿄에 간다는 이야기를 들은 사람은 모모코, 누마카와 그리고 마키하라, 셋뿐이야. 하지만 이 세 사람을 통해 이야기를 들은 사람이 있을 수도 있겠지."

"나는 몰랐습니다. 그리고 알리바이도 있고요. 그날 밤은 지인들과 술자리를 가졌습니다." 가시와기가 귀찮은 듯 말했다.

"마키하라는 어떤가? 동창회 준비 모임에 나가지 않았나."

"나가기는 했지만, 스기시타에게 들은 이야기는 까맣게 잊고 있었습니다. 토요일에 선생님께 전화 드렸을 때도 이동 중이라는 건 알았지만, 도쿄에 가신다는 생각은 전혀 못했고요. 하지만 그날 밤에는 집에 혼자 있었기 때문에, 유감이지만 알리바이는 없습니다."

"저기……." 누마카와가 손을 들고 말했다. "3월 6일 토요일에는 여느 때처럼 가게에 있었습니다. 직원들도 같이 있었으니 물어보시면 될 겁니다. 손님들도 기억하고 있을 테고요."

"저는 지인들과 마작을 했습니다." 하라구치가 말했다. "형사님에게도 이야기했고요."

마요 뒤에 앉아 있던 모모코가 등을 쿡 찔렀다.

"난 알리바이가 없는데 어떡하지? 선생님이 도쿄에 가시는 것도 알았고." 모모코는 마요의 귓가에 속삭였다.

"가만히 있어도 돼." 마요도 소곤거렸다. "삼촌은 너 의심 안 해."

"그럼 다행인데……."

다케시는 책상 사이를 오가며 말했다.

"다른 사람은? 알리바이가 있는 사람은 또 말해 보게. 어떻게 된 거지? 벌써 끝인가?"

누군가가 쓱 손을 들었다. 고고노에 리리카였다. 다케시는 일단 걸음을 멈춘 뒤 그녀에게 다가갔다. "알리바이는?"

"있습니다." 리리카는 다케시의 얼굴을 보지 않고 시선을 정면에 고정한 채 대답했다. "이미 경찰에도 말씀드렸습니다. 그리고 가미오 선생님이 3월 6일에 도쿄에 가신다는 건 금시초문이고요. 동창회 준비 모임에 나갔던 사람들에게 물어보세요. 저에게 이야기한 사람이 있는지."

다케시는 리리카의 옆모습을 바라보았다. "3월 6일에 어디 있었지?"

"그건 말씀드릴 수 없습니다. 제 사생활에 관련된 일이라서요. 어떤 사람과 어떤 곳에 있었다고만 말씀드리죠."

"그 사람의 이름도 가르쳐 줄 수는 없나?"

"죄송합니다."

"하지만 어디 그래서야 알리바이라고 할 수 있나? 어떤 사람과 어떤 곳에 있었다는 말만 가지고 말이야. 경찰에 어떤 식으로 이야기했는지는 모르겠지만, 나에게 자네는 여전히 용의자야. 그것도 아주 수상하기 짝이 없는 용의자지."

고고노에 리리카는 그제야 다케시를 향해 고개를 돌렸다. "제가 가미오 선생님을 죽였다면, 그 동기는 뭐죠?"

"동기? 그런 건 밝혀지지 않아도 아무 상관없어. 미스터리

483

소설의 탐정이라면 동기를 통해 진범을 밝혀내는 게 정석이겠지만, 현실의 경찰은 그런 데 신경도 안 써. 과학수사로 범인을 체포하면, 붙잡아 놓고 천천히 본인의 입에서 동기가 됐든 뭐가 됐든 불게 하면 그만이라고 생각하니까. 어떤가? 3월 6일 밤에 어디 있었는지, 혹은 누구와 함께 있었는지, 둘 중 하나라도 좋으니 말해 주겠나?"

마음속에 뭔가 갈등이 생겼는지 고고노에 리리카는 입을 다물었다. 그러자 그녀의 옆자리에 앉아 있던 구기미야 가쓰키가 쓱 다케시를 올려다보았다. "접니다."

"뭐라고?" 다케시가 되물었다.

"고고노에 씨가 그 시간에 만났던 사람이 접니다. 저와 같이 있었습니다."

이 말을 들은 주변 사람들은 복잡한 표정을 지었다. 어젯밤 마요처럼 역시나 하는 마음과, 뜻밖이라 생각하는 마음이 맞물려 있는 게 아닐까. 구기미야는 고고노에 리리카에게 마음이 있을 테지만, 리리카가 구기미야와 가까이 지내는 건 어디까지나 일 때문임이 분명하다는 생각이 머리에서 떠나지 않을 테니까.

"정말 그런가?" 다케시는 고고노에 리리카에게 물었다.

리리카는 떨떠름한 표정으로 작게 고개를 끄덕였다.

"그런 건가⋯⋯."

다케시는 오른손으로 눈을 가렸다. 생각에 잠긴 것일 수도 있겠지만, 뭔가 고뇌하는 것처럼도 보였다.

이내 손을 내리더니 다케시는 허공을 보며 크게 심호흡한 뒤 구기미야를 보았다.

"아까 그 작문을 떠올렸네. 자네는 쓰쿠미의 유지를 이은 모양이야. 우정을 소중히 여기는 거지. 하지만 잘못을 저지른 이를 감싸는 행위는 우정이라 할 수 없네. 때로는 내칠 줄도 알아야지."

구기미야의 얼굴에 당혹스러운 빛이 어렸다. "무슨 말씀이시죠?"

다케시는 리리카 앞에 서서 얼굴을 들여다보았다.

"역시 자네는 '시즈카'가 아니야."

"네?"

"진짜 시즈카라면 노비타를 배신하는 짓은 안 하지." 그러더니 다케시는 걸음을 옮겼다. 그가 멈춰선 곳은 스기시타의 앞이었다. "데키스기와 불륜 같은 건 안 하겠지."

스기시타는 감전된 사람처럼 눈을 부릅뜨고 허리를 곧추세웠다. "무슨 소리를 하시는 겁니까!"

"자네 알리바이는 어떤가? 3월 6일 토요일 밤에 어디 있었지?"

"대…… 대답할 의무는 없습니다." 목소리가 갈라졌다.

"하지만 경찰에는 대답하지 않았나? 자네한테도 알리바이를 물어봤을 거 아냐. 뭐라고 대답했나? 아니면 대답하지 못했나? 왜지? 그것도 말 못 하겠나?"

스기시타는 고개를 떨구더니 입을 다물었다. 얼굴이 꼭 씰룩거리는 것 같았다.

마요는 다시금 혼란에 빠졌다. 데키스기도 도라에몽에 등장하는 캐릭터 중 한 명이다. 성적도 뛰어나고 못하는 운동이 없는, 노비타에게 열등감을 안겨주는 모범생이니, 분명 스기시타와 비슷하기는 하다. 그런 스기시타와 고고노에 리리카가 불륜? 지금까지 다케시와 나눈 대화에서 한 번도 나온 적 없던 이야기였다. 그런 중대한 사실을 왜 지금까지 말 안 해준 거지? 아니, 그전에 다케시는 어떻게 이 일을 알아챈 걸까.

다케시는 두 손으로 스기시타의 책상을 짚었다.

"그럼 내가 대답해 주지. 토요일 밤에 고고노에 리리카와 같이 있던 건 구기미야가 아니라 자네야. 장소는 러브호텔. 그렇지?"

이 말은 방금 전 구기미야의 발언보다 주변인들에게 더 큰 파장을 불러일으켰다. 그것을 증명하듯 하라구치는 덜컹 소리를 내며 의자에서 반쯤 일어났다.

"정말 어처구니가 없네요. 대체 무슨 소리를 하나 했더니." 리리카는 책상을 쾅 내리치며 벌떡 일어났다. "가시와기 씨 말이 맞았어. 이런 삼류 코미디를 보고 있던 시간이 아깝네. 바로 갈걸 그랬어."

"아니, 삼류 코미디라는 말은 철회하지." 가시와기가 손을 쳐들며 말했다. "아주 재미있어졌는데. 끝까지 들어봐야겠어."

"마음대로 하시든지. 난 가겠어." 리리카는 성큼성큼 걸음을 옮겼다.

"지금 도망치면 결백은 증명하지 못할 텐데." 다케시는 리리카의 뒷모습을 향해 말했다. "그래도 상관없나?"

리리카는 걸음을 멈추고 뒤돌아 다케시를 노려보았다.

"나는 알리바이가 있다고 했잖아요."

"그래, 자네는 있을지도 모르지. 러브호텔의 방범 카메라 영상에 차를 운전하는 영상이 찍혔을 테니까. 하지만 그는? 스기시타가 타고 있는 모습이 찍혔나? 조수석에는 아무도 없었던 건 아니고? 사람들 눈을 피하려고 스기시타는 뒷좌석에 웅크리고 있었으니까? 평소에는 그랬을지도 모르지만, 그날은 달랐어. 실제로 그 차에 다른 사람은 없었어."

다케시는 시선을 돌려 스기시타를 보았다.

"스기시타가 러브호텔에 도착한 건 고고노에가 도착한 지 한 시간쯤 지나서였어. 그때까지 어디서 뭘 하고 있었지? 내 추리를 말해볼까? 스기시타는 가미오 에이치의 집에 가서 집주인이 돌아오기를 기다렸어. 그리고 귀가한 가미오 에이치에게 달려들어 목을 졸라 죽였지."

스기시타가 눈을 까뒤집으며 입을 벌렸다. "아닙니다! 대체 무슨 소리를 하는 겁니까!"

"자네는 전날인 토요일에 형님에게 안부 전화를 했다고 했어." 다케시는 아랑곳하지 않고 말을 이었다. "그때 형님이 도쿄에 괜찮은 호텔이 있는지 물었다는데, 그 외에도 들은 이야기가 있지 않나? 바로 고고노에 리리카와의 관계였지. 어떻게 알았는지는 모르지만, 자네들의 관계를 안 형님은 그런 짓은 그만둬라, 계속 만날 거면 부인에게 말하겠다고 했어. 이대로라면 나는 파멸이다. 그렇게 생각한 자네는 형님을 살해하기로 결심했지."

마요의 심장이 쿵쾅거렸다. 설마 그런 일이…….

"허튼 소리 마시죠!" 스기시타는 두 손으로 책상을 내리치며 일어났다. "그랬을 리가 있습니까!"

"운 좋게 범행에 성공한 자네는 고고노에가 기다리는 러브호텔로 가서 일의 전말을 보고했어. 고고노에는 사람을 죽이고 격앙된 자네를 다정하게 위로해 줬을 테고."

"그만 좀 하시죠! 제정신이 아니군요!"

스기시타의 성난 목소리를 무시하고 다케시는 리리카에게 다가갔다.

"러브호텔에 간 건 알리바이 확보를 위해서가 아니니, 사람들에게 불륜을 들키고 싶지 않았던 스기시타는 경찰에 사실대로 말할 수가 없었어. 하지만 자네는 같이 간 사람만 밝히면 자신의 알리바이를 주장할 수 있을 거라 생각했지. 스마트폰에 위치 정보도 남아 있으니 말이야. 그래서 구기미야를 이용하기로 생각했지." 다케시는 뒤를 돌아봤다. "그렇지? 자네는 고고노에의 부탁으로 거짓말을 했어. 사실 자네는 집에 있었고. 아닌가?"

구기미야는 대답하지 않았다. 씁쓸한 표정으로 리리카를 보더니 시선을 떨궜다.

다케시는 다시 스기시타 앞으로 돌아와 그를 가리켰다.

"자네가 형님을, 가미오 에이치를 죽였어. 인정하나?"

"아닙니다. 제가 아닙니다." 스기시타는 괴로운 듯 몸부림을 치며 얼굴을 구겼다. "리리카…… 고고노에와 같이 있던 건 인정합니다. 하지만 선생님을 해친 건 제가 아닙니다. 정말입니다. 믿어주십시오."

금방이라도 울음을 터뜨릴 것 같은 스기시타를 다케시는 냉철한 눈으로 가만히 바라보더니, 고개를 끄덕이며 교단으로 다가갔다.

"스기시타의 태도를 보니 꽤 신빙성이 있군. 저게 연기라면 배우를 해도 되겠지만, 그래도 가능성은 배제할 수 없지. 그렇다면 또다시 인간의 무의식에 물어보는 수밖에 없겠군."

다케시는 모니터를 보며 손가락을 튕겼다.

다시 영상이 흘러나왔다. 아까는 경야였지만, 이번에는 장례식장이다. 승려의 위치가 바뀌어서 마요는 바로 알아봤다.

스기시타가 나타났다. 관 앞에 있다가 분향대로 이동했다.

얼굴이 클로즈업됐다. 스기시타는 영정을 올려다보며 분향을 한 뒤 손을 모아 합장했다. 그리고 다시 영정을 바라보며 목례한 뒤 화면에서 사라졌다. 마요의 눈에 그의 시선은 똑바로 영정을 바라보고 있는 것처럼 보였다.

다케시는 영상을 정지하고 일동을 둘러봤다.

"여러분의 의견을 들어보지. 지금 영상을 보고 어떤 느낌을 받았나? 혼마 모모코?"

갑작스레 지목당한 모모코가 긴장하는 기척이 느껴졌다.

"제가 보기에는 스기시타가 똑바로 영정을 본 것 같았어요."

"그래. 다른 사람들에게도 물어보지. 하라구치는 어떤가?"

"제 눈에도 그렇게 보였습니다. 시선을 돌리거나 하지는 않은 것 같습니다."

"동감입니다." 가시와기가 손을 들며 말했다.

"그렇군." 다케시는 스기시타에게 다가갔다. "영정을 바라보는 자네 시선에서 떳떳치 못한 느낌은 받지 못했다. 다들 그렇게 생각하는 모양이야."

"당연하죠. 죄를 지은 게 없으니, 거리낄 게 없습니다."

"죄를 지은 게 없다……라. 불륜 정도는 은사의 얼굴 보기 부끄러운 일이 아니라는 거군."

스기시타는 겸연쩍은 표정으로 고개를 떨궜다. 다케시는 그 어깨를 툭 치며 "그만 앉아도 되네."라고 말한 뒤 고고노에 리리카 앞으로 걸어갔다.

"그럼 가짜 '시즈카'는 어떨까? 장례식 때 영정을 똑바로 보았을까?"

"확인해 보시면 아시겠죠." 다케시를 노려보며 리리카는 딱 잘라 말했다.

"그러지." 다케시는 다시 손가락을 튕겼다.

영상이 재생되기 시작했다. 이내 고고노에 리리카가 화면에 나타났다. 흡사 패션모델처럼 당당한 자태였다. 여유가 느껴지는 걸음걸이로 관 그리고 분향대로 이동했다. 이미 그녀의 시선은 영정을 바라보고 있었다. 정중한 동작으로 분향을 한 뒤 합장했다. 손을 내리고 다시 영정을 올려다보았다. 그 서글픈 표정에서는 다소 작위적인 느낌이 들었지만, 결코 시선을 돌리지는 않았다.

영상이 정지하자 리리카는 여봐란 듯 "보시니 어떠신가요?" 하고 물었다.

"완벽하군. 배우가 따로 없어."

이 말에 리리카는 순간 눈살을 찌푸렸지만, 이내 미소를 머금었다.

"무슨 뜻인지는 모르겠지만 칭찬으로 받아들이죠."

"왜 처자식이 있는 남자를 연애 대상으로 삼았지? 자네답지 않은 것 같은데."

"연애라니요, 비즈니스 파트너일 뿐입니다."

"역시나……." 다케시는 스기시타를 돌아보며 말했다. "스기시타의 회사에서 계획하는 환뇌 라비린스 온라인 게임에 관한 비즈니스겠지?"

리리카의 눈썹이 꿈틀거렸다. "잘 아시네요."

"컴퓨터 업계 전문가 지인한테 들었네. '환라비' 게임화에 몇몇 IT업체가 나섰다고. 스기시타의 회사도 그중 하나고."

"이봐, 난 그런 이야기 금시초문인데." 가시와기가 끼어들었다.

"가시와기 씨한테 이야기할 의무는 없지. 아무 상관도 없는 사람인데."

뒷자리에 앉아 있던 모모코가 앞을 보며 아, 하고 낮게 소리쳤다. 마요는 고개를 들었다. 정지되어 있던 영상이 어느샌가 다시 재생되고 있었다.

화면에 나타난 건 구기미야였다. 쭈뼛거리며 관으로 다가가 합장을 했다. 그 후에 약간 고개를 숙인 자세로 분향대 앞에 섰다. 눈을 감고 손을 모아 합장했다. 그러고는 손을 내리고 고개를 들었다.

그 순간 마요는 흠칫했다. 뒷자리의 모모코가 아, 하고 소리쳤다.

구기미야는 여전히 눈을 감고 있었다. 눈을 뜨지 않고 고개를 숙이더니 옆으로 돌아 그대로 화면에서 사라졌다.

마요는 구기미야를 보았다. 그는 망연자실한 표정으로 모니터를 바라보고 있었다. 다른 사람들의 시선은 모두 그에게 쏠려 있었다.

"말도 안 돼……." 구기미야가 중얼거렸다. "그럴 리가 없어. 난 눈을 감지 않았어. 분명 똑바로 선생님 얼굴을 봤다고."

"혼자 그렇게 생각하는 거 아닌가?"

다케시가 구기미야에게 다가갔다. 담담한 말투를 보아하니 이 사태를 이미 예견하고 있었던 것 같았다.

"시선을 돌리지 않았다고 생각하면서, 죄책감과 공포심으로 눈을 뜰 수 없었지. 하지만 본인은 눈을 떴다고 생각했어. 스스로를 속인 거지."

"그럴 리 없어. 이건 아니야." 구기미야는 벌떡 일어나 모니터를 가리키며 울부짖었다. "이건 사기야!"

다케시는 구기미야의 얼굴을 들여다보았다.

"왜 그렇게 발끈하지? 눈을 감은 기억은 없지만, 영상에 이렇게 남아 있으니 그럴지도 모른다, 하지만 눈을 왜 감았는지

493

모르겠다. 그렇게 말하면 될 일인데."

"그건…… 영정사진을 똑바로 못 보는 사람은 수상하다고 하니까……."

"수상하다고 했지, 범인이라 단정 지은 건 아니야. 마키하라를 보면 알 것 아닌가. 시선을 돌렸지만 다른 이유가 있었던 모양이야. 자네가 눈을 감았던 것도 뭔가 이유가 있어서 아닌가? 아니면 의심을 받으면 안 되는 이유라도 있나?"

구기미야는 세차게 고개를 저었다. "그런 게 있을 리가요."

"그럼 왜 그렇게 신경질적으로 반응하지? 내가 보기에는 그 태도가 수상쩍군. 그러고 보니 마음에 걸리는 일이 하나 있어. 아까 자네가 보여 준 봉투 말인데, 받는 사람은 구기미야 가쓰키와 가미오 에이치라고 되어 있었지. 하지만 안에 들어 있던 건 '내 친구'라는 제목의 작문 하나뿐이었어. 그렇다면 받는 사람에는 자네 이름만 쓰면 되지 않나? 왜 형님 이름까지 올린 거지?"

"그걸 제가 어떻게 알겠습니까."

"혹시 봉투에는 형님이 읽어 주었으면 하는 것도 같이 들어 있던 게 아닌가? 봉투에 들어 있던 게 정말 아까 그 작문뿐이었나?"

"그것뿐이었습니다."

"아까 그 봉투를 좀 보여 주게."

구기미야는 안주머니에서 봉투를 꺼냈다. 마요의 자리에서도 그 손이 조금 떨리고 있다는 걸 알 수 있었다.

"안을 확인해 보게."

"집요하시군요." 구기미야는 봉투에서 원고지를 꺼냈다. 그때 뭔가가 툭, 하고 그의 발치에 떨어졌다. 반으로 접힌 종이였다.

"뭐가 떨어졌는데?"

구기미야가 종이를 주워 펼친 순간이었다. 그는 경악한 표정으로 눈을 부릅떴다. 얼굴도 아까보다 더 씰룩거렸다.

"이거 봐, 역시 하나 더 있었네." 다케시가 옆에서 들여다봤다. "원고지를 복사한 것 같군. 이것도 작문 같은데, 나도 좀 보여 주게."

구기미야는 도망치듯 교실 뒤로 이동했다.

"이럴 리 없어. 대체 어떻게……."

"이럴 리 없다라. 그 말은 분명히 버렸는데, 혹은 태워 버렸는데, 라는 뜻인가?" 다케시는 천천히 다가갔다. "작문 제목은 '장래 희망.' '나에게는 꿈이 있습니다. 장차 만화가가 되고 싶습니다. 하지만 나는 그림을 못 그려서 아무에게도 말한 적 없습니다. 특히 친구 구기미야에게는 창피해서 말 못하겠습니다. 구기미야도 만화가가 꿈인데, 나와 비교도 되지 않을 만큼 그림을 잘 그립니다.' 쓰쿠미는 이 작문에서 장차 어떤

495

만화를 그리고 싶은지, 구체적인 아이디어까지 밝혔어. 환경 파괴에 분노한 천재 과학자들이 가상 공간을 만들어 현실의 지구를 멸망시키려는 내용이지."

마요는 헉 숨을 삼켰다. 너무 놀라서 목소리도 나오지 않았다. 다케시가 말한 내용은 바로 《환뇌 라비린스》의 스토리가 아닌가.

"쓰쿠미의 어머님에게 봉투를 받아서 이곳에 오는 길에 내용을 확인한 자네는 무척 놀랐을 거야. 이런 걸 남에게 보여 줄 수는 없다. 그래서 서둘러 처분했지. 하지만 봉투에서 다시 같은 게 나왔어. 당연히 당황했겠지."

구기미야는 얼굴을 일그러뜨리며 주변을 둘러봤다. "함정이었나. 이 모든 게……."

"다른 사람들은 아무것도 몰라. 나 혼자 꾸민 일이지. 그만 포기하지 그래."

구기미야는 몸을 부르르 떨더니 홱 돌아서 냅다 뛰었다. 그러고는 교실 뒷문을 열고 밖으로 뛰쳐나갔다.

하라구치가 일어났다. 하지만 "쫓아갈 것 없네."라는 다케시의 목소리에 동작을 멈췄다.

이내 복도에서 괴상한 소리가 들렸다. 비명과 절규가 뒤섞인 쇳된 목소리였다.

다시 하라구치가 밖으로 달려 나갔지만 이번에는 다케시

도 말리지 않았다. 하라구치에 이어 누마카와와 가시와기도 교실을 나갔다. 모모코가 나가는 걸 보고 마요도 서둘러 뒤를 좇았다.

복도로 나가자 생각지도 못한 광경이 눈앞에 펼쳐졌다. 여러 남자들이 남자 하나를 붙잡아 제압하고 있었다. 붙잡혀 있는 건 구기미야였다. 그리고 그 옆에는 가키타니의 모습이 보였다.

마요를 알아보고 가키타니가 다가왔다.

"옥상으로 올라가려는 걸 붙잡았습니다. 뛰어내릴 작정이었나 봅니다."

"형사님들이 어떻게 여기에……."

"마요 씨 숙부님, 가미오 다케시 씨에게 연락을 받았습니다. 이 교실에서 도망치는 사람이 있으면 붙잡으라고요. 그자가 바로 형님을 죽인 범인이라고 하셨어요."

구기미야는 형사들에게 붙들려 끌려갔다. 그 모습이 사라지기 전에 마요는 교실로 돌아왔다. 하지만 그곳에 다케시의 모습은 없었다. 교탁 위에 둥근 안경만 덩그러니 남겨져 있었다.

●

28

중학교 1학년 때, 구기미야 가쓰키는 쓰쿠미 나오야와 같은 반이 되었다. 한 사람은 수수하고 눈에 띄지 않는 소년, 한 사람은 누구나 아는 인기인, 가까워질 일 없는 두 사람이었지만, 생각지도 못한 해프닝을 계기로 그들의 거리는 단번에 좁혀졌다.

어느 날, 학교에서 돌아온 구기미야는 가방을 열었다. 하지만 그 안에는 처음 보는 필통이 들어 있었다. 곧바로 가방이 바뀌었구나 생각했다. 그날 구기미야는 청소 당번이었다. 청소를 하는 동안 가방을 복도에 놓아 두었다. 아마 그 근처에 같은 가방을 놓아둔 사람이 있었겠지.

어떻게 하나 생각하는데 초인종 소리가 들렸다. 이내 어머니가 구기미야를 불렀다. 반 친구가 찾아왔다고 했다. 누구지, 고개를 갸웃하며 현관으로 갔더니 쓰쿠미가 서 있었다. 손에 든 가방을 보고 납득했다.

"미안, 내가 잘못 가져갔나 봐." 쓰쿠미는 가방을 내밀었다.

받은 가방을 열어 보니 틀림없이 구기미야의 것이었다.

서둘러 쓰쿠미의 가방을 가지러 방으로 갔다. 쓰쿠미에게 건네자 확인하지도 않고 "맞아, 내 거야."라고 고개를 끄덕였다. 그리고 약간 겸연쩍은 표정으로 "저기……." 하고 말문을 열었다. "누구 가방인지 몰라서 열어 봤어. 빨리 돌려줘야 할 것 같아서……."

"아, 그랬구나. 괜찮아."

가방에 이름은 써놓지 않았다.

"그래서 말인데, 확인하다가 그것도 봤어." 쓰쿠미는 머리를 긁적였다. "'또 다른 나는 유령' 말이야."

아, 저도 모르게 소리쳤다.

그 무렵 구기미야가 그리고 있던 만화였다. 평소에는 학교에 가져가지 않았지만, 그날은 도서관에서 참고자료를 찾을까 해서 가방에 넣어두었던 것이다.

"너가 그린 거야?"

"그런데……."

대답하며 불안해졌다. 비웃거나 놀리는 건 아닐까.

하지만 다음 순간 쓰쿠미의 입에서 나온 말은 "대단하다." 였다. "그림 진짜 잘 그리던데. 깜짝 놀랐어. 프로 만화가인 줄 알았어."

"아, 그래……." 구기미야는 놀랐지만 내심 당황했다. 전혀 예상하지 못했던 반응이었기 때문이다.

"그리고 스토리가 재미있더라. 처음부터 끝까지 쉬지 않고

다 읽었어."

쓰쿠미의 열띤 목소리는 거짓이나 빈말처럼 들리지 않았다. 말도 없이 읽은 걸 조금 미안해하는 기색이 느껴졌지만, 진심으로 감상을 말해 주는 것 같다고 구기미야는 생각했다. 그러니 당연히 싫지만은 않았다. 솔직하게 "고마워." 하고 대답했다.

"또 없어?"

"또……?"

"그린 거 말이야. 그게 처음 그린 만화는 아닐 거 아냐? 지금까지 그린 게 또 있지?"

"있기야 있는데……."

"그렇겠지. 그런 만화를 갑자기 그릴 수 있을 리가." 쓰쿠미는 감복한 표정으로 말하더니 관자놀이를 긁적이며 구기미야를 보았다. "그런 건, 아무한테도 안 보여 줘?"

"응, 누구한테 보여 준 적은 없어."

"그래? 좀 아깝다. 만화는 원래 읽는 거잖아. 읽어 주는 사람이 있어야 만화지. 아니야?"

"그건 그런데……." 구기미야는 숨을 들이마셨다 내쉰 뒤 눈만 올려 쓰쿠미를 보았다. "너만 좋으면 읽어 볼래?"

"그래도 돼?" 쓰쿠미의 얼굴이 환해졌다.

"미리 말해 두는데 허접해. 예전에 그린 거라."

"괜찮아." 쓰쿠미는 운동화를 벗었다.

구기미야는 쓰쿠미를 방으로 데려와 그때까지 그린 만화를 몇 편 보여 주었다. 그런 적은 처음이었다. 애초에 친구를 방에 들인 적조차 없었다. 주스와 간식을 가져온 어머니의 표정도 왠지 흐뭇해 보였다.

보여 준 만화는 모두 단편이라, 이야기가 완결되지 않은 것도 있었다. 그런데도 쓰쿠미는 잡아먹을 듯 페이지를 넘겼다. 그 진지한 표정을 보니 정말 몰입했다는 걸 알 수 있었다.

우와, 굉장해, 연신 감탄하며 만화를 다 읽고 난 쓰쿠미는 구기미야의 얼굴을 찬찬히 보았다. "구기미야, 너 천재구나. 초등학교 때 이런 만화를 그렸다고? 말도 안 돼."

"천재는 무슨…… 별거 아냐." 구기미야는 겸손을 떨었지만 은근히 기분이 좋았다.

"당연히 만화가가 될 거지?"

"그야 뭐, 되고 싶긴 한데."

"될 거야, 분명히. 지금부터 이런 만화를 그려냈으니까 걱정할 거 없어. 굉장하다, 내 친구 중에 만화가가 있다니."

쓰쿠미가 자연스럽게 던진 '친구'라는 한마디에 구기미야의 가슴은 두근거렸다. 스스로도 얼굴이 상기되는 게 느껴졌다.

하지만 쓰쿠미 본인은 딱히 특별한 소리를 했다고 생각하지 않는 것 같았다.

"있잖아, 네가 만화 그린다는 거 학교에서 말해도 되지?"
쓰쿠미는 거리낌 없는 말투로 물었다.

"그건 좀……."

"왜?"

"아니, 애들이 놀릴지도 모르고."

그러자 쓰쿠미는 손사래를 치며 말했다.

"그럴 리가 있나. 만일 뭐라고 하는 애가 있으면 이걸 보여
줘. 바로 입 다물걸. 그래도 이상한 소리를 하면 내가 말해 줄
게. 장차 구기미야가 유명한 만화가가 되면, 무릎 꿇고 싹싹
빌 준비나 하라고."

쓰쿠미의 말은 구기미야의 가슴에 든든하게 울려 퍼졌다.
모두가 쓰쿠미 나오야를 인정할 뿐 아니라, 의지하는 이유도
알 것 같았다. 요컨대 그릇이 컸다.

그날을 계기로 두 사람은 진짜 친구가 되었다. 이야깃거리
의 대부분은 구기미야가 그리는 만화에 대한 것이었다. 구기
미야가 먼저 이야기하는 게 아니라, 쓰쿠미가 이것저것 물어
보고는 했다. 어떻게 그런 스토리를 생각해 내는지, 캐릭터
디자인은 어떻게 정하는지, 소위 창작 과정에 관심이 있는 눈
치였다.

"영화 같은 거 보면 메이킹 필름이라고 있잖아. 난 본편보
다 그런 게 더 재미있었던 적이 많아." 그런 식으로 말했던 적

도 있었다.

쓰쿠미와 친구가 된 뒤로, 구기미야의 학교생활은 그때까지와 비교도 되지 않을 만큼 순탄해졌다. 그때까지는 유순한 성격이라 드센 아이들이 당번을 떠넘기고는 했는데, 그런 일이 일절 없어졌다.

하지만 2학년이 되었을 때 쓰쿠미가 백혈병에 걸려 입원했다. 늘 건강해서 질병과는 전혀 인연이 없을 것처럼 보였던 쓰쿠미라, 소식을 들었을 때에는 도저히 믿을 수가 없었다.

물론 구기미야는 매일 병원으로 문병을 갔다. 그때마다 쓰쿠미는 만화 다음 편, 또는 신작을 보여 달라고 졸랐다. 날로 쇠약해져 갔지만, 결코 약한 소리는 하지 않았다.

하지만 이별은 갑작스레 찾아왔다. 3학년이 된 지 얼마 지나지 않아서였다.

이틀 뒤에 경야가 있었고, 그 이튿날이 장례식이었다. 구기미야도 동급생들과 같이 쓰쿠미를 보내주었다. 관 속에 누운 친구는 건강했을 때에 비해 몸집이 반으로 줄어든 것 같았다. 하지만 표정은 평온하게 잠든 것처럼 보여서, 그나마 위로가 되었다.

장례식이 끝난 뒤 쓰쿠미의 어머니가 말을 걸었다. 집에 한 번 와달라고 했다.

"구기미야 군이 받아줬으면 하는 게 있어요. 나오야가 자

503

기가 죽으면 구기미야에게 주라고 부탁했거든요. 큰 봉투인데 단단히 풀로 봉해놨더라고요. 남자들의 비밀이니 절대 열어 보면 안 된다면서……."

구기미야는 고개를 갸웃했다. 비밀이 뭘까? 짚이는 게 없었다.

이튿날, 쓰쿠미의 집을 찾아갔다. 어머니가 건넨 건 A4사이즈의 봉투였다. 어쩌면 일기일지도 모른다고 생각했다. 뭐든 숨기는 것 없이 진심으로 대했다고 생각했지만, 쓰쿠미에게 차마 말하지 못한 것들이 있었을 수도 있다. 이를테면 병이나 죽음에 대한 공포 같은 것이라든지. 그런 약한 소리를 남몰래 기록했던 건지도 모른다. 그런 거라면 당연히 어머니에게는 보여 주고 싶지 않겠지.

집으로 돌아와 방에서 봉투를 열어봤다. 안에서 나온 건 노트였다. 표지를 보고 숨을 삼켰다. 아이디어 노트라고 적혀 있었다.

표지를 펼친 구기미야의 눈이 휘둥그레졌다. 페이지를 빽빽하게 채운 글자들이 눈에 들어왔다. 내용을 읽어 보고 더욱 놀랐다. 그것은 일기도, 수기도 아니었다. 그 안에 적힌 건 이야기의 골자였다. 게다가 오리지널 스토리였다.

스토리는 열 편쯤 됐는데, 한 페이지로 끝나는 단편도 있는가 하면, 많은 페이지를 채울 만큼 장편도 있었다. 곳곳에 등장 캐릭터의 일러스트가 그려져 있었다.

그랬구나. 오랜 의문이 드디어 풀리는 것 같았다.

쓰쿠미도 만화가를 꿈꿨던 것이다. 장차 프로가 되고 싶다는 생각까지 했는지는 모르겠지만, 제 손으로 만화를 그리고 싶었던 게 틀림없었다. 이 노트는 그 준비단계였다. 구기미야와 친구가 되고 싶다고 한 것도, 같은 꿈을 가진 이로서 친근감을 느꼈기 때문이리라.

그렇다면 왜 그 사실을 솔직하게 말하지 않았던 걸까. 자기도 만화를 그리고 싶다고 말해줬다면, 조언은 못해주더라도 이야기는 얼마든지 들어줄 수 있었을 텐데.

그저 쑥스러웠던 건지도 모른다. 노트에 그려놓은 일러스트를 보고 생각했다.

솔직히 잘 그린 편은 아니었다. 균형이 맞지 않았고, 선도 깔끔하지 않았다. 소년은 멋지지 않았고, 소녀는 예쁘지 않았다. 초등학생 때도 구기미야는 이것보다는 훨씬 잘 그렸다.

그 사실을 쓰쿠미 본인도 자각하고 있었을 것이다. 그래서 생각난 스토리를 노트에 적어놓기만 하고 만화로 그리지 않았던 것이다. 어쩌면 그리려고 생각은 했지만, 구기미야의 만화를 보고 충격을 받아 이루지 못할 꿈이라 생각하고 단념했을지도 모른다. 그리고 보니 쓰쿠미는 그런 말을 했었다. 나한테도 구기미야 같은 재능이 있었다면.

말을 해주지 그랬어. 그런 생각이 들 수밖에 없었다. 프로 만화가 중에도 그림이 서툰 사람은 있다. 연습하면 누구든 어느 수준까지는 올라갈 수 있다. 독자들이 선호하는 그림체가 있기는 하지만, 역시 중요한 건 스토리다.

그런 점에서 쓰쿠미의 노트에 적힌 스토리는 무엇 하나 매력적이지 않은 것이 없었다. SF나 모험물도 있는가 하면, 청춘물이나 미스터리도 있었다. 모두 독창적이었고, 기존 작품의 재탕처럼 보이는 건 하나도 없었다.

특히 구기미야의 눈길을 잡아끈 건 〈제로원 대전〉이라는 제목이 붙은 대작이었다. 무대는 가까운 미래. 지구 환경 파괴에 절망한 어느 천재 과학자가 전 세계의 동지들과 함께 냉동 수면에 들어갔다. 그들은 뇌를 컴퓨터에 연결해, 광활한 가상 공간 속에서 살아가기로 한 것이다. 그리고 현실 세계를 파괴하기 위해 전력망을 장악한다. 그들을 막기 위해서는 누군가가 가상 공간에 잠입해 제어 프로그램을 정지시켜야 했다. 요원으로 선발된 건, 과거 세계적인 모험가였지만 현재는 사고로 사지를 움직이지 못하게 된 주인공이었다. 과연 그는 지구를 구할 수 있을 것인가. 〈제로원 대전〉은 그런 장대한 스토리였다.

아깝다. 진심으로 그런 생각이 들었다. 이걸 만화로 그렸으면, 분명 걸작이 되었을 텐데.

구기미야는 노트를 봉투에 넣고 책장에 꽂아두었다. 집에 불이 나더라도 이 노트만큼은 반드시 챙기겠노라고 다짐했다.

하지만 그 소중한 보물을 구기미야는 한참이나 잊고 살았다. 자신의 아이디어를 작품으로 완성하는 데 온 신경이 쏠려 있었기 때문이었다.

고등학생이 되자 만화 잡지에 투고를 시작했고, 몇 번 가작에 입선했다. 졸업 후에는 도쿄의 사립대학에 진학했지만, 공부할 생각은 없었다. 만화를 그릴 시간이 필요했다.

이내 출판사 편집자에게 연락을 받았고, 만화잡지에 작품을 실을 기회가 주어졌다. 습작 여러 편을 보여 줬더니 〈또 다른 나는 유령〉을 마음에 들어 해서, 전체적으로 다시 그렸다. 그것이 구기미야의 데뷔작이 되었다.

그 뒤로도 잡지에 실린 작품은 여러 편 있었다. 하지만 모두 단편이었고 연재 제의는 좀처럼 오지 않았다.

담당자에게는 "결정적인 뭔가가 부족하네요."라는 말을 들었다. "지금까지 보여 주신 작품도 완성도는 높아요. 하지만 너무 빡빡하다고 할까. 이야기의 스케일이 작다고 할까. 영 박력이 없어요. 저희로서는 뭔가 특출난 게 하나 있었으면 좋겠거든요. 그게 갖춰지면 당장이라도 연재를 부탁드리고 싶어요."

이 말은 구기미야에게 상처가 되었지만, 한편으로는 역시

나 하고 수긍했다. 지적받은 점은 스스로도 느끼고 있었다.

"다음 작품은 준비하고 계신가요?"

"아뇨, 앞으로 하려고요."

"아이디어는 있으신가요? 괜찮으시다면 꼭 듣고 싶은데."

"사실…… 몇 개 있기는 한데요."

구기미야는 다음에 그리려 했던 작품 구상을 담당자에게 이야기했다. 하지만 도중에 담당자의 표정을 보고 속이 타들어갔다. 관심이 있는 것 같지 않아서였다.

"일단 그려 보시고, 완성되면 연락 주십시오. 그걸 보고 다시 이야기하죠. 실제 작품을 보면 느낌이 전혀 달라지는 경우도 있으니까요."

요컨대 이야기만 들어서는 별로 매력을 느끼지 못했다는 뜻이리라.

대체 어떤 이야기를 그리면 되는 걸까.

집으로 돌아와 담당자에게 말한 아이디어를 다시 살펴보니, 말마따나 임팩트가 없었다. 구기미야가 그리기 편한 소재기는 했지만, 반대로 말하면 시야가 좁은 느낌이었다. 제 지식이 미치는 범위에서 어떻게든 완결을 지으려 했다. 〈또 다른 나는 유령〉도 일상에서 한 걸음도 나가지 못한 이야기였다.

이렇다 할 아이디어를 떠올리지 못한 채 시간만 흘렀고, 구기미야는 초조함에 휩싸였다. 이대로 계속 그리지 못하면 담당자도 그를 포기할지 모른다. 출판사 입장에서 구기미야는 널리고 깔린 '유망주일지도 모르는 만화가 지망생 중 하나'에 지나지 않을 테니까.

압박감에 시달리던 어느 날, 불현듯 쓰쿠미가 남긴 노트가 떠올랐다. 종이 상자에 넣어 놓고 도쿄로 올라온 뒤로 한 번도 열어보지 않았다.

별 생각 없이 노트를 꺼냈다. 아이디어를 빌릴 생각은 없었다. 처음에 읽었을 때에는 재미있다고 생각했지만, 어차피 중학생이 생각한 스토리다. 지금 읽어 보면 분명 유치하다 느끼겠지. 그래도 뭔가 힌트 정도는 얻을 수 있을지도 모른다. 그정도의 마음으로 다시 노트를 펼쳤다.

그리고 다시금 충격을 받았다.

분명히 유치하고 허술한 부분도 많았다. 하지만 근본적인 발상의 기발함은 보는 이의 눈길을 잡아끌었다. 처음 보았을 때의 놀라움은 착각이 아니었다. 이 노트는 기발한 아이디어의 보고였다.

쓰쿠미는 구기미야를 천재라 불렀지만, 사실은 그 반대였다는 걸 깨달았다. 쓰쿠미야말로 천재였다. 그는 그저 아이디어에 형태를 부여하는 기술을 갖지 못했을 뿐이었다.

노트에 남은 아이디어는 모두 뛰어났지만, 그중에서도 특히 매력적인 건 역시 〈제로원 대전〉이었다. 가상 공간을 다룬

만화나 게임, 영화는 많았지만 현실세계의 환경파괴와 관련
지었다는 점이 참신했다. 중학생이 짠 스토리라는 게 믿기지
않았다.

병상에 누워서 생활하는 주인공이 가상 공간에서는 자유
자재로 움직일 수 있다는 것도 매력적인 요소였다. 혹시 쓰쿠
미는 병으로 쓰러진 제 처지를 이입해 상상의 나래를 펼쳤을
지도 모른다.

그날부터 구기미야는 〈제로원 대전〉이 머리에서 떠나지 않
았다. 독창적인 스토리를 구상해야 한다고 생각은 했지만, 정
신을 차려 보면 캐릭터를 상상해 실제로 그리고 있었다.

그 즈음에 담당자에게 연락이 왔다. 진척 상황을 알려 달라
고 했다.

구기미야는 슬슬 그리려던 참이라고 대답했다.

"잘됐네요. 어떤 이야기입니까?"

그 질문을 들었을 때 저도 모르게 이야기를 시작하고 있었
다. 바로 〈제로원 대전〉의 스토리였다.

간략하게 설명했지만 상대의 반응은 지난번과 확연히 달
랐다.

"지금까지와 사뭇 다른, 스케일 큰 작품이네요. 좋아요. 앞
부분만이라도 좋으니 그려 주세요. 무리하게 완결 짓지 않아
도 됩니다." 담당자의 목소리에서는 열의가 느껴졌다.

구기미야의 마음속에서 안도감과 죄책감이 교차했다. 드디어 한 걸음을 내디딜 수 있을 것 같다는 생각이 드는 한편, 쓰쿠미의 작품을 가로채도 되는 것인지 망설여졌다.

하지만 쓰쿠미는 이제 이 세상에 없다. 자신이 그리지 않는 한, 〈제로원 대전〉이 빛을 보는 일은 없다. 무엇보다 쓰쿠미의 작품이라는 건 아무도 모른다.

그리자. 구기미야는 결심했다. 이제 망설일 시간이 없다. 이 기회를 놓치면, 연재 기회는 영영 오지 않을지도 모른다.

그때부터는 온 신경을 집중해 만화만 그렸다. 약 한 달 뒤, 완성한 만화를 들고 출판사를 찾아갔다. 그 자리에서 만화를 읽은 담당자의 표정이 점점 진지해졌다. 이내 "잠깐만 기다리세요."라고 하더니 만화를 들고 어딘가로 사라졌다.

잠시 후 돌아온 담당자의 뒤에는 나이 지긋한 남자가 서 있었다. 남자가 내민 명함을 받아본 구기미야는 긴장에 휩싸였다. 편집장이었다.

그때부터 생각지도 못한 전개가 펼쳐졌다. 이번에 그려온 만화를 바탕으로 연재를 해보지 않겠냐는 제의를 받은 것이다. 일단은 맛보기로 10화쯤 연재를 해보고, 독자 반응이 좋으면 그대로 이어가자고 했다.

이야기를 듣고도 처음에는 믿기지가 않았다. 열심히 하겠다고 대답하는 목소리가 떨리고 있었다. 실감이 든 건 집으로 돌아와 편집장의 명함을 책상 서랍에 넣은 순간이었다.

담당자와 여러 차례 상의했다. 제목은 제로원 대전에서 환뇌 라비린스로 변경됐다. 캐릭터도 다소 손을 봤다. 하지만 기본적인 스토리는 달라진 게 없었다.

이렇게 연재가 시작됐다. 제1화는 전 세계적으로 이상 기후에 의한 피해가 속출하는 가운데, 사고로 팔다리를 잃고 누워서 생활하는 주인공에게 정부 관계자가 찾아온다는 내용이다. "지구를 구할 수 있는 건 자네밖에 없다." 라는 대사가 마지막 장면에 등장한다.

잡지 발간일은 아침부터 좌불안석이었다. 독자의 감상은 어떨까. 이런다고 뭘 알 수 있는 건 아니라고 생각했지만 근처 서점 앞에서 얼쩡거렸다.

만화의 평가는 독자 앙케트를 통해 내려진다. 발간된 지 며칠 뒤에 연락이 와서, 인기투표에서 5위를 차지했다는 이야기를 들었다. 5위라는 성적이 좋은지, 나쁜지 구기미야는 짐작할 수 없었지만, 담당자의 말로는 '그럭저럭'이라고 했다.

그 후 한동안은 5위와 6위를 오가는 정도였지만, 주인공이 가상 공간으로 들어가 본격적으로 모험을 시작하자 서서히 순위가 올라갔다. 담당자의 말로는 현실에서는 꼼짝도 못 하고 누워 있는 주인공이 가상 공간에서 슈퍼히어로 급으로 활약하는 격차가 먹혔다고 했다.

이내 《환뇌 라비린스》는 인기 1위를 차지했고, 연재 연장이 결정됐다. 구기미야는 만화가로 먹고살 수 있다는 자신감을 굳혔다. 부모님을 설득해 대학을 중퇴했다.

《환뇌 라비린스》의 연재는 도중 몇 번의 휴재 기간이 있었지만 결국 10년 가까이나 이어졌다. 마음만 먹었다면 계속 그릴 수 있었을지도 모른다. 어디까지든 뻗어 나갈 수 있는 아이디어였기 때문이다.

작품을 완결 지은 뒤 여러 곳에서 인터뷰 요청을 받았다. 누구나 제일 먼저 묻는 건, '그 장대한 스토리를 어떻게 떠올렸느냐' 라는 것이었다.

데뷔 초에는 주로 일상에서 작품의 단초를 얻었지만, 담당자에게 자신의 껍질을 깨고 나와야 한다는 말을 듣고서는, 그렇다면 지구 전체를 무대로 삼으면 된다, 뭣 하면 가상 공간에 지구를 하나 더 만들어서 무대로 삼으면 된다고 반쯤 될대로 되라는 마음으로 그렸는데, 드디어 좋은 평가를 받았다. 그런 식으로 답변했다.

당연히 쓰쿠미의 노트에 대해 이야기할 수는 없었지만, 구기미야 자신도 거짓말을 한다는 자각이 없었다. 오랫동안 《환뇌 라비린스》만을 생각해 온 까닭에, 어느샌가 모든 것이 자신이 만들어낸 듯한 기분이 들었던 것이다.

《환뇌 라비린스》는 애니메이션으로 제작되었고, 엄청난

히트를 기록했다. 오히려 애니메이션으로 방영되며 인지도가 몇 배는 올라간 것이라 해도 좋았다.

주변 사람들의 태도도 바뀌었다. 과거에는 이른바 '내려다보는 시선'이었던 출판사 사람들이 노골적으로 아첨했다. 구기미야의 의견에 이의를 제기하는 이도 없었다.

고향에서도 갑자기 영웅 취급을 받았고, '환라비 하우스' 건설계획까지 추진되었다. 출판사를 통해 계약해서, 주요 기업이 가시와기 건설이라는 것도 나중에야 알았다. 부사장인 가시와기 고다이는 초등학교 때 구기미야를 괴롭히던 인물이었다. 아마 본인은 기억하지 못할 테지만.

극단적으로 태도가 바뀐 예가 고고노에 리리카였다. 출판사를 통해 연락을 해왔다. 담당자에게는 '중학 시절 가장 친했던 이성 친구'라고 설명했다고 한다.

중학 시절, 고고노에 리리카에게 품은 감정은 이성적 호감이라기보다는 동경에 가까웠다. 더 정확하게 말하면 경외하는 존재였다. 자신이 호감을 품는 것 자체가 가당치도 않다고 생각했다. 사이가 좋기는커녕 제대로 말을 나눠본 기억도 없었다. 그런 그녀가 만나고 싶어 한다는 말을 듣고 구기미야는 떨 듯이 기뻤다.

십수 년 만에 만난 리리카는 여전히 아름다웠다. 짙게 풍기는 성숙한 여인의 향기에 구기미야는 제대로 말도 붙이지 못했다.

그런데 리리카는 보자마자 가쓰키, 하고 이름을 부르는 게 아닌가. 중학 시절에는 한 번도 없던 일이다. 일 때문이라는 걸 알면서도 내심 기뻤다. 회사와 함께 구기미야를 서포트하고 싶으니 같이 다녀도 되냐고 물었다. 거절할 이유가 없었다.

동창회 연락을 받았을 때에는 좋은 기회라고 생각했다. '환라비 하우스' 계획은 중단되었지만, 고향 사람들은 분명 아직 '환라비'에 기대를 걸고 있을 것이다. 귀향하면 다양한 제안이 들어오겠지. 출판사를 통하지 않고 직접 그런 목소리를 듣고 싶다고 생각했다. 물론 옛 친구들에게 자신의 성공한 모습을 보여 주고 싶은 마음도 있었다. 하지만 잘난 체한다는 말을 듣지 않도록 조심해야겠지.

귀향하자 예상대로의 전개가 펼쳐졌다. 거의 매일 같이 누군가가 연락을 해서 '환라비'에 관련된 기획을 들이밀었다. 그나마 리리카가 있어서 다행이었다. 그녀는 자신이 중개자라는 걸 각 방면에 알림으로써 구기미야에게 직접적으로 연락을 취하는 걸 실질적으로 차단했다. 가시와기조차 그녀를 거스르지 못했다. 그가 굴욕감을 견디며 '선생님'이라고 부르는 걸 들으니 묵은 체증이 내려가는 것 같았다.

가미오 선생님에게 인사를 드리자는 말을 꺼낸 건 리리카였다. 가시와기가 가미오에게 구기미야의 허락을 얻을 수 있도록 도와달라고 할 것 같으니, 미리 선수를 치자는 것이었다.

오랜만에 만난 가미오는 나이를 먹기는 했지만 건강해 보였다. 구기미야의 성공을 알고 자랑스럽다고 말해 주었다. 가시와기 이야기를 하자 잘 알겠다며 수긍한 눈치였다.

가미오에게 다시 연락이 온 건 그 다음 주인 3월 2일이었다. 동창회 관련해 할 이야기가 있는데 시간이 있느냐고 해서, 다음 날 밤에 만날 약속을 했다. 무슨 일로 보자는 건지 짐작이 가지 않았다. 전화 목소리는 밝았으니, 심각한 이야기는 아니겠거니 했다.

이튿날 집으로 찾아갔다. 가미오가 웃는 얼굴로 꺼낸 건, 추모회에서 쓰쿠미의 작문을 소개하고 싶은데 문제가 없겠느냐는 것이었다.

"쓰쿠미의 작문이라뇨?"

"3학년에 올라와서 얼마 안 있어 작문 숙제를 내준 걸 기억하나? 쓰쿠미는 입원 중이었지만 숙제를 제출했단다. 그 후로 돌려줄 기회가 없어서 자네들 졸업문집 원고와 같이 보관하고 있었지."

"그러셨군요. 죄송한데 기억이 안 나네요. 그런데 그걸 왜 저한테……."

"작문 내용이 자네하고 관련된 것 같아서."

"저하고요?"

"읽어 보면 알 거네." 가미오는 종이 다발을 내밀었다. B4 사이즈의 원고지였다.

구기미야는 원고지를 받아 훑어봤다. 연필로 또박또박 쓴 글씨가 보였다. 낯익은 쓰쿠미의 필적을 보니 그리움에 휩싸였다. 작문 제목은 '나의 꿈'이었다. 글은 '나에게는 꿈이 있습니다'라는 문장으로 시작했다.

'나에게는 꿈이 있습니다. 장차 만화가가 되고 싶다는 꿈입니다. 하지만 나는 그림을 못 그려서 아무에게도 말한 적은 없습니다. 특히 친구 구기미야에게는 창피해서 말 못합니다. 구기미야도 만화가가 꿈인데, 나와는 비교도 되지 않을 만큼 그림을 잘 그립니다.'

작문을 읽어 내려가는 동안 구기미야의 손이 떨리기 시작했다.

도중부터 쓰쿠미는 어떤 만화를 그리고 싶은지, 구체적인 아이디어를 써놓은 것이다. 천재 과학자들이 모여 가상 공간을 이용해 무시무시한 인류 멸망 계획을 세운다. 바로 〈제로 원 대전〉의 내용이었다. 단순한 개요가 아니라 꽤 세세한 부분까지 적혀 있었다.

다 읽고 고개를 든 구기미야에게 가미오는 "어떤가?" 하고 물었다.

"어떻다니요……?"

"자네도 알고 있었지. 쓰쿠미도 만화가가 꿈이었다는 사실을. 창피해서 구기미야에게는 말 못한다고 했지만, 결국 자네한테만 털어놓은 게 아닌가?"

구기미야가 뭐라 대답해야 할지 몰라서 가만히 있는 걸 보고 가미오는 "그 작품……." 하고 말을 이었다. "자네 대표작인《환뇌 라비린스》말일세. 그걸 처음 읽었을 때 어라? 싶었지. 어디선가 읽어 본 것 같아서. 나중에 생각이 나더군, 쓰쿠미의 작문에서 본 스토리라는 걸. 왜 쓰쿠미가 만든 스토리를 구기미야가 만화로 그렸을까. 잠시 생각해 보니 속사정을 알겠더군. 그렇군, 쓰쿠미가 구기미야에게 자기 꿈을 맡긴 거구나. 떠나기 전에 쓰쿠미한테 부탁을 받은 거지? 이 이야기를 언젠가 만화로 그려달라고. 그게 자기 소원이라고. 그렇지 않나?"

구기미야는 말문이 막혔다. 엄청난 착각이다. 하지만 그렇게 생각하는 것도 무리는 아니었다. 그리고 구기미야가 뭐라 반박하지 않자 가미오는 제 추측을 확신했는지 한층 눈을 빛내며 말했다.

"그 사실을 알아챈 순간 가슴이 뭉클해지더군. 이토록 굳건한 인연, 단단한 우정이라니. 한마디로《환뇌 라비린스》는 어린 나이에 세상을 떠난 친구와 함께 만든 작품이라는 거군. 이렇게 감동적인 이야기가 또 있을까. 이 작문 이야기는 지금까지 아무한테도 하지 않았지만, 동창회에서 쓰쿠미의 추모식이 열린다는 이야기를 듣고 지금이야말로 공개할 때가 아닌가 하는 생각이 들었네."

이 말에 구기미야는 눈앞이 핑 돌았다. 가미오는 이 작문을 동창들 앞에서 읽어 줄 요량인 것이다.

"어떤가? 딱히 문제될 건 없는 것 같은데."

태평하게 말하는 가미오의 입을 막고 싶었다. 딱히 문제 될 게 없다고? 문제 될 게 없긴 왜 없나.

"아니, 저기, 선생님…… 조금 걸리는 게 있어서요."

"음? 그게 뭔가?"

"실은 쓰쿠미와 약속을 했습니다. 만화가의 꿈을 가졌던 건 앞으로도 비밀로 하기로요."

가미오는 이해가 안 간다는 듯 눈썹을 찡그렸다. "이유가 뭔가?"

"작문에 쓴 그대로입니다. 다른 친구들이 알면 창피하다고요."

"창피할 일이 뭐가 있지? 멋진 꿈 아닌가. 게다가 쓰쿠미는 꿈을 이룬 것이나 마찬가지지 않나. 친구의 능력을 빌리기는 했지만."

"그래도…… 역시 이대로 두고 싶습니다.《환뇌 라비린스》는 저와 쓰쿠미만의 비밀로 남겨 두고 싶어요. ……부탁드립니다." 구기미야는 머리를 조아렸다.

하지만 가미오는 여전히 납득이 안 된다는 양 고개를 갸웃
했다.

"감동적인 이야기라고 생각했는데 말이야. 이 미담이 널리
알려 지면《환뇌 라비린스》도 더욱 화제가 되어 잘 팔리지 않
을까?"

"그런 건 상관없습니다. 그런 일로 화제를 모으고 싶지 않고
요."

"그렇군……." 가미오는 석연치 않은 표정이었지만 수긍
했다.

"자네가 그렇게까지 말하니 나도 더 뭐라 할 수가 없군. 알
았네. 이번에는 포기하지. 앞으로도 기회는 있을지 모르니까.
그때 다시 이야기하지."

"알겠습니다. 감사합니다."

"그나저나 아쉽군. 제자들에게 꼭 들려주고 싶었는데."

가미오는 미련이 남은 눈으로 작문을 보더니 일어나 책장
에 꽂힌 파일 한 권을 꺼내 돌아왔다.

"이게 자네들 학년 졸업문집이네. 자네 것도 있을 거야. 아,
여기 있군. 3학년 1반 구기미야 가쓰키."

분명히 그 페이지에는 반으로 접힌 구기미야의 작문이 보
관되어 있었다. 무슨 내용을 썼는지 전혀 기억이 나지 않았

다. 조금 읽어 봤지만 예상대로 별 내용은 아니었다. 고작 두 장밖에 되지 않았다.

"그럼 일단 이건 다시 넣어 놔야겠군." 가미오는 정중한 손길로 쓰쿠미의 작문을 파일에 끼웠다.

가미오의 집을 나와 집에 도착한 뒤로도 구기미야는 도무지 마음이 편치 않았다. 쓰쿠미의 작문이 머릿속에서 떠나지 않았다. 쓰쿠미가 그런 글을 남겼을 줄이야.

이번 동창회에서 읽지는 않겠다고 했지만, 앞으로 기회가 생기면 반드시 가미오는 다시 이야기를 꺼낼 것이다. 아니, 구기미야에게 물어보기라도 하면 다행이다. 상의도 없이 누군가에게 이야기할 가능성도 크다. 가미오는 이 이야기를 분명히 '미담'이라 생각하고 있었다. 이 자리에서만 하는 이야기라고 당부하고 나서 말하는 건 문제없다고 생각하지 않을까. 게다가 한두 사람에게만 이야기하고 만다는 보장도 없었다.

그러면 앞으로 일이 어떻게 될까. 이야기를 들은 모든 사람이 약속대로 입을 다물어준다면 더할 나위 없겠지만, 부질없는 기대였다. 분명 몇몇은 SNS 등을 통해 이야기를 퍼뜨릴 것이다. 어쩌면 그 작문을 촬영해 사진을 공개할지도 모른다. 요즘 시대에 그런 정보는 순식간에 확산된다.

몇 년 전에 어떤 만화가 다른 유명 만화의 구도를 표절했다는 의혹이 인터넷에 유포된 적이 있었다. 그 작품과 원래 작품의 몇 장면을 놓고, 얼마나 비슷한지를 비교하는 사이트도 등장했다. 우연의 일치라고 둘러대며 빠져나가는 게 어려운 상황에서, 출판사는 '자세한 사항은 조사 중이다.'라고 코멘트했다. 작가는 사과문을 올렸고, 그로부터 얼마 지나지 않아 은퇴를 발표했다.

그 사건을 떠올리고 구기미야는 몸서리를 쳤다. 자신도 그런 일을 당하는 게 아닐까.

여러 잡지 인터뷰에서 했던 말들도 마음에 걸렸다.《환뇌 라비린스》를 어떻게 구상하게 되었는지 열변을 토했던 것이다. 기사를 읽은 사람들이 속았다며 들고 일어날 게 뻔했다.

업계 반응도 무서웠다. 구기미야의 재능에 의혹의 눈길을 보낼 게 틀림없었다. 거기서 끝나는 게 아니라 모욕적인 말을 퍼부을지도 모른다. 리리카라면 배상금을 요구하고도 남을 것 같았다.

요컨대 구기미야에게 그 작문은 앞으로도 영원히 공개되어서는 안 될 글이었다. 하지만 그것이 가미오의 수중에 있는 한, 언제 공개되어도 이상할 게 없었다. 당장 이번 동창회부터 불안했다. 제자들에게 에워싸여 감정이 북받친 가미오가 저도 모르게 말해 버릴 가능성도 충분히 있었다.

좌우지간 그걸 어떻게든 처리해야 한다. 그 작문이 이 세상에 존재하는 한, 구기미야의 마음이 평온해질 날은 오지 않을 것이다.

훔쳐야겠다. 그 생각이 제일 먼저 들었다. 집에 숨어들어 그 파일을 훔치면 된다. 아니, 파일을 통째로 훔치면 금방 알아챌 것이다. 그 작문만 몰래 챙겨서 나오면, 도난당했다는 사실 자체를 알아채지 못할 공산도 있다.

하지만 만일 알아채면 어떻게 될까. 또는 알아채지 못하더라도, 빠른 시일 안에 다시 파일을 확인한다면? 쓰쿠미의 작문이 사라진 걸 알면, 제일 먼저 구기미야를 의심하지 않을까.

그렇다면 금품도 같이 훔칠까. 도둑이 닥치는 대로 물건을 훔쳐갔고, 그중에 그 파일도 있었던 걸로 꾸밀까?

구기미야는 고개를 저었다. 영 부자연스러웠다.

단순 절도범이 중학생의 졸업문집을 뭐 하러 훔치겠는가. 구기미야가 졸업한 년도의 파일만 훔치는 것도 어색하다. 할 거면 집에 있는 모든 물건을 훔쳐내야겠지만, 불가능한 일이었다.

거기까지 생각하다 불현듯 뭔가가 떠올랐다.

모든 물건을 훔치는 건 불가능하지만, 없애는 건 가능하지 않을까? 소실消失, 아니, 소실燒失시키면 된다. 불이 나서 모든 게 타 버리면, 범인의 목적은 알아낼 수 없다. 가미오도 설마 쓰쿠미의 작문을 노린 범행인 줄은 상상도 못하겠지. 가미오의 집은 오래된 일본 가옥이다. 불을 지르면 순식간에 불길이

번질 것이다.

그 작문만 사라지면 가미오가 무슨 말을 하더라도 별 문제
될 건 없다. 증거가 없으니, 구기미야가 시치미를 떼면 그만
이다. 그리고 집에 불이 나면, 가미오도 그런 작문 따위에 신
경 쓸 여력이 없을 테니 언젠가는 잊어 버리겠지.

생각하면 할수록 끝내주는 아이디어라는 확신이 깊어졌
다. 동시에 다른 길은 없다는 생각이 들었다. 실행하는 수밖
에 없다.

게다가 실행할 절호의 기회가 있었다.

가미오의 집을 찾아 이야기를 막 나누기 시작했을 즈음, 전
화가 걸려왔다. 가미오가 전화를 받는 걸 보고 토요일 밤에
도쿄에서 누군가와 만날 예정이라는 걸 알았다. 딸인 마요가
도쿄에서 일한다는 건 구기미야도 알고 있었다. 무슨 볼일로
도쿄에 가는지는 모르겠지만, 가는 김에 딸을 만나고 오겠지.
아마 그날 밤은 딸네 집에서 자고 올 것이다. 집에 아무도 없
으니 불이 나도 신고도 늦어지겠지. 무엇보다 가미오를 화재
에 휘말리게 하고 싶지 않았다.

3월 6일 토요일 밤, 구기미야는 라이터용 오일 깡통과 성냥
그리고 낡은 수건을 품에 넣고 집을 나섰다. 혹시 오다가다
방범 카메라에 찍혀도 신원을 알 수 없도록, 캡이 긴 모자를
푹 눌러 쓰고 마스크로 얼굴을 가린 뒤, 검은 바람막이를 걸

쳤다. 모두 이날을 위해 구입한 물건이었다. 모두 기성품이니 구입한 사람을 특정하는 건 불가능할 것이다. 범행 후에는 즉시 처분할 작정이었다.

가미오의 집 근처까지 와서 주변에 사람이 없는 걸 확인한 뒤, 재빨리 문으로 달려가 안으로 잠입했다. 장갑을 끼고 있어서 지문이 묻을 걱정은 없었다.

창문에서 불빛은 새어나오지 않았다. 역시 가미오는 집을 비운 것이다. 담을 따라 뒷마당 쪽으로 갔다. 그 작품을 보관해 둔 책장은 뒷마당과 접한 거실에 있다. 거실만 없앨 수 있다면 집을 전소시킬 필요도 없다. 뒷마당이 있으니 다른 집에 불이 번질 걱정도 없었다.

주저앉아 툇마루 밑을 들여다봤지만 어두워서 아무것도 보이지 않았다. 하지만 오일을 묻힌 수건에 불을 붙여 던지면, 불이 바닥에 옮겨 붙어 번지지 않을까.

일단 해보자고 생각하며 품에서 수건과 오일 통을 꺼냈다. 그리고 뚜껑을 열어 신중하게 수건을 오일에 적시고 있을 때였다. 드르륵 문 여는 소리가 들렸다. 화들짝 놀라 고개를 든 순간 비명을 터뜨릴 뻔했다. 어두운 실내에 사람이 서 있었다.

"누구냐!" 날카로운 그 목소리는 가미오의 것이었다. "거기서 뭐하는 거지?"

구기미야는 황급히 뚜껑을 닫고 도망치려 했다. 하지만 일어나다 다리가 엉켜서 엎어졌다. 서둘러 몸을 일으키려 했지만 왼팔을 붙잡혔다.

"누구냐. 경찰을 부르겠다!" 가미오가 마스크를 벗기려 했다.

구기미야는 무아지경으로 버둥거리며 저항했다. 그러던 와중에 가미오가 균형을 잃고 바닥에 쓰러졌다. 구기미야는 그 위로 올라탔다.

바닥에 떨어진 수건이 눈에 들어왔다. 그걸 집어서 가미오의 목에 감은 뒤 혼신의 힘을 다해 잡아당겼다.

얼마나 그러고 있었는지 모른다. 정신을 차려 보니 가미오는 축 늘어져 있었다. 숨을 쉬는 것 같지도 않았다.

구기미야는 비틀거리며 일어났다. 바닥에 엎어져 있는 가미오를 내려다봤다. 얼굴을 확인할 용기는 없었다.

큰일을 저질렀다. 사람을 죽였다.

어쩌다 이렇게 된 걸까. 가미오의 목숨을 빼앗을 생각은 해본 적도 없었다. 그래서 집을 비운 틈을 노렸다. 그 작문만 태워 버리면 족했다.

하지만 이제 돌이킬 수 없었다. 가미오는 죽었다. 지금 생각해야 하는 건, 자신이 붙잡히지 않기 위해서 해야 할 일이었다.

암흑 속에서 구기미야는 죽을힘을 다해 머리를 쥐어짰다.

●

　에비스역에서 걸어서 약 10분, 큰길에서 조금 벗어난 곳에 '트랩핸드'는 자리하고 있었다. 도로와 접하고는 있었지만, 주유소와 맨션 사이에 껴 있어서 입구를 찾기가 어려웠다. 게다가 눈에 띄는 간판을 내걸고 있는 것도 아니고, 가게 이름을 새겨놓은 벽돌을 아무렇게나 바닥에 놓아 두었을 뿐이었다. 아무 손님이나 마구잡이로 들어오지 말라는 뜻일지도 모르지만, 그럴 만한 가게인가 하는 의문도 들었다.

　'영업 준비 중'이라는 팻말이 걸린 문을 열고 어스름한 가게 안으로 들어갔다. 카운터 안에 있는 다케시는 잔을 닦고 있었다. 검은 셔츠 위에 검은 베스트를 입고 있었다.

　"일찍 왔네." 다케시는 손목시계를 보았다. "약속시간은 5시 잖아. 아직 10분이나 남았는데."

　"사실은 더 일찍 오고 싶었어요."

　"그렇게 삼촌 얼굴이 보고 싶었나?"

　"그게 아니라요." 마요는 카운터석에 앉았다. "대체 어떻게 된 거예요. 말도 없이 사라지고. 정말 난리도 아니었다고요."

　동창회가 끝나고 나서 맡겨둔 짐을 찾으러 '호텔 마루미야'로 돌아왔을 때, 다케시는 이미 체크아웃을 마치고 사라진 뒤였다. 그때부터 연락이 전혀 닿지 않았다. 메시지를 받은 건 닷새나 지난 어젯밤이었다. 할 말이 있으니 '트랩핸드'로 오라는 내용이었다.

"고구레나 가키타니가 이것저것 물어보며 들들 볶아댈 것 같아서. 어차피 너도 조사를 받았지?"

"말도 못 해요. 동창회에서 있었던 일을 설명하느라 얼마나 시간이 걸렸는지 알아요? 덤으로 그 영상은 온데간데없이 사라졌고."

"영상?" 다케시는 눈썹을 찌푸렸다.

"경야와 장례식에서 조문객들이 영정을 보는 장면을 몰래 찍은 영상이요. 그 영상이 없으니 제대로 설명할 수가 없어서 엄청 고생했다고요. 일반인이 먼저 선수를 쳐서 진상을 밝혀 냈다고, 경찰 윗분들이 무서운 얼굴로 듣는 앞에서."

"좋았겠네. 살면서 그런 경험을 몇 번이나 해보겠어."

"남의 일처럼 말할 거예요? 다들 어떻게 진상을 알아챘냐고 물어보는데, 내가 대답할 말이 있겠냐고요. 삼촌한테 아무것도 들은 게 없는데. 내가 제일 알고 싶어요. 오늘은 어떻게든 듣고 말 거예요."

다케시는 얼굴을 찡그리더니 카운터를 짚으며 마요를 내려다봤다.

"스피츠도 아니고 깽깽거리지 마라. 일단 한잔해. 삼촌이 사는 거니까 마음대로 시켜."

"정말요?" 마요의 얼굴이 환해졌다. "뭐가 제일 맛있어요?"

"맥주."

"맥주? 그게 뭐예요. 칵테일 아니고요? 맥주야 맨날 마시는 건데."

"평범한 맥주가 아냐. 히다카야마의 특산 맥주지."

다케시는 안으로 들어가 냉장고에서 남색 유리병을 들고 나왔다. 그러고는 마개를 뽑아 맥주를 따라 마요 앞에 놓았다.

맥주를 한 모금 마신 마요는 숨을 삼켰다. 풍부한 향이 코끝을 간질였다.

"진하지? 어제 현지에서 조달해 온 거다. 아이스박스에 넣어서. 효모가 듬뿍 들어서 열에 약하거든."

"현지? 대체 어디에 숨어 있던 거예요? 형사들이 삼촌과 연락이 안 된다고 울상이던데요."

"1주일이나 가게를 닫았잖아. 기왕 이렇게 된 거 조금 더 쉬기로 했지. 차로 전국을 돌아다녔어."

"아, 그러고 보니 '마루미야' 사장님이 그러더라고요. 삼촌이 차를 타고 나갔다고. 차는 대체 어디다 숨겨뒀던 거예요?"

"숨긴 적 없다. 유료 주차장에 세워둔 거지."

"도청기나 각종 사기 도구 같은 것들도 혹시 그 차에서 가져온 거예요? 상복도?"

"사기 도구라니, 듣기 좋은 말은 아니지만 뭐, 그렇다."

"왜 말 안 했어요? 차가 있었으면 여러모로 편했을 텐데."

"그럴 리가 있나. 술을 한 모금도 못 마시잖아." 다케시는 잔을 하나 더 꺼내 맥주를 따랐다. "구기미야 가쓰키가 전부 자백했어?"

마요는 한숨을 내쉬며 고개를 끄덕였다.

"그런가 봐요. 대략적인 건 가키타니 형사님한테 들었어요."

"그럼 그 이야기부터 해봐."

마요는 허리를 곧추세웠다. "내가 먼저요?"

"불만 있으면 그냥 가든지."

"알았어요." 마요는 맥주로 입을 적셨다.

가키타니는 이번에도 "피해자의 따님이시라 특별히 말씀드리는 겁니다."라고 운을 뗀 뒤에 구기미야가 에이치를 살해하게 된 경위를 설명해 주었다. 그것은 구기미야와 쓰쿠미의 만남에서부터 시작된 이야기였다. 친구의 죽음을 극복하고 드디어 프로 만화가가 되었지만, 좀처럼 성과를 내지 못하고 속앓이를 하다 친구의 유품인 아이디어 노트를 도용했다. 그 작품이 팔리지 않았다면 아무 문제도 없었겠지만, 폭발적인 인기를 얻으며 히트작이 되었다. 사실대로 털어놓지 못하고 속사정을 숨겨온 것도 무리는 아니었다.

진술을 끝까지 들은 마요는 가슴이 미어지는 걸 느끼며 새삼 서글퍼졌다.

구기미야의 심정을 이해 못 할 것도 아니었다. 힘겹게 얻은 영광이 너무나도 커서, 그만큼 잃었을 때의 공포심도 커진 거겠지.

에이치에게만은 솔직하게 털어놓았으면 좋았을걸. 마요는 그런 생각을 했다. 아이디어를 도용했다고 손가락질받을까 두려우니 비밀로 해달라고. 그렇게 말했으면 에이치는 분명 납득했을 것이다. 비밀을 지켜줬을 것이다.

아버지를 해친 구기미야를 용서할 수 없었지만, 아직도 안타까운 생각이 드는 걸 보면 증오의 불길이 완전히 마음을 뒤덮지는 못한 모양이다. 불행한 오해였다고 믿고 싶은 것이다.

"처음부터 해칠 생각으로 집에 숨어든 게 아니라는 게 그나마 위로가 됐어요." 가키타니에게 들은 이야기를 마친 마요는 제 속내를 털어놓았다. "설마 집에 불을 지르려 했다니. 삼촌은 그것도 알고 있었어요?"

"그것도, 가 아니라 거기서부터 시작했지." 다케시는 맥주잔을 들고 말했다. "형사들의 발언을 듣고 형님 옷에 라이터 오일이 묻어 있던 게 아닌가 추리했던 건 기억하지?"

"그 추리도 적중했어요. 가키타니 형사님 말로는 셔츠 칼라에서 휘발성 냄새가 났대요. 성분을 조사해 보니 라이터 오일

531

이었고요."

"너는 범인이 라이터를 가지고 있었는데, 몸싸움을 하다 오일이 샌 게 아니냐고 했지. 하지만 기름 라이터의 오일은 웬만해서는 새지 않아. 범인은 오일 그 자체를 가지고 있었다고 생각하는 게 맞지. 무엇 때문에 오일을 가지고 있었는가, 뭔가를 불태우기 위해, 즉 방화라는 답이 나오지. 그러면 당초의 의문, 왜 흉기로 수건을 썼는가, 의 답이 보이지. 그 수건은 오일을 적시기 위한 거였어."

"그 추리는 정말 대단해요. 구기미야도 그렇게 진술했어요."

"방화의 목적은 무엇인가. 형님을 살해한 뒤에는 불을 지르지 않고 집 안을 난장판으로 만든 이유는 뭐지? 이 두 가지 의문의 답도 명백했지. 범인의 목적은 집에 있는 뭔가를 불태우는 거였어. 하지만 집 안에 침입했으면, 그것만 훔쳐 가면 돼. 방을 부자연스럽게 헤집어놓은 건, 도둑의 범행으로 위장하기 위한 것이며, 범인의 목적은 절도가 아니었다고 경찰을 속이기 위한 이중의 위장공작이었지. 하지만 여기서 다시 의문이 발생하지. 그렇다면 불을 지를 것 없이 몰래 들어와 훔쳐 가면 되지 않나. 하지만 범인은 그래서는 안 된다고 생각했어. 왜냐. 형님을 살해했기 때문에 훔쳐도 문제 될 게 없었지만, 형님이 살아 있었다면 범인을 알아챌 위험이 있었으니까. 한마디로 범인이 찾던 건, 누구나 원하는 귀중품이 아니라, 지극히 개인적인 물건 그리고 불이 나면 타 버리는 것이지. 종이, 서류, 책, 그 정도지. 데이터나 복제는 존재하지 않고, 이 세상에 둘도 없는 것. 손으로 쓴 편지, 혹은 원고."

마요는 다케시의 가슴을 가리켰다. "그래서 졸업문집 파일에 주목했구나."

"문집 자체는 인쇄해서 학생들에게 나누어 줬어. 하지만 그 파일에는 실리지 않은 원고도 보관되어 있던 게 아닐까 생각했지. 그래서 네가 받은 문집을 가져오라고 한 거야."

"비교해 보니 어땠어요?"

"파일에 있던 원고는 모두 문집에 실려 있었어. 하지만 그 자체는 이상할 게 없지. 범인이 가져갔을 가능성이 있으니까. 그럼 그건 어떤 원고였을까. 그때 생각난 게, 형님이 모모코에게 했다던 말이었지. 쓰쿠미의 추모식에서 오랫동안 소중히 간직해 온 이야기를 꺼내야 겠다는. 혹시 그건 쓰쿠미의 작문에 관한 이야기가 아니었을까. 그걸 다른 학생들의 졸업문집과 함께 파일에 보관해 뒀던 게 아닐까. 그런 생각이 들더군. 형님 성격을 생각하면 충분히 그럴 수 있지."

마요는 다케시의 얼굴을 바라보며 미간을 좁혔다.

"대단한 추리이긴 한데, 거기까지 알아냈는데 왜 더 일찍 말해 주지 않았어요?"

"잡념이나 사념이 섞이면 얼굴이나 태도에 드러날 위험이 있으니까. 널 써먹을 데가 많았거든."

"그건 그럴 수도 있지만…… 그렇게 그 낡은 컴퓨터를 찾아낸 거군요?"

"데이터를 복원하니 작문을 한데 정리해 둔 파일이 나왔어. 제일 마지막으로 쓴 게 '나의 꿈'이었지. 읽어 보고 이거다 확신했지. 범인은 역시 구기미야 가쓰키였어."

"역시……? 삼촌은 언제부터 구기미야를 의심했는데요?"

"발단은 마에다 리스트에 오른 인물들의 행동을 정리할 때였어. 구기미야 가쓰키의 이름이 있는 게 마음에 걸렸지. 구기미야가 형님과 접촉한 건, 고고노에 리리카와 둘이서 인사를 드리러 찾아갔을 때뿐이었어. 그때 둘 중 하나가 형님에게 연락을 했겠지. 나는 매니저인 고고노에가 했을 거라 생각했어. 그러니 그녀의 이름이 통화 기록에 남아 있었어도 이상할 건 없어. 하지만 구기미야 가쓰키의 이름이 명단에 있는 건 이상하지. 그는 어떠한 형태로 형님과 연락을 주고받았어. 네가 처음에 '플루트'에서 형사들과 만났을 때, 잠시 자리를 비운 동안 형사들이 했던 이야기 기억나? 이랬어. 3월 2일에 피해자가 건 전화에 대해서는 안 물어보냐고. 바로 구기미야가 그날 형님이 연락한 상대가 아닐까 생각했지. 그렇다면 구기미야는 왜 그 사실을 숨기고 있지? 쓰쿠미의 작문이 사건을 해결할 열쇠라는 걸 알아낸 뒤로 혐의는 더욱 짙어졌지. 두 사람은 친한 친구 사이였다고 했으니까. 하지만 구기미야가 범인이라면, 의문이 하나 남아. 그는 형님이 도쿄에 가는 걸 언제 알았지? 동창회 준비 모임에 참석한 멤버들과 그런 이야기를 한 것 같지는 않았어. 그래서 이렇게 생각했지. 형님한테 직접 들은 게 아닐까. 그렇다면 그건 언제인가? 그리고 형님은 왜 그 이야기를 일부러 했는가?"

"그래서 혹시 아버지가 이케나가 씨하고 통화했을 때 옆에 구기미야가 있었던 게 아닌가 생각한 거죠? 이케나가 씨하고 일부러 열연을 펼친 것도 그 때문이고."

"비꼬는 거야? 장면을 재현했을 뿐이야. 형님이 구기미야에게 쓰쿠미의 작문을 보여 준 타이밍은 딱 그 시기였을지도 모른다고 추측했지. 이케나가는 3월 3일에 집 전화로 전화했다고 했어. 즉 그때 형님은 집에 있었지. 2일에 형님이 구기미야에게 전화해서 만날 약속을 잡았다면, 3일 밤에 구기미야가 집에 왔을 가능성이 크지. 거기다 형님이 '마요에게는 비밀'이 아니라 '개한테는 비밀'이라고 했다는 이야기를 듣고, 옆에 너를 아는 사람이 있었기 때문이 아닐까 생각했지."

"그렇게 된 거였구나."

다케시는 잔을 내려놓고 두 손을 들었다. "추리는 이상이다. 말을 너무 많이 했더니 지치는군."

"잠깐만요, 아직 궁금한 게 많다고요. 고고리카하고 스기

535

시타가 불륜 관계라는 건 뭐예요? 뜬금없이 튀어나와서 얼마나 놀랐는데요."

"그건 추리라고 할 것도 없어. 조금만 생각해 보면 누구나 알아낼 수 있지. 구기미야 가쓰키가 범인이라면, 알리바이는 없지. 실제로 처음에는 집에 있었다고 했고. 하지만 고고노에가 러브호텔에 있었던 건 사실일 거야. 하지만 같이 있던 사람 이름은 말할 수 없지. 하는 수 없이 구기미야의 이름을 댄 거고."

"그건 맞는 것 같아요. 구기미야에게 고고리카가 연락해서, 같이 있던 걸로 해달라고 부탁했대요. 왠지 안쓰럽더라고요."

가키타니의 이야기로는, 구기미야는 고고노에 리리카가 만나는 사람이 누구인지는 몰랐던 모양이었다. 하지만 그녀에게 애인이 있어도 이상할 건 없었기에, 딱히 충격을 받지 않고 마침 잘됐다 생각하며 덥석 수락했다고 한다. 고고노에 리리카의 약점을 알아두면, 앞으로 자신이 주도권을 쥘 수 있을 거란 계산속도 있었다고 한다.

"그럼 고고노에의 애인은 누구인가? 사건 관계자들 중에 있으리라는 법은 없지만, 원래 도쿄에서 일하는 고고노에가 사귀는 사람이니, 고향에 터를 잡은 사람일 가능성은 적었지. 혹은 오랜만에 만난 동창과 불장난인가? 가키타니의 말로는 스마트폰 위치 정보 확인을 거부하는 사람이 있다던데, 그건 누구인가. 알리바이가 없는 건 마키하라와 스기시타. 마키하라는 독신이니 고고노에와의 관계를 숨길 필요가 없어."

"그렇구나, 듣고 보니 스기시타밖에 안 남네요."

"누차 말하지만, 머리 좀 써라." 다케시는 관자놀이를 쿡쿡 찌르며 말했다.

"가짜 시즈카와 데키스기라. 아, 그러고 보니 이 이야기도 가키타니 형사님한테 들었는데, 구기미야는 환뇌 라비린스 온라인 게임화 기획은 몰랐대요. 고고리카와 스기시타가 마음대로 추진했나 봐요."

"그래? 뭐, 그럴 것 같았어." 다케시는 마요의 잔에 맥주를 따랐다. 오늘은 웬일로 인심이 후했다.

"그리고 중요한 거 하나 더요. 그건 어떻게 된 거예요? 구기미야가 쓰쿠미 어머님에게 받았다는, 작문이 든 봉투요. 그거 삼촌이 준비한 거죠?"

"당연하지. 그날 아침에 쓰쿠미 미용실에 찾아가 어머님한테 맡겼어. 구기미야한테 연락해서 전해달라고. 형님 물건을 정리하다 나왔는데, 봉투 뒤에 쓰쿠미 나오야 군 이름이 적혀 있으니, 쓰쿠미 군의 유품을 다시 정리하다 찾은 걸로 해달라고 부탁했지."

"그 봉투에 작문 두 편을 넣은 거군요. 하나는 원고지에 쓴

537

'내 친구'고, 다른 하나가 '나의 꿈'의 복사본. 그리고 복사본은 삼촌이 추리한 대로 구기미야가 동창회에 오기 전에 찢어서 강에 버렸더라고요."

"강에다? 환경 파괴범 같으니."

"가키타니 형사님이 삼촌한테 물어보라고 하던데, 그 복사본은 어디서 난 거예요?"

"어디서 나긴. 내가 썼지." 다케시는 별일 아니라는 듯 덤덤하게 말했다.

"삼촌이 썼다고요?"

"당연하지. 내가 아니면 누구겠냐. 컴퓨터에 저장된 초안을 내가 원고지에 옮겨 쓴 뒤에 복사했다."

"그러면 가짜였다는 거예요? 구기미야는 그걸 왜 못 알아봤지?"

"쓰쿠미의 필적을 흉내 내서 썼으니까. 아마 구기미야는 형님 방에서 훔쳐간 작문을 곧바로 처분했을 테니 그렇게 자세히 보지 않았겠지. 너처럼 쓰쿠미가 학교에 제출하기 전에 복사본을 만들어 놨다고 생각했을 테고."

"구기미야는 아직 그게 진짜라고 생각하는 모양이에요. 경찰도요. 가키타니 형사님은 증거로 제출한다는 식으로 말하던데, 어쩔 거예요?"

"내 알 바 아냐." 다케시는 남은 맥주를 단번에 들이켰다.

538

"그리고 아까 말한 영상이요. 경야와 장례식에서 조문객들이 영정을 보는 걸 몰래 찍은 영상. 그것 좀 달래요."

다케시는 고개를 저었다. "그거 증거로 못 써."

"왜요?"

"실제 영상에서 구기미야는 멀쩡히 눈을 뜨고 있었으니까."

"정말요?"

"영상을 확인해 봤더니, 그 녀석, 정면에서 똑바로 영정을 쳐다보더라고. 생각보다 배짱이 두둑하던데? '노비타' 주제에."

"그럼 그 영상은 뭐예요?"

"합성했어."

"뭐라고요?"

"덕분에 구기미야를 동요시킬 수 있었잖아. 그때도 말했지만, 결백하다면 눈을 감은 모습을 찍었어도 거리낄 게 없겠지. 자기는 아무것도 모르고, 왜 눈을 감았는지 스스로도 모르겠다고 대답하면 되잖아. 아, 그리고 마키하라가 시선을 피한 것도 합성이야."

"그래요?"

"여러모로 연출이 필요했거든."

갑자기 마키하라가 가엾다는 생각이 들었다. 그 자리에서 그를 추궁한 것도 연출이었나.

"그럼 마지막으로 질문."

"아직도 궁금한 게 남았어? 뭔데?"

"손가락은 왜 튕겼어요?"

"손가락?"

"튕겼잖아요. 교실에서 모니터를 작동시킬 때마다." 마요는 오른손으로 손가락을 튕기는 시늉을 했다. 하지만 서툴러서 제대로 소리는 내지 못했다. "그게 꼭 필요했어요? 어차피 다른 손에 든 리모컨으로 움직인 거잖아요."

다케시는 불쾌하다는 듯 입매를 비틀었다. "쇼에 퍼포먼스는 불가결한 요소야."

"그리고 잘 생각해 보니까 아버지로 변장할 필요도 없었던 것 같고."

다케시는 발끈한 표정으로 마요를 노려봤다. "말이 많아. 질문은 끝났냐?"

"뭐, 이제 다 물어본 것 같아요."

"좋아, 그럼 다음은 내 차례다."

"네? 나한테 할 말 있어요?"

"아주 많지. 할 말 있어서 부른 거잖아. 일단 무대를 옮기자." 다케시는 안쪽 테이블을 가리켰다.

에필로그

●

원형 테이블에는 하얀 테이블보가 깔려 있었다. 마요가 자리에 앉자 다케시는 와인잔을 두 개 놓고 레드 와인을 따랐다. "보르도 2000년산이야. 특별히 맛보게 해주지."

"그래요?"

그렇게 말해도 마요는 가치를 몰랐지만, 사양하지 않고 마시기로 했다. 한 모금 마시자 깊은 향이 입 안을 채웠다.

다케시는 맞은편 의자에 앉았다.

"내가 하고 싶은 말은 단 한 가지야." 몸을 내밀며 얼굴을 들이댔다. "내키지도 않는 결혼은 깨 버려."

"네……?"

순간 입에 머금고 있던 와인을 뱉을 뻔했다.

"그걸 어떻게 아냐고?" 다케시는 흡족한 미소를 머금더니 의자 등받이에 몸을 기댔다. "트릭을 밝히자면, 내 주특기를 썼지."

"주특기?"

다케시는 마요가 무릎에 올려놓은 가방을 가리켰다. "스마트폰."

"뭐라고요?" 마요는 가방에서 스마트폰을 꺼냈다. "언제 봤어요?"

《환뇌 라비린스》를 설명하려고 그 스마트폰으로 검색해서 인터넷 백과사전을 나한테 보여 줬잖아. 그때."

그러고 보니 그런 일도 있었다.

"우와, 방심했네."

"조심성 없기는. 덕분에 그걸 봤지. 지금 골머리께나 썩히겠던데?"

"너무해. 남의 메일이나 몰래 보고."

"다 귀여운 조카의 행복을 바라는 마음에서야. 어쩔 거야? 이대로 계속 문제를 미뤄둘 거냐? 그렇게 결혼해서 후회하지 않을 자신 있어?"

"그렇게 말하면 솔직히 할 말 없어요." 마요는 어깨를 떨구고 눈만 들어 다케시를 보았다. "어떻게 하면 좋을까요?"

"망설여지면 거기서 멈춰. 결혼은 평생이 걸린 문제야."

"역시 그렇죠……?"

"결혼하겠다는 마음을 먹는 건, 설령 착각일지라도 이 사람이야말로 유일한 반려자라는 확신이 들 경우뿐이야. 마음이 흔들리면 반드시 그만둬야 해."

"네?"

"흔한 일이지." 다케시는 인생 경험을 뽐내듯 고개를 끄덕이며 말을 이었다. "결혼 직전에 더 괜찮은 사람이 나타났다. 그 사람이야말로 운명의 상대일 거라는 생각이 든다. 드문 일도 아니거니와 자신을 탓할 필요도 없어. 인간이란 그런 동물이니까. 그 상대와 맺어질 수 있을지는 별개로 치고, 일단 결혼은 백지로 돌려. 그럼 되잖아. 뭣 하면 나도 같이 가서 빌어줄 테니까. 겐타 군 부모님에게 사죄드리고."

"잠깐만요." 마요는 오른손을 내밀었다. "지금 무슨 소리하는 거예요?"

"그러니까 네 새로운 사랑 말이야. 겐타 군이 아닌 사람이 메일로 사랑을 고백했지? 그 사람에게도 마음이 있어서 속이 시끄럽고. 아니야?"

엉뚱한 소리에 마요는 혼란에 빠졌다. 하지만 히죽거리는 다케시의 얼굴을 보고 그제야 알아챘다.

"또 당했네. 삼촌, 내 스마트폰 봤다는 말 거짓말이죠?"

하하하. 다케시는 웃더니 와인을 마셨다.

"이제는 알아챌 때도 됐지. 그래, 안 봤다. 하지만 둘 사이에 뭔가 석연치 않은 게 있는 것 같아서 가볍게 떠본 거지. 아마 스마트폰에 그에 관련된 게 있을 것 같아서 해본 말이야."

마요는 한숨을 내쉬었다. "역시 느껴져요?"

"못 느끼는 게 이상하지. 코로나나 부친상을 당해서 결혼식을 연기하는 경우는 있어도, 혼인 신고까지 미룰 이유는 없잖아. 그런데 그런 이야기는 일절 없었지. 네가 겐타 군에게 연락하는 횟수도 너무 적었고. 어딜 봐도 예비 신랑 신부 같지 않았어."

"그랬구나……."

"신경 꺼주길 바라면 이야기는 여기까지만 하자. 하지만 이야기하고 싶은 게 있으면 지금 여기서 말해. 난 바쁘다. 이 다음에는 언제 들어줄 수 있을지 몰라."

"알았어요." 마요는 스마트폰을 꺼내 메일 하나를 열었다. "이것 때문에 골머리가 아파요."

"어디 보자." 다케시는 스마트폰을 받았다.

그 메일을 받은 건 지금으로부터 한 달 전쯤이었다. 퇴근하고 집에 돌아오는 열차에 타는데 메일이 왔다. 모르는 사람이었지만, 제목이 '가미오 마요 님께'로 되어 있는 걸 보면 스팸 메일은 아닌 것 같았다.

본문은 '결혼 축하드립니다.'라는 문장으로 시작됐다. 겐타와 결혼한다는 사실은 소수의 사람들에게만 알렸다. 처음에는 그 소식을 전해들은 누군가가 보낸 줄 알았다.

하지만 내용을 읽어 내려가며 곧 단순한 축하 메일이 아니라는 사실을 알아챘다. 문장은 다음과 같이 이어졌다.

사랑하는 사람과 결혼하게 되셨으니 지금 얼마나 행복하실까요. 그런 시기에 찬물을 끼얹는 짓은 하고 싶지 않지만, 그래도 아셔야 할 것 같아서 이렇게 메일을 드렸습니다.

이름을 밝힐 수는 없지만, 저는 예전에 나카조 겐타 씨와 사귀던 사람입니다. 불장난이 아니라 결혼을 염두에 두고 진지하게 교제했습니다. 적어도 저는 그렇게 생각했지요.

그런 와중에 제 몸에 변화가 생겼습니다. 생리가 끊긴 겁니다. 병원에서 진찰을 받았더니 임신 5주차라고 했습니다.

놀라움과 기쁨이 동시에 몰려들었습니다. 저는 혼전임신도 상관없다고 생각했기 때문입니다. 결혼하고 나서도 좀처럼 아이가 생기지 않아서 고민하는 여자들을 많이 봤습니다. 그런 분들에 비하면 저는 운이 좋다고 생각했습니다.

곧바로 겐타 씨를 불러서 이야기했습니다. 분명 그도 기뻐할 것이라 믿었습니다. 함박웃음을 짓는 그의 모습밖에 상상하지 못했습니다.

하지만 현실은 그렇지 않았습니다. 겐타 씨는 험악한 얼굴로 "지금 아이가 생기면 곤란해."라고 했습니다.

찬물을 뒤집어쓴 기분이었습니다. 왜 곤란하냐, 저는 이유를 물었습니다.

그는 이렇게 대답했습니다. "결혼해서 가정을 꾸리는 것도, 아이를 키우는 것도, 아직 나중 일이라고 생각했으니까."

눈앞이 핑 돌 정도로 충격을 받았습니다. 애초에 저와 결혼할

545

생각이 없었던 겁니다. 그렇다면 왜 제대로 피임을 하지 않았던 걸까. 그걸 따져 물으니 미안하다고 사과할 뿐이었습니다. 그리고 "돈은 내가 낼 테니까 아이는 지우자."라며 고개를 숙였습니다.

너무 슬퍼서 눈물이 났습니다. 그런 저에게 겐타 씨는 "정말 미안해. 조금만 더 기다려. 다음에 또 생기면 그때는 낳자."라고 했습니다.

납득한 건 아니었지만 그 말을 믿을 수밖에 없었습니다. 혼자 아이를 낳을 수는 없었으니까요.

저는 울면서 아이를 지웠습니다.

하지만 그 후로 제가 임신을 하는 일은 없었습니다. 당연하지요. 겐타 씨는 철저하게 피임을 했습니다. 무슨 일이 있어도 절대임신시키지 않겠다는 듯. 그의 말은 새빨간 거짓말이었습니다.

그런 그에게 실망해서 제 마음도 떠났습니다. 얼마 지나지 않아 누가 먼저랄 것도 없이 자연스럽게 헤어지게 되었습니다.

죄송합니다. 이런 이야기를 들으셨으니 분명 기분이 좋지 않으시겠죠.

하지만 당신이 평생의 반려자로 정한 사람의, 숨겨진 부분도 알아야 하지 않을까요. 나카조 겐타라는 사람은 그런 면도 가진 사람입니다.

아시고도 그와 결혼하시겠다면 제가 드릴 말씀은 없습니다. 그저 행복을 빌 뿐이죠.

만일 이 이야기를 겐타 씨에게 이미 들으셨다면, 귀중한 시간을 빼앗아 죄송하다는 말씀 드립니다.

읽으면서 얼굴에서 핏기가 가시는 게 스스로도 느껴졌다. 숨이 턱 막힐 정도로 심장이 빠르게 뛰었다. 언제 열차에서 내렸는지, 어디를 어떻게 걸어왔는지도 모른 채 정신을 차려 보니 집에 들어와 침대에 쓰러져 있었다.

"그래. 그냥 넘어갈 수 없는 내용이기는 하군." 다케시는 마요에게 스마트폰을 돌려주며 말했다.

"그날 이후로 이 메일이 머리에서 떠나지를 않아요. 하지만 어떻게 하면 좋을지 몰라서 미치겠어요."

"구체적으로 뭐가 마음에 걸리는데? 그 메일을 보낸 사람이 누구인지? 아니면 겐타 군에게 그런 과거가 있었다는 거?"

"둘 다요." 마요는 대답했다. "보낸 사람이 누군지 당연히 궁금하죠. 우리가 결혼하는 걸 아는 사람은 얼마 없어요. 한 마디로 가까이에 겐타 씨 전 여자친구가 있다는 거잖아요. 지금까지 전혀 몰랐어요. 신경이 안 쓰이겠냐고요."

"그건 그렇겠지."

"그 전 여자친구를 임신시키고, 게다가 아이를 지우라고 했다는 것도 충격적이에요. 메일 내용처럼, 겐타 씨에게 그런 면이 있었다는 건 꿈에도 상상 못 했어요. 그런 사람과 결혼해서 앞으로 괜찮은 걸까, 망설여지지 않는다면 거짓말이겠죠."

"그 심정은 충분히 이해하지만, 지금 중요한 걸 잊고 있는 거 아니야? 그 메일 내용이 사실인지 아닌지 확인해야지. 너희 결혼을 시샘한 누군가가 없는 이야기를 지어냈을 수도 있잖아."

마요는 고개를 저었다. "아니, 그건 아닐 거예요."

"어떻게 단정하는데?"

"사실인지 거짓인지, 그건 마음만 먹으면 금방 확인할 수 있잖아요. 내가 겐타 씨에게 물어보면 되는 일이니까. 상관없는 사람들에게 유언비어를 퍼뜨리는 거면 몰라도, 나한테 직접 지어낸 이야기를 보낸들 무슨 의미가 있어요?"

"그 말도 일리가 있지만, 확인은 해봐야지. 지금 마음만 먹으면 금방 확인할 수 있다고 했지. 그럼 왜 그 마음을 못 먹는 건데?"

"겐타 씨하고 이 이야기를 하고 싶지 않으니까."

"왜?"

"그야 당연히 하기 싫은 이야기라서죠." 마요는 언성을 높였다. "이런 이야기, 겐타 씨는 당연히 숨기고 싶겠죠. 그런데 내가 알아버렸으니, 이제 전처럼 지낼 수 있겠어요? 이걸 계기로 우리 관계가 어색해지는 건 피하고 싶어요."

하. 다케시는 코웃음을 쳤다. "우스운 소리군."

"뭐가 우스운데요."

"서로 어색해지는 건 피하고 싶다고? 이게 헛웃음이 나오는 소리가 아니면 뭐냐? 이미 오래전에 어색해졌잖아. 실제로 결혼을 해도 되는지 고민되지?"

"그건 그런데……." 저도 모르게 목소리 톤이 낮아졌다.

"메일을 보낸 사람의 심리를 상상해 봐. 당연히 파혼할 줄 알았는데 아니라 잔뜩 화가 났겠지. 보나마나 앞으로도 계속 그런 메일이 더 올 테고."

맞는 말이라 뭐라 대꾸할 수가 없었다. 마요는 말없이 입을 비죽였다.

"메일을 보낸 사람은 아마 겐타 군에게도 뭔가를 보냈을 거야. 태도가 어색한 건 그 때문이고. 대화를 나눠보고 뭔가 숨기고 있다는 걸 확신했지."

"그럴까요? 하지만 난 헤어지고 싶은 건 아니라고요."

"마찬가지지. 지금 모른 척하고 결혼해도 넌 앞으로 계속 이 문제로 괴로워할 거야. 속에 쌓아둔 감정이 언젠가 폭발하면 관계는 더 악화되겠지. 여기 다 쓰러져가는 집이 있어. 문을 세게 여닫기만 해도 무너질 정도로 불안정하지. 너는 지금 그 집에 살면서 문을 열고 들어가려 하는 거야. 그냥 들어가기만 하는 게 아니라, 아예 거기서 살려고 하는 거지. 그런 상황에서 제대로 된 생활을 할 수 있을까? 언젠가 문을 세게 여

549

닫는 날이 오겠지. 그때 무너진 집에 깔릴 바에야, 들어가기 전에 그냥 부숴버리는 게 낫지 않겠어?"

"우리 관계를 쓰러져가는 집에 비유하지 말아요!" 마요는 두 손을 불끈 쥐었다.

"그럼 무너지기 일보 직전의 다리로 할까? 아니면 진흙으로 만든 터널? 그런 건 부숴 버려. 그리고 처음부터 다시 지으라고."

말을 마친 다케시는 일어나 테이블보 양쪽을 잡았다. 그리고 힘차게 뒤로 잡아당겼다. 레드 와인이 든 와인 잔 두 개를 테이블에 남겨둔 채 새하얀 테이블보는 모습을 감췄다.

흔적도 없이 사라진 테이블보는 의자 옆으로 이동한 다케시의 손에 들려 있었다. 활짝 펼친 테이블보를 보며 마요는 감탄했다.

"신기하……긴 한데, 대체 무슨 말을 하고 싶은 거예요?"

"말했잖아. 다 쓰러져가는 집은 부숴 버리라고."

다케시는 펼쳐놓은 테이블보로 방금 전까지 자신이 앉아 있던 의자를 가렸다.

"이제 너희의 쇼타임이다." 그리고 테이블보를 쓱 걷었다.

마요는 놀라 외쳤다.

의자에 겐타가 앉아 있었다.

"겐타 씨, 여긴 어떻게……?"

"아니, 저기, 그게……." 젠타는 잔뜩 몸을 움츠린 채 멋쩍은 표정으로 머리를 긁적였다.

"지금까지 했던 이야기를 전부 들었을 거야. 이제 둘이서 이야기해 봐. 요컨대 낡은 집을 부수라는 거지. 그리고 새 집을 다시 지을지 둘이서 정하면 돼."

재빨리 테이블보를 접어서 테이블에 올려놓은 다케시는 홱 몸을 돌려 문을 향해 걸어가다, 잠시 발걸음을 멈추고 돌아봤다.

"그럼 좋은 시간 보내길. 그리고 젠타 군, 지금 마술의 트릭은 절대 밝히면 안 돼."

이내 문이 열리고, 검은 마술사는 홀연히 사라졌다.

끝.

블랙 쇼맨과 이름 없는 마을의 살인

1판 1쇄 발행 2020년 12월 10일
1판 9쇄 발행 2024년 6월 27일

지은이 히가시노 게이고
옮긴이 최고은

발행인 양원석
편집장 김건희
디자인 오필민디자인
영업마케팅 조아라, 정다은, 이지원, 한혜원

펴낸 곳 ㈜알에이치코리아
주소 서울시 금천구 가산디지털2로 53, 20층 (가산동, 한라시그마밸리)
편집문의 02-6443-8902   **도서문의** 02-6443-8800
홈페이지 http://rhk.co.kr
등록 2004년 1월 15일 제2-3726호

ISBN 978-89-255-9171-1 (03830)